LA VENGEANCE DU ROI-SOLEIL

Né à Marseille en 1939, Jean Contrucci est journaliste et romancier. Correspondant du *Monde* à Marseille durant vingt ans, il est aujourd'hui critique littéraire à *La Provence*. Outre sa série *Les Nouveaux Mystères de Marseille*, il a consacré de nombreux ouvrages à sa région. *La Vengeance du Roi-Soleil* a reçu le prix des Marseillais en 2013.

Paru dans Le Livre de Poche :

LES DIABOLIQUES DE MALDORMÉ

DOUBLE CRIME DANS LA RUE BLEUE

L'ÉNIGME DE LA BLANCARDE

LA FAUTE DE L'ABBÉ RICHAUD

LE GUET-APENS DE PISCATORIS

L'INCONNU DU GRAND HÔTEL

LE SECRET DU DOCTEUR DANGLARS

LE SOMNAMBULE DE LA VILLA AUX LOUPS

LE SPECTRE DE LA RUE SAINT-JACQUES

LE VAMPIRE DE LA RUE DES PISTOLES

JEAN CONTRUCCI

La Vengeance du Roi-Soleil

ROMAN

JC LATTÈS

ISBN : 978-2-253-17896-5 – 1re publication LGF

À la mémoire de Jean Boissieu,
compagnon d'anciennes chevauchées.

Quand on n'a pas le moyen de voyager,
il faut suppléer par l'imagination.

Claude DEBUSSY,
Lettre à André Messager, 3 nov. 1903.

AVERTISSEMENT

Ce livre est un roman. Nombre de ses personnages sont de pure invention. Cependant, l'intrigue se situant dans un contexte historique, l'auteur a suivi au plus près les événements survenus entre juin 1659 et mars 1660 – qualifiés par les historiens du Grand Siècle comme la « Fronde marseillaise ». Elle s'est conclue avec la sévère reprise en main de la cité rebelle par Louis XIV, venu sur place pour ordonner la construction de la citadelle Saint-Nicolas, dont les canons furent tournés vers le port, « de peur que la fidèle Marseille, trop souvent en proie aux criminelles agitations de quelques séditieux, ne perdît enfin la ville et le royaume, ou par la fougue des plus hardis, ou par une trop grande passion de la liberté ».

PERSONNAGES

Personnages de fiction

Guillaume, chevalier de Montmirail, vingt ans.

Antoine de Montmirail, son frère aîné, officier de galère.

Jean-Baptiste Amourdedieu, dit Lou Rousset, vingt ans, pêcheur du quartier de Saint-Jean à Marseille.

Piero Orsini, corailleur, ami du précédent.

Philippe d'Orseul, négociant et astronome amateur du quartier des Accoules à Marseille.

Constance d'Orseul, dix-sept ans, fille du précédent.

Diane de Cabrières, courtisane, favorite du roi, brièvement maîtresse de Guillaume de Montmirail.

Comte Henri-Charles de Villemus, gentilhomme et courtisan.

Étienne de Volx, Bertrand de Viens, César de Montlaux, frères bâtards du précédent et chefs occultes de la bande des Masques.

Lucrèce d'Aiglun, intrigante, protégée du comte Henri-Charles de Villemus.

Claudius More et La Morette, métayers du domaine de la Tour-du-Fournelet en Camargue.

Don Marco Spaccesi, moine franciscain et astronome.

Torribio, Baldovino, Milon, Turlupin, Samson, Frasquita, Adelina, Fidalma, bohémiens, artistes de cirque ambulant.

Henri de Violès, gentilhomme comtadin, fils du viguier d'Avignon.

Monseigneur Nobile Di Montepulciano, vice-légat du pape en Avignon.

Bernard de La Souchière, sieur de Gigondas, gentilhomme comtadin.

Mère Marie de la Miséricorde du Christ, prieure du couvent des sœurs capucines à Marseille.

Personnages historiques

Louis, roi de France et de Navarre par la grâce de Dieu, quatorzième du nom.

Jules Mazarin, cardinal-Premier ministre.

Louis de Vendôme, duc de Mercœur, gouverneur de Provence.

Gaspard de Glandevès, sieur de Niozelles, gentilhomme provençal, chef de la Fronde marseillaise. On l'appelle indifféremment Glandevès ou Glandevès-Niozelles.

Le commandeur de Cuges, frère cadet du précédent.

Félix de la Reynarde, Riquetti de Mirabeau, Antoine de Candolle, François d'Arène, Bionau d'Airargues, Pierre et Paul de Bausset, de Cabannes, Serre, Gueydon, gentilshommes et bourgeois du parti de Glandevès.

Lazare de Vento, sieur de La Baume, premier consul de Marseille.

Boniface Pascal, Joseph Fabre, Jean Descamps, consuls du parti de La Baume.

De Cipières, d'Aiglun, de Cabre-Roquevaire, de Foresta, J.-B. de Valbelle, de Morveilles, gentilshommes du parti des consuls.

Paul de Fortia de Piles, viguier de Marseille, gouverneur du château d'If et des îles de Marseille.

Abbé Antoine de Félix, ecclésiastique, allié aux Valbelle.

Henri de Maynier d'Oppède, président du parlement de Provence.

Comte d'Alais, ex-gouverneur de Provence, protecteur de Guillaume de Montmirail.

Philippe Gueidon, avocat du parti de Mazarin en la sénéchaussée de Marseille, dont l'assassinat à Aix en mars 1649 fut la cause lointaine des troubles de la Fronde marseillaise.

Charles Perret, ex-capitaine du régiment de Guise.

Pierre de La Gouvernelle, lieutenant des gardes du gouverneur de Provence.

Charles de Batz-Castelmore d'Artagnan, capitaine de la garde du corps du roi.

Louis-Nicolas de Clerville, commissaire général des fortifications du royaume.

1.

Où l'histoire débute par un duel nocturne qui s'engage mal et s'achève le mieux du monde.

Avec un mistral soufflant en tempête, il fallait avoir de bonnes raisons pour parcourir seul les ruelles obscures du vieux quartier du Panier[1], à Marseille, au cœur de cette nuit du 24 juin 1659. On entendait le vent maître siffler comme un serpent en colère pardessus les toits. Il giflait les volets de bois mal barrés, chipait en passant une pincée de tuiles et les envoyait avec rage s'écraser sur les chaussées caladées avec un bruit de vaisselle brisée.

Depuis des heures le couvre-feu était sonné, les portes du rempart cadenassées, les gardes réfugiés dans leur poste de guet et les gens honnêtes claquemurés chez eux.

Seul un téméraire inconscient se serait aventuré rue

---

1. L'auberge du Panier a donné son nom à la rue homonyme, puis à l'ensemble du quartier.

Cambo-d'Aragno[1], venelle tortueuse qui descendait depuis la rue Caisserie vers le port, pentue, étroite, noire comme un four, où le danger guettait à chaque pas. Un assassin pouvait surgir d'un coin d'ombre, la dague levée, prompt à égorger d'un geste sûr sa victime avant de lui dérober sa bourse.

Pourtant quelqu'un avançait d'un pas irrégulier, jouant à saute-ruisseau avec *lou barquiéou,* ce caniveau en pleine chaussée. Un mince filet d'eau puante le parcourait, peinant à se frayer un passage à travers les amas de détritus souvent jetés depuis les fenêtres des maisons riveraines – après un cri d'alerte : « *Passarès*[2] *!* » D'énormes rats les inventoriaient avec des cris aigus.

Parfois, quand le talon d'une botte du passant solitaire heurtait un pavé rond, jaillissait une étincelle, ce qui aurait prouvé à un improbable témoin de la scène que l'on avait affaire à un cavalier équipé de bottes à éperons.

Quand la silhouette déboucha sur la place Vivaux, la pleine lune, que le mistral avait astiquée comme une lanterne d'auberge, permit de mieux voir à quoi ressemblait le promeneur solitaire. Il était jeune, d'allure athlétique, ses bottes souples possédaient d'amples revers à la mode de Paris, qui pouvaient être remontés jusqu'à mi-cuisse lorsque le cavalier était en selle, pour protéger sa culotte de velours bleu nuit de la sueur de sa monture. Il s'enveloppait d'une ample cape de laine fine. Le vent jouait avec elle comme avec une

1. « Patte d'araignée ».
2. « Que personne ne passe ! »

voile qui faseye. L'extrémité d'une rapière dépassait, dans un fourreau équipé d'un embout de cuivre à la manière des cannes. Elle donnait à la cape une allure de traîne dans le sillage du jeune homme dont le pas s'était allongé au fur et à mesure qu'il voyait mieux où il allait. Enfin, il s'était coiffé d'un large feutre gris cabossé avec élégance et empanaché d'une plume d'autruche que les rafales de vent chahutaient.

Quelque jeune gentilhomme revenant d'une expédition galante ?

Les occasions ne manquaient pas dans ce coin de Marseille, voué depuis sa fondation aux plaisirs et au repos des gens de mer. Cabarets et lieux de débauche dont les fanaux de cuivre brillaient comme des phares y attiraient les marins venus du monde entier. Pour trois livres[1] on y proposait soupe aux pois et au lard, ribaudes et galetas équipés de paillasses où assouvir les rêves lourds accumulés durant d'interminables traversées.

Mais on trouvait aussi, entre deux bouges, des logis d'allure patricienne, en dépit de leurs façades dégradées, des maisons de rendez-vous où, entre jeux d'argent et consommation de vins fins arrivés à pleines barriques sur les quais du Lacydon, d'alcools forts tout droit venus des îles caraïbes, des gens de qualité pouvaient achever de vider leur bourse en compagnie de dévergondées qui n'avaient rien à refuser à leurs goûts dépravés.

Or, s'il avait l'ardeur de la jeunesse, notre gentilhomme – qui venait d'atteindre enfin le quai de la

1. 27 euros environ.

Ville[1], à hauteur de la Loge où se tenait la Bourse de commerce – ne se souciait guère en cet instant de galanterie. Il s'était tout bêtement égaré dans le lacis des ruelles du vieux quartier, poussées comme herbes folles au fil des siècles.

Le jour même, le chevalier[2] Guillaume de Montmirail, à peine âgé de vingt ans, était arrivé à Marseille pour saluer son frère aîné, Antoine, en partance pour le port de Tripoli de Syrie, un voyage qui le tiendrait pour longtemps éloigné du royaume. Antoine de Montmirail était capitaine en second à bord de la galère *L'Éclatante*, un bâtiment tout neuf, prêt pour une traversée inaugurale.

Pour être membre de l'illustre confrérie de l'ordre de Malte, Antoine, plus âgé de six ans, n'en goûtait pas moins les plaisirs de la vie et avait le goût de la fête. À peine Guillaume avait-il déposé son bagage dans le logis réservé par l'aîné près de la Tourette, rue du Château-Joli, que son grand frère l'entraînait vers une auberge de la rue de la Tarasque, L'Ancre d'Or, sur la butte des Carmes où les officiers de *L'Éclatante* avaient organisé un banquet pour fêter le départ proche. Le jeune homme n'avait pas pris le temps d'enregistrer quelques repères lui permettant de retrouver son chemin dans le labyrinthe de l'antique cité, où toutes les rues se ressemblent, avec leurs maisons empilées sur leurs buttes comme des villages perchés, où les espaces sont rares.

---

1. L'actuel quai du Port (côté mairie).

2. Au Grand Siècle le mot a perdu son sens médiéval. Il sert à désigner un jeune aristocrate (généralement un cadet de famille) sans titre particulier.

Si bien que lorsque, las du long voyage qu'il avait accompli pour venir à Marseille, Guillaume de Montmirail, saturé de mangeailles, étourdi de boissons et accablé de chants gaillards, avait demandé à son frère la permission de couper court à l'orgie qui s'annonçait et l'avait assuré qu'il retrouverait seul le chemin du logis de la Tourette, il ne se doutait pas de l'épreuve qui l'attendait. D'escaliers en culs-de-sac, d'impasses en venelles étroites comme des couloirs, il avait zigzagué, divagué, parcouru, sans le savoir, plusieurs fois les mêmes itinéraires, passant et repassant entre des maisons dont chacune témoignait du goût immodéré pour la liberté de bâtir n'importe quoi, n'importe comment, n'importe où.

Une lointaine lanterne, placée sur le mat d'un navire, entrevue depuis le carrefour de deux ruelles, l'avait enfin ramené sur le port par la rue Cambo-d'Aragno, mais le gentilhomme savait qu'il lui faudrait retourner dans le dédale marseillais, où se cachaient la chambre et le lit tant convoités.

Montmirail avait longé sur plusieurs centaines de mètres le quai de la Ville en direction de la tour carrée du Roi-René, qu'il savait être à l'extrémité du quartier de la Tourette, et, arrivé à la hauteur de la rue Mayousse, il avait pris une large inspiration, comme un plongeur qui s'apprête à se jeter du plat-bord d'un navire. Il s'était enfoncé de nouveau dans le noir, à la recherche de la rue Château-Joli, où son lit l'espérait.

Après avoir accroché sa botte à une invisible charogne sur laquelle elle glissa, le jeune homme se retint de justesse en jurant « sacrebleu ! ». Sa cheville tordue l'arrêta un instant dans sa marche. Il lui sembla percevoir un bruit derrière lui. Il fit volte-face, la main sur le pommeau de son épée, prêt à dégainer, et questionna la nuit :

— Qui va là ?

Un gros chat déboula entre ses jambes à la poursuite d'un rat de belle taille, dont le couinement aigu indiqua bientôt que le surmulot venait de perdre la partie.

On entendait au loin monter des chants braillés depuis un cabaret. Montmirail reprit sa lente progression à tâtons, essayant de la guider sur la mince bande de ciel dont la luminosité allait croissant, annonçant l'arrivée proche de la lune passant par-dessus les toits.

En effet, alors que le chevalier atteignait le croisement de la rue Mayousse avec la rue Saint-Laurent, parallèle au quai de la Ville, la scène se trouva illuminée comme à l'ouverture d'un rideau de théâtre. En se tournant vers la gauche, Montmirail aperçut le clocher hexagonal de l'église Saint-Laurent, dont son frère lui avait dit qu'elle était celle des pêcheurs de Saint-Jean. C'est dans cette direction qu'il devait aller.

Le bruit qui l'avait fait tout à l'heure se retourner se fit à nouveau entendre. Cette fois, point de chat ni de rat, mais des pas lourds, des semelles qui traînaient sur la pente caladée. Des pas appartenant à plusieurs individus se déplaçant dans l'ombre et qui ne se souciaient plus de dissimuler leur présence.

La lune à son plein découpait un rectangle de clarté comme on délimite un champ clos. Par contraste, les façades orientées au nord paraissaient encore plus noires.

Sans hâte mais résolu, le jeune gentilhomme franchit

les quelques pas qui le séparaient d'une encoignure sombre, et, tirant son épée, s'y adossa, non sans avoir dégrafé sa cape dont l'ampleur risquait d'entraver ses mouvements. Il enroula le lourd vêtement autour de son bras gauche. S'il ignorait la peur, Montmirail savait que prudence est mère de sûreté. Ainsi campé, voyant sans être vu, assuré de n'être pas attaqué par-derrière, il attendit les arrivants.

Il était temps. Ceux-ci débouchèrent à leur tour de la gueule noire de la rue Mayousse et demeurèrent un instant interdits. Ils cherchaient du regard la direction prise par celui qu'ils suivaient depuis le quai.

Le jeune homme les entendit chuchoter, désignant tour à tour deux directions opposées.

— *Mount ès passa*[1] *? Per aqui ? Per eici ?*

Ils étaient quatre. Quatre rustauds vêtus de hardes usagées, coiffés de chapeaux crasseux ou de foulards de corsaires, arborant des trognes sorties d'une allégorie de l'enfer, équipés qui d'un gourdin clouté, qui d'une hache d'abordage, un autre tenant en main un de ces sabres courts dénommés *briquet* dans la marine et le dernier maniant un long couteau espagnol à lame effilée.

Montmirail comprit qu'il ne pouvait demeurer ainsi caché dans l'ombre sans risquer d'être pris dans une nasse. Les quatre scélérats approchaient de son refuge épaule contre épaule. Le jeune homme s'avança vers ses assaillants dans la clarté lunaire, fouettant l'air de son épée. La surprise obligea les brutes à rompre d'un pas en arrière.

1. « Où est-il passé ? Par ici ou par là ? »

Les adversaires demeurèrent quelques secondes dans un face-à-face où chacun imaginait la meilleure façon de passer à l'action.

À cet instant, sortant de la nuit, apparut derrière les coupe-jarrets une silhouette noire et silencieuse qui resta à distance. Elle portait l'épée au côté, un habit de gentilhomme d'une indéniable élégance, mais le visage était dissimulé sous un masque grotesque comme on en voit à Arlequin, fait de cuir noir bouilli, avec ce nez crochu comme un bec d'oiseau de proie. Le bas du visage était à nu.

Une voix sarcastique jaillit :

— Eh bien, mes drôles ! À quatre contre un, qu'attendez-vous ?

Piqué au vif, celui qui portait le couteau espagnol fit un pas en avant. Mal lui en prit, Guillaume lança sa cape comme un filet de pêche et la brute fut bientôt empêtrée dans les plis de l'ample vêtement. Sans hésitation le jeune homme enfonça par deux fois son épée à travers le tissu comme on larde une pièce de viande, et les cris de douleur étouffés qui en montèrent lui prouvèrent qu'il avait touché sa cible. Couché au sol, le gredin hurlait et s'agitait sous la cape-linceul.

La riposte avait été si soudaine et expéditive que les trois survivants hésitaient à se lancer à l'attaque.

L'arlequin, toujours en retrait, exhortait ses séides en raillant :

— Ces gentilshommes n'en veulent qu'à votre vie, monsieur. Baillez-la-leur et qu'on en finisse !

— Qu'ils viennent la chercher ! répliqua Montmirail.

La voix sous le masque grinça :

— Diantre ! Nous avons affaire à un descendant du chevalier Bayard ! Qu'il en soit fait selon vos désirs, monseigneur ! Allez, vous autres ! Vengez votre camarade ! Et de la belle façon !

Au signal, le manieur de briquet, le porteur de hache et celui qui venait de lever haut son gourdin clouté manœuvrèrent pour encercler le jeune homme, tandis que l'homme au masque suivait la manœuvre.

Attaqué hors de toute règle d'un combat loyal, Montmirail, frappant d'estoc et de taille, repoussait les trois forbans mais savait qu'il ne pourrait tenir longtemps. Il avait reçu une égratignure à la main, d'autres viendraient, et ses assaillants n'auraient bientôt plus qu'à l'achever.

C'est alors que, surgie d'on ne sait où, la silhouette robuste d'un homme de belle taille vint s'interposer entre le jeune homme et ses adversaires. L'arrivant tombé du ciel se plaça à côté du gentilhomme, qui ferraillait comme un beau diable. Il tenait à deux mains une sorte de barre de bois ferrée à ses deux bouts, longue de un mètre vingt environ, épaisse comme un poignet d'homme, qu'il maniait avec une étonnante adresse. Les coups se mirent à pleuvoir sur les trois coupe-jarrets, décochés sous tous les angles, frappant les têtes, les dos, les jambes avec des bruits de détonation. Deux des scélérats s'écroulèrent bientôt, crâne ouvert et côtes brisées. Le troisième s'enfuit en titubant sans demander son reste, non sans avoir reçu entre les deux épaules un coup à assommer un bœuf.

L'homme au masque d'arlequin semblait s'être évanoui dans la nuit.

Guillaume de Montmirail, remettant son épée en son fourreau, dit en reprenant son souffle :

— Peste ! l'ami, beau travail ! Et si prestement enlevé ! Qui que tu sois, d'où que tu viennes, ciel ou enfer, sois le bienvenu. Sans toi je finissais saigné comme un conil !

Le jeune homme saisit le gaillard aux épaules, qu'il avait larges, et, détaillant son visage aux traits rudes sommé d'une crinière rousse toute frisée, se présenta :

— Chevalier Guillaume de Montmirail, je me prépare à entrer dans le régiment Gramont-Cavalerie, sous les ordres de monsieur le comte de Vinteuil. Je suis venu saluer mon grand frère en partance. Ami, comment te nomme-t-on ?

L'homme, un franc sourire éclairant son visage tanné, remit de l'ordre dans son droguet de laine bousculé dans l'ardeur du combat. Il prit le temps de ramasser à terre une sorte de bonnet phrygien dont il se recoiffa, puis, regardant le gentilhomme droit dans les yeux, déclina ses titres de noblesse :

— Jean-Baptiste Amourdedieu, *pescadou Sanjanen*[1], pour vous servir. *Me disen Lou Rousset*[2].

---

1. Pêcheur du quartier de Saint-Jean.
2. On m'appelle Le Petit Roux.

2.

Où l'on fait plus ample connaissance avec l'homme qui vient de sauver la vie du chevalier de Montmirail.

Sans même un regard pour les trois corps gisant à leurs pieds, dont deux se tordaient de douleur en gémissant sur le pavé, Guillaume de Montmirail et Jean-Baptiste Amourdedieu se félicitèrent mutuellement de la prompte et favorable issue de l'échauffourée.

Sous la clarté crayeuse de la lune, le jeune chevalier put détailler ce sauveur tombé du ciel. C'était un colosse qui mesurait une bonne tête de plus que lui et son simple tricot de laine porté à même la peau, dont les manches courtes laissaient voir des bras musculeux, enserrait un torse de lutteur. Il portait une culotte de toile bleue et le bas de ses jambes était nu. Il chaussait des sabots de bois. Même à terre il conservait sa tenue de travail, pour ainsi dire.

Le gentilhomme ramassa sa cape trouée, et, avec une mimique, lança à son compagnon de fortune :

— Tudieu, l'ami ! Sans ton arrivée, la courte carrière

du plus jeune des fils du comte de Montmirail s'achevait là, dans cette ruelle puante et sombre. Où donc as-tu appris à manier le bâton de la sorte ? Dans la salle d'armes du diable ?

L'homme, qui avait dit se nommer Lou Rousset, s'esclaffa et expliqua sans orgueil :

— Dans le quartier où je suis né, pour nous autres, *Sanjanens*, la salle d'armes c'est la rue. Des coups j'en ai pris, mais j'en ai donné encore plus. C'est la bonne recette pour rester vivant. Si ma route a croisé la vôtre et si je suis là, à vous parler, c'est bien parce que j'ai appris à frapper le premier. C'est ainsi qu'il fallait procéder dans le bagne de Barbarie[1] où je fus longtemps enfermé après avoir été enlevé par des pirates au large de Riou. Et par ma foi, ce soir vous auriez tort de vous en plaindre.

Montmirail approuva ces paroles de bon sens :

— Je serais bien ingrat, en effet ! D'autant, si j'ai retenu la leçon, qu'il vaut mieux t'avoir avec soi que contre ! « Le secret des armes consiste à donner et à ne point recevoir. »

Le pêcheur opina du bonnet et ajouta avec un grand rire :

— À part ça on me dit le meilleur garçon du monde.

Le gentilhomme tendit le bras vers son compagnon :

— Ta main, Rousset. Je ne te connais pas mais j'apprécie ta nature. Dis-moi : d'où tiens-tu ton surnom ?

— De la couleur de mes cheveux, *moussu* le chevalier. Chez les *Sanjanens* chacun a son surnom.

1. Ainsi désignait-on les côtes africaines, et principalement celles entourant Alger, dont les pirates étaient redoutés pour leurs raids sur les côtes provençales.

Le pêcheur prit dans sa rude poigne la main fine du gentilhomme, qu'il malaxa un peu, lui arrachant une grimace en raison de la blessure reçue et, le regardant dans les yeux, lui dit :

— C'est la première fois qu'un noble me tend la main. Et sans doute la dernière.

— Pourquoi dis-tu cela, l'ami ?

— Pour la raison que nous habitons des mondes à des millions de lieues de distance. Je suis un manant, vous êtes une personne de qualité.

Montmirail regarda le pêcheur en souriant :

— La noblesse du cœur vaut bien celle de la naissance.

Le compliment fit s'accentuer la rougeur naturelle des joues du Rousset. Pour se donner contenance, il mit son bâton sur l'épaule et esquissa ce qu'il pensait être une révérence mais tenait plutôt de la danse des ours.

— À vous revoir, *moussu* le chevalier. Heureux d'avoir pu vous servir.

Il allait se mettre en route quand Montmirail le retint par le bras :

— Tu me plais, Rousset ! Brave comme quatre et modeste comme une novice des présentines. Me croirais-tu ingrat au point d'oublier ce que je te dois ?

Il fouilla dans la poche de son haut-de-chausses et ordonna :

— Prends cette bourse à laquelle ces forbans semblaient attachés. Elle est à toi.

Le pêcheur eut un mouvement de recul. Il laissa le bras du jeune homme tendu dans le vide :

— Rien que l'on n'ait d'abord gagné par son travail, *moussu*. Brave, modeste, tant que vous voudrez. Mais fier !

— Allons ! Après ce que tu as fait pour moi…

Lou Rousset s'esclaffa :

— C'était juste pour ne pas perdre la main ! Vous ne demandiez rien à personne. Vous vous battiez comme un lion. Je vous ai juste empêché de mourir trop tôt, *pas maï*[1] !

Montmirail sentit qu'il avait vexé l'homme simple. Il insista pourtant, agitant la bourse :

— Tu l'as bien gagnée ! Je n'ai point voulu t'offenser, mais à ton tour tu me fâches si tu n'acceptes…

Pour toute réponse le pêcheur répliqua avec un petit rire de gorge :

— Sauf votre respect, *moussu* le chevalier, si vous jaugez le prix de votre vie à ce que contient cette bourse, c'est que vous n'avez point grande estime de vous !

Cette insolence, venant d'un autre et en d'autres circonstances, eût valu réparation. Mais Guillaume de Montmirail retint la leçon : les gens du peuple avaient leur fierté. Il remit la bourse dans la poche de son habit.

Le jeune homme avait l'air si dépité que le pêcheur, pour lui être agréable, proposa :

— Vous m'offrirez une chopine de vin blanc de l'année, demain, quand il fera jour.

Montmirail retrouva son sourire :

— Tout de suite, si tu veux. Malgré l'heure, il doit bien rester encore une taverne ouverte.

1. « Pas plus. »

Comme pour une réplique bien réglée, la cloche des Accoules égrena deux coups. Le jeune homme insista :

— Allons de ce pas vider un flacon. Nous quitterions-nous ainsi comme deux étrangers pressés d'en finir ? Je te dois…

Le pêcheur n'attendit pas la fin de l'argument.

— Rien, je vous dis ! Quant à boire frais à cette heure, je crains que ce ne soit pas possible. Les cabarets sont clos jusqu'au point du jour. Et je me vois mal entraîner un fils de noble famille dans un de ces bouges encore ouverts en dépit des édits et règlements de nos consuls. D'autant qu'on y sert une vinasse qui demande plus de courage à l'affronter qu'une bande armée de coupe-jarrets.

À cet instant, le regard du pêcheur se posa sur la main droite de Guillaume, qui avait sorti un mouchoir brodé pour tamponner le sang gouttant de l'estafilade récoltée durant l'assaut.

— Ne laissez pas ça vous gâter les humeurs, dit-il. Qui sait où ils ont traîné leurs lames, ces *maufatans*[1], avant d'essayer de vous les planter dans le ventre.

— Rien qu'une égratignure, dit Montmirail en tamponnant la plaie superficielle.

Ce n'était pas l'avis du pêcheur de Saint-Jean :

— Le mal vient vite, vous savez. Surtout par ces chaleurs. Ça s'envenime, ça vient tout *gonfle* et après…

Le gentilhomme ne voyait pas l'urgence :

— Nous verrons ça demain.

— Vous avez tort. J'ai un collègue *pescadou* qui

1. Malfaisants.

est mort d'une petite piqûre de vive de rien du tout. Pourtant, c'était un qui craignait *dégun*[1].

Tout en discutant, les deux hommes s'étaient mis en marche.

— Attendez, dit le pêcheur. Je connais quelqu'un qui ne refusera pas de nous recevoir, de nous prêter de quoi soigner ce bobo et de nous offrir un coup à boire pour nous remettre de nos émotions, même en pleine nuit, car, par ma foi, je crois bien ne l'avoir jamais vu dormir.

La réflexion intrigua le jeune homme :

— Diable ! Ton homme serait-il insomniaque ?

Le mot était inconnu dans les rues de Saint-Jean.

— Je ne sais s'il est comme vous dites, *moussu* le chevalier, mais garder les yeux ouverts n'est pas souffrir d'un mal chez cet homme, pour la raison qu'il est astronome.

Montmirail s'en amusa :

— Astronome et cabaretier, donc ?

— Risque pas ! Mais il a toujours chez lui de quoi apaiser la soif qui assèche ce gosier à force de vous faire la conversation.

Le pêcheur montra sa gorge où roulait une pomme d'Adam pareille à l'œuf de la repriseuse dans un bas de laine. Il précisa :

— L'homme dont je vous parle est quelqu'un comme vous, *moussu*. Il pense qu'il me doit quelque chose. Tout ça parce que je lui ai un peu sauvé la vie naguère. De la façon de ce soir, quand deux tire-laines voulaient lui faire un mauvais parti. Je vous raconterai.

1. Personne.

La confidence fit s'exclamer le jeune homme :

— Ah, ça mais ! Tu passes donc ton existence à préserver celle des autres ?

Le pêcheur secoua la tête.

— Non, pour l'instant vous n'êtes que deux sur ma liste. Deux bonnes actions face à tous les péchés que j'ai commis, ça ne pèse pas lourd. Le bon Dieu aura besoin de plus pour me pardonner. Au contraire de ce qu'affirme *Mestre* d'Orseul – c'est le nom de mon astronome –, c'est moi qui lui dois, car il m'a appris à lire et à compter. C'est grâce à lui que je ne suis plus tout à fait une bête.

Montmirail l'interrompit :

— Je comprends mieux pourquoi un simple pêcheur comme toi s'exprime avec tant d'aisance. Et en notre langue, contrairement à tous les gens de ta corporation que j'ai croisés, qui ont un patois auquel je n'entends goutte.

Lou Rousset poursuivait sa confidence :

— *Mestre* d'Orseul a fait de moi son fils adoptif, pour ainsi dire, car j'étais un enfant abandonné. Lui et sa sainte femme, aujourd'hui au paradis où elle sera allée tout droit trouver le bon Dieu, m'ont recueilli quand on m'a trouvé sous le porche du couvent du Refuge, le jour de la Saint-Jean-Baptiste, d'où mon prénom. Amourdedieu, c'est le nom qu'ils m'ont donné quand j'ai reçu le baptême en l'église des Accoules. C'est à *Mestre* d'Orseul aussi que je dois mon métier, quand il m'a recommandé au patron de *La Mère de Dieu* pour que j'apprenne auprès de lui les secrets de la mer. Aujourd'hui le brave homme est mort et la barque m'est venue en legs.

Le pêcheur s'interrompit et prêta l'oreille.

— Ne restons pas là, *moussu*. Je crois entendre des bruits de bottes dans la *calade* à côté. Un chef de patrouille un peu moins couard que les autres pourrait avoir eu la mauvaise idée de venir faire une ronde par ici, et avec ce que nous avons laissé derrière nous, exiger des explications. Venez, c'est à deux pas, dans la montée des Accoules.

Les deux hommes s'éloignèrent rapidement des lieux où trois fripouilles n'en finissaient pas d'agoniser en se vidant de leur sang.

Ils arrivèrent bientôt devant une étroite porte cochère qui s'ouvrait comme une bouche au pied d'un immeuble resserré ne comportant qu'une pièce par étage, comme des cubes empilés.

Le pêcheur empoigna le heurtoir de bronze et frappa plusieurs coups suivant un rythme qui devait tenir du signal convenu. La maison demeura silencieuse. Cependant, Lou Rousset, qui avait ôté son bonnet, le visage d'un orant en extase levé vers le faîte du toit, semblait attendre une apparition. Il se tourna vers son compagnon et prononça ces mots inattendus :

— Patience. Il lui faut du temps pour dégringoler des étoiles.

Plusieurs minutes s'écoulèrent dans un silence seulement troublé par les rafales du mistral faiblissant avec la fin de nuit. Le pêcheur, que Montmirail observait du coin de l'œil, semblait confiant.

Enfin, la porte s'ouvrit lentement et une étonnante silhouette munie d'un lumignon s'y encadra.

3.

Où l'on voit naître ce qui pourrait être appelé une amitié entre un jeune gentilhomme et un simple pêcheur.

Dans la clarté du lumignon tenu haut par l'homme qui venait d'encadrer sa haute silhouette dans la porte d'entrée, on eût pu penser à l'apparition de quelque esprit venu de l'au-delà si la voix chaleureuse de maître Philippe d'Orseul n'avait d'emblée rassuré Guillaume de Montmirail.

Il est vrai que, pour quelqu'un qui ne l'avait jamais vu, il avait une étrange allure, l'astronome des Accoules, avec sa longue robe de velours bleu nuit tombant jusqu'à terre et, perchée au sommet de son crâne allongé, cette calotte d'où s'échappait un flot de cheveux gris jusqu'aux épaules. Il portait toute sa barbe, débordant sur un collet empesé qui le faisait ressembler à quelque Roi mage. Pour mieux distinguer les traits des arrivants, il avait juché ses lunettes rondes haut sur son front. Ses yeux clignotaient comme ceux d'une hulotte surprise par la lumière d'une flamme.

Le bonhomme évoqua chez le jeune aristocrate le personnage de Merlin l'Enchanteur, découvert dans un livre d'images offert naguère par sa tante Yvonne pour ses douze ans.

Lou Rousset s'annonça. L'exclamation de l'astronome lui fit écho :

— Ah, c'est toi, mon bon Jean-Baptiste ! Entre donc et fais comme chez toi.

Il n'avait pas l'air étonné d'une visite aussi tardive, et à peine avait-il prononcé ces mots de bienvenue que l'astronome tournait le dos aux visiteurs, s'enfonçant dans l'ombre de la pièce d'entrée dont il avait surgi comme un spectre. Le pêcheur n'avait pas eu le temps de lui présenter le chevalier.

— C'est que je ne suis pas seul. J'ai là un… un ami qui…

— Eh bien, qu'il entre aussi. Installez-vous devant l'âtre. Je remonte un moment sur ma terrasse.

Tout en précédant les deux hommes, maître d'Orseul continuait à parler :

— J'étais sous le charme d'une belle dont le regard me fascinait. J'y retourne, car je crains qu'elle ne profite de mon absence pour filer sans m'attendre. Installe-toi avec ton compagnon, Jean-Baptiste, je reviens dans un moment.

Le jeune chevalier n'avait pas tout saisi des paroles de l'astronome, mais Lou Rousset semblait savoir de quoi il retournait car, élevant la voix vers la silhouette avalée par un escalier à vis ménagé dans l'épaisseur du mur du fond, il demanda :

— Comment s'appelle-t-elle, ce soir ?

— Vénus ! Sais-tu, Jean-Baptiste, que cette planète

que vous autres pêcheurs appelez Étoile du berger, car elle précède toutes les sphères célestes dans l'immense troupeau du ciel, Vénus, donc, que vous ne voyez que comme un point lumineux, possède, comme Phébée, des phases qui lui donnent tantôt la forme d'une soucoupe, tantôt celle d'une faucille ?

La voix plus faible de l'astronome ajouta :

— Ce soir, elle s'est entièrement dévoilée. Elle me tend des trésors qu'elle cache aux autres mortels. Te rends-tu compte ? Quel privilège…

On entendit un rire en grelot qui allait en décroissant.

— Il remonte vers ses chères étoiles, dit le pêcheur en désignant l'escalier par où maître d'Orseul s'était escamoté.

Après avoir à nouveau barré la porte d'entrée, Lou Rousset revint vers Guillaume, qu'il pria d'un signe d'aller s'asseoir sur un banc à haut dossier garni de coussins de cuir damassé disposé près du foyer où rougeoyait un feu mourant.

Les deux hommes habituaient leurs yeux à la pénombre, d'où émergeait peu à peu la forme des meubles et des ustensiles qui l'encombraient.

— Faisons donc comme chez nous, puisqu'on nous y invite, dit le pêcheur en se penchant vers un coffre. Il en sortit deux bocaux rappelant ceux où les apothicaires serrent leurs onguents, ainsi qu'un peu de charpie. Il s'assit à côté du gentilhomme.

— *Mestre* d'Orseul n'est pas seulement astronome, il est aussi un peu médecin et rebouteux. Certains disent sorcier, car il possède des lumières sur bien des sciences, notamment, dit-on, l'alchimie. J'ignore de quoi il retourne, mais ce que je sais, c'est qu'il détient une panoplie de remèdes dont les effets tiennent du miracle. Sur une mauvaise entaille infectée, ils vous rendent une peau de nouveau-né. Je ne compte plus le nombre de fois où ses mixtures et pommades m'ont tiré d'un mauvais pas quand une piqûre de rascasse ou de vive entendait me gâter les sangs. Et je ne parle pas des piquants d'oursins : ils vous quittent dès qu'on ouvre le pot !

Sur cette boutade qui le fit rire tout seul, Lou Rousset posa un chandelier sur un bahut auprès de Montmirail. Il l'alluma d'une braise saisie à main nue que des cals épais protégeaient.

À la lueur de la flamme claire, les deux hommes, qui ne s'étaient jusqu'alors entrevus que dans la semi-obscurité, purent s'évaluer mutuellement du regard.

Lou Rousset était nettement plus grand et plus fort que le jeune chevalier. Il avait un cou de taureau et des épaules de portefaix. Mais Guillaume de Montmirail, quoique de proportions moindres, avait la taille bien prise et sa constitution témoignait d'une vigueur peu commune, qu'il avait renforcée par la pratique assidue de l'équitation et celle de l'escrime. Quant à son courage, il n'était plus à démontrer. Une fine moustache et une pointe de barbiche « à la mousquetaire » donnaient sa touche de virilité à un visage encore juvénile, dont la finesse de traits était soulignée par la pâleur native de son teint. Ses cheveux blonds lui tombaient naturellement sur les épaules.

Par contraste, le pêcheur dégageait une force brute confortée par une musculature d'homme habitué à se colleter avec les éléments et les avatars d'une vie rude qu'il avait dû affronter dès sa prime jeunesse. La rutilance de ses joues et de sa crinière embroussaillée achevaient de lui conférer l'apparence d'un fauve que tempérait la finesse de son esprit.

Montmirail songea que la différence d'âge devait être moindre qu'elle ne paraissait. En abandonnant sa main droite au pêcheur qui s'apprêtait à examiner la balafre, il demanda :

— Quel âge as-tu, Rousset ?

— *Mestre* d'Orseul dit vingt ans plus ou moins. J'étais trop petit pour savoir quand je suis né.

Cette réplique inattendue fit sourire le chevalier.

C'était l'âge de Guillaume, qui révéla à son tour le sien. Non sans constater que le sort des hommes manquait d'équité. Un aristocrate de vingt ans et un pêcheur de vingt ans n'avaient pas le même âge. Cela se lisait dans les traits déjà marqués du Rousset, à qui il aurait donné aisément dix années de plus.

Le pêcheur commença à verser sur l'estafilade un liquide alcoolisé tiré d'une fiole, dont la brûlure fit grincer les dents du chevalier. Guillaume se fit un devoir de ne pas broncher.

— J'ignore de quoi est faite cette mixture, dit Lou Rousset, mais j'en garantis les bienfaits pour en avoir eu profit.

Puis il appliqua un onguent tiré d'un pot d'où se dégageait une forte odeur de camphre. Enfin, il s'appliqua à bander la main blessée. Il travaillait bien, avec méthode et en silence.

— Dis-moi, Rousset, es-tu heureux de ton sort ?

Le pêcheur regarda le gentilhomme, l'air intrigué :

— Ma foi, *moussu*, tout dépend de ce que vous

appelez heureux. J'ai un métier, je mange à ma faim, je dors à l'abri sur ma paillasse. Je dirais qu'il y a, cela est sûr, plus oublié du bon Dieu sur terre. J'en connais.

Il examina les vêtements de Montmirail avec un éclair d'ironie dans l'œil et ajouta :

— Mais il y a certainement plus florissant, aussi. J'en connais au moins un.

Il s'enhardit à palper entre ses doigts épais le tissu de la tunique de brocart que portait le jeune chevalier. Celui-ci ne s'en offusqua pas et préféra poursuivre son interrogatoire amical tout en admirant la *poupée* qui lui tenait lieu de main droite.

— Sais-tu d'où tu viens ?

En guise de réponse, Lou Rousset secoua la tête.

— Ma vie, vous savez, il n'y a guère de quoi ajouter un chapitre à Plutarque.

On eût dit qu'un insecte avait piqué le gentilhomme :

— Peste ! Tu connais Plutarque, toi ? Un pêcheur ?

Il s'en voulut aussitôt de son manque de tact. Il craignait d'avoir froissé l'homme simple qui – il en savait quelque chose – avait sa fierté. La réponse vint comme une évidence :

— C'est dans *La Vie des hommes illustres* que *Mestre* d'Orseul m'a appris à lire.

— Il pouvait plus mal choisir, admit Montmirail. Mais raconte, s'il te plaît.

— À quoi bon ?

— Pour que je sache quel est l'homme qui, ce soir, m'a sauvé la vie.

Le pêcheur esquissa un geste de la main comme s'il chassait un insecte.

— Ne parlons plus de ce soir. Mais si cela vous

intéresse, sachez que je suis né dans un panier à poissons, abandonné – sans doute par celle qui m'avait mis au monde – aux religieuses du Refuge à deux pas d'ici.

Il alla s'asseoir sur un tabouret, face au chevalier, puis continua avec un sourire triste :

— Ce qui explique que je traîne après moi ces odeurs de marée que votre nez délicat n'a pu manquer de humer. J'ai d'abord, selon *Mestre* d'Orseul, passé quelques mois à l'hôpital du Saint-Esprit[1], avant d'être placé par ces messieurs de la charité chez une nourrice qui, malgré ses efforts, n'a pas réussi à m'empoisonner avec les fricots dont elle me régalait. C'est alors que j'ai croisé le chemin d'une sainte femme, dame Catherine d'Orseul, qui, en m'arrachant des griffes de la gueuse, m'a sauvé la vie. Elle venait de perdre son fils aîné d'une fièvre catharrale et, au lieu d'en vouloir au bon Dieu, elle a préféré sauver un enfant dans le malheur.

Le pêcheur, ému, fit une brève pause avant d'ajouter :

— Le reste, vous le savez.

— Non pas, objecta Guillaume. Tu m'as parlé de bagne en Barbarie.

Le souvenir fit naître un pli de souffrance sur le front du pêcheur.

— Un jour, je vous l'ai dit – j'avais douze, treize ans –, où nous pêchions sur *La Mère de Dieu*, la barque de mon patron, derrière l'île de Riou, des

1. Il se situait à l'emplacement de l'actuel Hôtel-Dieu, lui-même transformé depuis en palace.

pirates barbaresques ont fondu sur nous comme un vol d'éperviers et nous ont emmenés en Alger, où ils nous ont vendus comme esclaves. Je ne sais ce que sont devenus mes compagnons d'infortune. J'ai survécu et j'ai eu la chance de faire partie d'un lot racheté par les pères de la Mission de France. Grâce à eux, j'ai retrouvé ma chère Marseille et mon métier. Et nous voilà ce soir…

— Es-tu marié ? As-tu des enfants ?

— Je me marierai quand j'aurai de quoi donner à manger à une famille.

Avant de poursuivre, Lou Rousset émit un petit rire.

— Pour ce qui est des femmes, on trouve tout ce qu'il faut pour toutes les bourses, à Saint-Jean.

À cet instant, un pas léger se fit entendre en provenance de l'escalier à vis. Les deux hommes tournèrent la tête en même temps, prêts à faire accueil à l'astronome dans son bizarre accoutrement.

Mais ce n'était pas lui. La claire silhouette qui se révéla peu à peu fit à Guillaume de Montmirail l'effet d'une apparition miraculeuse.

Il en demeura bouche bée.

4.

Où l'on fait connaissance avec Constance d'Orseul et des effets de son apparition sur le cœur du chevalier de Montmirail.

Le gentilhomme contemplait une ravissante demoiselle de dix-sept printemps à peine, au minois ensommeillé, vêtue d'une longue chemise de nuit serrée au col. Ses cheveux noirs étaient cachés sous un bonnet de lin qui mettait en valeur la pureté de son front, tout en laissant libre une longue tresse sur la nuque, descendant jusqu'aux reins. Elle avait le teint mat des filles du Midi, et de toute sa personne émanait une grâce, une élégance naturelle que nul artifice n'avait besoin de mettre en valeur. De ses grands yeux étonnés – dont le vert profond donnait à son regard une étrange intensité –, agressés par la clarté du chandelier, elle scrutait la pièce le regard fixe, comme une chevêche éblouie.

Elle n'avait eu qu'à apparaître pour, sur l'instant, sans avoir encore prononcé une parole, s'emparer du cœur de Guillaume de Montmirail.

Lou Rousset s'était levé pour l'accueillir.

Le chevalier assista alors à une scène inattendue dont il ne devina pas la logique. Le pêcheur agitait ses deux mains devant le visage de la jeune fille, en posant des questions dont le sens aurait paru saugrenu à tout être doté de raison :

— Dors-tu Constance ? Ou bien es-tu éveillée ? Tu me vois et m'entends ?

Montmirail s'était dressé et demeurait sidéré. À quoi rimaient ces étranges questions ? Bien sûr, la belle était réveillée ! Il n'était qu'à voir ses yeux pour en être persuadé.

Que se passait-il dans ce logis ? D'abord l'apparition fantomatique de l'astronome, évanoui depuis dans les hauteurs, et, à présent, celle de cette jeune beauté à qui on demandait si elle dormait debout ! Que signifiait tout cela ? Quel sortilège frappait cette nuit ventée dans cette ville inconnue, donnant au chevalier l'impression de s'être aventuré dans un conte maléfique dont il serait le jouet ?

La jeune fille avait reconnu le pêcheur, et lui disait d'une voix douce qui acheva d'ensorceler le jeune homme :

— Ah, c'est bien toi, Jean-Baptiste ! Que fais-tu là à cette heure ?

Montmirail fit un pas en avant pour la saluer. La Belle, qui s'apprêtait à poser le pied sur le plancher, étouffa un cri de surprise en découvrant la présence d'un inconnu. Elle remonta sur la première marche comme pour y trouver refuge.

— Pardonnez mon intrusion. On parlait en bas,

j'ai cru reconnaître ta grosse voix, Jean-Baptiste, je te croyais en compagnie de mon père.

Déjà elle s'apprêtait à remonter vers sa chambre, mais Lou Rousset l'arrêta :

— Attends, petite Constance ! *Puisque tu ne dors pas*, ne t'enfuis pas avant que je t'aie présenté mon…

Il allait dire « mon ami » mais, se ravisant, il corrigea sa phrase et la compléta :

— … *Moussu* le chevalier de Montmirail, rencontré cette nuit même, alors qu'il disputait sa bourse en jouant sa vie à une maraudaille[1] de la plus basse espèce.

En se retournant vers Guillaume, le pêcheur lut sur le visage effaré du gentilhomme l'étonnement muet qui s'y peignait. Le chevalier les regardait tour à tour, tentant de donner un sens à la pantomime baroque à laquelle ces deux-là venaient de se livrer sous son regard inquiet. À l'air stupéfait de Guillaume, Lou Rousset tenta de mettre fin à ses interrogations :

— Nous devons vous paraître bien singuliers, *moussu*, mais Constance est affectée d'un mal étrange qui altère son sommeil. Elle est sombulni… non, sambulno…

L'effort justifiait le surnom du pêcheur : ses joues venaient de prendre la couleur de sa tignasse. Il s'énerva :

— Ah ! Jamais je ne saurai prononcer ce maudit nom !

Guillaume proposa :

— Somnambule ?

1. Canaille, gens sans honneur.

Le visage du Rousset s'éclaira :

— C'est cela ! Elle marche endormie dans le noir, par tout le logis, sans jamais broncher ni perdre son aplomb. Et cela tout en poursuivant son somme, *moussu*, je vous le jure ! C'est la raison pour laquelle je lui demandais si elle dormait ou non.

— Je te crois, Rousset. On m'a parlé de ce phénomène incompréhensible. On conte des histoires incroyables sur les somnambules. On dit même que ceux qui sont le siège de cette étrange anomalie du sommeil se promènent au bord des toits sans jamais risquer de chuter. Comme les funambules sur leur fil.

Tout en parlant, Guillaume observait la jeune fille immobile. Pour s'assurer qu'elle avait sa conscience, il s'adressa directement à elle :

— Sans l'intervention du Rousset, placé sur ma route par la Providence, j'eusse été privé de l'honneur et du plaisir de vous connaître, mademoiselle…

Il prit un temps avant d'ajouter :

— … C'eût été fort regrettable.

Le jeune homme accompagna son compliment d'une profonde révérence tandis que Constance, en un réflexe gracieux, portait la main au col de sa longue camisole comme pour s'assurer d'une fermeture qui la tenait lacée au ras du cou.

Tandis qu'il se redressait, le regard du chevalier eut le bonheur de croiser deux prunelles d'émeraude qui luisaient comme des escarboucles. Il eut le temps de noter que, si la demoiselle rosissait sous le compliment, elle ne s'en offusquait pas.

Constance d'Orseul masqua sa gêne par un prétexte :

— Je dois vous laisser à présent.

Montmirail n'était pas de cet avis :

— Nous guettions le retour de monsieur votre père. Attendons-le ensemble…

La voix douce balbutia :

— C'est que… ma tenue négligée… en présence d'un…

Le jeune homme protesta :

— Chanson que cela ! Foin d'ornements quand on est si belle dans le simple appareil d'une beauté qu'on vient d'arracher au sommeil.

Machinalement, il tendit la main avec l'intention de saisir les doigts de la jeune fille et les baiser. C'est alors qu'il s'aperçut que l'épais bandage posé par Lou Rousset lui interdisait toute galanterie. Il regarda sa main emprisonnée comme si elle n'était pas à lui, puis, tel un enfant pris en faute, la cacha derrière son dos.

D'un rire nerveux Montmirail tenta de masquer sa gêne, mais le geste, qui n'avait pas échappé à l'œil malicieux du pêcheur, déclencha une risée homérique. Constance elle-même avait du mal à garder son sérieux. Finalement, le fou rire les gagna tous les trois et il n'y eut bientôt plus en présence que des jeunes gens qu'une complicité naissante unissait, toutes barrières sociales et protocolaires abattues.

Lou Rousset parvint à articuler entre deux hoquets :

— *Moussu* le chevalier… je vous présente Constance… la fille unique et bien-aimée de *Mestre* Philippe d'Orseul dont je suis – façon de dire –, le grand frère de lait. Je l'ai vue naître et, grâce à l'affection qu'on m'a accordée dans cette maison où on m'a toujours accueilli comme un fils, j'ai – révérence gardée – en Constance la petite sœur que le bon Dieu avait oublié de me donner.

Montmirail ne quittait pas des yeux la fine silhouette blanche qui avait surmonté ses dernières hésitations et s'avançait dans la pleine lumière des chandelles, révélant la grâce de son port de tête. Il faisait oublier la camisole qui tenait au secret ses formes juvéniles.

De son côté, la jeune fille, par un discret jeu de prunelles, notait pour elle la régularité des traits du jeune aristocrate, son regard franc, son air de fierté naturelle, l'abondance d'une chevelure blonde qui cascadait jusqu'aux épaules et cette fine moustache relevée dont la vue seule l'émoustillait. C'était la première fois que l'occasion lui était donnée de rencontrer et de parler avec un inconnu sans que sa réputation fût mise en cause.

Constance soutint le regard de Guillaume dans lequel elle pouvait lire le trouble et son sang, fouetté par ce constat, fit battre son cœur plus vite.

D'un geste plein de charme, elle osa tendre la main au chevalier en lui disant :

— Donnez-moi donc la gauche, monsieur.

Montmirail ne fut pas en reste :

— On dit que c'est celle du cœur, mademoiselle.

Lou Rousset, un sourire attendri aux lèvres, observait sans plus rien dire le touchant tableau.

Les deux jeunes gens s'allèrent asseoir face à face sur les bancs garnis de coussins de cuir damassé tandis que le pêcheur gagnait le tabouret près de l'âtre.

La conversation tomba tout à coup, chacun méditant pour son compte sur la scène qu'il venait de vivre.

Montmirail, qui avait lu Pétrarque, savait qu'il existe une manifestation subite de l'amour dès la première rencontre, appelée coup de foudre, mais il n'en avait jamais été le sujet. Il pensait que les flèches de Cupidon, décochées à sa fantaisie pour semer le trouble dans le cœur des amants, ne se rencontraient que dans les bergeries et pièces galantes que son père, le comte de Montmirail, faisait représenter dans le château où il avait grandi. Et voilà que ce soir il avait les mains moites, le cœur à la chamade, l'air emprunté, pendant qu'une bienfaisante chaleur s'emparait de son être...

À cet instant, il se jura de tout faire pour que cette entrevue ne fût pas la dernière. Mais comment s'y prendre ? Sous quel prétexte revoir cette jeune fille sans la compromettre ?

Le jeune chevalier n'eut pas loisir d'échafauder un plan car le pas de l'astronome, « dégringolant des étoiles » selon l'expression du Rousset, se faisait entendre dans l'escalier menant à la terrasse.

Après avoir accolé l'arrivant sur sa large poitrine, le pêcheur se chargea des présentations, puis fit à Philippe d'Orseul le récit des événements de la nuit.

L'astronome avait prié chacun de s'asseoir avant de demander à sa fille d'aller quérir au cellier un flacon empoussiéré, indiquant avec précision son emplacement dans la cave. Constance revint avec une bouteille tenue avec le soin d'un prêtre transportant le Saint-Sacrement.

— Quatre contre un seul, avez-vous dit ? Eh bien ! En voilà du courage ! disait l'astronome à Montmirail, qui venait de narrer les péripéties du combat de rue et le « miracle » de l'arrivée de ce compagnon tombé du ciel.

Philippe d'Orseul se tourna vers Lou Rousset :

— Tu n'étais donc pas en mer, toi ?

— Avec ce mistral, *Mestre* ? Vous voudriez que j'aille nourrir les poissons avant l'heure ?

L'astronome émit un petit rire et taquina son fils d'adoption :

— Tu ferais pitié aux marins bretons ! Ils sortent par tous les temps, eux !

Lou Rousset ne se tint pas quitte :

— Leurs cimetières en attestent. Ils sont pleins de tombes vides où l'on a écrit leur nom et ajouté en dessous : « Mort en mer. » Vous ne verrez pas une chose pareille au cimetière Saint-Charles. Tous les marins de Marseille sont dans leur boîte.

Maître d'Orseul ricana :

— Sauf ceux qui manquent, *galejaïre*[1] ! Enfin, tu es là, toi, c'est le plus important. Et si j'ai bien suivi, important aussi pour M. le chevalier de Montmirail. Mais dis-moi, tu étais donc armé ?

Le pêcheur montra le petit mât qu'il avait posé dans un angle du mur :

— Avec mes armes à moi. Je revenais de faire ribote avec des amis pour célébrer la Saint-Jean à notre façon, et ramenais à ma barque une barre de bois pour tenir la toile de taud déployée au-dessus de ma tête quand le soleil tape trop fort. J'en ai fait ma masse d'arme.

L'astronome était aux anges :

1. Plaisantin.

— Te voici donc chevalier ! Jean-Baptiste de la Toile de Taud. Voilà qui a de la branche !

Tout en plaisantant, Philippe d'Orseul, avec des gestes sacerdotaux, avait ôté le bouchon de cire qui obturait le flacon et demandé à ses hôtes de prendre place à la table de chêne massif trônant au centre de la pièce. Avec précaution, il remplit trois gobelets d'étain d'un liquide à la robe épiscopale.

— Le vin que vous allez goûter a le même âge que Constance. C'est pourquoi je ne demande jamais à Jean-Baptiste de m'en remonter un flacon, sa nature bouillonnante me le gâterait. Mais vous allez voir : cette liqueur des dieux est encore pleine de sève.

L'astronome porta son gobelet à sa bouche, invitant les deux autres à l'imiter.

Une onde de chaleur irradia la poitrine de Montmirail tandis que de subtiles fragrances s'attardaient sur son palais.

— Peste ! dit-il en soulevant son gobelet vers l'astronome, voilà un gaillard qui avait encore bien des choses à nous dire. Et je m'y connais un peu.

— Je m'en doutais, dit Philippe d'Orseul. À votre accent je vous savais d'ailleurs. Montmirail, si je ne m'abuse, se situe au pays du champagne ?

— Si fait. Sur un plateau de Brie, non loin d'Épernay. Le cardinal de Retz y a vu le jour et M. Vincent[1] y fut précepteur chez les Gondy avant de devenir aumônier des galères.

— L'un rattrape l'autre, plaisanta l'astronome.

1. Vincent Depaul (1581-1669), curé de Clichy, fondateur de l'ordre des lazaristes et de celui des Filles de la Charité, plus connu comme saint Vincent de Paul.

Mais si vous croisez un jour le roi, ne vous flattez pas trop d'être né au pays de celui qui lui a gâché sa jeunesse. Il pourrait vous croire un de ses affidés[1]. Vous ne me dites rien de mon vin ?

Guillaume, qui se souvenait de ses années passées chez les oratoriens, lança :

— *Bonum vinum laetificat cor hominis*, comme on dit dans L'Ecclésiaste.

— Donnons-lui raison alors, répliqua Philippe d'Orseul en remplissant à nouveau le verre du chevalier.

Si le bon vin réjouit le cœur de l'homme, il délie aussi la langue. Au troisième verre Montmirail se mit spontanément à parler de lui, de sa jeunesse, des raisons de sa présence à Marseille, de ses projets, de son désir d'intégrer le corps des officiers du comte de Vinteuil. Il parla de la façon dont il entraînait son corps à la résistance par la pratique de l'équitation et des armes, si bien que l'aube commençait à pointer derrière les carreaux qu'il n'en avait pas encore terminé. Il tourna la tête vers la fenêtre, tout surpris de voir le jour se lever, prologue à une de ces longues journées de soleil dont juin sur son déclin a le secret.

Voyant que son hôte avait fini de se confier, l'astronome lui demanda :

— Savez-vous pourquoi j'ai choisi ce vin pour le boire en votre compagnie ?

— Vous allez me le dire.

— Parce qu'il porte le même nom que vous !

---

1. Paul de Gondy, cardinal de Retz, fut l'un des grands noms de la Fronde durant la régence d'Anne d'Autriche.

— Diantre ! Il ne ressemble guère à ce qu'on boit chez moi.

L'astronome acquiesça :

— Je vous l'accorde. Il est moins raffiné que votre vin de champagne, s'il met un peu plus de soleil dans le gosier. C'est celui qui brille sur le comtat Venaissin et les coteaux qui s'étagent entre Rhône et Ventoux. C'est un rustique, mais je ne connais pas meilleur compagnon sur une daube de bœuf ou un fromage bien fait. La vigne qui le donne pousse au pied d'un joli massif de crêtes calcaires que le Ventoux, en prenant ses aises, a un peu bousculées, les découpant comme des dentelles. Et ces dentelles ont pour nom... Montmirail. Le domaine est là, sur les coteaux ensoleillés du col du Cayron.

Guillaume crut à une plaisanterie.

— Que me chantez-vous là, monsieur l'astronome ?

— La vérité, monsieur le chevalier. Ce vin est né au pied des Dentelles de Montmirail, près d'un minuscule village du comtat Venaissin appelé Gigondas.

— Montmirail..., murmura Guillaume en regardant le nom sur le flacon vide. L'attention est délicate, aussi, pour ne pas la gâcher, ne vous dirai-je pas que chez nous, on prononce *Montmirel.*

L'astronome sourit à l'avance de son astuce :

— Nous autres, vous le savez bien, mettons toujours une pointe... d'ail dans nos mots comme dans nos casseroles. Mais l'origine doit être la même : *mons Mirabilis*. La montagne des merveilles.

Guillaume ne voulut pas être en reste dans l'échange :

— Des noms qui n'auront pas été donnés par des buveurs d'eau, je parierais.

D'Orseul opina :

— Vous connaissez l'adage : « Il n'est méchant que buveur d'eau, c'est prouvé par le Déluge ! »

Cet échange de propos qui mêlaient savoir et badinerie passait largement au-dessus des sourcils fournis du Rousset. Il suivait la conversation en spectateur muet, comme s'il assistait à une partie de pelote, tandis que Constance trempait ses jolies lèvres dans une décoction d'orge, de graines de melon et d'amandes douces pilées, noyée dans une rasade d'eau fraîche, préparée par son père.

Montmirail, qui voyait son rustique ami près de s'ennuyer, s'adressa à lui pour le ramener dans la conversation :

— Savais-tu qu'il y avait deux Montmirail dans le royaume, Rousset ?

Le pêcheur fit signe que non :

— Par ma foi, *moussu*, j'ignore de quoi vous parlez, je ne suis jamais allé en France.

La remarque fit s'esclaffer le jeune aristocrate :

— Voyez le phénomène ! Tu n'es jamais allé en France ? De quelle contrée exotique es-tu donc originaire ?

Avec une grande évidence, Lou Rousset répondit :

— *Ieù ? Sieù de Marsiho*[1] *!*

---

1. Moi ? Je suis de Marseille !

5.

Où l'on assiste à un spectacle prodigieux : l'appareillage d'une galère sur les eaux du Lacydon[1].

Si l'amour – dit-on – donne de l'esprit aux filles, il lui arrive de contribuer à l'affermissement de celui des garçons.

Guillaume de Montmirail, empêtré dans un sentiment naissant qui le troublait comme jamais encore dans sa jeune vie, en avait été le témoin à l'aube même de la nuit où le petit dieu farceur avait placé Constance d'Orseul sur sa route.

Comme il cherchait le prétexte de revoir la belle enfant sans la compromettre ni perdre l'estime de Philippe d'Orseul, Cupidon lui avait soufflé une idée à laquelle le chevalier n'aurait sans doute pas pensé tout seul. Cela lui était venu comme une inspiration

1. Le savoir récent de l'auteur à propos des galères et des galériens doit beaucoup à la lecture attentive des ouvrages du grand spécialiste de la question, l'historien André Zysberg.

au moment où il faisait ses adieux sur le seuil de la maison de l'astronome.

Il avait feint de s'adresser au père, mais c'est la fille qu'il visait :

— Pour vous remercier de votre accueil et de votre aide aussi efficace que chaleureuse – il avait montré sa main bandée –, vous m'obligeriez tous trois en m'accompagnant à l'appareillage de *L'Éclatante* demain. Mon frère aîné, Antoine, y est second capitaine et m'a muni d'un laissez-passer pour des places de choix à l'arsenal. Cela plairait sans doute à mademoiselle, qui…

Constance ne l'avait pas laissé finir. Elle avait battu des mains comme une petite fille :

— Oh ! Dites oui, mon père ! C'est une chose que je n'ai encore jamais vue, et…

Philippe d'Orseul, sans être dupe de cet engouement subit de sa fille pour la marine de guerre, avait acquiescé.

Voilà pourquoi, arrivé avant l'heure, le chevalier Guillaume de Montmirail, superbe dans son bel habit bleu, faisait dans la fièvre les cent pas à l'angle du quai de la Ville et du plan Fourmiguier[1], attendant ses invités en cette belle fin de matinée.

Une puanteur infecte montait des eaux du port dans lesquelles se déversait le contenu des égouts et puisards

1. Ne pas confondre avec la rue qui porte ce nom aujourd'hui, près du théâtre de La Criée. Au Grand Siècle, le plan Fourmiguier est l'actuel quai des Belges, où l'on trouve à la fois un chantier naval pour les navires de commerce et l'arsenal des galères, à l'angle de l'actuel quai de Rive-Neuve.

descendus de la ville, plantée sur un coteau en pente vers les quais. Aux odeurs de pourriture se mêlaient – comme pour les atténuer – les senteurs montant des ballots d'épices entreposés à même le quai et l'odeur puissante du goudron à calfater.

Le plan Fourmiguier grouillait d'une foule colorée. On entendait parler tous les idiomes de la terre. Siciliens, Grecs, Levantins, Génois, Turcs, accompagnés d'esclaves à demi nus, vêtus de mille façons bizarres, s'y croisaient, parlant fort, gesticulant, marchandant les tarifs. Le jeune chevalier ne les avait jamais vus que dans les foires ou les images des livres.

*

* *

Le temps était idéal. Le mistral, enfin calmé après trois jours de colère, avait laissé derrière lui, comme une traîne, une petite brise venue de l'ouest propre à tempérer la chaleur qui avait repris ses droits sur le port de Marseille. Bannières et oriflammes claquaient en haut des mâts comme pour accompagner l'excitation de la foule bigarrée, bruyante et curieuse – toutes classes sociales mélangées, qui, dès le début de la matinée, s'était amassée sur la Rive-Neuve du Lacydon, près du vieil arsenal, pour assister au départ de *L'Éclatante.* La galère était de construction récente. Personne ne voulait rien perdre du spectacle de l'embarquement de sa chiourme et de la troupe de mousquetaires chargés de la protection des vaisseaux marchands que le navire de guerre allait escorter jusqu'à Gênes, avant de poursuivre sa mission vers le Levant et les côtes de

Syrie. Au retour, le bâtiment jouerait le même rôle de chien de garde auprès d'autres navires de commerce marseillais chargés de soieries et d'épices voguant vers leur port d'attache.

Guillaume de Montmirail attendait un trio, c'est un quatuor qui vint vers lui. Un homme, un autre pêcheur semblait-il, accompagnait Philippe d'Orseul, qui avait quitté sa robe d'astronome pour une tenue plus conforme à sa condition de gentilhomme, aux côtés de sa fille Constance et de son « frère » pêcheur.

Le chevalier n'avait d'yeux que pour la jeune fille, la grâce même avec son corsage baleiné à manches courtes bouffantes, au décolleté carré orné d'une simple lisière de dentelle mettant en valeur la finesse de sa taille. Sa longue jupe était décorée d'indienne représentant un semi de fleurs des champs dans un camaïeu de couleurs pastel et, sur ses cheveux relevés en chignon, un simple foulard de soie lâche mettait en valeur la délicatesse de son teint.

Lou Rousset n'était pas en reste, beau comme un sou neuf dans ses habits de fête. Il avait sorti pour l'occasion la tenue traditionnelle des *Sanjanens :* culotte de drap bleu épais s'arrêtant sous le genou, bas de laine enserrant le mollet, et un droguet court, largement décolleté sur une chemise à col ouvert, laissant voir dans l'échancrure un foulard de couleur rouge. Sur sa tête, il arborait le fameux bonnet phrygien avec sa « crête » sur le devant, et, à ses pieds, des sabots de bois sur lesquels étaient fixées les guêtres en tissu à carreaux bien utiles pour garder les pieds au sec quand la mer chahute la barque.

L'homme qui les accompagnait fut présenté par le pêcheur au chevalier :

— Piero Orsini, ancien corailleur, un ami natif de l'île de Corse qui est aux Génois.

Grâce à son sauf-conduit, Montmirail fit franchir aux arrivants les barrières et les grilles gardées par des soldats mousquet au pied. Ils s'installèrent sur des bancs de bois surélevés à la façon des gradins d'amphithéâtre, derrière des personnalités dont l'importance se jugeait à leur manière de parler haut et d'accompagner leur discours de gestes affectés. Car c'était bien à un spectacle que l'on s'apprêtait à assister, tant le décorum et le faste au départ d'une galère relevait de la mise en scène.

À une quarantaine de mètres du quintette, *L'Éclatante* dressait sa haute poupe baroque surchargée de bas-reliefs dorés allégoriques, dont se distinguait au centre un *Hercule terrassant l'Hydre de Lerne*, tandis que sa proue effilée au ras des flots, tournée vers la rive opposée du port, évoquait le rostre d'un espadon. La coque était peinte tout en noir avec des filets rouge sang le long du bordé et un flot de flammes et pavillons cascadait depuis l'arbre de mestre et le trinquet[1] ajoutant à l'atmosphère de fête foraine.

La chiourme était déjà en place, les malheureux vivant pratiquement à demeure sur leur prison flottante. On avait réveillé les forçats de bonne heure pour que la séance d'épouillage sommaire n'ait pas lieu en public, et une partie de leur ration journalière avait été distribuée, composée de fayols, ces gros haricots

1. Grand-mât et mât de proue.

bouillis accompagnés de pain noir qui faisaient l'ordinaire des rameurs. Chacun, coiffé d'un bonnet rouge et vêtu d'un casaquin bleu frappé d'une fleur de lys afin de ne pas effaroucher la pudeur des dames présentes dans l'assistance par la montre de son torse nu, était assis sur un bourras grossier en poil de bœuf qui, la nuit, ou par mauvais temps, lui servait de cape ou de couverture.

S'ils avaient pu s'approcher du navire, les spectateurs venus là comme on va au cirque auraient été moins ravis par l'exhibition qui leur était offerte. La distance et la direction favorable de la brise leur épargnait l'épouvantable odeur de crasse et de misère qui montait du vaisseau de guerre en raison de la promiscuité des corps[1] et du manque d'hygiène, se mêlant au remugle exhalé par les eaux du port, véritable égout à ciel ouvert.

Par cause des dimensions de la galère, chaque homme embarqué se contentait de moins de un mètre carré d'espace vital, les officiers, argousins, comites[2] et mousquetaires d'escorte ne disposant de guère plus d'aise que les galériens.

Constance frissonna de pitié à la vue de ces malheureux ravalés au rang de machines, enchaînés à leur banc, malgré la mine terrifiante de la plupart, leurs regards de bêtes fauves, leurs gestes brutaux et leurs cris inarticulés poussés sans raison apparente. Certains payaient là pour toujours leurs crimes, mais ils

1. Une galère ordinaire comptait 260 rameurs, auxquels s'ajoutait l'équipage (80 officiers et marins, sans compter l'escorte), le tout sur 450 mètres carrés.

2. Maîtres d'équipage.

n'étaient pas la majorité. D'autres avaient été achetés sur les marchés de Livourne ou de Civitavecchia et jusqu'en Alger, mais il suffisait d'avoir trafiqué le sel, monopole d'État, pratiqué l'usure ou simplement d'avoir été raflé parmi les « vagabonds ou gens sans aveux » pour se retrouver là, « à faucher le grand pré » pour la gloire du Prince et de l'État.

Au rythme des tambours, la troupe de quatre-vingts soldats vint prendre place sur le pont étroit du *couroir* tandis que les comites, par habitude, distribuaient au hasard des coups de lanière, de corde ou de bâton sur les échines des hommes courbés sur leur banc de nage.

Plus haut que le roulement des timbales, qui ajoutait à la grandeur terrifiante de la scène, retentirent les ordres, répercutés de la poupe à la proue, et le lourd vaisseau commença imperceptiblement à se détacher du quai.

Penché vers Constance, Guillaume humait le parfum floral exhalé par la chevelure de la jeune fille. Il faisait profiter celle-ci de son savoir tout neuf, emprunté la veille à son frère Antoine, dont il admirait l'allure, debout sur l'espale de poupe, alors qu'il dirigeait la manœuvre délicate qui lui était confiée.

— On distingue cinq rameurs par banc, expliquait le chevalier. Ils sont placés par rang de taille. Le plus grand et le plus robuste est mis à l'extrémité, car c'est lui qui aura à exécuter le déplacement le plus grand : c'est le *vogue-avant*. À côté de lui, vous voyez l'*apostis*, d'une stature moyenne. Enfin les trois autres, de taille plus modeste, vont en diminuant : *le tiercerol, le quarterol* et le *quinterol.*

Constance écoutait comme une élève appliquée, un léger sourire aux lèvres, mais c'était plus pour le plaisir d'entendre le timbre chaud de son guide – lui eût-il débité la litanie des saints – que pour retenir la leçon.

Les timbales cessèrent de rouler pour commencer à rythmer la cadence. Alors, Antoine de Montmirail, muni d'un porte-voix, ordonna : « *Piqu'à banc !* »

Lou Rousset intervint :

— Ah, ça, je connais. Tu vas voir, Constance. Tu n'as jamais vu une chose pareille.

Afin de marquer la solennité du départ et impressionner l'assistance parmi laquelle se distinguaient les robes pourpres des consuls de la ville, les tenues chamarrées d'ambassadeurs venus de Constantinople ou de Grèce et les turbans imposants de négociants répondant à l'invite de leurs homologues phocéens, les officiers de *L'Éclatante* venaient d'ordonner la vogue la plus spectaculaire, la plus épuisante aussi pour la chiourme : celle qui ne se pratiquait que dans les grandes occasions et pour une courte durée : le temps d'un bref spectacle nautique offert à des hôtes que l'on voulait honorer.

Tandis que les comites, comme saisis d'une brusque poussée de fièvre, transmettaient les ordres au sifflet, cris et coups commencèrent à pleuvoir sur les forçats enchaînés à leur banc. Toutes les rames s'élevèrent en un bel ensemble et plongèrent dans l'eau noire du port. La galère, comme sous l'effet d'un coup de fouet, sembla bondir sur les flots. Elle atteignit bientôt le milieu du Lacydon. Alors, les rameurs poussèrent le plus loin possible devant eux la lourde pièce de bois à laquelle ils étaient rivés. On vit le vogue-avant et l'apostis de chaque rang se dresser de son banc, monter sur celui qui le précédait, puis, juste avant d'amorcer leur retour vers l'arrière, alors que la pelle était au plus haut de sa course dans l'espace, frapper le bois du banc avec l'extrémité de la rame. Cela fut exécuté avec une telle coordination que les cinquante-deux détonations semblèrent n'en faire qu'une, ébranlant toute la galère, répercutée par les façades du quartier des Accoules et les pentes nues de la colline de la Garde. La foule, ravie, commença à applaudir et à lancer des vivats à l'instant même où, le mouvement se poursuivant, les galériens « casquaient à proue », se renversant afin de tirer la lourde rame vers l'arrière, tandis que la pelle plongeait au plus profond des eaux, obligeant vogue-avant et apostis à se coucher sur le dos à même leur banc, leurs reins à peine protégés par la peau de vache rembourrée qui le recouvrait.

La vogue se poursuivit, amenant une nouvelle rafale de coups et de cris, suivis des bravos de la foule, tandis que claquait un second *piqu'à banc ! L'Éclatante* n'avait jamais autant mérité son nom. Comme en écho, les canons des remparts et de la tour Saint-Jean saluaient de salves à blanc l'avancée de la galère vers la passe du port.

Constance était partagée entre le plaisir d'assister à ce prodigieux spectacle et la tristesse à la pensée que, pour en profiter, il fallait consentir au poids de misère humaine qu'il exigeait.

Heureusement, les comites, tout impitoyables qu'ils fussent, avaient mission de ménager la chiourme, car la route était longue jusqu'à Gênes. Aussitôt la galère et les deux navires marchands qui la suivaient comme des chiens leur maître hors de vue, ils ordonnèrent *« vogue largue et ben tirade ! »*.

Ce qui eut pour premier effet de ralentir la cadence et l'amplitude des coups de rame. On n'était pas encore à hauteur de l'île d'If qu'ordre était donné de *voguer par quartier*, les vingt-cinq premiers bancs ramant seuls pour deux heures, au bout desquelles ils seraient relayés par les bancs de la moitié-arrière du bâtiment[1]. Une grande tente de coton fut déployée au-dessus des bancs.

Cela ne se montrait pas et la foule ravie ne garderait en mémoire que la formidable puissance de la machine de guerre mue par la force humaine pour la gloire « du plus grand roi du monde ».

La matinée s'avançait. Le soleil s'en donnait à rayons déployés, mais le cœur de Guillaume de Montmirail n'était pas à l'unisson. Le jeune chevalier ne pouvait s'empêcher de songer à son propre départ qui ne saurait tarder. Il cherchait les mots à dire, les prétextes à prolonger et renouveler les instants délicieux mais trop brefs qu'il venait de vivre. Le sourire de Constance, sa joie juvénile, la douceur de ses regards lui avaient mis la tête à l'envers. Il fallait trouver quelque chose à lui dire. Mais quoi ? Le jeune amoureux n'avait pas de ces ruses qui sont le propre des

---

1. En réalité, une galère comprenait vingt-six rangs à bâbord et vingt-cinq à tribord. Le rang manquant – le neuvième en partant de la poupe – étant occupé par le « fougon », fourneau en briques avec sa grosse marmite destinée à la cuisine.

séducteurs d'expérience. Il n'avait que la sincérité de son cœur, mais manquait de savoir-faire.

Il cherchait, et plus il cherchait plus l'émotion, le dépit, le constat de son impuissance le paralysaient. Cette rencontre qui avait bouleversé sa jeune vie allait donc se terminer là, de si lamentable façon, devant un quai se vidant de la foule qui, un instant avant, faisait la fête ?

Montmirail, la mort dans l'âme, allait se résigner à des adieux dont il redoutait l'imminence.

C'est alors que le sort, le hasard, peut-être même la providence – sait-on jamais ? – vinrent au secours du plus emprunté des amoureux quand des cris farouches se firent entendre.

Ils semblaient provenir de la rive opposée du port, du côté de la Maison Commune[1].

---

1. C'était ce que l'on n'appelait pas encore l'hôtel de ville, à l'emplacement de l'actuel, sur le quai du Port. Au rez-de-chaussée du bâtiment municipal se trouvait la Bourse de commerce, dénommée la Loge.

6.

Où nos héros assistent à une explosion de colère publique et apparaît un personnage, seul capable de la dominer.

Après avoir contourné en hâte l'enceinte du chantier naval qui occupait une partie du fond de port, Guillaume de Montmirail, Philippe d'Orseul, sa fille Constance, Lou Rousset et son ami Piero Orsini arrivèrent essoufflés sur la rive nord du Lacydon, d'où étaient partis les cris. Ils se trouvèrent face à une foule grondante qui descendait en rangs serrés depuis les hauteurs de la ville. Tels les torrents de montagne grossis par l'orage sortant de leurs lits pour se jeter dans un fleuve dont ils provoquent la crue subite, les rues du Corps-de-Ville et des autres quartiers de Marseille – Blanquerie, Cavaillon, Saint-Jean –, qui toutes dévalent vers le port, charriaient une foule vociférante, hérissée de piques, de mousquets, de longs bâtons ferrés et de sabres. Elle convergeait vers le quai devant la Maison Commune, symbole de la puissance publique, et la Loge, emblème de sa puissance financière.

En tête marchaient de fortes matrones aux hanches larges, aux voix puissantes, exhortant du geste celles et ceux qui les suivaient en hurlant des mots dont, de loin, on ne comprenait pas encore le sens. Ils ajoutaient à l'image violente de ce peuple en marche une houle sonore qui le rendait encore plus menaçant. L'émeute enflait. On distinguait dans les premiers rangs les larges épaules des portefaix, corporation nombreuse dans une cité où l'étroitesse des rues interdisait tout accès aux charrettes et aux équipages, rendant obligatoire le portage à dos d'homme. Le reste de la foule était fait d'un mélange composite de marchands, pêcheurs, artisans, charpentiers, calfats, cordiers, barillats[1], représentants des petits métiers du port, toutes corporations confondues. On devinait même quelques uniformes de soldats des milices de quartiers, sans oublier les émeutiers de profession, individus louches, exécuteurs de basses œuvres, gens de sac et de corde, toujours prêts à se vendre à qui payait le mieux, changeant d'opinion comme de camp, prêtant leurs bras aux diverses factions qui, depuis dix ans, s'entredéchiraient pour conserver ou s'emparer du pouvoir municipal.

Montmirail, les d'Orseul père et fille et les deux pêcheurs, arrivés à l'angle nord du Lacydon, pressèrent le pas pour suivre à distance la foule qui, rassemblée en une seule masse compacte, prenait la direction du quai compris entre la Maison Commune et la tour Saint-Jean, dont la masse carrée veillait sur la passe.

Une galère y était amarrée, arrivée la veille de Toulon, à la demande expresse du premier consul

1. Tonneliers.

de Marseille, Lazare de Vento, sieur de La Baume, le protégé de Maynier d'Oppède, président du parlement de Provence. Homme lige du duc de Mercœur, gouverneur de Provence dont il était l'exécutant servile, Vento avait chassé deux ans plus tôt du pouvoir municipal la famille de Valbelle, qui le détenait depuis un demi-siècle. Cela au mépris de l'antique tradition politique marseillaise, qui réclamait pour ses consuls une élection libre et non un choix arbitraire imposé d'« en haut ».

La raison officielle donnée à la présence de cette galère – qui n'appartenait pas à la flotte phocéenne – était le souci de renforcer la défense des côtes marseillaises contre les incursions barbaresques et la nécessaire protection du négoce.

Mais, bien vite, les partisans du clan rival de Vento-La Baume, la famille de Valbelle, avaient révélé la cause réelle de l'arrivée de la *Force* – c'était le nom de la galère. « Il ne faut pas être dupe de la manœuvre », disait-on partout dans la ville et le port. « Cette galère, prétendument destinée à assister les gens de Marseille, n'est rien d'autre qu'un moyen déloyal et illégal d'introduire dans l'enceinte d'une ville protégée par un statut particulier une force et des soldats *étrangers*, en violation des privilèges municipaux jusqu'ici respectés par tous les rois de France. Les canons de la *Force* – censés expédier par le fond les chebecs barbaresques – pourraient à l'occasion se retourner contre la ville. »

L'opinion, attisée par les hommes du clan des Valbelle, avait commencé à gronder. La colère avait gagné toutes les couches de la société quand le bruit s'était répandu que la *Force* avait pour commandant en titre le chevalier de Vendôme. Le titre était honorifique, comme il était souvent d'usage. Le commandement était confié à un marin d'expérience, puisque ledit « chevalier » n'était encore qu'un bambin de quatre ans. Mais Vendôme était le fils du duc de Mercœur, gouverneur de Provence, chargé par le roi de mettre au pas cette ville rebelle !

C'est alors qu'une décision du premier consul avait achevé de mettre le feu aux poudres. Pour complaire à ceux qui l'avaient mis en place, Lazare de Vento venait de proclamer la veille même que la galère du chevalier de Vendôme serait armée aux frais des négociants marseillais ! On faisait payer à Marseille le coût d'une protection qui lui avait été imposée !

Alors, à l'exaspération populaire des petites gens s'était ajoutée celle des bourgeois et négociants. Ils payaient déjà suffisamment pour assurer leur propre protection ! Ils ne paieraient pas une livre de plus !

Voilà pourquoi ce matin-là un fleuve humain descendu de la ville débordait sur les quais de Marseille.

En s'approchant, on entendait mieux ce que scandaient les premiers rangs des manifestants :

— *Fouero galero*[1] *! Fouero galero !* hurlaient des milliers de poitrines, tandis qu'un imposant cortège se dirigeait vers la coque rouge sang de la *Force*.

Le commandant en second avait fait éloigner le bâtiment du quai et, à présent, il faisait manœuvrer la chiourme de façon à pointer le canon de proue vers la multitude déchaînée.

1. « Dehors, la galère, hors d'ici ! »

Loin d'impressionner les révoltés, cette menace redoubla leur colère. Bientôt, le pont du vaisseau de guerre et les malheureux forçats qui y étaient enchaînés reçurent une pluie de pierres, d'oranges pourries ramassées à même le quai et de poissons morts lancés depuis les barques des pêcheurs.

Le face-à-face entre la galère en travers du plan d'eau et la foule enragée se poursuivait tandis qu'un autre bras du fleuve humain se détachait pour aller bientôt se rassembler sous les fenêtres de la Maison Commune, conspuant les consuls félons, traîtres à Marseille.

Au milieu de la populace, dont ils se distinguaient par leurs riches habits, trois des négociants les plus connus de la ville, entourés de tous leurs gens rameutés depuis les entrepôts et les fabriques, avaient envoyé une délégation auprès des consuls barricadés dans le bâtiment municipal pour exiger – si la présence d'une galère *étrangère* ne pouvait être évitée – qu'elle fût au moins commandée par un officier de Marseille.

Cela n'avait pas suffi à calmer les manifestants.

— *Fouero galero ! Fouero galero !* scandait la foule en écho.

Lou Rousset et Piero le corailleur, cédant à leur tempérament, se joignirent bientôt aux émeutiers les plus actifs. Plantant là d'Orseul, Constance et Montmirail, ils jetaient avec force vers les fenêtres du premier étage du bâtiment municipal toutes les pierres et les débris solides qui leur tombaient sous la main.

Le jeune chevalier, peu familier des habitudes et du caractère tellurique de la cité, contemplait d'un œil étonné cette révolte qui avait semblé surgir spontanément des entrailles de la ville, alors qu'elle était entretenue depuis des années par les rivalités de clans.

Constance s'était instinctivement accrochée au bras de son père. D'Orseul, inquiet de voir sa fille si frêle face à la violence incontrôlée d'une foule en colère capable de tout, tentait de l'en éloigner.

Sans l'avoir cherché, alors que le trio s'efforçait de prendre la direction de la maison de l'astronome, il se trouva pris au milieu d'un groupe de manifestants arrivés d'on ne sait où derrière eux, sans pouvoir s'en dégager. Montmirail et d'Orseul, dans un geste protecteur, avaient encadré Constance, qui s'était liée à leurs bras, tandis que de leur main libre ils repoussaient les plus excités des émeutiers qui les pressaient. Un mouvement plus violent de la foule sépara Philippe d'Orseul du jeune couple. Serrés l'un contre l'autre, Constance et Guillaume furent ballottés, poussés, transportés à leur corps défendant vers la Maison Commune, dont ils avaient tenté en vain de s'éloigner.

Dans le trouble qui se lisait sur les joues rougies de la jeune fille, il était difficile de faire la part de ce qui revenait à la frayeur et à un certain sentiment dont elle éprouvait pour la première fois les effets.

Tout à coup, la multitude, qui venait battre telle une vague contre les murs du bâtiment municipal, sembla s'ouvrir en deux comme jadis la mer rouge devant les Hébreux. De nouveaux cris retentirent. On scandait un nom :

— Glandevès ! Glandevès ! *Es nostro Glandevès qu'arribo !*

On vit s'approcher un cortège de gentilshommes entourant un homme qui les dominait tous. C'était un géant de près de deux mètres, âgé d'une trentaine d'années, coiffé d'un large chapeau orné de plumes et de rubans sur une perruque frisée qui lui venait aux épaules. Son haut-de-chausses cintré de brocart vert descendait jusqu'aux genoux et ses manches trois quarts laissaient paraître la finesse de sa chemise brodée. Sa culotte bouffante dégageait des bas à jarretière ornés de rubans rouges, assortis à sa ceinture de tissu frangé barrant le buste par le travers. Il avait une allure folle avec son épée en main droite, la gauche tenant un pistolet et sa moustache en croc achevait de lui donner un air de fierté naturelle qui renforçait l'impression d'autorité se dégageant de toute sa personne. Le regard était sombre et farouche. Il semblait irradier de cet homme une énergie peu commune. Les dames de la halle aux poissons n'étaient pas insensibles à la beauté virile de ses traits.

Il y avait là, l'entourant comme une meute protectrice, les représentants des grandes familles de son parti : La Reynarde, Riquetti de Mirabeau, de Candolle, d'Arène, d'Airargues, les frères de Beausset, escortés de tous leurs gens comme une mouvante haie d'honneur. Deux gentilshommes précédaient celui qui semblait être leur chef, écartant ceux qui tentaient de l'approcher, y compris ceux qui l'acclamaient :

— Laissez passer Gaspard de Glandevès, seigneur de Niozelles ! Place, place ! Laissez passer M. de Glandevès !

À force de bousculades et de coups d'épaule vigoureux à travers la foule compacte, où Piero Orsini s'était noyé, Lou Rousset avait rejoint Constance et Guillaume, toujours pressés l'un contre l'autre. Le pêcheur montra du doigt cet homme de haute taille, comme si le bon Dieu venait de lui apparaître :

— C'est lui...

Le cortège des gentilshommes arriva face à la porte d'entrée à deux battants de bois soigneusement barricadés à l'instant où, sur le balcon de la Maison Commune, les consuls, Boniface Pascal, Joseph Fabre, et le premier d'entre eux, Lazare de Vento-La Baume, apparaissaient dans le vain espoir de calmer la colère publique.

La foule les conspua longuement.

Les gens de Gaspard de Glandevès réclamèrent le silence, l'obtinrent au bout de longues minutes d'un tumulte inouï, non sans que les hommes de main qui les accompagnaient aient employé la manière forte pour mettre les plus récalcitrants à la raison. Un calme relatif s'établit peu à peu.

Alors, d'une voix de stentor capable de dominer le tumulte, Gaspard de Glandevès interpella les hommes en rouge penchés au balcon :

— Magistrats félons, qui ne devez pas votre légitimité au peuple de Marseille, vous n'êtes point les élus de la cité ! L'estime publique s'est dès longtemps retirée de vous, serviles instruments du pouvoir arbitraire ! Il est temps que vos rendiez aux représentants des vrais Marseillais un pouvoir que vous avez usurpé à force d'intrigues. Sortez !

Un cri unanime monta de la foule, répercuté par mille poitrines :

— *Fuero !*

7.

Où ce qui ne semblait être qu'une bouffée de colère tourne à l'émeute sanglante.

Les cris et les huées montant de la foule vers le balcon de la Maison Commune s'étaient à peine calmés que le premier consul, Lazare de Vento-La Baume, répliqua à Gaspard de Glandevès en montrant la *Force,* toujours par le travers du port :

— Nous saurons imposer notre autorité ! Elle seule est légitime, car nous la tenons du roi ! Qu'on se prépare à canonner ! Vive Mercœur !

Sur ces mots, il quitta le balcon et, s'engouffrant par la haute fenêtre menant à la salle du conseil de ville – qui n'avait plus un carreau en place –, il disparut de la vue des manifestants.

Comme pour appuyer cette proclamation menaçante, on vit débouler depuis l'arrière du bâtiment municipal une escouade de soldats armés de mousquets et de piques, portant sur leur chasuble la fleur de lys. À la faveur d'une nuit sans lune, la semaine précédente, on les avait discrètement fait entrer en ville, suite aux propos entendus dans les tavernes du port par les espions des consuls. Ils ne laissaient aucun doute sur l'imminence d'une révolte populaire fomentée par le camp favorable aux Valbelle.

Ces soldats ne relevaient pas des troupes régulières ni des milices chargées de la sécurité de la cité. Leur accoutrement ne rappelait en rien le bleu et le blanc de Marseille, couleurs familières à la population. Il s'agissait de mercenaires recrutés par les consuls, équipés de tenues et d'armes hétéroclites où les mousquets dominaient. Leur seul signe de reconnaissance était un flot de rubans jaunes et noirs fixés à la boutonnière de leur habit.

Les gens de Gaspard de Glandevès repérèrent parmi eux de vieilles connaissances : les gentilshommes inféodés au premier consul. À leur tête marchait le chevalier de Foresta, fougueux et déterminé.

Tandis que l'attention de la foule était retenue par l'arrivée inopinée de cette cohorte, le capitaine commandant la *Force* avait ordonné aux boutefeux de se tenir prêts, et on en voyait deux, mèche allumée, encadrant le canon de proue dirigé sur la foule. Un mouvement de panique agita les rangs des manifestants pris en tenaille entre la troupe massée sous le balcon du bâtiment municipal et la gueule menaçante de la pièce d'artillerie chargée à mitraille.

Les adversaires s'étaient figés dans l'attente – chaque camp se demandant qui lancerait l'assaut le premier. Le drame pouvait survenir à tout moment. La menace enflait, la tension était palpable. Les partisans de Glandevès, armes à la main, entouraient leur chef qui les dominait de toute sa taille, tandis que la troupe consulaire, sur un geste discret du chevalier de Foresta, les avait mis en joue.

Un mot de plus, un geste de trop et c'était un carnage.

C'est alors qu'on vit apparaître, sortie des premiers rangs des émeutiers, la silhouette menue d'un ecclésiastique dont le rabat blanc se détachait sur la soutane noire. Il avançait dans l'espace laissé libre par les belligérants en criant :

— Arrêtez ! Insensés !

Chacun reconnut l'abbé Antoine de Félix, cousin et allié des Valbelle, homme de foi et de bien, réputé dans les deux camps pour sa sagesse. Il était connu de tout Marseille pour avoir été une dizaine d'années auparavant premier consul. Ses talents de conciliateur l'avaient rendu populaire au sein du peuple et il avait l'oreille de toutes les factions.

L'abbé se campa à mi-distance des deux lignes ennemies et, mettant dans ses paroles toute la conviction dont il était capable, il les adjura :

— Abaissez les canons de vos armes, remettez vos épées dans leurs fourreaux et, au nom de Dieu, dont vous êtes tous les enfants, épargnez à la cité un carnage fratricide !

Le premier consul était réapparu au balcon de la Maison Commune. À ce signe, la foule des émeutiers le crut convaincu par les paroles du sage. D'autant que Lazare de Vento fit transmettre l'ordre au capitaine de la *Force* de détourner son navire.

Presque aussitôt un héraut proclamait que le premier magistrat renonçait à faire armer la galère du duc de Vendôme aux frais des négociants marseillais.

La nouvelle fut accueillie par une houle de vivats. Aux cris de victoire du peuple se mêlèrent ceux des marchands et de leurs bailleurs de fonds.

L'euphorie fut de courte durée. À peine la nouvelle avait-elle atteint les derniers rangs des émeutiers qu'une autre venait jeter à bas les espoirs de l'abbé de Félix. Le premier consul n'était pas encore rentré dans la salle du conseil de ville que l'un des fidèles du parti de Glandevès arrivait hors d'haleine, l'épée à la main, à la tête d'une troupe décidée :

— Pendant que Vento-La Baume vous endort avec des promesses qu'il ne tiendra pas, les autres consuls, accompagnés de gens du chevalier de Foresta, investissent les accès à la ville. Ils ont pris la porte Réale et s'apprêtent à investir celle du Marché. Aux armes !

Joignant le geste à la parole, avant même d'avoir pris l'avis de Glandevès, le gentilhomme se rua vers le bâtiment municipal. Au moment où il atteignait le porche d'entrée, les défenseurs de la Maison Commune, l'épée à la main, avec à leur tête le chevalier Griffet de Cipières, lui barrèrent le passage.

Ce que voyant, Gaspard de Glandevès, arrachant un mousquet des mains d'un de ses partisans, se précipita pour défendre son ami. Un coup de pistolet parti des rangs des défenseurs l'atteignit au bras gauche, sans pour autant arrêter sa course, durant laquelle il avait perdu son chapeau. Sans se soucier du sang qui rougissait sa manche gauche et les dentelles qui en dépassaient, le gentilhomme semblait animé d'une fureur nouvelle. Il tira la balle de son mousquet qui fit long feu, mais saisissant l'arme par son canon il s'en servit comme d'une masse d'arme. Il la faisait tournoyer au-dessus de sa tête. Les premiers coups visèrent Griffet qui, reculant, accrocha la lance d'un de ses partisans et se retrouva bientôt sur le dos. L'impression de force invincible donnée par l'attaque furieuse de Glandevès était telle qu'aucun des hommes entourant de Cipières ne semblait vouloir lui porter secours. Une main complice tendit une épée à Gaspard de Glandevès. Celui-ci la repoussa ; l'idée de frapper un homme à terre lui répugnait, bien que de Cipières – qui ne manquait pas de courage – ait refusé de déposer son arme.

Glandevès s'apprêtait à reprendre l'assaut quand des roulements de tambours annoncèrent l'arrivée d'une forte troupe d'hommes en armes, à la tête desquels s'avançait un cavalier juché sur un cheval blanc. C'était Paul Fortia de Piles, viguier et gouverneur du château d'If et des îles de Marseille, venu se jeter à temps en médiateur entre les factions rivales.

Chacun ici connaissait et respectait ce grand seigneur, descendant d'une illustre famille. Chez les Piles, le titre de viguier était héréditaire depuis un siècle. Le père et le grand-père de Paul de Fortia s'étaient illustrés par leur bravoure dans les plus fameuses campagnes du bon roi Henri et de son fils, Louis, treizième du nom. En récompense, les souverains, en confiant aux Piles de père en fils la fonction de viguier, en faisaient l'homme le plus puissant de Marseille. Bien que Fortia de Piles fût l'homme de confiance de Mazarin et du duc de Mercœur, le peuple n'avait jamais confondu son rôle avec celui des consuls, qui n'étaient que des courtisans, des exécutants serviles de la volonté royale, peu soucieux de l'intérêt du peuple de Marseille. Les titres de gloire de l'illustre lignée des Piles la préservaient de cette suspicion et constituaient pour l'opinion publique un gage de loyauté envers la ville.

Droit sur sa monture, le gouverneur viguier s'avança avec une lenteur calculée entre les rangs des combattants pour mieux leur imposer le respect. La bataille de rue avait cessé, les assauts s'étaient rompus dès son apparition. Par respect pour sa fonction, mais aussi parce que les troupes qui l'entouraient représentaient une telle force que même les plus fougueux des émeutiers auraient réfléchi à deux fois avant de se risquer à l'affronter. La peur du gendarme venait de ramener la foule enragée à la sagesse.

Dans les paroles de Fortia de Piles se mêlèrent l'apaisement et la menace. Il acheva sa courte allocution par une ferme péroraison :

— J'ordonne à chacun de mettre à bas les armes et de retourner à ses occupations ordinaires.

Même Gaspard de Glandevès avait écouté en silence sans oser protester ni justifier sa conduite. En quelques minutes, l'autorité naturelle du viguier avait ramené la paix sur les quais après la bourrasque de folie collective qui venait de les balayer.

Les deux camps abandonnèrent leurs positions et déposèrent leurs armes aux pieds des troupes du gouverneur du château d'If.

Glandevès, revenu à raison, comprimait l'hémorragie de son bras pour laquelle il avait sacrifié les dentelles de sa chemise, mais venait de refuser la chaise à porteurs qu'on avait fait avancer pour lui. C'est à pied qu'il s'éloigna du champ de bataille, toujours entouré de ses fidèles, vers la rue du Grand-Puits où s'élevait sa maison, follement ovationné par les petites gens du port qui en avaient fait leur champion.

Le calme revenait peu à peu. La foule commença à regagner les quartiers d'où l'émeute était partie.

On releva quinze morts sur le quai de la Ville.

*

* *

Durant tout le temps que les balles sifflaient, que les épées s'entrechoquaient et que les combattants se sautaient à la gorge comme des chiens enragés, Guillaume et Constance, épouvantés par la tournure de l'affaire, étaient restés à l'abri, sous le porche d'un entrepôt. Cette belle matinée commencée dans une ambiance de fête s'achevait dans la tragédie.

S'il se fût trouvé seul, le chevalier ne fût pas demeuré à l'écart. Quoique étranger à cette ville singulière, il eût sans doute rejoint le camp du pêcheur et du corailleur, ne serait-ce que pour payer sa dette envers le premier. Mais Montmirail avait charge d'âme, et la protection de la jeune fille, à lui confiée par les circonstances, avait relégué les actes de bravoure.

Les hommes du viguier commençaient à charger morts et blessés entassés sur des charrettes prises aux pêcheurs. Les premières empruntaient déjà la montée vers l'hôpital du Saint-Esprit.

Ni le chevalier ni Constance d'Orseul ne savaient

rien du sort du Rousset et de son ami le Corse. Étaient-ils parmi les corps qui gisaient le crâne ouvert ou se tordant dans les affres de l'agonie après un coup d'épée ou de hallebarde ?

— Allons sans tarder rassurer monsieur votre père, dit Guillaume.

Dès qu'il jugea qu'il n'y avait plus de danger à se déplacer dans les rues autour de la Maison Commune, le couple prit la direction de l'église des Accoules.

En arrivant devant la maison de l'astronome, ils se trouvèrent face à la statue de la désolation.

8.

Où Montmirail tente d'y voir plus clair dans les arcanes de la politique marseillaise.

— Ah, ma fille ! Ah, mon ami ! Le ciel soit loué ! Ne vous voyant pas revenir, je vous ai crus morts ou blessés, piétinés par le troupeau furieux que la colère avait jeté dans la rue ! Dieu merci, vous n'avez rien !

L'astronome fit entrer les jeunes gens dans sa maison et barricada la porte comme si le soir tombait.

Constance alla s'asseoir sur le banc près de la cheminée éteinte.

— Nous n'avons pas une égratignure, dit-elle en souriant à son père.

Elle regarda Guillaume avant d'ajouter :

— M. de Montmirail me protégeait.

Le gentilhomme ne laissa pas à l'astronome le temps de le remercier :

— Mademoiselle votre fille exagère mes mérites. Les émeutiers étaient bien trop occupés à s'affronter pour s'en prendre à nous. Seule une balle de mousquet égarée aurait pu nous mettre en danger. Il est vrai que le combat était confus. Des coups partaient de toutes parts sans que l'on sût qui l'emporterait. L'arrivée des troupes de M. le viguier nous a tirés d'un mauvais pas. Mais dites-moi, maître d'Orseul, ce Glandevès est un lion, au combat ! Je l'ai vu de mes yeux mettre sans hésiter sa vie en danger.

— Il n'a peur de rien, en effet, approuva l'astronome. C'est la raison pour laquelle il plaît tant au peuple de Marseille, qui aime les gens de conviction, surtout quand ils savent la proclamer haut et fort.

— Vous voulez dire…

— Ce que je dis. M. de Glandevès sait manier les foules et flatter les gens dans le sens du poil.

Montmirail s'étonna :

— Il n'est pas ordinaire de voir un aristocrate de son rang épouser la cause du peuple.

Philippe d'Orseul eut une moue :

— Sauf s'il y trouve son compte. Pas plus que les gens de sa caste Glandevès ne nourrit une quelconque considération pour la populace. Dans une faction comme l'autre, on n'a que vif mépris pour les gens de peu, que l'on qualifie sans distinction de faquins. Les uns s'abritent sous l'autorité du roi pour les soumettre, les autres s'appuient sur eux pour servir leur propre ambition. Mais leur but est le même : conquérir ou garder le pouvoir, être les maîtres d'une ville qui n'a jamais cessé de se ressentir comme une « terre adjacente » au royaume. Terre adjacente ! Si vous voulez entendre quelque chose à la mentalité des Marseillais, n'oubliez jamais ces mots. Ils étaient ceux figurant dans la cession de Marseille par le roi René à la couronne de France : « Terre non annexée, mais jointe. »

Louis XI en accepta les termes sans y prêter cas, trop heureux de devenir maître d'un port qui ouvrait au royaume de France le commerce en Méditerranée, mais Marseille, elle, les a pris au pied de la lettre, ces termes qui soulignaient sa singularité. Elle s'obstine à se prétendre libre de ses choix, se moquant bien du destin du reste du pays. Jadis, elle faillit se donner à l'Espagne plutôt que de voir un parpaillot – le bon roi Henri – monter sur le trône de France ! Tout ce qui ressemble à une autorité venue d'ailleurs est pris ici comme une offense personnelle.

— Nous n'avons pas été fâchés de la voir se manifester, cette autorité venue d'ailleurs, dit Montmirail. M. de Piles a su calmer les esprits.

L'astronome hocha la tête :

— J'ai bien peur que la trêve ne soit de courte durée. Les passions sont depuis trop longtemps échauffées et entretenues pour s'éteindre durablement sur une simple intervention du viguier, eût-il le prestige de M. de Piles. Il en faudrait plus pour ramener les enragés à la raison. L'un ou l'autre parti voudra avoir le dernier mot. Et tous deux chaufferont l'opinion tour à tour à son profit. Il faudrait inventer un mot nouveau pour désigner cela !

Philippe D'Orseul réfléchit un instant avant de proposer :

— « Populisme » conviendrait assez. L'amour intéressé du bon peuple…

— Mais enfin monsieur, s'exclama Montmirail, m'expliquerez-vous ce qui se passe dans cette ville étrange pour mettre les gens en pareilles transes ? C'est à n'y rien comprendre ! Pourquoi le peuple de Marseille veut-il chasser les consuls que le roi lui a donnés ? N'œuvrent-ils pas pour le plus grand bien de la cité ?

— Sans doute, mais là n'est pas la question. Vous avez dit le mot : ces consuls, le roi les a *donnés* aux Marseillais. Autrement dit, imposés. Ils ne les ont pas choisis. C'est là leur moindre défaut. Cela est reçu comme une atteinte aux franchises dont Marseille bénéficie depuis des siècles. Cette ville entend s'administrer comme bon lui semble, avec des gens du cru, exclusivement.

Montmirail objecta :

— Pourtant, je les ai entendus crier ce matin encore, entre autres choses : *Vivo lou Rey !*

L'astronome émit un petit rire :

— Certes, *vivo lou Rey,* mais d'abord : *vivo la libertat !* Qu'il nous laisse conduire nos affaires à notre guise, *lou Rey.* Et nous l'acclamerons. Avez-vous eu le temps de vous rendre à la porte Réale ?

— Point encore.

— C'est l'entrée principale de la ville, à l'angle nord du Lacydon. C'est par là que Marseille accueille les visiteurs de marque, et principalement ses souverains. François Ier, Charles IX, Louis XIII y ont reçu des accueils triomphaux, mais seulement après avoir juré sur les *Chapitres de paix* qui les détaillent de respecter les libertés et les franchises. Et savez-vous ce que les Marseillais ont fait graver sous le médaillon apposé sur le pilier droit portant le profil de notre jeune souverain ?

— Je l'ignore.

— *Sub cujus imperio, summa libertas.* Ce qui veut dire ?

— S'il me reste un peu du latin que les oratoriens tentèrent de m'enfoncer dans le crâne, « Sous son pouvoir, la plus grande liberté » ?

— Bravo. Ne voyez-vous pas là un défi, quand on sait combien le roi se montre chatouilleux sur le chapitre de la soumission due à son autorité ?

— Pensez-vous que Sa Majesté connaisse cette effronterie ?

Philippe d'Orseul eut un sourire amusé :

— Croyez qu'on a dû se charger de l'en informer ! C'est la raison pour laquelle je crains que tout cela ne finisse mal. Pour Marseille, j'entends. L'irritation croissante du duc de Mercœur, gouverneur de Provence, bras armé du pouvoir royal, laisse à penser que le roi, conseillé par Mazarin, ne tolérera plus très longtemps les insolences marseillaises.

Montmirail cherchait à y voir plus clair :

— Pourtant, ce qui se passe aujourd'hui ne me semble pas avoir de lien avec le pouvoir du roi. C'est entre Marseillais que l'on se déchire. Éclairez-moi donc.

— C'est long et compliqué pour qui n'est pas d'ici, soupira Philippe d'Orseul. Je vais donc passer sur les querelles, émeutes, affrontements qui, depuis dix ans au moins, déchirent les factions. Mazarin, qui n'a rien oublié de la Fronde, s'efforce de mettre au pas toute velléité d'indépendance, qu'il s'agisse des parlements des provinces comme des pouvoirs municipaux. En bon Italien, il applique la maxime « diviser pour régner ». Partout il favorise la formation de factions rivales. Marseille ne l'avait pas attendu pour avoir les siennes. Dès que le pouvoir royal a pris la décision de nommer les consuls de Marseille par lettres patentes, et non plus de laisser les citoyens les choisir librement, la ville s'est scindée en deux camps irréductibles : l'un acceptait de se soumettre à la volonté du roi, l'autre la refusait. Vous avez compris à quel camp appartient Gaspard de Glandevès. Ce n'est pas la première fois que l'on pousse le peuple à chasser les consuls qui lui déplaisent. Voilà dix ans, un mouvement insurrectionnel a mis la cité à feu et à sang. Déjà le gouverneur de Provence – c'était alors le comte d'Alais – avait pointé ses canons. La lutte fut farouche et le peuple en armes avait repoussé d'Alais, qui le paya de sa disgrâce. À l'époque, Mazarin, qui avait d'autres soucis en tête avec l'Espagne, accepta d'amnistier les rebelles. Mais il réglera ses comptes un jour ou l'autre. On a cru un temps pouvoir tarir la source des maux publics en instituant un système électoral établi sur le « règlement du sort ». Entendez par là le tirage au sort des noms des élus, préalablement inscrits sur les billets enfermés dans une urne scellée. Pendant quatre années le système parut fonctionner, jusqu'à ce qu'on se rende compte que les tirages étaient faussés et que c'étaient toujours les mêmes que le prétendu « sort » désignait ! Si bien que voilà deux ans, en octobre 1657, Lazare de Vento, sortant de charge, envoya des émissaires au duc de Mercœur pour se plaindre des bizarreries d'un hasard qui favorisait prioritairement ses adversaires. Il exigea que les consuls fussent désormais nommés d'office par le roi. Vous me suivez ?

Sur un signe de tête du jeune homme, l'astronome poursuivit :

— Le gouverneur de Provence n'attendait que ça.

Il fit un rapport au roi et celui-ci, sans qu'on procède au vote, nomma de son bon vouloir Lazare de Vento-La Baume et ceux de sa partie. Ceux-ci s'empressèrent de chasser de la Maison Commune les partisans de Glandevès. Et depuis, la colère publique ne désarme pas, attisée par le clan banni. C'est la raison pour laquelle Vento a fait appel à des troupes étrangères pour assurer sa protection.

Guillaume s'étrangla :

— Étrangères, dites-vous ? Les soldats du gouverneur de Provence agissant au nom du roi de France seraient donc ici des étrangers ?

L'astronome sourit devant la candeur du jeune homme.

— Allez donc expliquer à nos belles poissardes et aux portefaix que les soldats de *moussu de Mercuro* ne sont pas des *estrangiés* !

À cet instant on frappa à la porte. Chacun se tut, tendant l'oreille. Montmirail s'était levé et tirait son épée. L'astronome hésitait à aller ouvrir.

— *Qu'es aco ?* demanda-t-il avant d'aller mettre son œil au judas.

Une voix sonore et familière lui répondit :

— *Es ièu !* Lou Rousset !

— Jean-Baptiste ! s'écria Constance en battant des mains.

Philippe d'Orseul ôta les barres de bois qui défendaient l'entrée et ouvrit en grand :

— Dieu soit loué ! Tu…

Les mots s'arrêtèrent sur ses lèvres. Le pêcheur avait sur le front une bosse de la taille d'une orange et son compagnon, Piero le corailleur, traînait la jambe à en faire pitié.

— Mes enfants, s'inquiéta l'astronome, qui vous a mis de la sorte ?

Lou Rousset n'avait pas perdu le sens de la repartie.

— Ils ne m'ont pas laissé leurs noms, *Mestre.* Tout ce que je sais est qu'ils cognaient ferme. Mais par Dieu, pas tant que nous. Et nos têtes sont faites de bois dur. Les estafiers qui marchaient pour Vento voulaient à tout prix nous faire manger notre acte de baptême, mais ça sera pour une autre fois. En revanche, ils doivent cracher le leur à l'heure qu'il est.

Le pêcheur s'adressa à Montmirail :

— *Moussu* le chevalier, j'ai cru reconnaître parmi les gens de Vento l'un des hommes qui vous ont attaqué l'autre nuit. Celui qui a pu fuir avant que je ne l'assomme en plein.

— Eh bien ?

Lou Rousset, l'air préoccupé, expliqua :

— Ça m'a rappelé que l'autre matin, quand nous avons quitté cette maison, j'ai cru voir deux hommes nous suivre à distance.

— Je n'ai rien remarqué, dit Montmirail. Pourquoi ne m'en as-tu rien dit ?

— Pour ne pas vous inquiéter, *moussu.* Mais à présent je me dis que ce n'était peut-être pas à votre seule bourse qu'ils en avaient, ceux de l'autre nuit... L'homme au masque qui les commandait avait quelque chose à cacher. À commencer par sa figure. Peut-être bien que vous êtes pisté.

9.

Où l'on apprend ce qu'il advint à Aix un jour de carnaval du printemps 1659 devant La Mule noire.

Constance, qui s'était précipitée vers le coffre où maître d'Orseul serrait ses pommades, élixirs, sirops et médications, mettait tous ses soins à appliquer sur la bosse du Rousset un onguent dont son père avait le secret de fabrication. De son côté, l'astronome s'apprêtait à poser une attelle sur la jambe endommagée du Corse.

Un pli soucieux apparut entre ses sourcils fournis. Il se redressa avec une grimace et scruta Montmirail :

— Cela ne me dit rien qui vaille, chevalier. Si des gens vous suivent, c'est qu'on leur aura demandé de le faire. Quel que soit le plaisir que j'ai éprouvé à faire votre connaissance, il me semble que vous ayez eu fâcheuse idée en vous attardant après le départ de votre frère dans cette ville où tout peut arriver. Je me demande si l'air que l'on y respire est bien le meilleur pour vous.

— Qu'il sente la poudre ne saurait me déplaire,

répliqua Guillaume. Pour un futur soldat, il n'en est de meilleur.

Lou Rousset leva sa main énorme pour demander la parole :

— On vous en veut, dirait-on. L'autre nuit, ces gens vous suivaient. L'attaque dont vous avez été le siège ne devait rien au hasard d'une rencontre. Je m'en suis persuadé en observant que la bande vous avait emboîté le pas. Dès le quai. Après votre passage devant la taverne À l'Ancre d'Or, d'où ces ruffians guettaient. Ils sont sortis sur le talon de vos bottes, suivis d'un gentilhomme vêtu de noir qui les a rejoints en posant un masque sur ses yeux. Je me suis dit que l'attelage n'avait rien d'ordinaire. Quand je les ai vus prendre la rue Mayousse à vos trousses, je n'ai plus douté qu'un mauvais coup se préparait. Je les ai pistés à leur tour. Vous savez le reste.

Sur le visage de Montmirail se peignit une étrange réaction, mélange de gêne et d'embarras. Comme s'il réfléchissait à la façon dont il devait répondre aux confidences du pêcheur. Il semblait avoir quelque chose à dire, mais ne savait comment ni jusqu'où aller. L'œil perspicace de l'astronome le nota.

Le chevalier commença, feignant l'incrédulité :

— Je ne connais personne ici… Qui pourrait m'en vouloir ? Je n'ai pas eu le temps de faire des dettes, je n'ai cherché querelle à quiconque, je n'ai rien à me reprocher…

Il marqua un temps d'arrêt avant d'ajouter, regrettant aussitôt ce début de confidence :

— Je ne suis pas revenu en Provence depuis quelque dix années. Je l'ai quittée, j'étais un enfant.

— Vous y êtes donc né, monsieur de Montmirail ? demanda d'Orseul.

— Non pas, mais j'y ai passé ma prime enfance. Jusqu'à ce que certain événement ne m'oblige à partir.

L'astronome encouragea Guillaume à se confier :

— Certain événement ? Poursuivez, de grâce, si nous ne sommes point trop indiscrets.

Comme à regret, le jeune homme expliqua :

— Sachez que nous étions trois frères. Les Montmirail, sans être fortunés, ont du bien par les terres de notre fief, de vastes terres propices à l'élevage des étalons et des juments poulinières destinées à la cavalerie royale. Sans parler de la vigne, qui assure un complément important de nos revenus. Notre père avait résolu que l'aîné de ses fils, Henri, plus âgé que moi de huit années, serait son seul héritier afin de ne point démembrer nos biens. Hélas, il périt au cours d'un duel dont je ne sus jamais la raison. Les gens de ma famille, sans doute pour protéger l'enfant que j'étais, se sont toujours refusés à me la confier.

Le jeune homme demeura un bref instant silencieux, comme s'il revivait un épisode douloureux. Une légère crispation barrait son front. Il poursuivit :

— Mon autre frère, Antoine, que vous savez officier sur *L'Éclatante,* a préféré devenir marin. Quant à moi, le benjamin, je devais être d'Église selon la volonté paternelle, bien que la vocation me fît défaut. Le comte, monsieur mon père, appartenant à la maison de Condé, suivit le prince à Paris après sa rentrée en grâce. On me confia donc aux soins des nourrices, cependant que la famille quittait notre fief. Mais l'homme propose… Mon père fut tué au siège de Corbie, en Flandre. Frappée de fièvre quarte, affaiblie de chagrin, ma mère ne tarda point à le rejoindre. Je grandis seul, un temps séparé de mes grands frères, élevé par ma tante, Mme de Vinay. Jusqu'à ce que mon parrain, M. de Valois, oui, ce comte d'Alais dont vous me parliez tout à l'heure, ce comte d'Alais naguère gouverneur de Provence, me fît venir en Aix pour mes études. Il me plaça chez les pères du collège Royal. J'avais dix ans à peine et il était déjà question que je prisse la tonsure et le petit collet.

Dans le regard de Constance, qui ne perdait pas une miette du récit, se lisait clairement : « Quel dommage ce fût ! »

Montmirail poursuivit :

— Au printemps 1649, je m'en retournais un soir du collège vers le palais de mon parrain. J'arrivais sur le cours, devant l'hôtellerie de La Mule noire, où logeait Montmeyran, commandant des troupes du comte d'Alais et ami de mon père.

Philippe d'Orseul intervint :

— Un instant. Au printemps 1649, avez-vous dit ? N'était-ce point le dix-neuvième jour de mars ?

Guillaume hésita avant de répondre. Il préféra éluder :

— La date exacte échappe à ma mémoire. Ce dont je suis certain est que nous étions à la mi-carême, car les rues d'Aix grouillaient de masques. On ne pouvait faire deux pas sans être assailli de troupes joyeuses et excitées qui faisaient mille tours. Les Aixois ont le goût prononcé de la mascarade.

À son tour, Lou Rousset s'en mêla tandis que Constance entourait sa tête de charpie bien serrée sur l'onguent pour réduire sa bosse.

— Il arrive que la mascarade tourne à la mauvaise

farce, m'a raconté *Mestre* d'Orseul. Sans vouloir vous désobliger, cette même année 1649, le 28 janvier, pour la Saint-Sébastien, monsieur votre parrain, le comte d'Alais, l'apprit à ses dépens.

Un sourire apparut sur le visage de Guillaume. Il ne paraissait pas se formaliser à l'évocation d'une mésaventure qui avait fait rire toute la Provence. Au contraire, apercevant une interrogation dans les yeux de Constance qui ignorait de quoi on parlait, il lui en fit le récit :

— Le gouverneur de Provence, mon parrain, avait voulu régaler les Aixois d'une turquerie. Le divertissement était à la mode. Disposant de la chiourme à sa guise, il y avait fait recruter depuis Marseille des figurants qui ne lui coûtaient rien et dont la mine farouche serait d'autant plus authentique que nombre d'entre eux étaient de vrais Turcs. Hélas, la farce fut prise au tragique. Les Aixois, à la vue de cette troupe patibulaire escortée de gardes en uniforme vert armés de mousquets, crurent que le comte d'Alais, trahissant le maître qu'il servait, voulait investir la ville pour la livrer au roi d'Espagne. Le bruit avait couru que Marseille en révolte allait s'y résoudre pour échapper à la colère du roi. On sonna le tocsin dans tout Aix et une émeute publique éclata.

Prisonnier dans son palais, Louis de Valois, comte d'Alais, s'en était évadé à grand-peine par les toits de la sénéchaussée, d'où, se laissant glisser jusqu'au pied du clocher de la Madeleine, il avait gagné les jardins. Là l'attendaient des chevaux pour le conduire à Toulon, où il savait trouver protection auprès de la marine royale.

À l'époque, l'équipée avait diverti le jeune Montmirail. Il n'était pas en âge de mesurer à quel point elle présageait des jours troublés. Il ne pouvait prévoir que son frère Henri, qui s'était distingué avec Condé au siège de Lens, allait mourir dans un duel dont jusqu'ici il ignorait les causes, son aîné Antoine ayant toujours refusé de répondre à ses interrogations. Ce coup d'épée devait changer la vie entière de Guillaume, puisque le futur ecclésiastique pouvait dès lors prétendre au métier des armes.

Un peu troublé par le retour brutal de ces souvenirs douloureux, le jeune homme semblait hésiter à poursuivre. Constance l'encouragea avec une moue adorable et un air moqueur :

— Eh bien, monsieur le chevalier, vous étiez parti à nous conter une belle histoire et vous nous laissez avec les masques de la mi-carême devant l'hôtellerie de La Mule noire.

Guillaume poursuivit :

— Je suivais, ravi par le spectacle, un de ces groupes joyeux, tous vêtus en arlequins avec ces masques de carton noir que l'on voit dans les comédies que nous donnent les Italiens. Ils feignaient de manœuvrer à la manière des soldats en troupe, et nul n'aurait pu penser que leurs mousquets et baïonnettes, peints en doré et enrubannés, n'étaient point des armes de carnaval.

Aussi les gardes postés devant l'hôtellerie les laissèrent-ils entrer. La foule les suivait et je suivais la foule, mais il y avait tant de monde que je fus refoulé vers la rue. C'est alors qu'une voix forte et aigre, une de ces voix habituées au commandement qui claquent sur les champs de bataille comme explose une boîte à mitraille, s'éleva, faisant trembler les vitres :

— Tout le monde au sol ! La tête entre les mains et que personne ne bouge ! On n'en veut qu'à un seul !

10.

Où Montmirail découvre
la raison pour laquelle
il ne peut plus quitter Marseille.

Le chevalier avait mis tant de cœur à répéter les paroles menaçantes proférées un certain soir de mars 1649 que l'astronome lui posa sa main sur la manche, afin de l'inciter à la modération :

— Pas si fort, chevalier ! Le guet pourrait vous entendre et venir voir de quoi il retourne.

Piero Orsini éclata de rire :

— À moins qu'ils n'y voient raison à détaler. Mais poursuivez, monsieur, votre histoire m'intéresse. Je me croirais chez moi, à *Pruprià*[1], quand deux clans rivaux en viennent à s'affronter.

Le jeune homme acquiesça.

— J'ai entendu claquer un coup de feu à l'intérieur de l'hôtellerie, un seul, suivi de cris déchirants. On venait d'assassiner quelqu'un. Les arlequins mas-

1. Propriano.

qués ont reflué en désordre sur le cours, poussant les curieux devant eux, et je me suis trouvé assis dans le ruisseau, mes habits tout crottés.

Constance avait hâte de connaître la suite.

— C'est là tout ?

— Pas tout à fait. Comme je me relevais pour ramasser mes livres et mes cahiers éparpillés dans la boue, ceux de la bande, toujours courant, revinrent sur leurs pas. Sans doute leur retraite vers les sorties de la ville avait-elle été coupée par quelque milice attirée par le coup de feu et les cris. Ils cherchaient à se fondre dans la foule se pressant sur le cours. Je voyais venir vers moi deux de ces personnages masqués, dont l'un tenait encore un pistolet en main. Comme je me levais de l'ombre où j'avais chu, l'un des deux hommes me heurta dans sa course et son masque se détacha tandis qu'il tentait de reprendre son équilibre.

» Son compagnon, qui s'était retourné, s'en rendit compte. Il cria : “Crédié, monsieur mon frère, vos traits sont dévoilés. Ce morveux pourrait vous remettre ! Tuez-le donc sans tarder, les exempts sont sur nous !” “Si fait, répondit l'homme au pistolet. C'est un risque à ne pas courir.”

» Je n'avais jamais vu cet homme. Cependant son visage était de ceux qu'on ne peut oublier. Sous sa défroque multicolore qui évoquait la fête, ses traits étaient d'une telle froideur, son regard gris d'une telle cruauté, qu'en dépit d'une beauté de statuaire, soulignée par une fine moustache blonde, il provoquait une sorte de répulsion. Dussé-je vivre cent ans, jamais je n'effacerai de ma mémoire l'impression qu'il me fit. Avec un rictus mauvais, il affermit sa main sur la crosse de son arme et me dit de sa voix métallique, semblable à celle que je venais d'entendre intimer aux convives l'ordre de se coucher au sol : "Va-t'en voir de l'autre côté si j'y suis."

» Je ressentis un grand choc dans ma poitrine, un autre très violent sur l'occiput et m'évanouis.

Les autres écoutaient avec un intérêt croissant.

— Quand je revins à moi, j'étais assis à même le pavé, le dos appuyé au tronc d'un platane du cours, entouré de silhouettes floues de badauds que j'entendais parler et crier entre eux d'une voix de coton, comme s'ils étaient séparés de moi par quelque lourde tenture. En fait, je reprenais peu à peu mes sens. « Je crois qu'il se remet », dit une voix de femme près de mon oreille. Des mains m'aidèrent à me relever. J'étais encore tout étourdi, surpris de ne point éprouver de souffrance. La balle ne m'avait pas touché.

— Comment se peut-il ? dit d'Orseul.

— Expliquez-vous, monsieur, demanda Constance haletante.

— C'est simple, je dois la vie – avec la protection du ciel – à la hâte que cet assassin avait de m'occire. Des exempts, suivis d'hommes de la milice municipale, accouraient, alertés par des témoins, vous ai-je dit. L'homme ne pouvait pas lever son arme pour me viser au front sans être aussitôt repéré. Il avait donc tiré à hauteur de sa hanche, le canon pointé vers mes entrailles. Dans l'ombre, il ne se doutait pas que je tenais serré contre moi le lourd volume de mon *Gradus Ad Parnassum*[1], du père Chatillon, que je venais de

1. Dictionnaire poétique latin-français.

ramasser dans le ruisseau. Le plomb qui m'était destiné avait percé le cuir de la reliure, pour se loger dans l'épaisseur des feuillets. C'est le choc de la balle qui m'avait précipité contre le tronc du platane. Je m'y étais proprement assommé. Si je saignais, c'était d'une plaie à la nuque que je m'étais faite en tombant à la renverse.

— Vive Dieu ! s'exclama Philippe d'Orseul. Voilà bien un motif supplémentaire de recommander à la jeunesse de s'appliquer aux études latines ! La vie sauve grâce au *Gradus*. Qui inventerait cela ?

Lou Rousset s'en mêla, revenant aux soucis de l'heure :

— Il n'empêche, monsieur, vous êtes en danger. L'attentat de l'autre nuit en atteste. On vous cherche, et peut-être, en venant saluer monsieur l'officier votre frère, vous êtes-vous mis tout seul en péril.

Le chevalier assura qu'il n'avait aucune inquiétude, mais chacun put voir qu'il était en tourment. Ce jeune homme cachait quelque chose. Même Constance s'en persuada.

L'astronome s'inquiéta à son tour :

— Vous n'en avez rien dit, mais je suppose que vous n'ignorez point quelle était la victime du meurtre de La Mule noire dont vous fûtes l'innocent témoin ?

Montmirail acquiesça :

— Je l'ai appris plus tard.

Il demeura dans le flou :

— Je crois me souvenir qu'il s'agissait d'un avocat. On lui reprochait je ne sais plus quelle hâte il aurait mise à se soumettre à je ne sais quelle nouvelle forme de pouvoir de messieurs les membres du parlement d'Aix, imposé à eux par le cardinal...

Philippe d'Orseul approuva gravement :

— C'est exact. Philippe Gueidon, avocat du roi en la sénéchaussée de Marseille, était un protégé de Mazarin, nommé par lui. Cela avait suffi pour lui faire à Aix de mortels ennemis. On l'a fait assassiner par les gens que vous avez croisés ce soir-là. Personne n'osa défendre ce malheureux assis au milieu d'un grand nombre de convives. Il a été percé d'une balle et lardé de baïonnettes, mais ne mourut de ses blessures à Marseille que quatre mois plus tard. C'est depuis que les factions transforment les rues de nos villes en champs de bataille, ici comme à Aix. Aventure fatale, monsieur. Cette affaire lointaine est la source de nos maux actuels.

— Si je peux me permettre, *moussu*, dit Lou Rousset, ce n'est pas tant cela qui doit vous inquiéter. Soyez plutôt en peine de vos propres arlequins. Cette troupe de coupe-jarrets, on la connaît ici. On les nomme les Masques, pour la raison qu'ils ont le goût du déguisement et du mystère. On les a vus dans les oripeaux variés de la comédie italienne, mais ce sont de dangereux assassins. Ils agissent sous les ordres d'un inconnu habillé en gentilhomme. Jamais à visage découvert. De francs fripons qui souvent opèrent pour leur compte, mais aussi sur ordre. Il suffit de payer ce qu'ils demandent pour les avoir à soi. On les dit capables de mille méfaits, pillages, enlèvements, extorsions. Ils ont attaqué, dans les gorges d'Ollioules, le convoi qui amenait à Toulon la solde des marins du roi. Ils travaillent aussi à façon. De côté du chemin d'Aubagne, au hameau de La Pomme, chacun sait une auberge où vont passer leurs ordres maris trompés ou héritiers pressés. Sans omettre les gens de pouvoir. Travail d'orfèvre : moitié à la commande, moitié après exécution. Le viguier, M. de Piles, a bien tenté de les piéger, mais les exécutants, recrutés dans les bouges, jamais les mêmes, n'apparaissent qu'une fois et s'évanouissent aussitôt.

Montmirail semblait avoir hâte d'en terminer et de changer de sujet :

— Ce que je sais, c'est que jamais je ne retournai au collège d'Aix. Dès le lendemain de l'affaire de La Mule noire, mon parrain me fit expédier à Paris où je repris mes études avant de suivre, l'hiver, les cours de l'académie d'Armes, tout en servant, l'été, au régiment de Gramont-Cavalerie. Mon frère aîné étant mort, comme je l'ai dit, c'est le second, Antoine, qui eût dû être chef de nom et d'armes, s'il n'avait préféré la mer. Bien qu'elle lui revienne de droit, il a jusqu'ici refusé d'assumer la succession. Il n'y a donc pour l'instant plus de comte de Montmirail. En attendant qu'Antoine se décide, on me donne du monsieur le chevalier. Pure convention de courtoisie !

Philippe d'Orseul, qui tentait de lire sur le visage de Guillaume ce qui le tourmentait, insista :

— Mon cher, je crois qu'il serait sage de quitter cette ville devenue folle où rôdent des gens qui pourraient profiter du trouble qui y règne pour vous faire un mauvais parti.

Montmirail émit un long soupir et, avant de prendre congé de ses hôtes, il murmura :

— J'entends bien, monsieur. Pourtant j'ai des raisons de croire que cela n'est plus possible.

Ayant dit, il tourna longuement ses regards vers Constance.

11.

Où l'on réalise le danger couru qu'il y a à n'avoir pas su garder ses yeux dans sa poche.

Tout en marchant d'un bon pas vers son logis de la rue Château-Joli, Guillaume de Montmirail ne cessait de s'interroger et ses propres réponses manquaient de franchise.

Pourquoi, tant qu'il y était, avait-il suspendu le récit commencé de cet attentat à l'hôtellerie de La Mule noire dont il avait été l'involontaire témoin ? Pourquoi n'être pas allé au bout et dire ce qu'il s'était passé *après*, au moment où il sortait de son évanouissement ? Était-ce par manque de confiance en des gens connus de trop fraîche date ? Peut-être… Quelque chose l'avait retenu d'aller plus avant dans la confidence. La raison, il la connaissait bien : si on avait voulu attenter à sa vie, l'autre nuit, dans la rue Mayousse, c'est parce qu'« on » le suivait depuis Paris. L'attentat de Marseille ne devait rien aux circonstances.

Allongé à présent sur son lit, ne trouvant pas le sommeil, les yeux grands ouverts sur la nuit, les souvenirs tournoyaient dans la tête du jeune chevalier. Il revoyait l'enfant qu'il était alors, tombé au pied d'un platane.

Quand Guillaume avait repris ses esprits après sa chute, l'inconnu, un arlequin démasqué, entouré par des exempts, vociférait, hors de lui, à l'attention d'un capitaine :

— Je n'y suis point mêlé, vous dis-je, âne bâté ! J'étais sur les lieux, voilà toute l'affaire ! Et j'ai vu l'assassin comme je vous vois. C'est le masque qui vient de s'enfuir vers la Rotonde ! Rattrapez-le au lieu de m'importuner. Je l'ai bien vu, vous dis-je ! J'ai tenté d'arrêter sa course en déchargeant mon arme sur lui, mais dans la bousculade, sans doute l'aurai-je manqué !

L'arlequin – auprès de qui se tenaient deux compagnons de mascarade – était entouré de plusieurs hommes de la milice municipale d'Aix qui le serraient de près. L'officier qui les commandait, un masque en cuir à la main tout juste ramassé, s'était penché sur l'enfant encore tout étourdi. Il lui souriait et parlait d'une voix adoucie par crainte de l'effrayer :

— Reconnais-tu cet homme, petit ? Est-ce son masque, que je tiens là ?

L'image se brouillait encore, mais peu à peu, Guillaume revoyait le regard gris et cruel, la fine moustache blonde de cet homme, qui avait provoqué d'instinct sa répulsion avant qu'il ne tente de l'assassiner.

— Oui, c'est lui qui a perdu le masque, je le reconnais.

— L'enfant divague ! écumait l'homme aux yeux gris. Celui qui a tiré m'a bousculé avant de fuir en courant. Comment pouvez-vous en douter ? Savez-vous qui je suis, capitaine ?

L'officier avait instinctivement reculé son buste pour dévisager l'inconnu. En ces jours de folie carnavalesque, sous les oripeaux du déguisement pouvait se cacher un personnage d'importance. Il fallait éviter l'impair.

C'était le cas. L'officier s'en persuada dès qu'il entendit l'arlequin se nommer :

— Je suis le comte de Villemus, entendez-vous ? Premier conseiller au parlement. Cousin du président Maynier d'Oppède.

Le ton cassant monta encore d'un cran :

— On n'interroge pas un gentilhomme, par nature au-dessus de tout soupçon !

Sur le visage du militaire s'était peinte l'inquiétude de celui qui imagine à l'avance les ennuis auxquels il s'expose en cas de méprise. Il s'était retourné vers l'enfant, qu'on avait relevé avec précaution, comme s'il cherchait une aide de ce côté-là :

— Oui, c'est lui, c'est lui ! criait Guillaume d'une petite voix aiguë, je le ravise, ce misérable ! Il m'a tué d'un coup de pistolet !

L'aristocrate déguisé en arlequin avait ricané, l'air menaçant :

— Allons ! Il suffit. Les farces les meilleures sont les plus courtes.

Il s'était penché vers l'officier avec un air mauvais :

— Comment oseriez-vous mettre en doute les paroles d'un gentilhomme face aux folies d'un enfant qui n'a pas toute sa raison ?

Le capitaine, figé de respect et de crainte, avait eu une moue navrée qui signifiait clairement sa capitulation sans conditions.

Après avoir toisé la troupe d'un regard de mépris, Villemus avait convié ses compagnons masqués à le suivre et, sans plus un mot, s'était éloigné, se perdant dans la foule qui s'écartait sur leur passage.

L'officier, humilié, son masque d'arlequin toujours en main, avait bassement retourné sa mauvaise humeur sur Guillaume :

— Et toi, que faisais-tu là ? Ce n'est point la place d'un garçon de ton âge. Quelle folie t'a pris de dénoncer M. de Villemus ? Allons ! Rentre chez toi, tu n'as rien et, à l'avenir, ne raconte plus de sottises. Où habites-tu ?

— Chez mon parrain, le comte d'Alais.

Le militaire avait de nouveau blêmi. Quel esprit malin s'acharnait donc sur lui en cette soirée maudite ? Après le premier conseiller du parlement de Provence, le filleul du gouverneur ! Voulait-on lui faire perdre la tête en même temps que ses galons d'officier ? Le ton avait changé :

— Veuillez donc regagner sans tarder le palais de monsieur votre parrain. En ces temps de mi-carême, les rues ne sont point sûres et je ne voudrais pas…

Il s'était retourné vers ses subordonnés :

— Deux de mes hommes vont vous escorter, monsieur.

Il avait examiné brièvement la bosse qui ornait l'occiput de Guillaume. Le sang ne coulait plus.

— Un peu de baume sur ce bobo et demain il n'y paraîtra plus.

Le capitaine avait regardé avec soulagement l'enfant s'éloigner, son gros livre sous le bras, encadré par deux sergents.

Quand il avait eu connaissance en détail du drame de La Mule noire, le comte d'Alais avait prudemment expédié son filleul loin d'Aix.

Dans la capitale, s'était dit le gouverneur de Provence, on perdrait la trace du jeune témoin de l'assassinat d'un magistrat dont le seul tort était d'avoir servi les intérêts du cardinal.

L'émotion éprouvée lors de l'épisode sanglant s'était peu à peu apaisée, le coupable jamais puni faute d'avoir été recherché.

La distance et les années passant favorisèrent le réconfort.

Voilà ce que n'avait pas voulu confier le chevalier de Montmirail à ses nouveaux amis de Marseille. Non plus que la conséquence qu'il en tirait : le masque de l'autre nuit – il était bien placé pour le savoir – avait affaire avec celui croisé dix ans auparavant par un soir de carnaval à Aix…

12.

Où le destin du chevalier de Montmirail bascule dans le salon de Mme de Rambouillet.

Un muguet de dix-huit ans, bien fait et de traits avenants, ne réside pas longtemps à Paris sans vivre quelque amourette, surtout quand l'objet de ses vœux est de jolie tournure et bien apparentée. Guillaume de Montmirail fut bientôt épris – du moins crut-il l'être – d'une demoiselle de la suite de la reine-mère : Diane de Cabrières. Mignonne, un teint de porcelaine, des dents parfaites dans une jolie bouche, il n'en fallut pas plus pour que le cœur du jeune chevalier s'enflammât.

Diane passait pour sage, elle l'était juste ce qu'il faut pour mettre à haut prix sa vertu.

Anne d'Autriche avait beau veiller sur la bonne tenue de celles qu'on appelait les « filles de la reine » – comme M. d'Artagnan veillait jadis sur la volière du roi[1] –, son fils, Louis, quatorzième du nom, devenu un séduisant jeune homme, faisait parmi ces jeunes

1. Avant de devenir le glorieux mousquetaire que l'on sait, Charles de Batz-Castelmore d'Artagnan fut capitaine-concierge de

femmes ses premières armes amoureuses. Les murs du vieux Louvre et ceux de Fontainebleau, quand la cour s'y déplaçait, connurent à la nuit tombée, dans le quartier de ces demoiselles, de lestes parties où le jeune roi n'était pas le dernier à la manœuvre. Son auguste mère veillant par fonction sur la moralité de la cour et celle de son royal rejeton, Louis avait dû maintes fois s'éclipser en chemise par le chemin des toits.

D'anciens condisciples du collège de Clermont avaient entraîné le jeune chevalier de Montmirail à fréquenter les salons. Dans les ruelles des précieuses, Guillaume avait appris à se tenir dans le monde, à tourner le compliment, à s'essayer aux danses à la mode.

Depuis que les troubles de la Fronde lui avaient fait fermer son fameux salon bleu, les réceptions de la marquise de Rambouillet attiraient moins de lettrés que de galants. Les accords du bal avaient remplacé les concours de poésie, on y entendait moins de sonnets que de propos badins et les effectifs en avaient du coup rajeuni. Au château de Rambouillet, au cours d'une collation champêtre, le chevalier avait rencontré Diane de Cabrières. La jolie rouée était partie de rien. Engagée au service du vieux seigneur de Cabrières comme gouvernante, elle avait su – fermant les yeux et pensant à son avenir – se glisser dans les draps usés du gentilhomme décati pour ranimer les cendres de ses ardeurs d'antan. L'aristocrate veuf – par reconnais-

---

la volière royale, puis capitaine des petits chiens du roi courant le chevreuil.

sance envers cette jeunesse qui s'était dévouée pour offrir sa peau fraîche à son cuir fripé de vieux sanglier – l'avait épousée, au grand effroi de ses propres enfants. Puis il avait eu la délicatesse de défunter bien vite à propos d'une fièvre quarte, laissant à sa jeune veuve, sinon beaucoup de biens, un titre nobiliaire dont l'intrigante avait su tirer profit. Elle avait rejoint sans tarder les rangs parfumés et pépiants des aventurières attirées par les feux de la cour comme les phalènes par la lampe. D'amants en protecteurs puissants et fortunés, Diane avait grimpé les échelons de la courtisanerie jusqu'à atteindre le plus haut : le jeune roi lui-même, émoustillé par la fausse innocence de la coquine. Sa Majesté avait cru révéler à la jeune beauté des talents dont elle se savait depuis longtemps pourvue par la nature. La rusée avait su flatter la prétention du jeune monarque en lui laissant le rôle du mentor, alors qu'elle n'avait plus rien à apprendre dans le jeu amoureux. Ce faisant, Louis avait solidement établi la réputation de la gourgandine. C'était à qui aurait l'honneur de prendre sa suite.

Charles-Henri de Villemus était du nombre. En prédateur, le comte ne laissait aucune proie passer à sa portée sans fondre aussitôt sur elle. Il avait procédé avec Diane comme avec chacune de ses éphémères conquêtes. À son caprice, il prenait, puis lâchait, revenait pour mieux feindre d'abandonner, comme le chat agit avec la souris avant de la délaisser... ou de l'achever d'un coup de griffes.

Montmirail ignorait tout des us et ragots dont le monde des courtisans, enfermé dans sa propre contemplation, bruissait jour et nuit. Il pensait être le seul dans le cœur de la polissonne. Ébloui par la beauté et l'apparence faussement ingénue de Diane de Cabrières, le jeune chevalier lui avait déclaré sa flamme et avait reçu une réponse qui avait achevé de le mettre aux genoux de la délurée, qui se partageait sans scrupule au profit de ses multiples amants.

C'est à une réception organisée en son hôtel par l'Incomparable Arthénice[1], rue Saint-Thomas-du-Louvre, que le destin du jeune chevalier de Montmirail devait basculer. On était convié à ouïr un concert de luth et théorbe. Ouïr était une façon de dire, les malheureux instrumentistes jouant le plus souvent dans une indifférence générale, leurs accords noyés dans les conversations futiles et les rires mondains. Guillaume, qui s'était assuré de la présence de Diane, s'y rendit.

En déambulant dans l'enfilade des salons communicants de style italien, le chevalier aperçut sa belle de dos, en grande conversation avec deux gentilshommes dont l'un attira son attention. Vêtu de noir, tandis qu'elle riait à ses galanteries, il la dévorait du regard. L'image frappa Guillaume : on eût dit un fauve guettant une proie. Diane se prêtait complaisamment au propos que le gentilhomme lui glissait à l'oreille. Un premier réflexe de jalousie pinça le cœur du jeune amoureux, qui se jugea trahi. Il se figea sur place, observant la scène sans se découvrir.

---

1. Surnom donné par Malherbe à la marquise de Rambouillet, composé à partir des lettres de son prénom (Catherine).

Après avoir lâché une fredaine à l'attention de la jeune femme, le gentilhomme en noir releva la tête. Son regard croisa brièvement celui de Guillaume sans s'y arrêter. Toujours immobile, Montmirail observait la scène sans pouvoir s'en détacher. L'homme avait baissé de nouveau les yeux vers Diane, mais le chevalier, lui, demeurait en état de sidération. Ce coup d'œil avait duré l'espace d'un éclair, c'est peu dire qu'il l'avait foudroyé.

Il appuya sa main à une console portant des fruits pour lutter comme le tournis qui le faisait vaciller.

Ces yeux-là, Montmirail les avait déjà vus de très près, quelque part, autrefois. Il s'en persuadait tandis qu'il contemplait ce regard froid de reptile posé sur la gorge de Diane. Tout à coup, ce fut comme un éblouissement. Des images revenaient dans sa tête se superposer à la scène qu'il observait. Il revoyait cette prunelle pâle dardée sur lui à bout portant. C'était ailleurs, dans une autre vie, mais Guillaume ne pouvait pas se tromper. Il revivait un cauchemar qu'il croyait enfoui au plus profond de sa mémoire. C'était comme une hallucination. Un visage était penché sur lui. Il le voyait s'approcher de sa tête d'enfant levée vers une bouche mince comme une cicatrice. Elle s'était entrouverte pour lui dire à voix basse avec un rictus méchant : « Va-t'en voir de l'autre côté si j'y suis. » Et il avait sombré dans le néant avec un long cri.

Comment avait-il pu l'oublier ? La scène venait de lui apparaître dans tous ses détails, surgie de son propre passé. Un regard croisé à l'improviste avait suffi pour ranimer la vision cruelle.

À présent, un nom même lui revenait, sans effort.

Il revoyait l'homme en costume d'arlequin dire avec morgue à un militaire qui l'interrogeait : « Savez-vous qui je suis ? Le comte de Villemus, premier conseiller au parlement ! »

Montmirail sortit brusquement de son rêve éveillé et revint aux réalités de l'heure. C'était comme s'il s'était absenté un moment de ce salon richement décoré où se bousculaient des mondains échangeant des propos fades. Son sang battait à ses tempes. Il s'efforça de respirer calmement pour éloigner son malaise.

Un laquais passait à sa portée avec un plateau chargé de flûtes où pétillait un vin de champagne. Guillaume lui fit signe comme s'il désirait se désaltérer :

— Connaissez-vous le nom du gentilhomme en compagnie de Mlle de Cabrières, qui lui parle à l'instant même ?

Le domestique se retourna :

— Celui en noir ?

— Si fait.

— C'est M. le comte de Villemus, monsieur.

13.

Où, au prix d'un scandale public,
Montmirail défie son plus mortel ennemi.

Bafouant toute convention de politesse, après avoir brièvement salué Diane de Cabrières, Guillaume se planta face à Charles-Henri de Villemus dont le sourire se figea.

Le comte regarda l'intrus avec un air mauvais.

— Qui êtes-vous, monsieur, pour vous permettre de…

— Je suis le chevalier de Montmirail.

Guillaume l'aurait juré, le regard gris un bref instant se troubla. Mais le gentilhomme se reprit aussitôt. Le rictus de sa bouche s'accentua.

— Voulez-vous me dire en quoi je devrais me sentir honoré de l'apprendre ?

— Pour nous être déjà rencontrés, nous nous connaissons, monsieur.

Villemus ricana méchamment.

— Si c'est le cas, je n'en garde souvenir. Je vous salue bien, monsieur.

Le comte, prenant le bras de Diane, s'apprêtait à rompre et déjà se retournait vers l'estrade où jouaient les musiciens, invitant la jeune femme et le gentilhomme qui l'accompagnait à la suivre.

Guillaume le contourna et de nouveau se planta devant lui. La voix agacée de Villemus monta dans l'aigu :

— Ah, ça, monsieur ! Cesserez-vous de m'importuner ? Je ne vous connais pas, vous dis-je, et n'ai aucun désir de savoir qui vous êtes, ni d'où vous sortez.

Tout autour, des têtes se retournaient vers les deux hommes, les conversations baissaient, des regards intéressés buvant la scène.

— Je vais donc vous rafraîchir la mémoire, disait le plus jeune. Quelques mots suffiront, en souvenir d'un jeune garçon que vous tentâtes d'assassiner un soir de mars 1649, durant le carnaval d'Aix, devant La Mule noire.

Diane avait mis ses deux mains à sa bouche pour étouffer le cri qui venait de lui échapper.

Villemus, un instant décontenancé, éclata d'un rire méprisant :

— Que nous chantez-vous là, monsieur ? Quelle extravagance vous habite ? Seriez-vous donc le successeur de M. Voiture, chargé naguère par notre hôtesse de distraire ses invités par ses badineries et ses divagations ?

Diane, effarée et muette, contemplait son jeune amant sans oser intervenir. Au fur et à mesure, la voix de Guillaume s'affermissait.

— Ne le prenez pas sur ce ton, monsieur. Je parle sérieusement et vous savez de quoi je parle…

Villemus rugit :

— Je le prends sur le ton qu'il me plaît, monsieur ! C'est celui qui convient pour s'adresser à un jeune insolent de votre espèce. Brisons là, je vous prie !

Des groupes silencieux s'étaient rapprochés des deux adversaires et observaient la scène, l'air de plus en plus inquiet. Le théorbe et le luth s'étaient tus. Des gens de la marquise de Rambouillet s'apprêtaient à intervenir au cas où l'altercation s'envenimerait.

Guillaume ne se laissait pas impressionner. Il savait que ce qu'il faisait là était folie – sans parler du scandale –, mais rien n'aurait pu l'arrêter. Il haussa le ton :

— Je ne vous lâcherai point avant que vous ne m'ayez entendu devant ces nobles galeries. Monsieur de Villemus, je vous accuse du forfait d'avoir tenté, un soir de carnaval en Aix, de tuer un jeune enfant dont le seul tort était de vous avoir démasqué comme celui menant les assassins de Philippe Gueidon, l'avocat du roi en la sénéchaussée de Marseille !

Les traits du comte se figèrent.

Guillaume poussait sa botte :

— Cet enfant, monsieur, c'était moi. Je n'avais alors en main qu'un livre pour échapper à la mort que vous me destiniez. J'ai aujourd'hui une épée. Oserez-vous vous mesurer à elle ?

Villemus s'emporta :

— Mon épée est trop noble pour le freluquet présomptueux que vous êtes. Je gâterais ma lame, et vous embrocher serait vous faire trop d'honneur. Vous ne méritez que la trique dont mes laquais vont frotter votre échine si vous ne cessez sur l'instant.

Dressé sur ses ergots, Montmirail lança :

— Vous ajouteriez donc la lâcheté à l'infamie ?

Dans les rangs des belles dames, on entendait glousser, tandis qu'un murmure réprobateur venait de chez les beaux messieurs, choqués par la scène. On sentait le comte hésiter sur le parti à prendre. Faire rosser par ses gens ce jeune fat insolent ? L'envie ne lui aurait pas manqué sans son souci de ne point offenser l'hôtesse par un scandale public. Il choisit donc de feindre d'en rire, prenant l'assistance à témoin comme s'il avait affaire à un jeune homme à l'esprit troublé par les libations.

— Allons, monsieur, vous êtes ivre, il suffit ! Le ridicule a ses limites. Holà ! Qu'on me débarrasse de ce fol !

Des laquais s'avançaient, prêts à saisir Guillaume. Deux l'encadrèrent sans qu'il puisse échapper à leur étreinte, tandis que l'intendant de Mme de Rambouillet lui glissait à mi-voix :

— Vous êtes prié de quitter ces lieux et de ne jamais y revenir. Mme la marquise me prie de vous le faire savoir. Sortez, monsieur.

Guillaume, poussé vers l'escalier d'honneur, ivre de fureur, cria en se retournant vers Villemus :

— Si vous êtes assez couard pour refuser le combat, la justice du roi me fera raison. Nous nous retrouverons, monsieur !

Villemus, reprenant sa conversation galante avec Diane de Cabrières, lui avait déjà tourné le dos. Mais, tout en souriant à la belle enfant, il répondait déjà dans sa tête au défi du chevalier : « Plus tôt que tu ne crois… »

14.

Où, chemin faisant, le chevalier croise
la route d'une bien jolie personne
et lui sauve la vie.

Guillaume avait enfoncé son chapeau sur sa tête, et tourné les talons sans saluer sa maîtresse. Il n'était pas mécontent de son esclandre, mais conscient de n'être pour l'instant pas le plus fort, il jugea que le temps était venu de mettre une distance entre lui et l'homme qu'il avait si gravement offensé. Songeant qu'un jour peut-être sonnerait une heure plus favorable au règlement de ce compte en suspens dans sa vie depuis dix ans.

Il prit la décision de répondre bientôt à l'invite de son frère Antoine, qui le conviait à Marseille pour le départ de *L'Éclatante.* Le temps du trajet – une quinzaine de jours – serait sans doute propice à la réflexion.

Le bagage du chevalier de Montmirail était prêt. Le bagage d'un cavalier est toujours prêt. Ayant pris congé de son colonel, piquant des deux à la porte d'Italie, il avait pris la route de Lyon.

La première alerte se produisit alors qu'il atteignait les faubourgs de la capitale des Gaules. Comme il passait le pont de la Guillotière, il croisa un cavalier vêtu de noir, dont la silhouette lui rappela vaguement quelqu'un. Il se retourna et vit que cet homme en faisait autant, le suivant du regard.

Se voyant repéré, l'inconnu avait repris sa route en hâte.

Montmirail, sur l'instant, n'avait accordé à cette brève impression qu'une importance limitée.

Sans s'attarder à Lyon, il avait poussé vers le sud, couché à Vienne, et le lendemain soir, il arrivait à Romans-sur-Isère, en Dauphiné.

*

* *

Romans, sur la rivière Isère, à trois lieues[1] de son confluent avec le Rhône, commandait l'une des routes les plus commodes vers le Dauphiné et l'Italie. Les négoces attiraient des marchands venus de loin depuis l'Auvergne, le Languedoc, et jusque du Milanais ou du Piémont. De tradition remontant au Moyen Âge, on y pratiquait le tannage et le façonnage des cuirs et peaux, industrie sur laquelle était assise la prospérité insolente de quelques-uns, aux dépens d'une population misérable n'en tirant à peine de quoi subsister. À la différence de ses voisines, Valence et Vienne,

1. Dix kilomètres environ.

embellies par des vestiges romains, Romans était bien laide en dépit de sa vaste église dont la particularité était d'avoir été fondée par un religieux au prénom saxon : Barnard, compagnon de Charlemagne.

S'il n'était guère de cité de quelque importance qui exhalât des fragrances de rose, Romans puait comme la gueule de l'enfer. Bien avant d'apercevoir le faîte des tours dressées sur les remparts bordant l'Isère, l'haleine de chacal émanant des cuves et séchoirs des ateliers de tanneurs, peaussiers, corroyeurs et autres gens de la mégisserie vous prenait aux narines et vous imprégnait durablement. Des jus infâmes s'en écoulaient continûment dans la rivière. Aucun poisson n'y résistait. Jusqu'au Rhône l'Isère ne charriait que des eaux mortes. C'est au prix de cette servitude que Romans assurait sa prospérité.

Comment un peuple réduit au servage par l'industrie qui ne profitait qu'aux privilégiés n'eût-il pas cherché un palliatif dans la fête barbare et la violence ? À l'image des Romains au temps des lupercales, chaque année, les fêtes, foires et manifestations publiques, sans atteindre aux déchaînements dont le carnaval était le prétexte, connaissaient toutes leur lot de bestialités. La Feste des corporations, qui se tenait durant la première moitié de juin, subissait sa part d'égarements propres aux foules en liesse. La fête commençait comme ailleurs par des défilés ordonnés, où chaque corporation rivalisait dans la richesse des costumes, dans les figures savamment exécutées, mais tournait fréquemment à la bacchanale générale. Des filles s'offraient à même le pavé, d'autres ne s'offraient pas mais étaient prises de force. Puis, les libations aidant, s'élevaient querelles et règlements de comptes, où le ressentiment contenu le reste de l'année soudain se dévoilait à l'excuse de la fête.

Chacun gardait ici le souvenir tragique du carnaval sanglant de 1580, véritable « révolte des gueux », noyée dans le sang, les désignés coupables pendus ou roués sur la place du marché où la veille encore éclataient les rires, les cris aigus des filles chatouillées et les musiques.

Guillaume de Montmirail entra dans Romans au moment où la fête atteignait son paroxysme. Partout on croisait des hommes ivres, des femmes excitées se livrant à des danses excentriques, des enfants laissés à eux-mêmes qui assistaient, les yeux luisants, aux scènes déplacées offertes par les grandes personnes – parfois leurs parents –, privées de sens commun.

Ce n'était pas pour déplaire à un jeune homme en colère ayant besoin de se changer les idées. Le spectacle de la trivialité humaine s'accordait à son humeur maussade. Il éprouvait comme une envie d'en découdre. Le prétexte importait peu.

Il lui fut bientôt offert. Délaissant un grand escogriffe armé d'une longue rapière qui feignait de le provoquer en faisant des moulinets et en prononçant des paroles incohérentes, l'attention de Montmirail fut attirée par une rumeur qui enflait, mêlant les cris de rage aux sonnailles, les chocs des sabots sur les pavés aux hennissements de terreur, que dominaient les claquements d'un fouet et les cris affolés d'une voix de femme.

Un gros carrosse tiré par quatre grands chevaux

– aux portières duquel le chevalier eut le temps d'apercevoir le blason du comte de Villemus – s'était imprudemment engagé dans la foule excitée et se voyait cerné par la populace. Dressé sur son siège, le cocher tentait de refouler les gueux qui s'accrochaient à ses jambes, essayant de le déséquilibrer ; d'autres empoignaient les brides et les rênes des bêtes, dont les yeux exorbités disaient la panique. À la portière, terrifiée mais résolue, une très jeune et jolie femme, un pistolet dans chaque main, criait à l'aide, tenant en joue ceux qui faisaient mine de saisir la poignée.

Montmirail abandonna la bride de son cheval sans même prendre soin de l'attacher et, dégainant, il sauta sur le siège, à la gauche du cocher. Il commença à ferrailler avec les plus hardis des assaillants. Déjà trois d'entre eux se tordaient de douleur en se tenant la poitrine ou la gorge quand un autre gentilhomme, dont le chevalier n'eut pas loisir d'apercevoir la mine, sauta à la droite du cocher en criant : « Pour l'honneur des dames ! » L'homme, tournant le dos à Guillaume, se mit de son côté à frapper et à pousser de la pointe.

Les moins intrépides avaient reculé. Ne restait plus qu'une poignée d'enragés qui tentaient encore de faire tomber les deux duellistes de leur perchoir. Tant bien que mal, sous l'effort des chevaux aiguillonnés, le carrosse parvint jusqu'au Pont-Vieux où, perdant l'équilibre, le cocher, qui s'était mis debout, bascula. Sa tête heurta le pavé et le carrosse avançant toujours, les roues lui passèrent sur le corps. Montmirail avait saisi les rênes d'une main et faisait de son mieux pour pousser les chevaux au travers d'une foule patibulaire serrée sur la chaussée étroite du pont. C'est alors qu'on entendit retentir les trompettes de l'escadron des dragons du roi, appelé en renfort, la milice municipale étant depuis longtemps dépassée. À les entendre approcher, la tourbe scélérate reflua.

Le chevalier se tourna alors vers son voisin de banc :

— Je crois bien que nous voilà tirés d'aff…

Les mots restèrent bloqués sur ses lèvres. L'homme assis à ses côtés ressemblait à celui croisé deux jours auparavant sur le pont de la Guillotière ! Outre son épée, il avait dans sa main gauche une dague effilée dont, d'un geste résolu, il voulut frapper Guillaume. La providence veillait : un cahot sur le pavé disjoint fit tanguer la lourde berline et le buste du chevalier fut déporté vers la gauche, seulement retenu par l'accoudoir du siège. La lame s'enfonça dans le rembourrage du dossier, à quelques centimètres de la gorge de Montmirail.

L'inconnu avait déjà sauté à terre et, sans lever la tête, comme s'il voulait, dissimulé par son chapeau, ne pas exposer plus longtemps ses traits, il lança :

— Je vous laisse, monsieur. Nous serons de revue, ne l'oubliez jamais !

Il se fondit dans la cohue.

Cela n'avait duré qu'une poignée de secondes et le chevalier aurait pu se croire victime d'une illusion si une dague ne demeurait pas enfoncée dans le rembourrage du dossier, là où se trouvait sa tête un moment avant. Il la dégagea et, songeur, la passa à sa ceinture.

Une voix fraîche le fit revenir aux réalités. La dame, qu'il n'avait fait qu'entrevoir, venait d'ouvrir la portière du carrosse.

— Je vous dois, monsieur, mille remerciements.

Ces brutes auraient volontiers fait de moi le jouet de leurs instincts. Votre courage m'a conservé la vie, ce dont je vous suis reconnaissante à jamais.

Montmirail se présenta.

Avec un sourire à damner un couvent entier de capucins, la belle ajouta, regardant effrontément le jeune chevalier :

— Je suis votre obligée, monsieur de Montmirail. Il me semble, si ma mémoire ne me fait point défaut, que nous nous sommes déjà rencontrés. N'avez-vous point séjourné en Aix ?

— Si fait, madame.

— Moi également, mais nous étions tous deux des enfants. Je me nomme Lucrèce d'Aiglun.

Montmirail ouvrit de grands yeux. Se pourrait-il que cette fillette maigre et espiègle, croisée jadis sur le cours, fût devenue cette créature aux formes parfaites – si l'on appréciait un embonpoint bien placé, selon le goût du temps – et au teint de lys ? Oui, le regard effronté et charmeur était bien resté le même. Tant d'appas, songea Guillaume *in petto*, justifie qu'à la cour on jalouse les amours prêtées au comte de Villemus, à peine veuf, avec cette jeune femme qui aurait l'âge d'être sa fille.

— Eh bien, monsieur, auriez-vous perdu votre langue ?

Le chevalier, tout à ses pensées, en oubliait son savoir-vivre.

— Oui, euh, non… En revanche, je crois avoir perdu mon cheval, madame.

Elle minauda :

— Par ma faute, monsieur ! Et allez le retrouver

dans cette lie humaine ! Il me faut votre pardon. Je vous amène.

— C'est que j'ai perdu mon bagage aussi.

— Et moi mon cocher ! Que diriez-vous d'unir nos misères ? Où vous rendiez-vous ?

— En Provence, madame.

— Et moi, monsieur, je rejoins M. de Villemus en son domaine de Pierrevert, où il m'attend. Nous voyagerons de conserve.

Guillaume n'avait pas d'arguments à opposer.

Ainsi vit-on le chevalier de Montmirail servir de cocher à la belle Lucrèce d'Aiglun, le temps de parvenir à la nuit tombée au relais qui faisait face à Pont-Saint-Esprit, sur la rive gauche du grand Rhône.

Là, on changea d'équipage. Par chance, il se trouvait un cocher libre qui semblait guetter une embauche. Il fut engagé sur-le-champ.

Il était trop tard pour songer à acheter un nouveau cheval.

— Nous avons pris du retard, constata Lucrèce. Je propose que vous montiez près de moi, nous poursuivrons notre route de nuit. J'ai là provision de victuailles auxquelles je n'ai pas encore touché. Vous plairait-il de les partager ?

Comment refuser ?

La belle fixa la suite du programme sans même consulter son compagnon de route.

— Après nous être remis de nos émotions et restaurés, nous dormirons ici. La place ne manque pas dans ce carrosse. Ainsi rattraperons-nous agréablement le temps perdu à nous défaire de cette meute de faquins pires que les bêtes sauvages.

Ainsi fut fait. Ils dînèrent de mets choisis, sans souci des cahots qui les rapprochaient sans qu'ils l'évitassent. À la demande de la belle, Guillaume déboucha un flacon de côte-rôtie dont l'effet acheva d'abattre ses derniers scrupules de convenance.

La nuit était tombée, mais une lanterne aux parois de cristal diffusait dans l'habitacle une douce lumière. Les chevaux allaient au pas, le chevalier était dans un état de béatitude qu'il n'avait plus éprouvé depuis qu'il avait délaissé les bras frais de Diane de Cabrières pour la punir de ses mauvaises fréquentations.

— Je n'ai point de femme de chambre, dit Lucrèce avec un regard entendu. Après m'avoir tenu lieu de cocher, vous plairait-il d'endosser ce rôle en délaçant mon corset ?

Le sang de Guillaume lui battait aux tempes, mais ne l'avait pas rendu sourd. Il se prêta de bonne grâce à la délicate manœuvre.

Ce faisant il souriait, non seulement à la vue de ce qui lui était offert de si bonne grâce, mais également à l'idée que, faute de tenir l'infâme Villemus au bout de sa lame, il ne serait pas fâché de le faire cornard !

*
* *

Au matin, ils dormaient l'un à l'autre noués quand une voix inconnue – celle du nouveau cocher – retentit dans le nid mouvant de leurs amours.

— Nous passons près du pont d'Avignon, madame,

peut-être faudrait-il songer à faire halte dans quelque auberge pour vous remettre des fatigues du trajet.

Pour avoir entendu au long de la nuit les soupirs et les gémissements de plaisir qui montaient du carrosse, le cocher savait – en homme d'expérience – à quoi attribuer lesdites fatigues.

Tout de suite éveillée, Lucrèce d'Aiglun se rajusta sans hâte afin d'offrir encore un instant aux yeux de son jeune amant, dans la lumière de l'aurore, les trésors dont la nature l'avait si prodigalement dotée.

Quant au chevalier, son demi-sommeil était d'une radieuse impudeur.

— Éveillez-vous mon cher, lui dit-elle, en accompagnant ses paroles d'un baiser qui acheva de ramener Montmirail sur terre.

La voix de l'enjôleuse chuchota à l'oreille du chevalier :

— Nous allons faire halte dans une hôtellerie que je sais sur la route d'Apt. Avant que nos chemins ne se séparent, vous aurez bien encore un peu de votre précieux temps à me consacrer ? Il est encore bien des territoires que nous pourrions découvrir de conserve.

Le chevalier ouvrit les yeux et ce qu'il vit l'enchanta : en dépit des malheurs du temps et des dangers encourus, il avait encore des raisons d'espérer en la vie.

15.

Où l'on apprend à quel piège mortel notre héros vient d'échapper.

— Sommes-nous en Provence ? interrogea Montmirail, qui chassait les derniers restes d'un sommeil réparateur tout en rassemblant les pièces de ses vêtements éparpillées.

La question intrigua la belle Lucrèce d'Aiglun.

— Pourquoi demandes-tu cela ?

— Parce qu'il convient – pour ta réputation, s'entend – que nous allions désormais chacun de son côté. Nous voici proches des terres où celui que l'on dit être ton puissant protecteur règne en maître. M. de Villemus ne ferait qu'une bouchée d'un freluquet de ma façon. Le comte reprend ici ses droits.

— M. de Villemus a d'autres soucis en tête, objecta Lucrèce. Reste donc encore un peu. Tu ne vas pas partir déjà !

Montmirail, malgré l'envie qu'il avait de reprendre l'entretien nocturne là où il l'avait laissé d'épuisement, demeura inflexible.

— Hélas, je dois m'y résoudre. J'avais prévu de me rendre à l'auberge de Saint-Yves, l'adresse donnée à mon frère, au cas où il lui aurait pris envie de venir à ma rencontre. Je ne puis, sans te compromettre, m'y présenter en ta compagnie.

Elle le regarda d'une drôle de façon. Il y avait certes de la tendresse dans ces yeux d'amoureuse, mais autre chose aussi qui ressemblait à un tracas.

Montmirail achevait son explication :

— S'il n'y est pas, Antoine m'aura, comme convenu, laissé un courrier et il me faudra prendre sans tarder la route de Marseille, car il est officier sur une galère et ne peut subordonner son départ aux fantaisies de son cadet.

Lucrèce haussa ses belles épaules de dépit. Vexée, sans doute, elle avait repris le vouvoiement.

— Vous êtes un sot, monsieur, de me quitter quand les circonstances nous offraient un sursis dont nous aurions pu faire nos délices. Mais si vous me préférez le spectacle de la chiourme, grand bien vous fasse. Gardez-vous cependant qu'on aille ensuite demander à votre endroit ce que j'ai entendu il y a peu à la cour dans *Le Pédant joué*, une comédie de M. de Bergerac : « Que diable allait-il faire dans cette galère ? »

Sur ce, boudeuse, elle lui tourna le dos et s'abstint de répondre à ses adieux.

Une lettre d'Antoine de Montmirail attendait Guillaume à l'auberge Saint-Yves, l'informant de la proximité de l'appareillage. Elle s'achevait sur une exhortation : « Je vous presse, monsieur mon frère, de faire diligence si vous voulez assister au baptême de *L'Éclatante* avant son départ. »

Il n'y avait plus un jour à perdre. Le chevalier regagna le pavé.

Le carrosse de la belle Lucrèce était arrêté à l'extrémité de la rue Grande-Fusterie. Un cavalier vêtu de noir, penché à la portière, parlait avec elle.

Montmirail aurait juré que c'était l'homme qui avait tenté de le poignarder la veille à Romans !

Il ne se doutait pas, tandis qu'il perdait la tête dans les bras de Lucrèce, que ce cavalier noir, à l'habit apparié à la robe de son cheval, les avait discrètement suivis à distance la nuit durant.

*

* *

Si, au lieu de piquer des deux droit sur Marseille, où l'attendait son aîné Antoine, Montmirail avait eu l'idée de suivre sans être vu le carrosse qui emportait Lucrèce d'Aiglun vers son riche protecteur, il aurait appris à quel piège mortel il venait d'échapper de justesse. Et su que sa rencontre avec la belle ne devait rien au hasard, mais tout à un plan diabolique qu'il avait déjoué en toute inconscience.

À croire qu'un ange gardien lui avait été spécialement dédié par le Très-Haut.

Oui, ce cavalier vêtu de noir était bien l'homme qui, la veille, avait tenté de l'assassiner sur le siège du cocher au milieu de la fête des corporations à Romans. Le chevalier avait gardé comme un talisman la dague restée plantée dans le rembourrage du dossier, qui avait sifflé si près de son oreille.

Si Guillaume, toujours à distance, avait pu convoyer le carrosse, il l'aurait vu prendre la route d'Apt, escorté du cavalier noir, puis, par Céreste et Reillane, se diriger vers Pierrevert. Là, dans sa grande bastide plantée au cœur du vaste domaine familial, sur un paysage vallonné composé de champs et de pinèdes, attendait Charles-Henri de Villemus, impatient comme à son habitude du résultat de la mission confiée à Lucrèce d'Aiglun et au mystérieux cavalier noir.

Le gentilhomme qui escortait la jeune maîtresse du comte n'était autre qu'Étienne de Volx, cadet de six ans de Charles-Henri, fruit des amours multiples d'un père volage, qui avait semé deux autres bâtards.

Ensuite, il aurait fallu être une mouche pour assister à la scène violente qui opposa dans le grand salon de la bastide de Pierrevert le comte de Villemus à son cadet et à la jeune Lucrèce d'Aiglun, qu'il ne traitait guère mieux que ses valets ou ses gens.

— À deux vous n'êtes point parvenus à me débarrasser de ce freluquet ? Mais qu'avez-vous donc dans les veines, monsieur mon frère ? Le manquer alors que vous êtes assis à ses côtés et qu'il ne se méfie pas ? Vous le fîtes exprès, parole d'honneur !

Étienne, l'air mauvais, tête haute, défiait son aîné du regard :

— Monsieur, j'eusse aimé vous voir à ma place ! Ce jeune homme paraît bénéficier d'une protection divine. Votre carrosse est un vrai chariot branlant avec ces sangles nouvelles qui le suspendent. Comme je portais mon coup, une ornière l'a dévié, Montmirail a penché et j'ai manqué ma cible de rien. Fatalité !

— Il fallait vous reprendre et porter un second coup.

— Le régiment royal arrivait, monsieur mon frère. Eussiez-vous souhaité que je fusse pris et vous compromisse *aussi* dans cet assassinat ?

Charles-Henri avait accusé le coup. Le rappel indirect de son rôle dans l'attentat contre Gueidon, que le jeune Montmirail, surgi du passé, avait brandi devant lui à la face du monde qui se pressait chez Mme de Rambouillet, le mit en fureur.

— Eh bien, il ne vous reste plus qu'à vous racheter ! Nous savons par Lucrèce que Montmirail est en route pour Marseille. Qu'attendez-vous pour l'y poursuivre ? Vous trouverez bien dans cette ville suffisamment de gens de sac et de corde pour vous y aider, puisque seul vous n'y parvenez point.

Étienne de Volx s'était senti congédié. Il était sorti sans saluer, ni son aîné ni Lucrèce. La porte du salon avait payé sa fureur, claquant sur ses talons à ébranler les murs.

Le comte avait tourné son regard méchant vers Lucrèce :

— Quant à vous, madame, vous n'êtes pas plus adroite que mon pendard de frère. Pourquoi ne pas vous être servie du poison dont je vous avais munie ? Les occasions n'auront pas manqué si j'en crois ce que vous m'avez conté.

— Monsieur, je fus prise de court. Montmirail m'a

quittée prématurément. Je comptais sur la halte en l'auberge des Claparède sur la route d'Apt, pour…

— Vous êtes décidément aussi peu indigne de confiance que monsieur mon bâtard de cadet, madame ! Pourquoi n'avoir pas agi plus tôt ? Était-il moment plus favorable que la nuit passée en la compagnie de Montmirail durant le trajet ? Vous aviez tout loisir de l'enivrer et de glisser dans son verre le contenu de la fiole que je vous avais fait remettre. Pourquoi ne l'avez-vous pas fait ? Hein ? Répondez, tudieu, quand on vous interroge !

Si Lucrèce d'Aiglun avait donné la raison qu'elle avait en tête, il n'est pas sûr que ce fat l'eût admise : « Je ne songeais pas à le tuer parce qu'il était en train de me faire mourir de plaisir, chose à laquelle, avec toute ta morgue et ta prétention, tu ne parviendras jamais, toi qui fais plus le fier dans un salon que dans le déduit. »

Mais la belle Lucrèce savait ce qu'elle risquait à défier cet homme cruel. Elle n'oubliait jamais d'où elle venait. La pauvreté, la gêne… Elle ne voulait à aucun prix y retourner. À présent qu'elle avait goûté au luxe et à la vie facile, elle ne saurait plus s'en passer. Aussi fit-elle ce qu'elle savait faire : se soumettre, jouer de ses charmes pour donner à l'autre l'impression qu'il est le plus fort.

Elle plia un genou devant Villemus et dit humblement :

— Monsieur, j'implore votre clémence si je vous ai déplu. Je ne demande qu'à me racheter.

Un rictus mauvais plia la bouche du comte.

— Tu sais comment, coquine…

D'un geste prompt, il avait saisi la nuque frêle où frisottaient des cheveux blonds et attiré vers lui la jeune femme agenouillée.

Ses traits s'étaient convulsés sur un râle bref.

Tandis qu'il se reculottait, Villemus avait posé son regard glacé sur Lucrèce qui se relevait en s'essuyant les lèvres :

— Petite rouée ! Tu sais y faire pour retrouver le chemin du pardon…

16.

À quoi le chevalier de Montmirail découvre qu'il est, pour la première fois, réellement amoureux.

Hors la présence d'une jeune fille de dix-sept ans à peine, Guillaume de Montmirail se fût probablement vanté devant Philippe d'Orseul d'avoir conquis sans trop de peine quelques jolies poulettes. Aucun homme ne se serait offusqué d'entendre le chevalier étaler les détails de ses aventures friponnes avec Diane de Cabrières, puis avec Lucrèce d'Aiglun.

Quand l'autre soir, aux officiers de *L'Éclatante* réunis autour de la table de l'auberge des 7 mers, il avait narré ses prouesses d'alcôves, il avait entendu les rires gras ponctuer son récit.

On avait apprécié que ce jeune homme ait planté les cornes au front d'un puissant seigneur provençal, qui avait l'oreille du roi. Mais Guillaume avait gardé pour lui son ressentiment personnel envers le comte de Villemus. Seul Antoine savait à quoi s'en tenir. Mais les deux frères n'avaient jamais abordé le sujet. Depuis la mort de l'aîné, Henri, cela faisait partie d'une sorte de tacite secret de famille chez les Montmirail. Un secret dont on n'avait jamais révélé la teneur au plus jeune.

Chez maître d'Orseul, la présence de Constance interdisait à Guillaume d'évoquer ses bonnes fortunes, et la discrétion lui avait dicté de s'abstenir de révéler les incidents qui avaient émaillé son voyage vers Marseille.

Et puis, à dire le vrai, une chose nouvelle l'empêchait de céder à la vantardise. Avec l'amour était venu le respect qui bride la fougue de la jeunesse. C'est à ce constat que Guillaume avait compris que, cette fois, l'attirance qu'il éprouvait envers la jeune fille ne relevait plus du badinage, mais du sentiment. Celui qui frappe au cœur et fait de l'amant foudroyé par la flèche de Cupidon le serviteur délicat de la dame de ses pensées. Pour la première fois de sa jeune vie, le chevalier de Montmirail était réellement amoureux.

Comment dire que Constance était belle ? Guillaume n'aurait su affirmer qu'elle dépassait en grâce l'impérieuse Lucrèce, dont les appas auraient tenté le pinceau du Primatice. La jeune fille n'aurait pas non plus rivalisé avec le piquant de la mutine Diane. Si Guillaume avait dû la décrire, sans doute eût-il égrené un chapelet de banalités. Mais la retenue naturelle, la grâce native de Constance valaient mieux que tout ce qui n'est utile qu'à la coquetterie et aux mondanités.

Constance d'Orseul avait été si spontanément *aimable* aux yeux de Guillaume de Montmirail que son apparition dans sa vie l'avait frappé à première vue d'une stupeur heureuse.

Sa carrière de séducteur à peine entamée, le jeune gentilhomme était retombé en *vraye amour* comme l'enfant qu'il était encore, malgré son air bravache et son indéniable courage. Cela le tenait si fort qu'il en était transi.

Au bilan de l'état de son cœur, il avait répondu sans hésiter aux conseils de prudence de l'astronome, l'exhortant à quitter une ville devenue dangereuse pour lui : « J'ai des raisons de croire que ça n'est plus possible. »

Quitter Marseille, c'était quitter Constance et il s'en savait désormais incapable. Trop tard pour se jeter dans le premier coche ou grimper sur le pont du premier navire en partance. Son cœur était ici. Il braverait pour cela tous les dangers, celui qui surgirait du poignard de l'homme qui le suivrait ou bien de la foule qui l'entourerait. Il ne lui importait guère que la Maison Commune fût aux mains des gens de M. de Vento ou à ceux du parti de M. de Glandevès. Que le pouvoir municipal appartînt à ceux qui siégeaient à la Loge des marchands ou à ceux qui délibéraient à l'étage au-dessus, qu'ils s'appelassent consuls ou échevins, qu'ils fussent tirés au sort ou désignés par le roi. Puisque s'intéresser aux affaires de Marseille, c'était être sûr de demeurer auprès de l'élue de son cœur, il demeurerait.

Et tant qu'à faire, en reconnaissance envers l'homme qui l'avait sauvé d'une mort certaine, puisque Lou Rousset et son ami Piero tenaient pour Gaspard de Glandevès, l'honneur obligeait le jeune gentilhomme à mettre son épée au service de cette cause, à en choisir une. De toute façon, il l'aurait fait pour les seuls yeux verts de Constance.

Montmirail annonça donc à ses amis qu'il renonçait à s'éloigner et qu'il resterait ici le temps qu'il faudrait pour que la situation s'éclaircisse et que la paix revienne dans les rues et les esprits de cette turbulente cité. Ce jour même, il irait à une banque de commerce retirer l'argent nécessaire grâce à un billet de change afin de trouver un logis décent à la hauteur de sa condition et pourvu d'une domesticité propre à lui assurer le confort du gîte et la provision du couvert.

Tandis qu'il faisait part à ses amis de son projet, Guillaume contemplait Constance. Le visage baissé, elle avait l'air absent, mais ce n'était que par convenance. Pour ne pas laisser voir l'éclat de ses yeux. Lorsqu'elle coula un discret regard vers lui, le jeune homme y lut qu'il venait de faire le bon choix.

*

* *

Piero connaissait, rue de La Pierre-qui-Rage, une bourgeoise de *bonne fâme,* dénommée Frédérique Bréhaut, appelée par commodité La Barbière par la raison qu'elle était veuve d'un barbier ayant des lumières sur la chirurgie, comme les gens de sa profession. Avant de trépasser, l'homme avait transmis à son épouse ce qu'il savait de son art.

Cette Marseillaise s'était, comme disait Piero, « remariée derrière l'église[1] » avec un cousin du

1. Elle vivait en concubinage.

corailleur. Elle était de toute confiance. Elle louait des chambres au mois et à l'année au vouloir du locataire. C'était – avait insisté Piero, en homme d'expérience – une garantie en ces temps troublés d'avoir à domicile le moyen d'être rasé ou saigné, mais aussi d'être débarrassé d'un morceau de plomb ou de fer qu'on aurait reçu par mégarde ou autre cause.

Montmirail se rendit volontiers à ces conseils de bon sens.

Son intérêt soudain pour la fille avait amené par ricochet le chevalier à s'intéresser au père.

Découvrant l'autre nuit dans l'obscurité cette robe d'alchimiste, cette chevelure éparse et grisonnante, ces lunettes rondes sur le front qui lui donnaient la silhouette d'un rapace nocturne, Montmirail avait d'abord cru avoir affaire à un vieil homme excentrique que l'excès d'étude avait entraîné dans un monde où il avait seul accès.

Or, outre sa passion pour l'astronomie et la consécration de sa vie à sa fille chérie, Philippe d'Orseul était négociant. Cela n'allait en principe guère avec un titre de noblesse, mais le négoce maritime faisait exception. Il était exercé indifféremment par des bourgeois ou des nobles.

Le paisible astronome de la montée des Accoules délaissait donc de jour son observatoire pour descendre sur le quai de la Ville, surveiller le travail des peseurs-jurés, tandis qu'on déchargeait la cargaison des deux nefs dont il était propriétaire, de part à demi avec son compère, le sieur Paul Toulouse : une grosse tartane baptisée le *Saint-Félix*, avec laquelle il faisait commerce auprès des Génois, et une balancelle de soixante tonneaux qui rapportait du royaume de Valence ces fruits d'or nommés oranges et devait à la Catalogne, où on l'avait lancée, son nom étrange de *Santa Coloma de Famers*.

17.

Où la traîtrise des consuls met à nouveau le feu aux poudres et le peuple en armes.

Plusieurs semaines passèrent sans faits notables. Guillaume de Montmirail acclimatait son regard et ses façons à cette cité singulière dont il connaissait à présent la moindre ruelle. Il aurait pu se diriger les yeux bandés dans le labyrinthe des différents quartiers de la vieille ville. Bref, il se sentait chaque jour un peu plus *Marseillois.* Le notaire de la famille Montmirail approvisionnait régulièrement son compte par des versements à la banque commerciale sise place du Palais, non loin de l'hôpital du Saint-Esprit.

Des visites régulières chez l'astronome des Accoules permettaient au jeune chevalier de rencontrer Constance d'Orseul en présence de son père, leur chaperon. Mais l'esprit venant aux filles, c'est elle-même qui avait suggéré un jour de profiter du beau temps et de la mer calme pour organiser une escapade vers le château d'If, que la jeune Marseillaise n'avait jamais vu que de loin et qu'elle brûlait – assurait-elle – de connaître. La barque du Rousset était toute trouvée pour un embarquement vers cette Cythère marseillaise. Philippe d'Orseul avait poussé la largeur d'esprit jusqu'à se prétendre sujet au mal de mer pour laisser les trois jeunes gens y aller sans lui. La présence du rustique « frère de lait » de Constance jouant les duègnes était, pour l'opinion publique – toujours prompte à déverser le venin de la calomnie –, le garant que la réputation de la jeune fille ne courait aucun danger de souillure.

Comment se passa l'escapade nautique ? On sait à quoi s'occupa Lou Rousset, puisqu'il ramena de belles daurades et quelques pageots dans ses filets que tous dégustèrent le soir même en compagnie de maître d'Orseul.

À quoi Constance et Guillaume employèrent-ils le temps de la longue visite aux ruines du vieux fort de François Ier, dont ils explorèrent la moindre cellule ? Nul ne le sut jamais, mais durant la traversée du retour, le pêcheur constatait avec un sourire attendri et complice que la jeune fille avait le rose aux joues et que dans ses yeux brillait une lumière nouvelle.

Le jeune chevalier de Montmirail, tout à l'écoute de son cœur amoureux, s'installait presque dans une douce oisiveté quand la turbulente Marseille vint un matin sans crier gare le rappeler aux réalités de l'heure.

La date était celle du 19 juillet 1659. Guillaume s'en souviendrait toute sa vie. Serviette autour du col, il confiait ses joues au rasoir habile de La Barbière quand lui parvint par la fenêtre ouverte de son logis sur la rue Pierre-qui-Rage une rumeur qui allait croissant.

— Quels sont ces cris ? Y aurait-il quelque fête en préparation, madame Bréhaut ?

Tout en repassant sa lame sur le cuir d'un ceinturon tendu, La Barbière répondit en riant :

— En guise de fête, je crois que ça va être celle de ces messieurs les consuls !

— Encore ! s'écria Guillaume. Mais vous ne savez donc faire que cela à Marseille ! Quel en est le prétexte, cette fois ?

— Il ne s'agit point de prétexte, monsieur. Les raisons ne manquent point. Si j'en crois ce que me dit mon voisin, le sieur Copet, marchand de bois, le peuple de Marseille s'estime une nouvelle fois trahi par M. de Vento-La-Baume et a décidé d'en finir avec lui et ses amis.

— Signifiez-vous par là que les quinze morts du mois dernier n'ont pas suffi à le calmer, et qu'il est à nouveau prêt à affronter mousquets et mitraille ?

Arrêtant le mouvement de sa lame et reculant le buste pour mieux appuyer ses propos, La Barbière dit fièrement :

— Si sa liberté est à ce prix, je le crois, *moussu* le chevalier.

Ayant dit cela, l'air farouche, elle saisit un petit fer et se remit à l'ouvrage pour relever la moustache du jeune homme.

Dehors, on entendait battre le tambour, des cliquetis d'armes, le roulement des roues cerclées de fer des charrettes sur les calades disjointes, tandis qu'une rumeur composée de voix innombrables rappelait le tumulte de la mer fait de millions de sons rassemblés. Par-dessus ce vacarme, on entendait les carillons des cloches sonnant à toute volée.

Montmirail se mit debout, se débarrassa de sa serviette, s'aspergea brièvement les joues et courut à la fenêtre.

Des hommes, des femmes, attelés comme des bêtes, tiraient carrioles et tombereaux à l'aide de courroies de cuir ou de cordages passés en bandoulière, qui les faisaient ressembler à des haleurs. Sur les plateaux s'entassaient des armes à feu, des piques, des tonnelets de poudre à canon.

Saisi d'une excitation subite, le gentilhomme décrocha son habit de la patère, boucla le ceinturon de ses chausses après y avoir entré les pans de sa chemise et, les deux mains sur l'appui de fenêtre, observa la cohorte qui défilait en rangs serrés en direction du port.

— Où vont ces gens ? demanda-t-il à sa logeuse.

— Sans doute vers la Maison Commune, comme toujours. M. Copet m'a expliqué qu'on a aperçu ce matin une compagnie d'au moins soixante soldats encore jamais vus ici prendre place autour du bâtiment où les consuls sont enfermés. Du côté de M. de Glandevès court la rumeur que, voilà une semaine, de Vento-La Baume, notre premier consul, aurait expédié à Aix un courrier à M. de Mercœur pour demander au gouverneur de Provence des renforts en troupes en prévision de troubles nouveaux qui seraient en préparation. Ce serait donc cette nuit même que le duc aurait fait rentrer ces soldats. Ils sont venus s'ajouter à ceux déjà introduits dans la cité. Vous avez pu les voir le mois dernier durant l'émeute, qui défendaient la Maison Commune contre le parti de M. de Glandevès. Depuis, ces soldats sont logés dans des maisons favorables au parti des consuls, mais tout finit par se savoir ici. Il se pourrait que Vento veuille nous faire payer cher la révolte du mois dernier.

Montmirail sentait l'excitation le gagner. Il s'écria soudain :

— Dans ce cas, je veux en être ! Je ne vais pas demeurer là, derrière la vitre, à regarder les bras ballants l'histoire de Marseille en train de se faire sans moi.

Sans doute la pensée de Constance n'était-elle pas étrangère à sa décision. Pouvait-il la laisser seule avec son père, qui n'était pas de taille à assurer sa protection, dans une ville prise à nouveau de folie ?

La logeuse regardait son locataire avec dans l'œil comme une inquiétude.

— Ne craignez-vous pas…

— Quoi donc, madame Bréhaut ? Il vous étonne que moi, un *estrangié*, comme vous dites, j'aille me mêler des affaires de Marseille ?

Il ajouta alors que la brave femme ne demandait rien :

— Et si elles m'intéressaient, tout à coup, les affaires de Marseille ?

La Barbière était tout étonnée de cet emportement :

— En effet, cela vous regarde seul, *moussu* le chevalier. Je ne craignais que pour le danger qu'on encourt quand la révolte gronde. Sait-on jamais ce qu'il peut arriver ?

Pour toute réponse, Montmirail demanda :

— Soyez aimable de me passer ma rapière, dans l'angle, près du lit.

À cet instant, depuis la fenêtre, il vit passer dans le flot humain qui descendait la rue Pierre-qui-Rage, tel un bouchon ballotté par les flots, un bonnet rouge qu'il connaissait bien. Il s'écria :

— Lou Rousset !

Derrière lui, il crut reconnaître la silhouette trapue de Piero Orsini qui le suivait comme son ombre, tirant toujours la patte mais avançant l'air décidé dans la mêlée.

— Vite ! cria Montmirail, mes amis sont là, je ne veux pas leur faire défaut !

Il avait à peine enfoncé son chapeau emplumé sur sa tête que déjà il se ruait dans l'escalier, dont ses bottes martelèrent les marches carrelées.

La Barbière regarda le gentilhomme plonger résolument dans le flot humain.

Elle hocha la tête mais, en femme pratique, songeant que son locataire avait payé trois mois de loyer d'avance, elle se résigna. Elle referma la fenêtre, demeurant tout de même perplexe sur l'état de raison de son hôte. Si cela lui plaisait d'aller perdre la vie sous la mitraille pour défendre une cause qui n'était pas la sienne, après tout qu'y pouvait-elle ?

Lorsqu'il ouvrit la porte d'entrée de la maison pour gagner le pavé, la clameur immense qui montait du peuple en marche emporta Guillaume de Montmirail comme une bourrasque de mistral. Par-dessus les cris et les roulements des tambours, on entendait les cloches de Saint-Laurent, de La Major et des Accoules sonner le tocsin. L'émeute du mois précédent recommençait avec plus d'ampleur.

Tel un nageur luttant contre le ressac, le jeune gentilhomme, se focalisant sur le bonnet rouge comme sur le feu d'un phare au-dessus des flots, s'enfonçait à la poursuite de ses amis emportés par le courant des manifestants. Il luttait pour ne pas être étouffé, bousculant l'un, poussant l'autre, sans souci des coups qu'il recevait quand il forçait un passage entre les corps agglutinés. Quand il fut à bonne distance, il les interpella :

— Eh, mes amis ! Rousset, Piero ! Attendez-moi !

Le pêcheur et le corailleur se retournèrent. Jean-Baptiste tendit sa poigne solide au chevalier et le héla vers lui, comme s'il remontait un filet dans sa barque, afin de l'extraire de l'étau formé par les hanches de deux fortes harengères. D'un même élan, les trois hommes firent une chaîne de leurs bras afin de ne plus être séparés.

L'arrivant s'informa des derniers développements de l'émeute. Même en se parlant à l'oreille, il fallait hurler pour se faire comprendre.

— Tout était calme jusqu'à ce matin, dit Lou Rousset. Jusqu'à ce que, rentrant de la pêche de nuit avec des amis, nous découvrions la ville investie par les soldats de Mercœur armés jusqu'aux dents. Ils ont pris position aux portes des remparts et dans tous les édifices publics. Les négociants rassemblés à l'aube pour leurs affaires devant la Loge ont été chassés avec des piques. Nous avons prévenu nos amis et la nouvelle a couru la ville comme la poudre enflammée. Chacun a compris qu'un mauvais coup se préparait.

En cet instant, venant de la rue Lanternerie, débouchait sur la rue Bouterie un groupe d'émeutiers aux premiers rangs desquels des femmes de la halle aux voix claironnantes. Les unes battaient le tambour sur des chaudrons de cuivre, d'autres avaient des épées nues à la main. Certaines s'étaient munies de piques et de hallebardes. Le spectacle que donnaient ces furies était impressionnant. Elles répétaient continûment une phrase dont Guillaume ne saisissait pas le sens.

— Que disent-elles ? demanda-t-il à Piero, dont le visage était le plus près du sien. Le corailleur détacha les syllabes : « *Vivo nouestre bouen Rey !* »

— Jusque-là, j'ai compris, dit le jeune homme. Et « *fouero li mangeo flourins* » ? Dehors les mange-florins ? Pourquoi ?

— À cause des taxes, expliqua Lou Rousset. Ces femmes n'en peuvent plus des impôts que Vento et les siens entassent sur leurs paniers.

Comme au confluent de deux fleuves coulant vers la mer toute proche, la rue Canton-de-Reboul charriait un nouveau courant d'émeutiers. Celui-là ne se composait pas de gens du peuple, mais de négociants, capitaines marins, prud'hommes, chefs de corps d'arts et métiers. Ils avaient spontanément formé des compagnies armées et joignaient leur colère de nantis à celle des pauvres gens.

Montmirail s'inquiéta auprès du Rousset :

— Sais-tu ce qu'il en est de Constance et de son père ?

— Ma foi, non, répondit le pêcheur. Je les ai quittés hier soir en pleine santé, barricadés chez eux après la fermeture des portes. J'espère qu'ils auront eu la bonne idée de se garder à l'abri.

Au moment où le gros de la foule débouchait sur le quai du port, des cris fusèrent. Ils venaient d'un groupe de bourgeois, l'épée à la main, qui s'avançait vers les émeutiers.

— Ils ont arrêté Glandevès !

18.

Où l'on assiste à la victoire du parti de Gaspard de Glandevès, héraut du peuple de Marseille.

Loin d'abattre l'ardeur des émeutiers, la nouvelle de l'arrestation de Gaspard de Glandevès redoubla leur colère et leur détermination. Comme celui qui n'a plus rien à perdre, le peuple en furie, sans meneur, sans ordres, sans chef désigné, se rua en direction de la Maison Commune où les consuls s'étaient barricadés. Devant le bâtiment municipal se tenait une compagnie de soldats en ordre de bataille, mousquets pointés sur la meute qui approchait. Un officier, abaissant son épée, commanda le feu. Des corps s'effondrèrent dans les premiers rangs des assaillants sans pour autant stopper l'avance de ceux qui enjambaient les blessés et les mourants pour déferler comme une vague géante.

Le choc fut d'une violence extrême. Une mêlée furieuse s'ensuivit dans un désordre indescriptible. Aux cris de rage se joignaient les cris de souffrance. On en était déjà au corps-à-corps et les soldats, leurs mousquets devenus inutiles faute de pouvoir être rechargés, avaient dégainé pour contenir l'assaut à l'arme blanche. D'autres soldats, jusque-là en réserve, accouraient à leur tour.

Montmirail, sa rapière nue dans une main, un pistolet chargé arrivé d'on ne sait où dans l'autre, avait spontanément retrouvé les gestes du combattant tels qu'il les avait appris en salle d'armes, et frappait sous tous les angles. L'*estrangié* avait définitivement choisi son camp.

— En avant les amis ! criait-il dans le tumulte à l'intention du pêcheur et du corailleur qui n'avaient nul besoin d'encouragements pour se battre comme des diables.

Tous trois s'étaient jetés dans la masse indistincte des combattants en s'efforçant de rester groupés, chacun protégeant l'autre d'un coup assené par traîtrise. Lou Rousset avait troqué son bâton ferré pour une pique avec laquelle il avait déjà transpercé maints uniformes, tandis que Piero le Corse maniait une hache qui faisait voler les têtes comme les tuiles par gros temps.

Les alliés de Gaspard de Glandevès n'étaient pas non plus restés inactifs. La compagnie improvisée que commandait Jean-Baptiste de Villages s'était établie sur la place Neuve[1], tandis que Bionau d'Airargues occupait la place Vivaux. Un troisième détachement avait pris position sur la place du Palais-de-Justice[2].

La Maison Commune était prise en tenaille.

1. Aujourd'hui place Victor-Gelu.

2. Il s'agit de l'ancien palais de justice, sur l'emplacement occupé aujourd'hui par le pavillon Daviel.

Mais elle était fortement défendue. Le sort de l'assaut était encore improbable. Les émeutiers montaient vers les soldats en ligne, puis devaient se replier sous une salve, laissant à chaque ressac de nouvelles victimes sur le pavé.

Par-dessus les détonations et le cliquetis des armes, on entendit bientôt éclater le timbre de basse-taille d'un canon, puis de deux. Cela provenait du quartier de Cavaillon[1], où s'était retranché le chevalier de Foresta, du parti des consuls en place.

Ce renfort de poids vint semer le doute parmi les émeutiers.

L'entrée en lice de pièces d'artillerie provoqua une rupture dans l'élan des assaillants, chacun craignant d'être pris à revers par une batterie chargée à mitraille qui pourrait provoquer un massacre chez ces combattants improvisés, plus riches de courage que d'armes véritables.

Mais l'alarme fut de courte durée.

Bientôt un groupe d'hommes arriva hors d'haleine. Depuis La Major, ils avaient couru jusqu'au port par les rues des Repenties et des Accoules. Leurs armes haut levées, ils apportaient une nouvelle inouïe : « C'est Glandevès ! C'est Glandevès qui tire au canon sur Foresta ! Il est libre ! Il est à nos côtés ! »

Des hurlements de joie accueillirent les messagers. Chacun voulait en savoir plus. On croyait Gaspard de Glandevès, au mieux dans un cul-de-basse-fosse,

1. C'était à l'époque le « quartier nord » de Marseille. Il s'étendait depuis la cathédrale de La Major jusqu'aux Grands Carmes.

au pire assassiné sur ordre du premier consul et voilà que, comme dans un tableau allégorique, il apparaissait, archange lumineux planant au-dessus des combattants, pour enflammer l'ardeur de ses partisans et les conduire à la victoire. Car cela ne faisait plus de doute à présent, ils allaient vers la victoire.

Pourtant, les défenseurs de la Maison Commune tenaient bon. Ils savaient manœuvrer en ordre sous les assauts qui continuaient à éclaircir les rangs des émeutiers.

La tête de Montmirail lui tournait un peu. Comment un homme que l'on disait prisonnier du camp adverse pouvait-il être celui qui dirigeait le feu contre lui ? S'agissait-il d'une usurpation ? D'un mensonge habile destiné à redonner au peuple du cœur à l'ouvrage pour repartir de plus belle à l'assaut ? Avait-on faussement annoncé l'arrestation de Glandevès afin de déclencher l'émeute populaire et s'appuyer sur elle pour mieux reconquérir le pouvoir municipal ? Qui était derrière tout cela ? Poser les questions ne suffisait plus. Il fallait obtenir les réponses.

Le chevalier, Lou Rousset et Piero, d'un commun accord, décidèrent de se porter vers le quartier de Cavaillon, dominé par la cathédrale de La Major d'où partaient toujours des coups de canon.

Une marche forcée à travers des ruelles dont le pêcheur connaissait la tortueuse géographie fit déboucher les trois hommes à l'extrémité de la rue Four-du-Chapitre, proche de la cathédrale.

Ce qu'ils aperçurent alors les fit tomber en arrêt.

Là-haut, tout en haut du clocher, à contre-jour, se détachait la haute silhouette de Gaspard de Glandevès, reconnaissable entre mille. Depuis cet observatoire improvisé, il dirigeait de la voix et du geste le tir des canons installés dans le rempart dominant le rivage de la Joliette, dont son frère, le commandeur de Cuges, et trois capitaines d'artillerie, s'étaient emparés pour les retourner contre les troupes de Foresta.

C'était donc vrai ? Ce diable d'homme était celui qui tirait les fils des marionnettes ? Montmirail n'en croyait pas ses yeux.

Après s'être fait reconnaître, les trois arrivants, accompagnés d'un capitaine, grimpèrent dans le clocher pour se présenter à Glandevès.

Le gentilhomme les toisa de son air farouche. Lou Rousset et Piero étaient de vieilles connaissances. Mais la présence d'un visage inconnu lui fit froncer les sourcils.

— Je n'ai point l'honneur de vous connaître, monsieur. Qui êtes-vous ?

— Chevalier Guillaume de Montmirail, monsieur. Pour vous servir.

Les traits sévères de Glandevès s'éclairèrent.

— Pour me servir ? Vous seriez donc des nôtres ?

— J'ai de bonnes raisons à cela, répliqua le jeune homme, pensant à deux yeux verts qui avaient changé sa vie.

Glandevès ne chercha pas à en savoir la cause. Un renfort, d'où qu'il vienne, était opportun.

— Soyez donc le bienvenu, Montmirail. Notre cause est juste, elle a besoin de toutes les bonnes volontés pourvu qu'elles s'allient au courage.

Le gentilhomme donna la réponse que le chef des rebelles attendait :

— Je crois n'en point manquer, mes amis vous le diront.

Lou Rousset et Piero approuvèrent bruyamment.

— Eh bien, messieurs, allons donc finir notre ouvrage ! dit Glandevès en s'engageant le premier dans l'escalier à vis du clocher. Je vous convie à me suivre si vous désirez participer à la petite fête que j'organise en l'honneur de M. de Vento.

Suivant le rivage jusqu'à La Tourette, les hommes de Glandevès, attelés aux cinq canons, se mirent alors en peine de les faire rouler en direction du port. Les pièces étaient lourdes, la progression lente, mais, en se relayant, les haleurs, suivis par des charrettes où s'entassaient boulets et barils de poudre, parvinrent vers midi à la hauteur de la tour du Fanal. D'ici, ils ne pouvaient pas encore voir ce qui se passait sur le quai de la Ville, mais on entendait nettement les échos de la bataille qui se poursuivait.

— Malgré l'urgence, je propose une halte, le temps de nous remettre, ordonna Glandevès. La dernière étape ne sera pas la plus aisée et nous avons besoin de toutes nos forces.

Profitant de cette pause, Montmirail s'approcha du chef des insurgés :

— On vous disait prisonnier de M. de Vento.

Le chef rebelle eut un sourire entendu.

— On le disait, en effet, Montmirail. L'important était qu'on le dît.

Le jeune homme demeura un instant perplexe :

— Si j'entends bien, il n'y avait rien de vrai ? Vous n'avez pas été arrêté par les gens du premier consul ?

— Vous entendez fort bien, Montmirail. Il fallait que le peuple crût à mon arrestation pour qu'il puise en lui-même des arguments nouveaux propres à lui redonner l'envie de partir à l'assaut et de chasser les usurpateurs.

Le chevalier, encore innocent des manœuvres ourdies par les gens de pouvoir, l'air choqué, bredouilla :

— Je… je ne saisis pas la raison de cette tromp…

Le mot lui resta sur les lèvres, c'est Glandevès qui le prononça à sa place.

— Une tromperie, alliez-vous dire ? Non, Montmirail, ce n'est point un mensonge ordinaire : c'est de la politique. L'art de dire au peuple ce qu'il attend de vous. Dussions-nous lui mentir, si c'est pour son bien. Il fallait donner à tous ces braves gens des raisons de mourir. Voyez vous-même. La nouvelle de mon arrestation a fait naître des milliers de vocations au martyr.

L'air offusqué du jeune homme fit sourire le chef de guerre. Il ajouta avec un léger ricanement :

— Mais c'est pour la bonne cause !

Voyant la mine dépitée du chevalier, Glandevès prit le ton d'un maître donnant à son élève sa première leçon de machiavélisme.

— J'ai tiré enseignement de l'échec du premier assaut, le mois dernier. Quand l'ennemi est retors et bien dans la place, il faut savoir attendre son heure avant de se précipiter sur lui. Mieux vaut manœuvrer et le prendre à revers. Voilà deux jours, le viguier, Paul de Fortia de Piles, a tenté une médiation. Il a réuni les diverses factions. Je me suis rendu à son invite. Mais la mort de l'un de ses serviteurs, tué par un coup de feu parti d'on ne sait où, a persuadé le commandeur des îles de Marseille qu'un compromis n'aboutirait pas. Lui-même a échappé de justesse au sort de son serviteur. Vento a aussitôt fait porter sur nous la responsabilité de l'attentat. Ce qui prouve qu'il en était l'organisateur. Il faut donc en finir, et ce jour est arrivé. Je ne ferai pas la même erreur deux fois.

Glandevès désigna les canons :

— J'ai trop souvent obéi à mon tempérament qui me pousse à monter à l'assaut le premier dès qu'on m'échauffe les oreilles. Cette fois, j'arrive où on ne m'attendait pas. J'ai fait miens les conseils de mon frère, le commandeur de Cuges, d'une humeur plus posée que la mienne. Nous avons pensé que mon absence temporaire au premier rang des combattants accréditerait le faux bruit de mon arrestation, que des gens de mon parti ont colporté à l'envi. Pour les esprits simples, qui constituent l'essentiel des gens du peuple, si Glandevès ne conduit pas l'assaut, c'est qu'il est en prison. Ou mort ! Ils ont déduit cela tout seuls, sans que je le leur souffle. À présent ils ne rêvent que de me venger.

S'interrompant, le chef des rebelles tendit l'oreille vers les bruits de la bataille qui se poursuivait avec acharnement sur le port.

— Écoutez ! C'est bien la preuve que l'idée était bonne.

Tant de cynisme choquait Guillaume. Il se faisait une autre idée de l'honneur d'un gentilhomme, mais il s'efforça de n'en rien laisser paraître. Il ne savait rien des raisons de la politique, lui. Il avait choisi ce camp-là pour les beaux yeux d'une demoiselle de Marseille qui lui avaient chaviré l'âme. Il irait jusqu'au bout de son engagement.

*

* *

L'apparition au bout du quai des cinq pièces d'artillerie provoqua une explosion d'enthousiasme dans les rangs des émeutiers. L'arrivée de leur chef en personne, dont la haute silhouette dominait celle de ses hommes arc-boutés sur les courroies tirant les canons comme des galériens sur leurs rames, déclencha une ovation interminable. Une ardeur nouvelle parcourut les rangs des assaillants. Tandis que les canons approchaient, on éleva des barricades en roulant des tonneaux, des balles de laine prises sur les navires accostés, des quartiers de pierres de taille entreposées sur le quai.

Glandevès s'en vint camper sur la place Vivaux, où son ami Bionau d'Airargues tenait solidement sa position afin de prendre en perspective le champ de bataille dans son entier.

Le combat dura jusqu'à 4 heures de l'après-midi, quand les dernières barricades de défense furent enlevées à l'arme blanche. Guillaume de Montmirail, promu en pleine bataille chef de détachement, eut l'honneur de conduire l'assaut de celle qui barrait encore l'accès de la rue Vieille-de-Rome, ouvrant le chemin jusqu'au bâtiment communal où les consuls – jugeant leur position désespérée – recommandaient leur âme à Dieu.

L'insurrection était désormais maîtresse de la cité. Seuls tenaient encore, barricadés dans le couvent des Cordeliers, Foresta et une poignée d'hommes. Leur reddition n'était plus qu'une question de temps. Leur sort serait réglé avant la nuit.

*

* *

À 5 heures, deux drapeaux blancs apparurent au balcon de la Maison Commune, agités par des mains encore invisibles. Deux consuls avaient mis leur mouchoir au bout d'une pique et signifiaient aux assaillants leur décision de capituler. Des cris fusaient vers eux : « *Fuero !* À mort ! »

Déjà des groupes se répandaient dans la ville, pourchassant des gens terrorisés. Partisans reconnus des consuls étaient cloués aux portes des maisons au bout d'une pique, tandis que des colonnes de fumée montaient des incendies allumés dans les maisons jugées suspectes. Plus aucune autorité n'avait prise sur des émeutiers ivres de vengeance ou profitant de l'aubaine pour piller les boutiques et les maisons désertées. On croisait des groupes chargés comme des bêtes de somme de tout ce qu'ils avaient pu emporter. Certains avaient dérobé jusqu'aux charrettes afin que leur butin fût plus conséquent.

À ces visions de violence et de désordre, Montmirail s'aperçut que l'ardeur au combat lui avait fait oublier un moment la raison qui le lui avait fait mener.

Il appela Lou Rousset et Piero :

— Nous avons fait notre devoir, mes amis. Il est

temps de nous assurer que ceux qui nous sont chers ne sont pas en danger !

Tous trois, délaissant l'assaut final, se précipitèrent vers la maison de l'astronome.

— Mon Dieu, faites qu'il ne lui soit rien arrivé, songeait un peu tard le jeune amoureux, tandis qu'il se hâtait vers le clocher des Accoules.

19.

Où l'on assiste à l'effondrement
du dernier bastion du pouvoir royal
et à la fuite honteuse de son représentant.

La porte de la grande salle du conseil de ville, défoncée à l'aide d'un bélier, s'ouvrit avec fracas sur un groupe de gentilshommes, épée à la main. Au fond de la pièce désertée, exemptes de toute défense, se tenaient deux rangées de magistrats en robe rouge qui se signèrent avec un bel ensemble. Dans leurs yeux se lisait l'inquiétude. Ils se serraient l'un contre l'autre comme pour se donner du courage. Depuis les portes-fenêtres montait la rumeur et les cris de la foule massée devant le bâtiment municipal, dont la grosse horloge ronde dardait son œil blanc sur les manifestants, comme outrée devant tout ce désordre.

Avec ensemble, les magistrats municipaux avaient tourné la tête vers les arrivants. Ceux-ci, comme des maîtres de cérémonie, s'étaient campés en deux groupes devant les lourds battants de la porte qu'ils avaient plaqués contre le mur de la salle. Aucun ne faisait mine d'avancer vers les consuls. Le tableau qu'offraient ces derniers était contrasté. L'attitude craintive de ces gens en robe rouge, qui avaient perdu toute superbe, détonnait dans cette somptueuse salle du conseil, décorée d'œuvres allégoriques vantant la grandeur de Marseille sur les mers et dans les pays lointains. L'orgueilleuse devise de la ville elle-même, *Actibus immensis urbs fulget massiliensis*[1], peinte sur le mur derrière l'estrade où ils siégeaient habituellement, semblait être là pour leur faire honte. Eux qui représentaient jusqu'à cet instant le pouvoir royal avaient perdu toute morgue.

Personne ne parlait. Ce face-à-face muet fut bientôt troublé par un bruit de bottes qui allait crescendo. On montait l'escalier. Alors apparut, à la tête d'un groupe de fidèles, l'épée nue à la main, la haute silhouette de Gaspard de Glandevès, vêtu et coiffé de noir comme s'il portait déjà le deuil de ses adversaires. Tous ses amis l'entouraient, dont son frère, le commandeur de Cuges, et Bionau d'Airargues, le vainqueur de la place Vivaux, point stratégique de l'assaut. Tous portaient sur leurs habits la trace de l'ardeur des combats. Gaspard de Glandevès le premier, dont une manche du pourpoint pendait, déchirée comme l'aile d'un corvidé blessé. Le trou bien visible qui ornait le chapeau de Bionau d'Airargues prouvait que la balle qui l'avait manqué était passée bien près. Tous avaient le regard farouche du combattant vainqueur que la joie de la victoire n'a pas encore estompé. Quant au regard que Glandevès portait sur les consuls, il était celui d'un grand fauve prêt à bondir sur sa proie.

1. « Marseille resplendit par ses hauts faits. »

Une fois entrée dans la salle, la petite troupe s'arrêta sur un signe de son chef.

Le vicomte de Glandevès s'avança seul.

Les consuls ne savaient quelle attitude adopter. Saluer l'arrivant ? S'incliner devant l'homme qui, peut-être, faisait déjà dresser dans une rue voisine les gibets devant lesquels la populace ivre viendrait les voir gigoter dans les derniers spasmes de leur agonie ? Le devoir de leur charge leur interdisait de s'y abaisser.

Mais que faire ? Ils tergiversaient. Si bien qu'ils demeuraient là, debout, à piétiner sur place, chacun regardant dans le vague pour éviter de croiser le regard irrité du vainqueur, attendant qu'on veuille bien statuer sur leur sort.

De sa voix de bronze, Glandevès salua ironiquement les consuls en ôtant son feutre et en balayant les lames du parquet de la plume d'autruche qui l'ornait.

À la vue de cette troupe en désordre, qui lui rappelait une couvée de canards affolés, le chef des rebelles ne put retenir un formidable éclat de rire qui acheva de semer l'effroi dans les rangs des magistrats municipaux.

— Eh bien ! Messieurs les consuls ! Où sont donc ceux qui, avant-hier encore, à l'abri des troupes de M. de Mercœur, narguaient le peuple désarmé, faisaient tirer sur des gens sans défense, promettaient aux survivants la chiourme, les menaçaient des canons du chevalier de Vendôme ?

Glandevès fit deux pas en avant, ce qui eut pour effet de faire se resserrer un peu plus les robes rouges. Du bout de son épée, le gentilhomme désigna le groupe et l'interpella :

— Ah ça, mais ! Je ne vois pas le premier d'entre vous, M. de Vento-La Baume. Ne me dites point qu'il s'est caché au dernier rang, comme les mauvais écoliers !

Les consuls s'entre-regardèrent comme si chacun cachait l'absent sous sa vaste robe. Ils tinrent des conciliabules, puis, rassemblant ce qui lui restait de courage, Boniface Pascal, second consul, se détacha du groupe pour avancer vers Glandevès. Il s'éclaircit la voix d'une toux nerveuse et dit en hésitant :

— Monsieur, nous... nous ne savons rien... Nous ignorons ce qu'il est advenu de M. de Vento. Il était encore parmi nous en début d'après-midi, il s'est absenté pour donner des ordres aux troupes de M. le... aux soldats qui...

Glandevès le coupa sèchement :

— Abrégez, monsieur, je vous prie !

Le second consul acheva avec effort :

— Eh bien, nous ne savons pas où se trouve M. de Vento-La Baume, voilà qui est dit !

Glandevès ricana :

— Tiens donc ! Un général qui abandonne ses troupes au beau milieu de la bataille, voilà qui est d'un homme d'honneur ! Vous entendez ça, vous autres ?

L'apostrophe, qui s'adressait à ses amis, provoqua rires et quolibets. Le chef des mutins poursuivit :

— Et vous, messieurs les consuls ! Vous qui confiiez les destinées de cette ville à pareil capon, n'êtes-vous point aussi coupables que lui ? Ignoriez-vous quel couard se cachait sous la défroque consulaire ? Votre confiance, me semble-t-il, était bien mal placée ! Voilà qu'il vous abandonne à votre triste sort et vous laisse vous débrouiller tout seuls. J'ai bien envie de…

Gaspard de Glandevès, appuyant son jeu, frappa d'un talon rageur le plancher de la salle. Cela fit un bruit de détonation propre à augmenter l'angoisse dans les rangs consulaires. Certains ne cherchaient plus à conserver une once de dignité. Joseph Fabre rejoignit son collègue Pascal et exhorta le vainqueur à l'indulgence :

— Au nom de mes collègues, je réclame votre pitié, monsieur. Vous êtes le maître. Traitez-nous comme bon vous semblera, mais pour l'amour du ciel ne nous livrez point aux émeutiers. La charge de M. de Vento est désormais la vôtre. Prenez-la, nous vous suivrons.

Gaspard de Glandevès remit son épée au fourreau et jeta un regard de mépris sur l'assemblée.

— Je ne veux point d'une charge qui me serait confiée par vous, traîtres à la cité, serviteurs qui pillez la maison ! Je ne veux tenir ma légitimité que du peuple lui-même, dont je ne suis ici que le chef provisoire. Ce peuple qui vous hait et vous regarde à présent en riant, c'est à lui seul que je rendrai le pouvoir par le biais de ceux qui seront librement élus et non point engagés comme des valets par le roi.

Il s'avança encore vers les rangs des consuls.

— Quant à vous, imposteurs, vous ne méritez point la corde qui vous pendrait. Mais soyez rassurés : je suis un gentilhomme et non un bourreau. Malgré le peu d'estime que j'ai de vous, je ferai en sorte de vous laisser la vie sauve.

Un soupir de soulagement parcourut le groupe de toges rouges.

— S'il en allait autrement, poursuivit Glandevès, je serais le fils indigne d'un père qui, avant vous, exerça vos fonctions dans l'honneur et pour le bien de Marseille, comme je le fis naguère à la satisfaction de chacun. Vous, vous n'avez eu d'autre but que de livrer cette cité à l'arbitraire royal et la priver de ses libertés tutélaires. Allez ! Laquais ! Allez rejoindre votre maître. Suivez le chemin qu'il a dû prendre pour ne pas répondre de sa félonie et dont vous connaissez sûrement l'itinéraire secret.

Gaspard de Glandevès ne croyait pas si bien dire. S'il n'avait pas été tout entier occupé à conduire ses troupes vers la victoire, il aurait pu apercevoir, vers le milieu de l'après-midi, un moine encapuchonné de bure, qui fuyait comme un voleur par une lucarne du toit de la Maison Commune. C'était Lazare de Vento-La Baume, premier consul de Marseille, dissimulé sous la défroque d'un capucin, qui abandonnait piteusement sa charge et ses collègues à leur sort, avant de rejoindre la rue du Change et la rue Ventomagy, afin de gagner l'hôpital de la Miséricorde, rue Rompe-Cuou[1].

C'est en vainqueur que Gaspard convia ses amis à le rejoindre sur le balcon donnant sur le port pour répondre à l'ovation qui montait vers eux, tandis que résonnaient les chants de joie et s'allumaient les premiers feux par lesquels le peuple de Marseille célébrait sa liberté reconquise.

---

1. « Rue Casse-C...l ». Sa pente et le mauvais état de son pavé glissant lui avait, dit-on, valu ce surnom.

20.

Où le malheur s'abat sur la maison de l'astronome et où le passé surgit devant Guillaume de Montmirail.

Pour rejoindre la demeure de maître Philippe d'Orseul, Guillaume de Montmirail, suivi comme son ombre par Lou Rousset et Piero, avait été contraint à un détour en raison des barricades encore en place, que leurs servants désertaient peu à peu. Ceux-ci les saluaient au passage avec des cris de ralliement : *Vivo Glandevès ! À bas lei consous*[1] *!*

Les combats de l'après-midi avaient fait plus de cinquante morts parmi les deux camps, et l'on croisait des confréries de pénitents qui allaient les prendre en charge pour leur donner une sépulture chrétienne. Des charretons, escortés par des silhouettes encapuchonnées dans des robes de bure, convergeaient vers le champ de bataille en murmurant des patenôtres. Quant aux blessés, ils étaient évacués par les combattants

1. « À bas les consuls ! »

eux-mêmes. Selon la gravité de leur état, ils les emportaient sur des brancards improvisés vers leur domicile ou vers l'hôpital du Saint-Esprit, tout proche.

À peine avaient-ils tourné le coin de la montée des Accoules qu'une vision de désastre sauta aux yeux de Montmirail et des deux pêcheurs, qui grimpaient quatre à quatre l'ultime volée de marches menant à la maison de Philippe d'Orseul. Elle portait les traces évidentes d'une attaque récente. Les assaillants avaient dû passer par une des fenêtres du rez-de-chaussée, dont les volets étaient fracassés, probablement à la hache, car la porte d'entrée, grande ouverte, semblait intacte.

Fou d'inquiétude, le chevalier, l'épée nue en main, se rua à l'intérieur avant même de songer qu'un piège pouvait l'y attendre. Le pêcheur et le corailleur l'avaient suivi.

Le temps d'habituer leurs yeux à la pénombre de la pièce, les trois hommes purent contempler l'étendue du saccage : le décor paisible et rassurant dans lequel le chevalier avait passé tant d'heures agréables à deviser avec l'astronome tout en faisant une cour discrète à Constance était entièrement bouleversé : on avait renversé la grande table, bousculé chaises et tabourets. De la vaisselle brisée et des chandeliers piétinés s'éparpillaient sur le plancher.

Derrière l'écran que formait la table, il leur sembla entendre un faible gémissement. Dans un même mouvement, Montmirail et Lou Rousset se trouvèrent qui à la tête, qui aux pieds d'une forme humaine allongée. Le chevalier s'agenouilla tandis que le pêcheur, figé, les larmes aux yeux, n'osait s'approcher :

— Maître d'Orseul ! Maître d'Orseul, m'entendez-vous ? C'est moi, Montmirail. Me voici avec Jean-Baptiste et son ami Piero. Vous ne craignez plus rien.

L'astronome émit une faible plainte.

— Il est vivant ! dit Lou Rousset qui vint s'agenouiller aux cotés de Guillaume. *Mestre ! Mestre ! Respondès mi !*

— Pouvez-vous parler ? questionna Guillaume.

Philippe d'Orseul fit signe que oui en battant des paupières. Il sortait doucement de sa léthargie. Piero avait ramassé un bougeoir parmi les moins abîmés et s'employait à allumer des restes de bougies récupérés. Il battit son briquet d'amadou et une douce clarté vint à propos révéler les détails de la scène. Sous la tête de l'astronome, une flaque de sang disait qu'il avait dû être assommé. Sa collerette blanche portait traces de l'hémorragie.

Imité par le pêcheur, Montmirail se pencha près de la bouche d'où sortaient des mots hésitants :

— Aaah !… Mes bons… amis. Quel mal… heur !

Lou Rousset prit le relais :

— Qu'est-ce qui est arrivé, *Mestre* ? Où est Constance ?

Montmirail lui fit signe de se calmer pour ménager les forces du blessé. Il se pencha vers son oreille :

— Essayez de poursuivre, maître d'Orseul, je vous en supplie.

L'astronome fit un effort qui lui arracha un rictus de souffrance et commença un récit entrecoupé de longues pauses durant lesquelles il tentait de récupérer un peu de souffle :

— Nous étions… ici, barricadés… avec Constance.

Le visage du chevalier touchait presque celui du gisant.

— Qua… quatre hommes. Les volets… Avec une hache… Ouvert la porte à trois au… tres.

— Masqués ? demanda Lou Rousset.

— Un… masqué…

— Comment as-tu deviné ? s'étonna Montmirail.

Le pêcheur tiqua :

— Je me doute d'où vient le coup.

L'attaque n'était donc pas le fait d'émeutiers opportunistes. Elle avait été perpétrée pendant l'émeute. Par des gens qui n'y étaient pas mêlés…

Guillaume posa la question dont il avait déjà la réponse :

— Cet homme était-il masqué en arlequin ?

L'astronome approuva d'un battement de paupières.

— Et Constance ?

Philippe d'Orseul tenta de bouger la tête de droite à gauche et s'en révéla incapable, s'arrachant un long gémissement de douleur.

— Enlevée…

Le malheureux était à bout de souffle et de force.

— Portons-le dans sa chambre. Va quérir un docteur, Piero, ordonna Montmirail.

— Va chez le docteur Genton, rue des Martégales, conseilla Lou Rousset. Dis-lui que c'est moi qui t'envoie. C'est un ami. Je le fournis en poisson.

Piero partit ventre à terre.

Avec d'infinies précautions, le chevalier et le pêcheur hissèrent le corps inerte de l'astronome jusqu'à sa chambre au premier étage. Au creux de son coude droit, Montmirail soutenait la tête dans l'axe du corps, tandis que Lou Rousset avait empoigné les jambes.

Après l'avoir délicatement déposé sur son lit et abreuvé d'eau fraîche, ils laissèrent d'Orseul en repos pour descendre au rez-de-chaussée attendre le retour de Piero et du docteur Genton.

Tandis qu'il remettait un semblant d'ordre dans le mobilier bousculé, Lou Rousset aperçut sur la porte d'entrée, que Piero avait refermée en sortant, un rectangle blanc se découpant sur le bois sombre du vantail.

— Oouh, *qu'es acò* ?

Une courte dague était plantée sur une feuille de papier pliée en deux. Il y déchiffra le nom de Montmirail.

Le pêcheur saisit le manche du petit poignard, dégagea l'arme du bois et tendit la feuille :

— On dirait que c'est pour vous.

— Pour moi ?

Guillaume ouvrit le billet qui n'était pas cacheté et portait pour toute mention : « Au chevalier de Montmirail. » Le pêcheur le vit pâlir.

— Ah, Rousset, mon bon ami ! Quel coup du sort !

Il s'apprêtait à lui tendre le billet mais se ravisa :

— Ce message est incompréhensible pour tout autre que moi, mais j'en devine, hélas ! le sens caché.

D'une écriture ferme et penchée une main anonyme avait écrit : « Le dernier mot sera pour nous, car le tien ne saurait tarder. La Mule noire a bonne mémoire. »

Le chevalier vacilla sur ses jambes.

— Rousset, dit-il d'une voix blanche lorsqu'il eut repris contenance, j'ignore exactement ce que me veulent les gens qui ont enlevé Mlle d'Orseul. Mais elle est en grand danger.

Le jeune homme fit une pause pour réfléchir avant d'ajouter :

— Ces brigands, ou ceux qui les manœuvrent, se servent de Constance comme appât pour m'attirer dans un guet-apens. Je ne devrais pas tarder à recevoir de leurs nouvelles…

Guillaume hocha la tête, l'air soucieux. Lou Rousset insista :

— Cela aurait-il à voir aussi avec ces *maufatans* qui ont tenté de vous assassiner rue Mayousse ?

Le chevalier approuva silencieusement.

Le pêcheur explosa de colère :

— Par les cornes du diable ! Je comprends mal cette obstination.

Guillaume, qui dans son désarroi sentait le besoin de se confier, se livra sans détour au pêcheur :

— J'ai été bien imprudent, Rousset, en m'attaquant à plus puissant que moi. Je crains fort que cela ait à voir aussi avec cette histoire d'assassinat à Aix quand je n'étais encore qu'un enfant, que je vous contais l'autre soir.

— À parler franc, dit le pêcheur, je n'ai pas saisi grand-chose.

Guillaume répondit par réflexe, l'esprit préoccupé :

— Mais tu as saisi ce que nous a expliqué maître d'Orseul ? Mazarin avait proposé des mesures pour mettre au pas les parlements des provinces, qu'il trouvait trop indépendants. L'Italien, prenant exemple sur son pays, estimait que plus le pouvoir d'un parlement était important, moins longtemps on devait y siéger.

C'est pourquoi il décida que le parlement d'Aix serait réparti en deux sections, appelées Semestres pour la raison que chacune ne siégerait que la moitié de l'année.

— Ma foi, acquiesça Lou Rousset, à qui cette idée étrange faisait oublier la gravité de l'heure, je m'accommoderais bien qu'on me fasse travailler la moitié du temps pourvu qu'on me paye à plein !

Montmirail eut un sourire triste :

— C'est peut-être ce qu'aura pensé Gueidon, avocat du roi en la sénéchaussée de Marseille, qui aurait dû être le premier président de semestre… s'il n'était pas mort avant. Quant à savoir qui a ordonné le meurtre… je crois bien le connaître et je viens de le démasquer publiquement. Mais c'est un homme puissant et j'ai été bien présomptueux de m'attaquer seul à lui. Il n'a plus qu'une idée : me faire taire à jamais…

Un bruit de pas se fit entendre : le Corse revenait, accompagné du docteur Genton.

La vie de Philippe d'Orseul était entre de bonnes mains.

21.

Où Lazare de Vento, premier consul déchu, doit affronter la colère du duc de Mercœur, gouverneur de Provence.

— Monsieur Lazare de Vento, seigneur de La Baume !

À l'énoncé de ce nom par le gentilhomme chargé d'introduire les visiteurs à l'audience en son hôtel d'Aix, Louis de Bourbon-Vendôme, duc de Mercœur et d'Étampes, gouverneur de Provence, bondit de son fauteuil comme un diable à ressort. Ce petit homme de complexion sanguine, bilieux comme tous les diables, était célèbre pour ses colères jupitériennes. L'effet sur ceux qui en étaient l'objet se trouvait renforcé par un regard sombre et des sourcils fournis. Le duc coiffait une grande perruque noire et bouclée qui lui couvrait les épaules et dissimulait son collet blanc. Sa forte moustache en croc achevait de lui conférer un air furibond par nature :

— Ah ! Monsieur de Vento ! Il vous aura donc fallu plus de trois journées pour venir me rendre compte !

L'arrivant prit un ton de circonstance :

— Monseigneur, je suis désespéré.

— Vous le pouvez, Vento, vous le pouvez ! Je comprends que vous n'ayez pas été pressé de venir me retrouver, car ce que j'ai à vous dire n'est point à votre honneur.

L'ex-premier consul de Marseille, silhouette mince et tête baissée, le teint jaune et l'air piteux, avait pris l'attitude du mauvais élève subissant l'admonestation du maître. Il était tout vêtu de noir, en sorte qu'on pouvait le croire en deuil de son avenir. Il bredouilla faiblement :

— Monseigneur, ne croyez pas que…

Mercœur lui coupa sèchement la parole :

— Je ne crois que ce que je vois, La Baume. Et ce que j'ai vu, ajouté à ce que l'on m'a rapporté, ne m'incite guère à l'indulgence. Non seulement vous vous montrez incapable de mettre une poignée de séditieux à la raison, mais le premier tintamarre de cette meute de braillards, qui ont plus de gueule que de courage, vous fait fuir comme un poltron ?

Sous l'averse, Lazare de Vento faisait le dos rond, se contentant de souffrir *in petto* de l'injustice des propos du gouverneur de Provence. *Une poignée de séditieux*, tout un peuple en armes qui ne recule pas devant la bouche d'un canon ? *Des braillards sans courage*, ces femmes et ces hommes préférant la mort à la soumission ? Le duc n'avait pas entendu siffler les balles à ses oreilles !

Loin d'apaiser Mercœur, cette première salve semblait avoir fourni à sa colère de nouveaux motifs d'irritation. Il regardait son visiteur avec un air de mépris.

L'ex-premier consul de Marseille tenta de se justifier avec maladresse :

— Que fallait-il faire, monseigneur ? Offrir ma vie aux rebelles pour apaiser leur courroux, comme jadis on sacrifiait aux dieux ?

— Suffit, monsieur ! Plus un mot. Vous vous êtes déshonoré. Quand on appartient comme vous à une famille illustre, on ne déserte pas devant l'ennemi.

Le ton monta encore d'un cran :

— On me fait tenir que vous êtes la risée de Marseille, vous qui avez fui par les toits, dissimulé sous le froc d'un moine ? Est-ce là l'attitude d'un gentilhomme ? Où vous croyez-vous donc, Vento ? Dans une farce écrite par M. Molière ? Savez-vous comment vous surnomment les Marseillais ?

La Baume était au courant, mais feignit l'ignorance :

Mercœur cria :

— Lou Capelan[1] ! Voilà comment on vous appelle désormais. Lou Capelan. Vous, monsieur de Vento-La Baume, rejeton d'une lignée qui a donné cinq premiers consuls à Marseille depuis 1600 !

Malgré son accablement, Lazare de Vento osa prendre la parole :

— Monseigneur, vous ferez de moi ce que bon vous semble. Je ne nie pas ma responsabilité. Mais, de grâce, épargnez-moi l'épithète infamante de lâche. Il ne s'agissait pas de quelques braillards avinés provoquant le désordre, mais d'une ville entière en révolte. J'avais maintes fois fait prévenir Votre Seigneurie

1. Le curé, et par extension un religieux.

afin qu'elle m'accordât des renforts pour contenir une rébellion dont on sentait venir les prémices. Ces gueux n'agissent pas de leur propre chef. Ils sont guidés par des gens aguerris. Glandevès, qui les menait à l'assaut de la Maison Commune, avait depuis longtemps monté l'opinion contre nous. Au-delà de ma personne, c'est contre le roi et M. le cardinal qu'il soulève la multitude. Il sait jouer du mécontentement des petites gens contre les taxes et impôts qu'exige la politique de Sa Majesté, et il faut voir comment il excelle à conduire cette force brute au service de son ambition personnelle.

Vendôme haussa les épaules et ne répliqua pas. Lazare de Vento tenta d'étayer son propos par de nouveaux arguments propres à ébranler le gouverneur de Provence :

— Glandevès se moque comme d'une guigne du sort des pêcheurs de Saint-Jean ou des boutiquiers des Grands-Carmes. Il veut reconquérir un pouvoir dont les lettres patentes signées par Sa Majesté le roi l'ont privé. Ce n'est pas à vous, monseigneur, que j'apprendrai ce qu'il en va du fameux « règlement du sort » dont le parti de Glandevès est si fier dès qu'il s'agit de voter pour désigner les consuls de Marseille. L'élection n'est qu'une loterie truquée. Sur les bulletins placés dans l'urne, les noms des opposants au roi figurent d'avance en si grand nombre qu'il est quasi impossible de ne pas tomber sur eux. Voilà ce qu'ils appellent la *vox populi* ! La libre volonté du peuple à choisir ses consuls. Ils les choisissent à leur place, voilà la vérité ! La décision du roi avait heureusement mis fin à cette immense duperie. C'est la raison pour laquelle ils ont fomenté cette révolte publique. Ils savaient bien qu'il n'y avait d'autre moyen de nous chasser.

Les arguments n'avaient pas convaincu Mercœur, qui gardait son air mauvais et renforçait ses arguments :

— Eh bien, justement, Vento ! Vous auriez dû tout tenter pour conserver le pouvoir que le roi vous avait confié. Par votre faute, Marseille est livrée tout entière au parti adverse. Moi-même, représentant de Sa Majesté, voilà que si je veux me rendre dans cette cité impudente, je vais devoir en avertir les autorités municipales, comme si je visitais une place étrangère. Comme si Marseille n'était pas une ville du royaume de France ! Croyez-vous que ce soit tolérable ?

Ce n'était pas une question, pourtant La Baume se sentit obligé d'y répondre en courtisan :

— Oh, monseigneur ! Vous êtes partout chez vous.

— Eh bien non, précisément ! tempêta le duc. À Marseille, je ne serai plus chez moi. À moins d'y arriver à l'abri d'un rideau de troupes en armes, sous la protection de mes propres canons. Je ne peux tout de même pas faire tirer sur cette racaille et les tuer jusqu'au dernier !

Le gouverneur de Provence se rassit, l'air maussade, et demeura pensif, face à l'ex-premier consul.

La vue de cette chandelle noire et molle redoubla son ressentiment. Il s'adressa à lui comme si l'ex-premier consul avait suivi ses pensées :

— Je vais pourtant devoir m'y rendre, dans votre Marseille ! Savez-vous ce que me rapportent mes espions ?

L'autre fit non de la tête :

— De nouvelles élections vont se tenir. Les mutins qui vous ont chassé sont en quête de légitimité. Ils vont procéder à une parodie d'élections dont sortira, comme du chapeau d'un magicien, un conseil tout entier dévoué à la cause de Glandevès. Le coup d'État sera ainsi légalisé !

Lazare de Vento prit un air profondément navré qui ne fit qu'augmenter l'irritation du duc.

— Allez, La Baume ! et ne reparaissez pas de sitôt à ma vue. J'entends que vous couriez vous cacher au plus profond d'un couvent. C'est votre place, désormais. Vous n'aurez pas de frais de vêture, vous avez déjà la tenue *ad hoc*, à ce qu'on dit ! Moi, je vais tenter de réparer vos bévues et de remédier à vos inconséquences. Je ne vous salue pas, monsieur.

Lazare de Vento, le rouge au front, se retira après une série de révérences exécutées à reculons, balayant des plumes de son chapeau noir une bonne partie du parquet ciré de la salle d'audience.

22.

Où l'on entrevoit une première piste menant aux ravisseurs de Constance d'Orseul.

Des coups violents furent frappés à la porte donnant sur la rue de la Pierre-qui-Rage. Guillaume de Montmirail, qui était seul au logis, se précipita à la fenêtre. Une grosse voix, devenue familière, se fit entendre. Lou Rousset, les mains en porte-voix, criait, le visage levé vers le premier étage :

— Ouvrez vite, *moussu* le chevalier. J'ai des nouvelles !

La Barbière, sa logeuse, étant sortie en quête de provisions de bouche, tâche urgente après les désordres qui avaient transformé Marseille en ville morte, Montmirail se précipita dans l'escalier. Depuis trois jours, le jeune homme vivait partagé entre l'angoisse et l'abattement. On l'avait aperçu errant dans les rues, arpentant le quai de la Ville, dévisageant les passants, hantant les cabarets, les auberges, les marchés, avec l'hypothétique espoir qu'une rencontre, l'écoute d'une conversation de taverne, l'interrogatoire d'un pêcheur, d'un portefaix, d'un artisan lui fournisse un début d'indice, un rien de soupçon, un commencement de piste pour se jeter à la poursuite des ravisseurs de Constance. Son impuissance présente le minait. Le gentilhomme se tenait pour responsable du sort de la jeune fille. C'était bien sa faute si les scélérats qui la détenaient, profitant de l'émeute, étaient venus enlever sa bien-aimée au domicile de maître d'Orseul, laissant le brave homme à demi mort. Les mots de menace contenus dans le billet planté sur la porte prouvaient à l'évidence que les coquins étaient au service de celui qui, démasqué, voulait lui faire payer de sa vie l'incident de l'hôtel de Rambouillet.

La porte à peine ouverte, Lou Rousset se rua sur Guillaume et l'entraîna au premier étage. Le chevalier ferma l'entrée de son logis avec soin et une conversation à mi-voix s'engagea, chacun craignant le retour de La Barbière, qui ne manquerait pas de venir détailler ses éventuelles trouvailles alimentaires.

— Dis vite, tu disais avoir des nouvelles de Constance ?

— Le mot est un peu fort. J'ignore à cet instant quel est son sort. Mais j'ai là un billet qui prouve au moins qu'elle est en vie.

— Dieu soit loué ! s'exclama Montmirail, qui arracha le papier des mains du pêcheur.

Tandis que les yeux du jeune homme déchiffraient les mots, Lou Rousset expliqua :

— Depuis l'attentat, je n'ai pas quitté la maison de *Mestre* d'Orseul. Seul le docteur Genton a le droit de pénétrer dans la maison, et aussi Mme Peyric, la voisine. Elle m'aide à remettre de l'ordre dans le logis et veille au rétablissement de l'astronome en lui apportant ses bonnes soupes qui vous ressusciteraient un mort. Or, ce matin, j'entends gratter à la porte, j'ouvre et je me trouve face à cette malheureuse petite qu'on nomme ici la Jeannette, une pauvre enfant toute *estròpi*[1], qui vit de charité et loge on ne sait où. Elle parle peu et comprend encore moins. J'allais lui faire l'aumône d'un quignon quand je la vois me tendre le billet que vous avez en main. Je demande : « Qui t'a donné ça ? » Elle répond : « Le *moussu.* » Quel *moussu*, je n'ai pu le savoir. Elle non plus ne le savait pas. La petite m'a montré la direction de la rue du Refuge. J'en ai conclu qu'un homme devait lui avoir donné ce billet et lui dire d'aller le porter chez *Mestre* d'Orseul, car la Jeannette avait une orange dans la main, qu'elle n'avait pas entamée. Sans doute le prix de la course.

Montmirail écoutait, tout en lisant et relisant les mots écrits à son intention. Il montra la feuille au Rousset.

— Tu l'as lu ?

— *De segur*[2] *!* Faites excuse, je croyais que c'était pour *Mestre* d'Orseul. Je n'ai compris qu'il était pour vous qu'en le lisant.

— Ce n'est rien, dit Guillaume. Cela te concerne aussi, bien qu'on s'adresse à moi.

Le chevalier relut à haute voix :

Si vous voulez revoir vivante la demoiselle, soyez seul et sans armes mercredi à 4 heures de relevée[3]*,*

1. Boiteuse, contrefaite.
2. « Bien sûr ! »
3. De l'après-midi.

dans la calanque de Podestat, avec mille livres[1]. *Prenez un pêcheur pour vous conduire par mer. Vous seul descendrez à terre. Vous repartirez avec la demoiselle, mais sans l'argent. À bon entendeur...*

— Ça sent le piège de loin, dit Lou Rousset.

— C'est aussi mon avis, répliqua Montmirail. Les scélérats qui ont enlevé Constance n'ont agi que pour s'en servir d'appât.

Le pêcheur renchérit :

— Vous quitterez seul la barque, mais vous n'y remonterez pas. Constance non plus, car vous serez tous deux égorgés, n'en voudraient-ils qu'à vous. S'ils vous tuent, elle est morte. Ils ne laisseraient pas un témoin derrière eux.

Montmirail serra les mâchoires :

— Cela est certain, pourtant je serai au rendez-vous. Il n'est pas né, celui qui me traitera de lâche !

Lou Rousset était ému :

— Personne n'en doute, *moussu* le chevalier. On vous a vu à l'œuvre. Mais, sauf le respect que je vous dois, entre le courage et la mort voulue, il y a un monde. Mourir ne sauverait pas Constance.

Le jeune homme s'emporta :

— Eh bien, nous mourrons tous les deux ! Sais-tu où se trouve ladite calanque ? D'abord, qu'est-ce que c'est qu'une calanque ?

— Des creux dans le rocher que le bon Dieu nous offre pour abriter nos barques, quand la mer joue à saute-moutons. Au midi de la ville se trouve une montagne que nous appelons *Marsìo-veire*. Elle pique

1. Environ 9 000 euros.

droit dans la mer, et la mer, elle rentre dans les vallons qui descendent de la montagne. Je n'en sais pas la raison, mais c'est ça qu'on appelle calanque. Celle de Podestat est toute petite. On y arrive facilement par un sentier, depuis le col de la Lèbre, jusqu'au sable. C'est là qu'ils vous attendront, pardi ! C'est le coupe-gorge idéal. Si ces marauds précisent qu'il vous faudra arriver par la mer, c'est parce qu'ils veulent avoir tout loisir de repérer si vous êtes bien seul avant de mettre leur piège en place, et vous n'aurez pas moyen de faire retraite. Par voie de terre, il leur faudrait surveiller toutes les approches. Ils vous auront au bout de leurs mousquets avant même que vous ne posiez un pied sur le rivage et moi, depuis ma barque, je ne pourrai rien pour vous.

Montmirail s'étonna :

— Parce que tu comptes en être ?

Lou Rousset, offusqué, fourra ses doigts épais dans les boucles de sa tignasse de feu :

— Dans ma tête dure, il n'a jamais été question que je n'en sois pas !

— Brave cœur ! s'exclama le chevalier. Mais je ne puis accepter. Par ma faute, une innocente est en péril. Je ne veux pas te voir risquer ta vie pour moi. Je goûte ta générosité, mais je la refuse. La cause t'est étrangère.

Le pêcheur haussa le ton :

— Étrangère ? Mais *moussu*, Constance, c'est comme ma sœur de lait, vous le savez. Elle m'est au moins aussi chère et, pardonnez mon impertinence, depuis plus longtemps ! Vous me défendriez d'aller arracher les yeux de ces forbans pour la sauver de leurs griffes ? Le pêcheur qui vous guidera, ce sera moi et pas un autre. Et si Constance devait périr, je mourrais à ses côtés…

Il ajouta, l'air buté :

— … et aux vôtres !

Montmirail, ému, regardait l'homme fruste avec une sincère affection. N'eût été un stupide usage dont il ne parvenait pas à effacer les principes, il l'eût serré sur son cœur.

— Tout doux, mon Rousset ! Il n'était point dans mon propos de t'offenser.

Le chevalier réfléchit un instant avant de prononcer pour la première fois le prénom du pêcheur, comme pour marquer la solennité de l'instant :

— Jean-Baptiste, ton âme est noble et me prouve que la naissance n'y fait rien. Une nouvelle fois, j'accepte ton aide. Ma dette s'alourdit…

Lou Rousset eut un geste du bras et une moue signifiant « N'en parlons plus ». Montmirail acheva :

— Je t'avoue mon désarroi. Sans ton aide, je ne serais qu'un égaré, proie de tous les pièges dont cette ville abonde. Cependant, je mets à notre alliance une condition qui ne doit pas froisser ta fierté native.

Le chevalier tira sa bourse de son haut-de-chausses :

— Prends.

Le pêcheur eut un mouvement de recul.

— Non pour payer tes services, tu n'es point mon valet. Mais depuis des jours, souvent, par ma faute, tu n'as pas pris la mer. De quoi vis-tu ?

— Ma foi, *moussu*, c'est la question que doivent se poser merlans et baudroies.

Le jeune homme comprit qu'il avait gagné la partie.

— Prends donc et n'en parlons plus. Cet argent n'est pas une aumône, c'est la part que je donne à mon associé. Par bonheur, Dieu m'a fait naître dans une famille qui, sans être fortunée, a assez de biens pour ne pas se soucier du lendemain. J'ai sur moi des billets de change que je n'ai qu'à montrer à la banque voisine pour faire de nouvelles provisions d'argent.

Lou Rousset ne put réprimer un sourire en empochant la bourse.

— Quelle chance vous avez, *moussu*, vous autres gens de qualité ! J'ai beau présenter tous les billets que je veux à la mer, elle ne me donne jamais la moindre pistole, pas même une sardine, si je ne vais moi-même la lui dérober.

Montmirail sourit, puis redevint soucieux :

— Ami, comment nous y prendre ?

Le pêcheur y avait déjà réfléchi :

— Mercredi, à 4 heures, nous serons sur *La Mère de Dieu*, à l'entrée de la calanque de Podestat. Moi à la barre, vous debout à la proue avec un gros sac bien visible. Nous serons seuls en apparence. Mais dans les rochers, sur les hauteurs du plan de Coulon, des amis seront cachés depuis l'aube. Une bonne vingtaine, au regard d'aigle, conduits par Piero, venus à travers la montagne depuis le Mont-Redon, un village de pêcheurs à une heure de marche. Je vous jure que si ces scélérats sont au rendez-vous, pas un ne sortira vivant de l'*eissaugue*[1].

Montmirail voyait le danger mais ne savait comment y parer :

1. Du filet, du piège.

— Si les misérables flairent le piège, ne crains-tu pas qu'ils ne s'en prennent aussitôt à la malheureuse Constance ?

— C'est un risque, reconnut le pêcheur. Mais croyez-vous que celui que court Constance entre leurs mains n'est pas encore plus grand ?

Le chevalier se rendit à l'évidence.

Lou Rousset acheva :

— Si l'homme qui vous poursuit est derrière ça, il ne résistera pas au plaisir de vous parler une dernière fois avant de vous faire assassiner. Donc, il cherchera d'abord à vous capturer. C'est là notre chance. Mais il nous faudra jouer en finesse. Vous approcher suffisamment d'eux pour retenir toute leur attention, tout en vous tenant à distance, afin qu'ils soient contraints de vous rejoindre. Après le leur avoir montré, vous poserez le sac avec l'argent à terre. Vous commencerez à discuter l'échange de loin. Ils se croiront en position de force, car ils vous verront seul et moi dans ma barque. Ce sera le temps suffisant pour que mes amis interviennent et les prennent à revers.

Montmirail, tête basse, demeura un instant silencieux avant d'acquiescer.

— Il y a une chance sur mille pour que ton plan réussisse, mais je n'en vois pas d'autre. Avec toi, pour retrouver Constance, j'irais jusqu'en enfer.

23.

Où tel est pris qui croyait prendre,
mais tel est surpris qui croyait surprendre.

Même avec une longue-vue braquée depuis les rochers de la Tête-de-More[1] sur la proue de la barque qui franchissait la passe du port de Marseille, personne n'aurait pu reconnaître Guillaume de Montmirail en l'homme qui se tenait debout. Le chevalier avait troqué son bel habit bleu pour une camisole de drap blanc portée sur une culotte sombre et des bas gris. Les sabots que le gentilhomme avait chaussés le changeaient de ses souliers vernis à talon, ornés d'une boucle carrée sur le cou-de-pied. Il avait un chapeau de paille à large bord enfoncé jusqu'aux yeux, comme en portent souvent les pêcheurs durant l'été. Le jeune homme, au cas où il aurait été épié depuis le départ de la barque, portait à la ceinture, bien visible, le sac censé contenir les mille livres de la rançon réclamée pour la liberté de Constance d'Orseul.

1. Aujourd'hui le Pharo.

Des livres qui n'auraient pas pesé lourd au cours légal. Lou Rousset était allé les acheter au poids chez un étameur, sous forme de rondelles avec lesquelles on réparait les récipients de fer troués. Mais à l'oreille, quand on agitait le sac, on aurait cru des pièces.

Au banc de nage, les pieds bien calés, le pêcheur tirait sur les rames avec l'énergie de ses bras puissants, guidant l'esquif avec sûreté dans cette passe étroite où se croisaient sans cesse des bateaux de tous tonnages, de la barquette au vaisseau marchand. Dans le fond de la barque, Montmirail avait disposé deux pistolets armés.

Pour distraire le chevalier de ses angoisses, Lou Rousset s'efforçait de plaisanter :

— J'ai moins de rameurs que monsieur votre frère, mais j'avance tout de même ! Dès que nous aurons franchi la passe, je mettrai à la voile, et si un petit *vènt terrau*[1] veut bien me pousser dans le dos, nous irons plus vite.

Le gentilhomme s'impatientait.

— Combien nous faut-il pour aller là-bas ?

— Deux heures, si le passage entre l'île Maïre et le bord ne nous taquine pas trop et si le vent n'est pas à la renverse.

— Sinon ?

— Ah, sinon… Mais ne vous inquiétez pas de reste, *moussu*. Le temps est beau et j'ai prévu large. Et puis… je suis sûr qu'ils vont nous attendre. Pour mille livres, moi, je guetterais pendant des jours sans manger ni boire.

1. Petit mistral de nord-ouest.

Montmirail, trop soucieux pour répondre aux plaisanteries, avait beau tourner la question de tous côtés, il ne voyait toujours pas comment, seul, il allait pouvoir arracher Constance à ses ravisseurs. En exigeant une arrivée par mer, ils avaient tout prévu, les scélérats ! Une retraite coupée si l'échange échouait, une intervention problématique des amis du Rousset... L'affaire s'engageait mal. Et pourtant, comment faire autrement qu'obéir aux instructions de ces forbans ?

La passe franchie, la bise du nord-ouest annoncée bien établie, le pêcheur hissa la voile latine qui aussitôt fit bondir *La Mère de Dieu* sur la vague. La barque fila ses trois nœuds sans faiblir.

Comme Marseille paraissait loin déjà ! Face au désert[1] qui s'étendait sous ses yeux, Montmirail n'avait pas le cœur à admirer le paysage. La beauté de ces vastes pinèdes échevelées, teintes en vert bronze, ponctuant le calcaire blanc des collines, les jeux de l'écume contre les dentelles de roches de la côte, tout cela lui échappait. Le chevalier n'avait même pas eu un regard pour la silhouette trapue du château d'If, dont les créneaux et les tours se découpaient sur le grand large. Il ne voulait pas revoir sans Constance les lieux de leur escapade récente où ils avaient été si heureux d'être ensemble. Ni même penser que le roi François y était venu voir cet animal monstrueux appelé *rinocérot*, offert par le roi Manoel de Portugal au pape Pie X en escale sur le chemin de Rome, où le souverain pontife l'attendrait vainement, la pauvre bête ayant péri noyée lors d'une tempête.

1. À l'époque, le mot a le sens de paysage à l'état de nature.

Le chevalier ne quittait pas du regard cette montagne que le pêcheur avait nommée *Marsìo-veire*, comme s'il voulait la défier, comme s'il la maudissait d'avance de retenir prisonnière en un lieu inconnu de lui la dame de ses pensées.

Il ne fallut pas plus d'une heure et demie à *La Mère de Dieu* pour croiser au large du petit port du Mont-Redon niché dans un creux de rochers, que les amis de Piero avaient dû quitter dès l'aube pour être en place bien avant l'arrivée de la bande.

— Nous approchons, dit Lou Rousset. Dès le cap franchi, nous allons être du bon côté de la rive.

Le passage entre la muraille de l'île Maïre plantée droit sur la mer et le cap Croisette se fit sans encombre. Le regard du chevalier se porta aussitôt vers la gauche, où la montagne plongeait dans les flots face à l'immensité bleue ponctuée d'une poignée d'îles blanches comme jetées sur la mer par un géant jouant aux osselets. Le jeune homme scrutait le rivage rocheux au-dessus duquel planaient des gabians criards. Il ménageait une suite de havres dont certains, minuscules, n'auraient pas abrité plus de deux barques côte à côte, quand d'autres formaient comme des ports naturels.

Le pêcheur répondit d'avance à la question muette de son passager :

— Les calanques !

Podestat se dévoila bientôt, comme un rideau de théâtre s'ouvre avec lenteur. Lou Rousset n'eut pas besoin d'annoncer le terme du voyage : avec leurs masques de carnaval, six personnages immobiles se tenaient debout au centre de la scène de sable, comme des acteurs sur des tréteaux.

Le cœur du chevalier battit plus vite lorsqu'il distingua une silhouette féminine enveloppée dans un grand manteau à capuche au milieu de cinq hommes armés.

Lou Rousset affala la voile et empoigna les rames pour positionner la proue vers la grève.

Quand l'esquif fut à une dizaine de mètres, un des gredins vêtu d'un habit noir de gentilhomme se détacha du groupe et cria « Halte ! » d'une voix aigre, en levant la main gauche. La droite serrait la crosse ronde d'un pistolet.

Montmirail reconnut la silhouette de l'homme au masque d'Arlequin qui avait guidé l'assaut dans la rue Mayousse.

— À terre ! Seul ! ordonna le masque.

Le chevalier, quittant ses sabots, sauta dans l'eau jusqu'à mi-cuisses et avança, tenant haut le sac de la rançon.

— Si vous avez une arme, cria le masque, c'est le moment de vous en défaire !

Pour toute réponse, Montmirail leva les bras.

Parvenu sur le sable, il n'était guère à plus de dix mètres du groupe. Constance, maintenue par deux des brigands qui l'encadraient, ne bougeait pas.

— Je pose la bourse à mes pieds, cria Guillaume. Délivrez Mlle d'Orseul !

Un ricanement lui répondit :

— Voyez le plaisant animal ! Monsieur nous prend pour des nigauds ! Approchez donc un peu. Nous procéderons à l'échange après avoir compté les livres.

Le moment que le chevalier redoutait était arrivé. Le

scélérat portait une dague à la ceinture. Il ne manquerait pas de s'en servir au moment où le jeune homme serait à sa portée, occupé à délivrer sa bien-aimée. La nasse se refermait. Savoir Lou Rousset armé ne le rassurait pas. Le temps que le pêcheur intervienne, Constance serait égorgée et lui-même achevé.

Guillaume commença sa lente progression avec le sentiment de marcher au supplice.

Constance n'était plus qu'à trois mètres de lui. Seul, sans arme, sans secours à proximité, que faire ?

Un rictus cruel aux lèvres, l'homme au masque le regardait approcher.

À cet instant, une vingtaine de silhouettes surgirent des rochers dans le dos des ravisseurs. Montmirail entendit comme une délivrance un accent qu'il avait appris à reconnaître, celui qu'on attrape en naissant du côté de Propriano :

— Jetez vos armes et couchez-vous au sol, ou cette calanque sera votre tombeau !

Piero Orsini, un sabre en main, conduisait une troupe d'une vingtaine de pêcheurs du Mont-Redon, armés de pistolets, de sabres et même de tridents ! Ils cernaient à présent les gredins et leur otage.

Lou Rousset avait sauté à l'eau, un des pistolets en main, et gagnait le rivage. Le cœur de Guillaume avait fait un bond. La tête lui tournait un peu.

— Piero ! cria-t-il en s'approchant de Constance.

Mais, prompt comme le tigre, le chef des ravisseurs avait sorti sa dague et, passant derrière sa prisonnière, il avait posé sa lame en travers de sa gorge.

— Personne ne bouge ! cria-t-il de sa voix de vinaigre, ou cette poulette finira embrochée.

Tous se figèrent, retenant leur respiration. L'espoir venait de changer de camp.

Avec un bel ensemble, groupée autour du couple enlacé, la bande fit mouvement vers le rivage où la barque du Rousset, poussée par le courant, avait fini par s'échouer.

Le Masque s'adressa à ses complices :

— À bord, vite !

Les quatre hommes obéirent comme un seul, l'un d'entre eux ramassant la bourse au passage.

Si l'instant n'avait pas été aussi dramatique, le pêcheur aurait ri au bon tour joué. Mais le vrai trésor, c'est l'homme au masque qui le détenait encore.

Sa lame sur la gorge de la prisonnière, le scélérat embarqua à son tour avec elle. Quelques coups d'aviron éloignèrent l'esquif. Les pêcheurs accoururent, mais personne ne pouvait plus rien pour rattraper les fugitifs et leur proie.

L'homme au masque d'arlequin relâcha son étreinte, remit sa dague en son étui et se campa à la poupe de *La Mère de Dieu*.

— Nous nous reverrons, monsieur de Montmirail, car vous n'en êtes pas au bout avec moi.

Il lâcha de sa voix de fiel :

— Ah ! vous pensiez me berner avec votre troupe de gueux ! Ils manquent fort de discrétion. Nous les avions repérés depuis des heures !

Il éclata d'un rire mauvais et, sans crier gare, fit basculer Constance par-dessus bord !

Sur le rivage, tous étaient figés d'horreur. Guillaume, le premier, reprit ses esprits.

— Vite, mes amis, Mlle d'Orseul se noie !

Il s'avança dans la mer, enrageant un peu tard de ne pas savoir nager.

Déjà Lou Rousset, suivi de Piero et d'un pêcheur du Mont-Redon, approchait à brasses puissantes de la silhouette qui se débattait, empêtrée dans son large manteau.

Montmirail vit les nageurs se saisir de la naufragée et, l'ayant ramenée au rivage, ils la déposèrent ruisselante à ses pieds.

Le chevalier se pencha sur le corps inerte et rabattit la capuche. Deux cris fusèrent en même temps :

— Damnation ! Nous sommes bernés !

— Qui est-ce ? demanda Montmirail d'une voix blanche.

Il contemplait un visage maigre aux joues saillantes, doté d'une bouche édentée, ses cheveux noirs collés au front.

— Je la connais, dit Lou Rousset. C'est Rosette Micoulin. Elle est pensionnaire d'une maison de débauche de la rue Bouterie !

Pris d'une rage soudaine, Montmirail secouait la malheureuse qui poussait des cris inarticulés.

— Que fais-tu là, misérable ?

Le pêcheur intervint :

— Elle n'y est pour rien, monsieur. On devine ce qui a pu se passer. Ils sont allés l'enlever à son bourdeau et, pour une aumône, ils lui ont dicté son rôle sans lui demander son avis.

— Peut-être sa maquerelle aura touché à sa place, dit Piero.

Il regardait la femme pitoyable dans ses vêtements trempés grelottant plus de peur que de froid.

— C'est bien ce qui s'est passé ? interrogea Montmirail.

La femme fit oui de la tête.

— Mais pourquoi diantre ne réponds-tu pas ? s'énerva le chevalier.

Lou Rousset parla à sa place :

— *Pecaïre*[1] ! Elle est muette de naissance.

Montmirail se releva :

— Inutile de lui demander si elle connaît ceux qui l'ont embarquée.

Tous avaient la tête basse. La ruse des fausses livres ne compensait pas la perte de la barque du Rousset, et Constance était encore entre les mains de cet homme redoutable.

Montmirail sentit monter en lui à la fois colère et abattement.

De la barque qui gagnait le large lui sembla provenir comme un ricanement de défi.

Dans son désarroi peut-être l'avait-il seulement imaginé.

---

1. « La pauvre ! » (Peuchère.)

24.

Où le gouverneur de Provence et le président du parlement se préparent à punir les rebelles.

— Savez-vous ce qu'ont osé messieurs de Marseille pour montrer en quelle estime ils nous tiennent ?

Louis de Mercœur, gouverneur de Provence, plus bilieux que jamais, était dans un état de fureur permanente, la couleur brique de ses joues rebondies en attestait. Il avait fait quérir d'urgence Henri de Maynier d'Oppède, le redoutable président du parlement.

— J'attends de Votre Seigneurie qu'elle me l'apprenne, mais rien ne m'étonnera plus de la part de ces séditieux.

Mercœur montra une lettre qu'il malmenait dans son poing serré :

— Je vais vous donner lecture d'une longue lettre que viennent de me faire tenir les consuls Pascal et Fabre. Le texte leur en a été dicté par Glandevès, cela se voit comme le nez au milieu de la figure. Elle m'a été apportée depuis Marseille par Félix de La Reynarde. Glandevès doit estimer que j'ai autant de cervelle qu'un sansonnet. Il joue la violette et voudrait que je me laisse prendre à son jeu de dupe. Figurez-vous qu'après avoir conquis le pouvoir municipal de haute lutte, ce perfide jure ne plus en vouloir ! Il le laisse à d'autres ! Voilà qui est farce, non ? Pense-t-il que je vais y croire un instant ?

Le duc tenta d'imiter le ton et les façons de Gaspard de Glandevès, tâche impossible en raison de la disparité de leurs timbres et de leurs physionomies respectives. Les rotondités de Mercœur, aggravées par le port d'une rhingrave[1] qui arrondissait encore sa silhouette, ne pouvait en rien rappeler la stature de celui qu'un jour de colère il avait comparé à un « grand cheval de carrosse ». Il s'y risqua tout de même :

— Premier consul de Marseille, moi ? Que nenni ! Je suis trop soucieux de libertés pour les confisquer à mon seul profit. Je laisse à d'autres le soin d'administrer la cité.

L'imitation était lamentable et le coup d'œil affligé d'Oppède brisa net la carrière de comédien du gouverneur de Provence. Il revint à la lettre qu'il tendit au président du parlement :

— Lisez donc en quels termes ces cuistres fieffés osent qualifier l'émeute du 19 juillet. « Une querelle de parti à parti, où l'autorité royale n'était point blessée. » Voilà ce qu'on me sert pour renfort de potage ! Peut-on croire que j'accepte de l'avaler ? Il faut réduire d'urgence cette ville qui passe pour république avant que la colère du roi ne retombe sur nous !

---

1. Culotte ronde très ample qui évoque une barboteuse.

Mercœur prit Oppède à témoin :

— Parbleu, Glandevès n'est pas sot au point de braver seul l'autorité de Sa Majesté. Pourtant, c'est lui qui tire les fils des marionnettes. Les deuxième et troisième consuls, Boniface Pascal et Joseph Fabre – les couards qui les premiers agitèrent leurs mouchoirs blancs lors de l'assaut sur la Maison Commune –, sont entre ses mains et n'ont rien à lui refuser. Ainsi les tient-il en otages, mais sachant qu'ils représentent l'autorité royale, il les laisse en poste. Il n'en manque qu'un, le premier d'entre eux. Glandevès n'y est pour rien, c'est Vento qui a failli à sa charge et a fui avant le combat, se déshonorant. J'enrage, mais c'est finement joué !

Le gouverneur de Provence reprit la lettre des mains du président du parlement et la froissa un peu plus.

— Voilà Glandevès et les siens maîtres du jeu.

Mercœur jeta les feuillets malmenés sur sa table de travail. Il les désigna du doigt à Oppède :

— Ils jurent leurs grands dieux qu'ils n'ont jamais voulu entrer en rébellion contre le pouvoir, mais simplement « se débarrasser »…

Le duc chaussa ses lunettes rondes et, se penchant sur le texte pour citer la tournure exacte :

— … « des soldats que M. le gouverneur de Provence avait mandés à Marseille, et qui faisaient des insolences irritant les bourgeois et marchands ».

Il releva la tête, fixant le président du parlement d'un regard furieux :

— Ils ont l'audace d'affirmer qu'ils auraient volontiers déposé les armes si on avait bien voulu renvoyer ces troupes, et que leur action n'a été faite – le duc cita à nouveau – « pour aucun mauvais dessein contre le service du roi ». Ah, les maudits imposteurs !

Le ressentiment de Mercœur contre cette ville qui, après lui avoir longuement résisté, bafouait si ouvertement son autorité, redoubla. En faisant claquer ses hauts talons sur le parquet, il se dirigea vers l'une des fenêtres de la salle d'audience et, les mains dans le dos, regardant vers la rue, dit au président du parlement :

— J'ai décidé d'en finir. Seul. Sans consulter le cardinal. Ni prévenir le roi, que l'on dit malade devant Dunkerque où il a mis le siège. Attendre que nous parvienne l'avis de Son Éminence prendrait des semaines. Un temps que les séditieux mettraient à profit pour achever leur mainmise sur Marseille. Et qui sait ? Peut-être ouvrir le port aux Espagnols. C'est un risque que je ne peux courir. Je vais passer à l'action sans délai. J'entends que vous m'apportiez votre appui, monsieur le Premier président.

— Il vous est acquis, monseigneur, affirma d'Oppède. Je lance des estafettes pour faire rappeler les régiments que je mandais en Catalogne sur ordre du roi et les fais revenir à marche forcée vers Aix. Ils seront là en fin de semaine au plus tard. Il s'agit de Montauban-Infanterie et Mercœur-Cavalerie. Je les réunis à Anjou-Infanterie et Silly et Provence. Je forme ainsi un corps de bataille qui, à sa seule vue, fera périr d'effroi les plus bravaches de ces arrogants.

— Fort bien ! dit Mercœur, dont les traits disaient toujours la détermination, mais qui semblait, au vu des forces disponibles, retrouver un peu de quiétude.

Maynier d'Oppède en profita pour achever sa leçon de stratégie guerrière.

— Ce sera l'affaire de quelques jours. Malgré l'état de ses défenses et la hauteur de ses remparts, Marseille est la ville du royaume la plus aisée à réduire et à plier. Il faut que le blé, la viande et le bois y entrent chaque jour, sous peine de disette, la cité n'ayant pas de ressources propres. Et il n'y a que trois voies d'accès à contrôler pour l'affamer : Les Pennes, Septêmes et Aubagne. Dix mille pêcheurs vivent chaque jour de leurs prises, mais trois ou quatre galères venues de Toulon suffiront à barrer l'entrée du port. Si nous bloquons les accès terrestres et maritimes, nous réduisons la ville par consomption, sans même risquer un homme.

Ces paroles mirent du baume au cœur du gouverneur de Provence. La démonstration était convaincante. Il avait hâte de passer à l'action. Le constat qu'il dressa le conforta dans sa décision :

— C'est le temps des travaux aux champs, la belle saison où les marchands sont à leurs bastides, personne ne voudra gâcher sa récolte ou son plaisir pour venir défendre les rebelles. Jamais la conjoncture ne sera aussi favorable.

*

* *

L'avance des troupes du duc de Mercœur vers Marseille ne prit pas ses défenseurs au dépourvu. Les mouches[1] envoyées à Aix avaient fait leur rapport et personne, du haut au bas de la cité, n'ignorait les intentions du gouverneur de Provence.

1. Espions.

Les batteurs d'estrade qui précédaient le gros des troupes aperçurent de loin les remparts hérissés de canons, garnis de défenseurs en alerte. Des estafettes reprirent le chemin d'Aix pour prévenir leurs chefs : ils étaient attendus.

De Saint-Laurent aux Carmes, de Saint-Jean à Cavaillon, des Accoules à la Joliette, la ville retentissait de cliquetis d'armes, de roulements de roues cerclées de fer, et on entendait de toutes parts des sonneries de clairon, des envols de cloches appelant chacun à rejoindre son poste de combat. Marseille ressemblait à un vaisseau s'apprêtant à affronter l'escadre ennemie.

Chacun ici avait conscience de ce que signifiait une éventuelle prise de la ville : le pillage par des troupes mercenaires et la ruine du commerce maritime. Sans parler des violences infligées par des soudards autorisés à se payer sur l'habitant.

— Mes amis, dit Gaspard de Glandevès à ses fidèles rassemblés dans la salle des délibérations de la Maison Commune, j'ai fait prendre par le conseil des Trois-Cents une série de mesures propres à assurer nos défenses. Des renforts en combattants nous sont arrivés avec les habitants du terroir venus se mettre à l'abri, qui nous rapportent déjà les exactions des soudards du duc de Mercœur. Pas un homme valide ne doit nous faire défaut. Les crieurs que vous entendez, roulant tambour, répercutent aux carrefours et sur les places l'ordre de mobilisation.

Le vicomte en fit la lecture à ses partisans : *À tous les habitants, prêtres exceptés, il est prescrit de se rendre en armes aux remparts et aux corps de garde à la première alerte.* L'heure a sonné.

— Même pour les femmes ? demanda un chef d'escouade.

— Même pour les femmes. Les Marseillaises ont prouvé qu'elles savaient se battre.

Il ajouta pour lui-même : « On sait trop bien quel sort cruel leur réserve la soldatesque. La mort au combat leur serait plus douce. »

Puis il s'adressa à l'assemblée pour expliquer :

— Afin que nos ennemis ne puissent prétendre que les Marseillais tiennent leurs consuls en otages, j'ai fait mettre en place un conseil exécutif qui les a investis de pouvoirs étendus. J'ai aussi fait procéder à la création d'un bureau qui a reçu mandat de « veiller au service du roi ». Il prendra toutes les mesures militaires nécessaires pour soutenir un siège.

*

*   *

Quand il apprit par un courrier venu lui apporter en mains propres la décision signée par les consuls « rescapés », Louis de Mercœur entra dans un état de rage extrême. Il ne voulut jamais croire que la composition du bureau devait à quelque « règlement du sort », où le hasard serait resté maître du jeu. Ledit bureau se composait de Glandevès, La Salle, La Reynarde, de Cabannes et de Bausset.

La clique de ses ennemis au complet !

*

*   *

— Les voilà ! Les voilà ! Ils arrivent ! Aux armes !

Les guetteurs aux remparts, aussi loin que portait le regard, aperçurent la longue chenille hérissée que formaient les troupes du gouverneur de Provence en mouvement vers Marseille. Un grand nuage de poussière ocre poussé vers la ville annonçait leur avance. Par leur importance, les forces du duc de Mercœur donnaient la mesure de son désir d'en finir.

Des estafettes à cheval se détachèrent du gros des bataillons pour venir au pied des remparts proclamer les intentions du gouverneur. Pour le moment, aucun assaut ne serait tenté. On se bornerait à encercler la ville et attendre que ses défenseurs viennent à merci.

Une bordée d'injures accompagnées de jets de pierres et d'ordures diverses leur répondit.

Du haut des remparts, soldats et civils confondus virent les huit régiments se déployer pour occuper les trois voies d'accès à la cité.

Des guetteurs, postés sur les hauteurs de la Tête-de-More, vinrent au grand galop avertir que quatorze vaisseaux commandés par le fameux chevalier Paul, arrivés depuis Toulon, venaient de mouiller dans la rade entre L'Estaque et l'île d'If. Ce qui promettait une prompte asphyxie.

Gaspard de Glandevès et ses fidèles avaient fait approvisionner la ville en conséquence, au souvenir de l'héroïque résistance des Phocéens face aux légions de César, qui avaient tenu six mois avant de se rendre sans avoir été vaincus par les armes. En évoquant la défense héroïque du général Apollonidès, Glandevès s'était convaincu qu'il faudrait tenir le temps suffisant pour que d'autres interviennent ou que le roi soit informé. L'essentiel était d'empêcher Mercœur de mettre le pouvoir royal devant le fait accompli et de lui livrer la ville comme une place ennemie. Il espérait encore que Sa Majesté saurait faire son droit à Marseille.

Des courriers, montés sur des chevaux rapides, étaient partis avec des missives destinées aux magistrats des villes les plus importantes de Provence, aux procureurs et consuls du pays d'Arles, afin que le plus grand nombre fût informé des projets du duc et, écrivait Glandevès, « les fasse connaître au roi, qui ne laissera à personne d'autre le soin de régler la question ».

La manœuvre porta ses fruits. Le temps, loin d'entraîner l'asphyxie de Marseille, travailla pour elle. Bientôt, des procureurs d'Arles, des parlementaires d'Avignon offrirent leur médiation pour calmer la vindicte du gouverneur de Provence. Le cardinal Jérôme Grimaldi, archevêque d'Aix, adversaire déclaré de Mercœur, n'eut pas de mots assez forts pour flétrir l'action du duc, dont, écrivit-il à Mazarin, « les exactions bafouent le droit des gens et les lois du pays ».

Bientôt, Mercœur et Oppède – l'avis du Roi et de Mazarin tardant à se faire connaître – acceptèrent de prêter l'oreille aux propositions d'accommodement.

Une semaine plus tard, ce n'étaient pas les soldats des régiments rassemblés par le premier président du parlement de Provence qui entraient dans Marseille, par la porte Réale grande ouverte, mais deux émissaires du gouverneur : le chevalier de Valbelle et Thomas de Mirabeau, les mieux placés pour réussir leur mission de conciliation, chacun d'eux ayant de la parentèle dans le camp de la sédition.

Enfin, chez les mutins, on consentit par écrit à « poser les armes, recevoir et rétablir en toute liberté et fonctions les consuls, et notamment M. de Vento-La Baume », premier d'entre eux. Du côté du gouverneur de Provence, on accepta qu'une députation vînt « demander pardon à M. le duc de Mercœur et, par cette soumission, réparer l'autorité du roi auprès duquel Louis de Vendôme, son représentant, se faisait fort d'obtenir le pardon pour la ville rebelle ».

En place du tonnerre de la canonnade et des râles des mourants, on entendit partout, entre ville et port, monter des chants de liesse et des musiques de joie.

Personne ne perdait la face et Marseille gardait ses privilèges et libertés.

Mais pour combien de temps ?

25.

Où l'on retrouve la barque du Rousset là où personne ne l'attendait.

L'état de santé de Philippe d'Orseul s'améliorait de jour en jour. Les soins efficients du docteur Genton associés aux nourritures roboratives et fortifiantes mitonnées par la bonne Mme Peyric, la voisine promue cuisinière à plein temps, étaient pour parts égales dans le rétablissement spectaculaire de l'astronome des Accoules. N'était le souci qui le ravageait moralement d'être sans nouvelles de sa fille chérie, l'attentat dont il avait été victime n'aurait plus été qu'un mauvais souvenir. Sa robuste constitution reprenait le dessus. Ne subsistaient que quelques céphalées consécutives au coup cruel qu'il avait reçu sur le crâne. Coup heureusement amorti par la calotte dont Philippe d'Orseul s'affublait volontiers pour masquer un début de calvitie.

Guillaume de Montmirail – qui se tenait pour responsable de son malheur – ne manquait jamais de lui faire visite chaque jour, autant pour constater les progrès de sa convalescence que pour s'entretenir avec lui de celle dont le sort les tourmentait nuit et jour.

Le chevalier avait avoué son amour pour Constance, et le père avait confié au gentilhomme le réconfort que lui apportait cet aveu :

— Le viol[1] de ma fille m'accable et j'aurais sans vous cédé au désespoir. Mais vous sachant à mes côtés, mon cher Guillaume, et renforcé dans ma détermination par la nouvelle de l'amour que vous portez à Constance, je refuse de céder au découragement. À nous deux, et avec l'aide de Dieu, nous la délivrerons de ses bourreaux. Dussions-nous la chercher jusqu'au bout de la terre, nous la ramènerons saine et sauve.

La foi de maître d'Orseul était communicative. Montmirail y puisait des raisons nouvelles de ne pas renoncer sans combattre.

*

* *

Voilà quatre jours que Constance avait disparu, et après la déconvenue de la calanque de Podestat, aucune piste ne s'offrait. Lou Rousset et Piero avaient mobilisé tous ceux qu'ils connaissaient parmi les gens du peuple, les mettant à l'écoute du moindre bruit, du plus infime propos entendu dans les tavernes du port, les boutiques de négoce et d'artisanat, les étals de la porte du Marché où convergeaient toutes les nouvelles en provenance du terroir marseillais avec les légumes

1. Au XVIIe siècle le mot a aussi le sens d'enlèvement.

et les fruits que les paysans y apportaient, mais la récolte était nulle.

Jusqu'au matin du cinquième jour, où on vit entrer Piero comme un boulet de canon dans la maison de l'astronome. Avant même de prendre le temps de saluer, le pêcheur lança :

— On a retrouvé la barque du Rousset !

Montmirail et d'Orseul le pressèrent de questions.

— *La Mère de Dieu* était échouée sur la grève entre Fòs de Mar[1] et Port-Saint-Louis, expliqua Piero. Vide, bien sûr !

Après le piège déjoué à Podestat, les scélérats avaient donc gagné cette côte déserte, évitant un retour vers Marseille qui aurait pu s'avérer dangereux pour eux.

Piero continuait :

— C'est un pêcheur des Martigues qui a repéré *La Mère de Dieu* et averti un collègue de Marseille qui calait ses filets dans le golfe, au large du Fort-de-Bouc. Par chance, le Marseillais connaissait la barque. Il est venu le dire dès son retour. Lou Rousset vient de partir la récupérer à bord de la *Sainte-Catherine* du patron Lafargue.

Ce n'était qu'une information subalterne, puisqu'on était sûr que Constance n'était pas du voyage, mais elle avait la vertu d'être la première depuis l'enlèvement.

— Il faut y aller, dit fermement Philippe d'Orseul, en se levant.

Montmirail s'inquiéta :

— Êtes-vous sûr de supporter les fatigues de la route ?

1. Fos-sur-Mer.

— Il y a plus de cent soixante lieues[1], ajouta Piero.

— La belle affaire ! s'écria l'astronome qui déjà se préparait au départ. Pour retrouver Constance, j'aurais force de remuer ciel et terre !

— Si nous attendions le retour du Rousset ? suggéra le pêcheur.

— Non, dit fermement d'Orseul. Chaque minute compte. Je me mourrais d'impatience. Il nous faut partir dès l'instant.

Montmirail était gagné par l'impétuosité du père, que la perspective d'agir semblait avoir ressuscité. Après ces journées d'attente anxieuse, lui aussi avait besoin d'action.

Le chevalier s'était levé, le regard fiévreux :

— Le temps de passer à mon logis, de me munir des deux pistolets que j'y tiens serrés et je suis votre homme. Retrouvons-nous chez le loueur de la place Saint-Thomé.

Ayant à peine franchi la porte de Galles[2], Montmirail et d'Orseul lancèrent leurs montures au grand galop sur la route de Martigues, où un pont leur ouvrirait le chemin de Fòs de Mar.

*

* *

Le soir tombait quand les cavaliers arrivèrent aux approches du petit village marin perché sur son rocher,

1. Cinquante kilomètres environ.

2. Appelée aussi porte de France. Elle était à la Joliette, à la hauteur de l'actuelle cathédrale. C'est par là que l'on entrait dans Marseille quand on venait de l'ouest par le littoral.

sur la portion de littoral indiquée par Piero comme celle où la barque du Rousset avait été retrouvée. On n'en voyait plus trace, le pêcheur de Saint-Jean devait déjà être sur le trajet du retour vers Marseille.

*
* *

On l'avait baptisée du nom pompeux d'« auberge », mais *La Sansouïre* n'était qu'un assemblage de planches disjointes auxquelles on avait vaguement donné la forme d'une grosse cabane, où les pêcheurs de tellines ou les coupeurs de sagnes[1] venaient se remettre des fatigues du travail et des coups de massue du soleil à l'ombre chaude des canisses, devant un pichet de piquette. Jouxtant la cabane, un enclos à chevaux vide ajoutait à la désolation du paysage sans relief, lagunaire, où alternent grèves de sable et étangs d'eau saumâtre.

Sur la terrasse, une grosse femme au verbe haut parlait avec deux hommes à peine descendus de cheval.

— Ils étaient cinq, masqués comme pour carnaval, et ils m'ont pris toutes mes bêtes, expliquait l'aubergiste. Pour paiement, ils m'ont mis un coutelas sous la gorge et *adiéou* !

« L'aubergiste », une matrone énorme aussi large que haute, revenait pour Montmirail et d'Orseul sur l'attentat dont elle avait été victime avec son époux trois jours plus tôt, de la part d'une « bande de masques » débarqués là, venant d'on ne sait où, qui

1. Roseaux.

lui avaient proprement assommé son bonhomme parce qu'il entendait protéger son bien et sa femme, avant de faire main basse sur ce qu'il y avait de provisions de bouche dans la resserre. Ils avaient vidé quelques flacons, pris les trente pistoles de la caisse, volé les chevaux dont la location procurait un supplément aux maigres ressources qu'assurait au couple une clientèle plus pauvre qu'eux.

— En partant, ils m'ont dit que si je parlais, ils reviendraient nous couper le cou à moi et à mon *pôvre* mari, qui est aux infirmeries de la caserne des exempts à Fòs de Mar, avec une bosse grosse comme une coucourde[1].

Le chevalier et l'astronome écoutaient avec patience les lamentations de la tenancière, à la recherche d'un indice, tout en se disant qu'ils tenaient enfin une piste. La bande était passée par là, la grosse femme avait assez dit la terreur éprouvée à la vue de ces démons masqués de noir, surgis de la mer.

Après la plainte déposée auprès de la sénéchaussée de Martigues, on avait laissé sur place un sergent à pied, qui s'ennuyait à mourir, et n'aurait d'ailleurs été d'aucune efficience – seul contre cinq – au cas improbable où la bande aurait eu l'idée de revenir sur les lieux de son forfait, car il n'y avait plus rien à prendre.

Pourtant, le sergent eut son utilité en suggérant que les scélérats avaient sans doute pris vers l'ouest la direction de la Camargue, « parce que c'était l'endroit où il fallait aller quand on avait quelque chose à se reprocher, pour se mettre à l'abri ».

---

1. Une courge.

— Là-dedans, avait ajouté le représentant de la loi, allez les retrouver, vous ! Mon chef me dit que même les Romains ils s'y sont perdus dans ce pays où tu ne sais pas où est l'eau, où est la terre. Et pourtant, les Romains, ils y sont venus à Arles. On y voit trace. En Camargue, rien.

Tout en écoutant ce cours inattendu d'histoire provençale antique, Montmirail réfléchissait. Ce que disait cet homme fruste n'était pas dénué de bon sens. La bande n'était pas venue là par hasard. Sinon pourquoi s'échouer aux portes de la Camargue alors que, sur le littoral, la côte entre Marseille et les Saintes-Maries recelait tant de havres et d'abris naturels ?

Le chevalier s'en ouvrit à l'astronome, qui partagea aussitôt son point de vue. Si une piste était à suivre, c'était bien celle-là.

Après s'être assurés qu'aucune femme n'accompagnait les malandrins, Montmirail et Philippe d'Orseul en vinrent à l'hypothèse d'un rendez-vous d'une partie de la bande – celle qui avait débarqué à Fòs – avec l'autre partie – celle qui détenait Constance et qu'aucune recherche n'avait encore localisée, mais qui aurait pu trouver refuge entre les bras du Rhône.

Quoi de mieux pour une rencontre – ou un échange – dans la discrétion que cette terre où les mystères se cachent en plein soleil ?

— Nous n'avons pas d'autre choix que d'aller y voir par nous-mêmes après avoir troqué nos montures contre des *camargues* au pied sûr, conclut d'Orseul. D'autant que j'ai sur place, à la Tour-du-Fournelet, de mes gens qui gèrent le domaine familial hérité de mon père. S'ils ont vu la moindre des choses qui leur soit apparue insolite, ils ne manqueront pas de nous en informer. Notre sergent a beau dire qu'elle a avalé les Romains, la Camargue, mon *bayle*[1] dit avec justesse : « Ici, tu montes sur une chaise et tu vois tout. »

1. Intendant, valet-maître.

26.

Où l'on suit deux cavaliers dans la nuit sur la draille de Méjanes.

C'était l'heure où les moustiques prennent enfin en pitié la peau des vivants. La nuit d'été couvrait la plaine sans bornes de son orbe parfait. Des millions d'étoiles scintillaient, et la lune en large croissant donnait l'impression de vouloir les faucher. La clarté crayeuse qui baignait le plat pays lui conférait une allure fantomatique.

De proche en proche, le bourdon de Saint-Trophime d'Arles, la cloche d'Albaron, la campane grêle de Notre-Dame-d'Amour avaient, chacun à l'heure de sa fantaisie horlogère, égrené les douze coups de minuit. Deux cavaliers sur leur monture avançaient au pas. Ils venaient de passer au droit du mas de Méjanes. Sans marquer l'arrêt, ils s'engagèrent sur un chemin incertain, une de ces pistes qu'empruntent les troupeaux, qu'on nomme par ici des *drailles*. Après une faible courbe, celle-ci rejoignait la rive du Vaccarès, hérissée de roseaux.

L'air bruissait de mille sons minuscules. Sur le sable la percussion assourdie des sabots des chevaux était à peine audible, assez pourtant pour troubler la sauvagine aux aguets. À l'approche des voyageurs, un envol de colverts, surpris, s'éleva en un claquement de voiles. Au loin, dans les enganes, au meuglement énamouré d'une vache répondait l'appel caverneux du taureau. À intervalles réguliers revenait la note flutée d'un crapaud en mal d'amour. Quelque chose déboula parmi les saladelles, il y eut une courte lutte suivie d'un couinement aigu. Une fouine venait de saigner un lapin.

Le cavalier de tête avait sollicité sa monture pour lui faire presser l'allure. Il éprouvait la même hâte chaque fois qu'il approchait de la Tour-du-Fournelet où s'était écoulée une partie de son enfance. Il « sentait l'écurie ». Quand il s'aperçut qu'il avait distancé son compagnon, Philippe d'Orseul retint son *camargue* et se retourna.

— Holà ! chevalier, ne vous attardez pas. Sans repères, en ce lieu singulier où la terre se marie si bien à l'eau, on a tôt fait de s'égarer.

Ses voisins des Accoules n'auraient pas reconnu l'astronome et sa grande robe de velours bleu dans ce cavalier vêtu de noir des pieds à la tête, coiffé d'un chapeau conique sans plumes ni affiquets, sanglé dans un justaucorps dont aucun linge visible n'éclairait le col. Il portait une veste en peau de taureau camarguais au large ceinturon de cuir dans lequel deux pistolets étaient engagés, ses chausses amples enfoncées dans des bottes aux revers bas. On devinait que l'équipement de d'Orseul datait du feu roi Louis XIII, telle la coquille de l'épée qui battait son flanc, très couvrante, comme on en avait au temps du siège de La Rochelle. Arme un peu lourde, mais efficace pour assommer un bélître indigne d'un coup d'estoc.

Montmirail mit au trot et remonta à la hauteur de son compagnon.

— On n'a pas besoin d'y voir quand on est guidé par le ciel, dit d'Orseul.

Il précisa sa pensée, montrant que chez lui l'astronome ne dormait jamais que d'un œil :

— N'allez croire que je m'en remette à la lumière divine comme un illuminé. Je parle sérieusement. Sur cette terre insaisissable, comme en mer, la position des astres est un guide sûr.

Il montra la voûte étoilée :

— Voyez seulement la Voie lactée. Ne vous étonnez point si on la surnomme le Chemin de Saint-Jacques. Elle vous y conduit tout droit. Savez-vous comment disent les Provençaux pour la nommer ?

Montmirail l'ignorait.

— *Lou Camin Roumièu*. La route du pèlerinage.

Un peu surpris, le chevalier observait son étrange compagnon. Quoi ! Cet homme auquel on venait de ravir sa fille unique, qui, à peine remis de sa blessure, venait d'abandonner sa maison, ses intérêts commerciaux, ses associés pour se lancer dans une poursuite où sa vie serait exposée, n'avait-il rien d'autre en tête, au cœur de la nuit camarguaise, que de s'arrêter sur un chemin désert afin de disserter d'astronomie ?

D'Orseul crut deviner les interrogations muettes du jeune homme :

— Mon âme, comme la vôtre, est en peine mais

elle ne m'empêche pas de penser. Au contraire, cela me détourne de mon chagrin. L'homme, mon cher Guillaume, est un étrange animal. Frappez-le d'une rage de dents, affublez-le d'un rhumatisme, accablez-le d'un flux d'entrailles et toute la mécanique de sa pensée s'en trouve grippée. Mais la vraie douleur, celle qui prend le cœur et l'âme, lui laisse entier loisir de sa réflexion. Tout en observant la mécanique céleste – preuve éclatante de l'existence du Créateur – depuis la grève de Fòs de Mar, où nous a conduits la découverte de la barque dérobée à notre Rousset, je n'ai cessé de mener les supputations sur la route qu'ont pu prendre les ravisseurs de notre chère Constance.

Il s'arrêta brusquement de parler et tendit l'oreille en même temps que sa monture, droit devant soi.

— Écoutez, chevalier…

27.

Où l'on constate que la nuit,
on doit être attentif au moindre bruit,
surtout s'il s'agit d'un coup de feu.

— Écoutez, répéta Philippe d'Orseul. Des cavaliers nous précèdent sur la draille.

Montmirail ne faisait pas autre chose qu'écouter. Il se garda de rien demander. Les chevaux semblaient inquiets.

Le jeune homme murmura :

— Je n'entends rien.

— C'est bien là ce qui m'alarme, dit d'Orseul à voix basse. Le silence n'est plus le même. Voilà un instant, il bruissait de toute la vie de la nuit. Or, la voilà muette.

D'un signe de tête Montmirail approuva. Ce silence de sépulcre avait quelque chose d'angoissant.

D'Orseul huma l'air profondément puis s'adressa à son compagnon :

— Sentez ces effluves qu'apporte la brise de mer. À leur parfum iodé se mêle l'odeur que dégage la sueur des chevaux. Les nôtres l'ont décelée. Je jurerais qu'un groupe de cavaliers est là, devant nous. Leurs bêtes n'ont pas éventé notre présence car le vent marin porte vers nous : mais regardez nos montures et leurs oreilles aux aguets : elles savent à quoi s'en tenir.

Comme pour confirmer, de lointains hennissements retentirent, puis un bruit de galopade.

— Ils passent près de Cacharel, reprit d'Orseul, où sont les étalons. À coup sûr une jument en folie est parmi eux. Les nôtres la sentent. Les étalons aussi, dans les pâtures, qui lancent leurs appels. Ce charivari, s'il s'agit de ceux que nous pistons, peut-être serait-ce l'occasion de nous rapprocher d'eux ?

De la tête, Montmirail marqua son approbation et éperonna sa monture. D'Orseul en avait fait autant. Le terrain était piégeur. Au sable succédaient d'invisibles fossés et il fallait le pied sûr d'un *camargue* né dans le marais pour ne pas broncher.

Un coup de feu soudain éclata.

— Ils ont des ennuis, commenta d'Orseul ravi, tout en maîtrisant un écart de sa monture surprise.

Le tambour d'un galop se fit entendre.

Avec l'allure d'une apparition surnaturelle, une forme blanche se matérialisa devant eux et s'immobilisa.

Lançant les rênes à son compagnon, Montmirail sauta à terre et s'avança, un pistolet en main. Il ne vit d'abord qu'une belle pouliche effrayée, qui, surprise par la rencontre inopinée, venait de se statufier, les yeux affolés, tremblant sur ses quatre pattes.

— Tout doux, la belle ! Holà, Tout doux...

En s'approchant de la jument sans brusquerie, le

chevalier s'aperçut que la bête était sellée et que la selle, peut-être mal sanglée, avait glissé sous son ventre. Enfin, parvenant au point de se saisir des rênes de la jument énervée qui encensait, ne lui facilitant pas la tâche, Guillaume découvrit, au bout de l'étrivière tendue, le corps d'un homme qui n'avait pu désengager sa botte de l'étrier. Il gisait face contre terre, la jambe relevée. Le cavalier ne bougeait plus. Montmirail se pencha sur lui avec précaution.

D'Orseul avait mis pied à terre à son tour et entravé les *camargues*. Il s'approcha et retourna le corps inerte.

Sa constatation résonna comme un *De Profundis* :

— Il a un trou rouge au front. Il est mort, ou alors c'est un fameux comédien.

L'astronome observa avec attention la tête du cavalier :

— Ce n'est donc pas sa folle cavale qui l'a tué. Je veux dire qu'il n'est pas tombé de cheval avant le coup de feu que nous avons perçu à l'instant.

Montmirail regarda son compagnon.

— Si vous êtes dans le vrai, maître d'Orseul, c'est que nous sommes sur la bonne piste.

Le chevalier entreprit de faire l'inventaire des poches du mort. Il se releva brusquement en brandissant quelque chose de noir :

— Comment donc ! Si nous doutions encore, voilà qui nous apporterait la lumière.

C'était un masque comme en portent les arlequins dans la comédie italienne…

— Je parierais presque que vous l'avez déjà rencontré, dit l'astronome en désignant le gisant.

Montmirail approuva :

— Si ce n'est lui…

Il soupira :

— Soyons sur nos gardes. S'ils nous ont repérés, peut-être sont-ils en train de monter le piège qui nous anéantira.

— Parbleu ! C'est maintenant à nous de demeurer l'œil ouvert et l'oreille aux aguets, dit d'Orseul.

Le jeune homme trancha d'un coup de dague la sous-ventrière qui retenait encore la selle. La jument libérée bondit dans un hennissement joyeux et frémissant. Elle disparut derrière des roseaux, galopant vers l'appel des étalons.

Montmirail s'était penché sur la tête du mort et observait quelque chose qui avait attiré son attention :

— Il était bien de la bande, dit-il. À la calanque de Podestat, il a été le premier à sauter dans la barque du Rousset. Je l'ai reconnu malgré son masque à un signe qui ne peut avoir de réplique : il lui manquait un beau morceau de chair au menton, à droite.

— Tranché dans quelque rixe, approuva d'Orseul.

— Maintenant, dit le chevalier, aidez-moi. Le marais va se charger de la sépulture de ce malandrin. Dieu ait son âme… s'il en a une !

Ils saisirent le corps aux jambes et aux épaules et le lancèrent dans l'eau noire. Cela fit une grande éclaboussure suivie de longs gargouillis. Montmirail, après l'avoir délestée de la paire de pistolets trouvés dans les fontes, expédia la selle rejoindre son propriétaire.

Il ne demeurait plus une trace du drame qui venait de se jouer en quelques minutes.

Les bruits familiers de la nuit avaient repris.

D'Orseul conseilla le repli :

— Nous ne pouvons tenter grand-chose pour l'instant, sinon prendre quelque repos. Ceux que nous cherchons vont bien en faire autant. Ensuite, à moins qu'ils n'aient fait tout ce chemin pour nous leurrer, ils n'ont guère de choix. Ils vont chercher abri aux Saintes-Maries.

— Allons-y aussi, s'emballa Guillaume.

D'un geste l'astronome l'apaisa :

— Il serait prudent d'attendre le jour. Ici, je suis comme chez moi. Je connais du monde. Quoi qu'ils fassent, ces gredins, on me renseignera. Je vous convie à gagner la Tour-du-Fournelet. Le domaine m'appartient. Il n'est qu'à un quart de lieue. Nulle part nous ne serons mieux en sûreté.

Il y avait eu en ces lieux singuliers un ancien domaine templier. Puis il avait été aux chevaliers de Saint-Jean de Jérusalem. De main en main, il était passé aux parents de l'astronome, qui y élevaient des chevaux. Non loin des étangs du Vaccarès, du Malagroy et du mystérieux bois des Rièges, il s'étendait sur plusieurs lieues carrées. Les eaux l'entouraient. On pouvait néanmoins s'y rendre à cheval, voire à pied. Mais à la condition de connaître de mémoire l'invisible piste qui serpentait, jalonnée de touffes de gacholles ou de cades, entre les pièges sournois des sables mouvants. Cette disposition naturelle valait tous les remparts. Tout autant qu'à l'abri d'épaisses murailles, on était en sûreté dans les fragiles cabanes aux toits de chaume. Au pied de la tour, elles formaient comme un hameau.

Les deux compagnons étaient arrivés. Sous la clarté lunaire, ces humbles bâtisses revêtaient une ampleur que le jour leur aurait refusée.

— On dirait une villa romaine, remarqua Guillaume.

— C'en était une, sans doute, approuva d'Orseul. J'étais enfant, mais je me souviens : le bayle, père de l'actuel, avait déterré une statue de femme que mon père nous interdisait de regarder parce qu'elle était nue, et le curé des Saintes voulait la faire briser.

L'astronome arrêta son cheval.

— N'allons pas plus avant. Les gens sont prudents par ici, avec raison. Mieux vaut nous annoncer.

Philippe d'Orseul mit ses mains en porte-voix :

— *Holà ! De l'oustàu ! Holà, i'a degun*[1] ?

1. « Holà, la maison ! Il y a quelqu'un ? »

28.

Où l'on fait connaissance d'une pittoresque tribu implantée au cœur de la Camargue.

Une faible lueur apparut à la fenêtre de l'une des cabanes. Quelque chose qui ressemblait à un lumignon se détacha, comme suspendu dans l'obscurité. On aurait cru un farfadet ou quelque esprit taquin, de l'espèce de ceux qui épouvantent le voyageur égaré dans le marais. Cela avançait vers les arrivants. De plus près, ces derniers s'aperçurent que le halo jaunâtre dissimulait un homme dans la force de l'âge, la barbe en broussaille, de taille modeste, à la complexion sèche et musculeuse, bien campé sur ses courtes jambes. Il tenait en main une sorte de tromblon. Il leva sa lanterne vers les cavaliers :

— Par tous les saints du paradis, c'est vous *Mestre* d'Orseul ? Vous seriez donc tombé d'une étoile ?

C'était le More, le bayle du domaine de la Tour-du-Fournelet.

Il dirigea le lumignon vers Guillaume.

D'Orseul le présenta brièvement :

— Mon compagnon, le chevalier de Montmirail.

— Qu'il soit le bienvenu, dit le bayle.

Une petite voix sortit de derrière le porteur de lanterne.

— Quitte à prendre une volée de mitraille, vous arrivez au creux de la nuit en compagnie d'un *estrangié* sans crier gare ? Pourquoi n'avoir point prévenu ?

La voix douce appartenait à une créature qui pour ce qui est des proportions semblait avoir été moulée sur le corps de son conjoint. C'était la Morette, épouse du bayle Claudius More, auquel elle avait donné quatre enfants bien répartis : deux garçons petits, secs et râblés comme leur père et deux filles aussi menues que leur mère. L'aîné des fils, Frédéric, était déjà marié et père de plusieurs enfants. L'aînée des filles, Coralie, était « engagée » avec un gardien de pâture, un bouvier venu de Catalogne nommé Gilnof, qui avait trouvé là, entre la mer et les Saintes, terre à son goût pour poser sa *biasse*[1]. Le ventre arrondi de Coralie annonçait la prochaine venue du rejeton que le jeune couple avait mis en route. Tous vivaient sur le domaine de la Tour-du-Fournelet. Si on ajoute les valets d'écurie, le Claudius et sa Morette régnaient donc sur un véritable hameau, qui, à présent bien réveillé, se pressait autour des arrivants ou – selon l'âge – piaillait dans les jambes des chevaux et de leurs cavaliers ayant mis pied à terre.

— Vous avez entendu ce coup de feu tout à l'heure ? Vous avez bien fait de vous annoncer, disait le More,

1. Sa musette.

en confiant les montures à l'un de ses petits-fils pour les conduire à l'enclos. Depuis quelque temps, ici, on se croirait revenus au temps des Religionnaires. Toutes les nuits, c'était un vrai sabbat de cavaliers et de pétarades de mousquets entre catholiques et protestants. Eh bien, ça fait près de deux semaines que cela redevient tout pareil. Je n'aime point ces gens qui font les importuns sans même montrer le bout de leur nez.

— Où sont-ils ? demanda Montmirail, soudain en alerte.

Une voix à l'accent italien, qui paraissait venir du ciel, répondit :

— Jé les vois au bout dé ma lounette. Dans lé bois des Rièzes…

Cet accent n'empêchait pas de saisir qu'il était question de lunette et du bois des Rièges.

— Qu'est-ce donc ? demanda Montmirail en fronçant les sourcils, le regard levé en direction de la voix.

Philippe d'Orseul répondit :

— Ça, c'est mon vieil ami Lou Fraïre[1]. Précisons que c'est là son surnom. Il se nomme don Marco Spaccesi. C'est un moine franciscain. Feu mon père avait installé une petite chapelle au pied de la tour. La dernière fois que le comte d'Orseul vint ici, il traînait avec lui un moine. Un vrai moine mendiant avec le crâne ras, la couronne de cheveux et l'accent italien que vous venez d'ouïr. Mon père offrit au moine sans logis la chapelle inoccupée pour qu'il en fasse son abri et son oratoire. Il ressemblait à tous les moines, avec sa robe couleur châtaigne, sauf qu'il portait sous le

1. Le frère, au sens religieux du terme.

bras ce que j'ai d'abord pris pour une petite couleuvrine. C'était une lunette astronomique ! Et c'est en sa compagnie que je me suis pris de passion à observer le ciel et à dévoiler une partie de ses mystères.

— Il est pas bien encombrant, Lou Fraïre, compléta Claudius More. Ses nuits, il les passe à observer le ciel, quand il n'amène pas quelque Bohémienne, dans la discrétion. Il affirme que c'est pour lire avec elle dans les astres le destin des hommes.

Le bayle rit tout seul avant de poursuivre :

— Mais il est surtout précieux au guet. À lui seul, il vaut deux chiens de troupeau s'il s'agit de prévenir d'un danger. Avec sa lunette, il le voit venir de loin. C'est pourquoi vous m'avez trouvé levé et tout habillé, prêt à vous faire accueil de la façon dont on reçoit les malandrins, si vous en aviez été.

On entendit une porte grincer.

— Le voici, dit la Morette. Il va sûrement demander à manger.

Dans l'embrasure de la porte ouvrant au pied de la tour s'avançait un personnage grand et maigre dont la bure flottait autour de sa carcasse.

Il dit au bayle :

— C'est vrai que z'ai faim. Ça creuse d'observer les phases de Vénous. L'autre, là, celle qui est dans le ciel. Et qui bouge, malgré le Saint-Office !

Philippe d'Orseul s'avança vers le religieux.

— Don Marco ! *Che piacere* !

L'autre l'étreignit dans ses grands bras nerveux :

— *Filippo, figliuolo mio !*

Les deux hommes s'accolèrent.

— *Ma* qu'est-ce que tou fais ici, Filippo ?

— Hélas, je ne viens pas pour voir les étoiles, don Marco. Ou plutôt, je suis à la poursuite d'une étoile qui pour moi les vaut toutes : ma fille, Constance, que des brigands ont enlevée.

Un cri d'horreur unanime parcourut l'assistance.

Philippe d'Orseul prit un ton grave pour faire le récit des événements dramatiques qui l'avaient conduit en compagnie de Guillaume de Montmirail à cette expédition dans le pays où il avait passé une bonne partie de son enfance et de sa jeunesse.

Pendant ce temps, la Morette avait remis une daube à mijoter dans sa grande oule[1] de terre cuite, posé des assiettes sur la table de la cabane au toit couvert de sagnes et taillait de larges tranches d'un pain odorant à la mie serrée.

— Le jour ne va plus tarder, dit le More. Il se lève tôt en cette saison. Nous allons l'attendre en mangeant, c'est une chose qui ne sera plus à faire avant de prendre le travail avec les bêtes qui elles aussi se lèvent de bonne heure. Vous vous reposerez ensuite.

Chacun avait pris place à table. Le frère Marco avait sans attendre attaqué sa tranche de pain avant que la daube n'arrive et, entre deux bouchées, répondant aux interrogations de Guillaume, il expliqua :

— Si j'observe plous volontiers le ciel, il m'arrive d'abaisser ma lounette. C'est *perchè* jé souis au courant dou manège dé ces zens qui campent aux Rièges. Ils sont revenous en force, cette nouit.

Guillaume demanda, anxieux :

— Auriez-vous aperçu une femme parmi eux ?

1. Daubière.

Le religieux qui avait la bouche pleine la vida pour dire :

— *Laissez-moi lo temps d'espliquer. Pét-être que j'en ai vu una...*

29.

Ce que frère Marco avait vu au bout de sa lunette du côté du bois des Rièges...

Tout en engloutissant sa portion de daube et en pompant la sauce à l'aide de gros morceaux de mie de pain, le frère Marco expliqua ce qu'il avait observé les nuits précédentes du haut de sa tour. Pour faciliter la compréhension de son discours, il sera communiqué en langue française, afin de ne pas l'encombrer de l'accent que le religieux traînait après lui depuis son Ombrie natale.

— Voilà dix jours, expliqua le moine, j'ai vu arriver une nuit une bande de cavaliers que je n'avais jamais vus ici. Ils étaient cinq ou six, guère plus. Ils ont monté leur campement autour d'un grand feu, au cœur du bois des Rièges, là où pousse le genévrier géant de Phénicie. Ils allaient et venaient le jour durant, au gré de leurs maraudes, mais à l'heure nocturne ils se retrouvaient pour partager le butin de leurs rapines : bêtes volées, vivres dérobés, filles ramenées d'on ne sait où, voire le produit de leur chasse, qu'ils faisaient rôtir au cours de ribotes où le vin coulait, les mangeailles abondaient et les filles basculaient.

» Au début, je ne me suis guère étonné de cette présence singulière et du sabbat que menait la bande. Ce n'était pas la première fois que des marauds, leurs mauvais coups faits, trouvaient refuge sur cette terre où les gens de la sénéchaussée, peu pressés d'aller servir de nourriture aux poissons et aux bêtes du marais, ne s'aventurent guère.

Mais ceux-là semblaient s'installer, comme s'ils attendaient quelque chose ou quelqu'un.

Le chevalier et l'astronome, attentifs au récit de don Marco, échangeaient des coups d'œil.

— Voilà trois nuits, poursuivit le moine, d'autres cavaliers arrivant du nord sont venus rejoindre les premiers. Ils traînaient avec eux un petit chariot qu'ils installèrent au milieu du campement. À partir de ce moment, il y eut toujours un des *malandrini* à se relayer à proximité du chariot, comme s'il montait la garde. J'ai d'abord pensé à quelque butin important mis à l'abri en attendant le partage.

» Puis j'ai compris que dans la petite carriole bâchée devait se trouver une personne, que je n'ai jamais pu apercevoir mais dont j'ai deviné la présence au fait que, de temps à autre, l'un des *facchini*, assiette et verre en main, grimpait dedans, disparaissait sous la bâche puis en ressortait un instant plus tard sans les couverts, comme s'il était allé ravitailler quelqu'un.

« Constance » pensèrent en même temps le chevalier et l'astronome, sans oser interrompre le récit du franciscain par leurs questions. Le religieux arrivait au cœur de son récit.

— Et puis cette nuit…

Voyant l'attention de tous à son point culminant, don Marco se resservit une nouvelle portion de daube :

— Je profite tant que c'est chaud. Cette nuit donc, quatre nouveaux cavaliers sont venus rejoindre le groupe. Ils arrivaient par la draille de Méjanes, où vous êtes vous-mêmes passés ensuite, dit-il en s'adressant plus particulièrement à Montmirail et à d'Orseul. Ce que ma chère lunette m'a permis de détailler, c'est l'allure étrange de celui qui menait les arrivants : de noir vêtu, il portait sur le visage un masque d'*Arlecchino*. Les autres se sont levés pour les accueillir. C'est alors que, pour la première fois, j'ai vu ce qu'ils dissimulaient avec tant de soin dans le chariot. L'un des hommes est monté à bord pour revenir bientôt en tenant par la main ce que j'ai reconnu pour être une silhouette de femme…

Le chevalier et l'astronome frémirent de nouveau.

— … bien que son visage, précisa le moine, fût entièrement dérobé sous des voiles à la manière des épouses des Turcs. Deux des bandits la soutenaient, car elle paraissait en grand état de faiblesse.

— Les misérables ! murmura d'Orseul. Continue, Fraïre.

— Une dispute a bientôt éclaté entre le chef des arrivants et un membre de la bande qui semblait mener le groupe venu avec le chariot. Les autres assistaient à la scène sans intervenir.

— Après ! Don Marco, tu nous fais mourir, dit l'astronome.

— Après, Filippo, ce que j'ai vu, je ne saurais l'expliquer. Si ma lunette m'a permis de ne rien perdre de la scène, hélas, elle ne me donne pas la faculté d'entendre ce qui se dit. Je vais donc te raconter ce que j'ai vu, mais sans les paroles.

Il prit la pose comme s'il entamait un sermon du haut d'une chaire :

— Le cavalier noir et masqué a brandi ce que je pense être une grosse bourse, qu'il a détachée de sa selle pour la secouer. Puis, à ma grande surprise, il l'a ouverte et il l'a vidée au sol, éparpillant son contenu, que j'ai cru être des pièces de monnaie qui sont tombées en pluie. Mais des pièces étranges, car elles ne brillaient pas sous la lune.

— Les rondelles d'étain de la rançon, murmura Montmirail à d'Orseul, qui acquiesça d'un battement de cils.

Don Marco achevait :

— L'homme qui tenait la main de la prisonnière s'est baissé pour ramasser une poignée de pièces, les a examinées, puis les a jetées à la face du cavalier masqué. Il est monté sur une cavale blanche, tandis qu'un de ses complices tentait de porter le corps chancelant de la femme. L'autre, du haut de sa monture, l'avait prise aux aisselles et cherchait à la hisser près de lui sur sa selle. Alors, l'homme au masque a brandi un pistolet et, sans hésitation, a tiré à bout portant sur le cavalier. La cavale s'est affolée, est partie au grand galop avec son maître sur le dos qui basculait, tandis que la femme – si c'en est une – s'affaissait à terre.

Don Marco s'interrompit et les regarda chacun à son tour.

— Je suis religieux, astronome, mais pas devin. Si quelqu'un parmi vous a une explication…

— Moi je crois en avoir une, dit Montmirail, fiévreux. Maître d'Orseul dira si je me trompe. Après le *viol* de Constance, la bande des Masques s'est séparée en trois. Un premier groupe est venu s'installer dans le bois des Rièges. C'est là que vous avez repéré leurs manigances : à l'évidence, ils attendaient quelqu'un. Un deuxième groupe, celui arrivé avec le chariot, détenait Constance et l'aura amenée jusqu'en Camargue depuis Marseille, par voie de terre, voyageant de nuit par petites étapes pour mieux échapper aux recherches de la sénéchaussée. Enfin, le dernier groupe, conduit par l'homme au masque, que nous avons pisté avec maître d'Orseul, est celui dirigé par le scélérat qui m'a tendu un piège dans la calanque de Podestat.

Montmirail détailla la rencontre pour la remise de la fausse rançon en échange d'une fausse Constance, lors de laquelle chaque camp avait dupé l'autre.

La tribu des More n'en perdait pas une miette et roulait des yeux ronds comme ceux qu'on voit aux rapaces nocturnes.

Le jeune homme acheva :

— Ce qui vient de se passer cette nuit, on peut, sans sombrer dans l'extravagance, lui donner un sens. L'homme au masque venait prendre livraison de la prisonnière. Les scélérats devaient être convenus de se partager le butin de la rançon. Quand le chef a expliqué qu'en fait de rançon il y avait dans le sac non pas les mille livres espérées mais des rondelles d'étain dont la valeur était égale à celle de son poids de métal, rien de plus, celui qui détenait Constance aura flairé une ruse. Il a refusé de restituer sa prisonnière et pensait pouvoir s'enfuir avec elle pour la monnayer plus tard à son seul compte. Il a payé cette audace de sa vie, car l'expérience nous prouve qu'au sein de cette bande de crapules sans foi ni aveu, on est aussi cruel avec les siens qu'avec ceux que l'on choisit pour victimes.

— Cela me paraît justement raisonné, approuva Philippe d'Orseul. Fraïre, que s'est-il donc passé ensuite ?

— Ensuite, répondit le moine en soupirant, j'ai vu la bande s'éparpiller dans tous les azimuts. Les uns vers le grand Rhône et la route d'Aigues-Mortes pour passer sur la rive du royaume, d'autres en direction des Salins-de-Giraud, mais je les ai perdus de vue car j'avais fixé mon attention sur un groupe de trois cavaliers menés par le masque. Ils tiraient avec eux une forme blanche ensevelie de voiles comme un frêle fantôme, qui se tenait tant bien que mal sur un petit *camargue* et tanguait comme une barque secouée par un coup de vent.

— Où se dirigeaient-ils ? demanda le chevalier anxieux.

— Vers le village des Saintes-Maries.

30.

Où le gouverneur de Provence connaît une réception « à la marseillaise ».

Il régnait un climat de carnaval permanent à Marseille depuis la prise de la Maison Commune par les gens du parti de Gaspard de Glandevès et la soumission du Premier consul, Lazare de Vento-La Baume, rétabli dans sa fonction mais sans plus aucun pouvoir. Des coupe-jarrets armés et masqués parcouraient dès la nuit tombée les rues et places de la vieille cité, à la grande frayeur des bourgeois et des négociants. Chacun demeurait barricadé chez lui jusqu'au jour. On allumait des feux de joie aux carrefours, on se jetait des chansons à la tête, mais il n'était pas rare, à l'aube, de trouver dans une ruelle du port des corps lardés de coups de poignard, des silhouettes de pendus à des lanternes, des gens le nez dans le caniveau, égorgés par les séides de l'un ou l'autre des camps rivaux.

Lou Rousset et Piero Orsini, leur pêche nocturne écoulée sur le marché aux poissons de la place Vivaux, passaient la majeure partie de leurs journées à parcourir les rues entre Saint-Jean et la porte de la Frache, s'entêtant à croire – en l'absence de Guillaume de Montmirail et de Philippe d'Orseul – qu'il pouvait exister des indices, ici, à Marseille, propres à les mettre sur la trace des ravisseurs de la malheureuse Constance. Ils observaient toute tête nouvelle, toute silhouette patibulaire, cherchant à reconnaître à une allure, une démarche, un timbre de voix ou un accent remarquable, l'un des membres de la bande dont ils gardaient mémoire depuis le guet-apens de la calanque de Podestat. Gare à lui s'il tombait entre leurs mains ! Ils sauraient le faire parler et remonter la piste du vil scélérat qui était derrière tout ça.

Tout leur était occasion de se mêler à la foule dans les lieux publics. C'était là qu'ils pouvaient faire la rencontre espérée. Les deux pêcheurs ne se décourageaient jamais. Pourtant, leur quête demeurait vaine.

Un soir de la mi-septembre, ils déambulaient le long du quai de La Ville quand leur attention fut attirée par un mouvement de foule qui se dirigeait vers la porte d'Arenc. Des gens riaient en s'interpellant : « *Es moussu de Mercuro qu'arribo ! Es moussu de Mercuro ! Venès émé nautre*[1] *!* »

Chacun savait que le gouverneur de Provence avait exigé la tenue de nouvelles élections municipales et, par souci d'apaisement après les graves incidents de juillet, le duc de Mercœur avait accepté que la désignation des nouveaux consuls se fasse par le truchement du fameux « règlement du sort » réclamé par

1. « Monsieur de Mercœur arrive ! Venez avec nous ! »

Gaspard de Glandevès et ses amis. Autrement dit à la façon d'une loterie, par un tirage au hasard des noms de tous les candidats aux postes de consul préalablement placés dans une urne.

Pour montrer sa magnanimité envers cette ville honnie, Louis de Vendôme, duc de Mercœur, gouverneur de Provence, avait promis d'honorer de sa présence la tenue du scrutin. C'était en vérité pour s'assurer de son bon déroulement.

Afin de marquer les esprits, Mercœur avait exigé une entrée solennelle par cette porte d'Arenc, la même où les Marseillais en révolte avaient naguère nargué ses troupes du haut des remparts.

C'est là qu'eut lieu le premier incident : arrivé à la hauteur du village d'Arenc, un essieu du carrosse se brisa net, obligeant la suite et son escorte à une longue halte. Le duc refusant d'entrer en ville dans un autre carrosse que celui portant ses armes, on dut faire appel aux services d'un charron pour changer l'essieu cassé. Cela prit des heures et la nouvelle eut le temps de faire le tour de la ville.

Le duc en venait à craindre que quelque esprit malin s'ingéniât à lui faire perdre la tête et à brouiller à jamais les relations entre cette cité maudite et lui-même.

Le bouche-à-oreille répandant la nouvelle de l'incident du carrosse en panne, le petit peuple décida d'organiser un comité d'accueil auquel les volontaires, parmi les plus effrontés de la ville, adhérèrent sans hésiter. C'est à cette occasion que Lou Rousset et Piero Orsini avaient été recrutés.

À la Maison Commune, on attendait depuis des

heures l'arrivée de l'illustre visiteur. La salle du conseil – pleine de tout ce qui comptait en fait de noblesse d'épée et de robe – était devenue celle des pas perdus et des conversations mondaines. De temps à autre on envoyait un capitaine s'informer auprès des gens de l'escorte du duc, il revenait bredouille et on continuait à patienter en commentant les dernières nouvelles.

La nuit était presque tombée quand le carrosse réparé fit enfin son entrée dans Marseille. Le viguier Fortia de Piles, venu réconforter Mercœur, qui éructait d'impuissance face à ce coup du sort, avait fait jalonner le parcours jusqu'à la Maison Commune par des soldats équipés de torches. Mais bientôt d'autres porteurs de torches apparurent, sortant des rues bordant les quais, parmi lesquels Lou Rousset et Piero, et pas au dernier rang. Ils cernèrent le carrosse avant que les soldats de l'escorte n'aient pu intervenir. Tous brandissaient des balais de bruyère trempés dans du goudron de calfatage qu'ils avaient enflammé ! Des torches dérisoires que les plus culottés agitaient sous le nez du duc de Mercœur, ivre de rage. Ils dévisageaient le représentant du roi avec insolence, lançaient des injures et des quolibets dont Louis de Vendôme, par bonheur pour lui, ne connaissait pas le sens et ils serraient de si près le carrosse que ce qui devait arriver arriva. L'un des balais-torches enflamma les passementeries ornant la caisse. Les chevaux s'affolèrent, les cochers aussi, et c'est un carrosse en feu qui s'arrêta devant le bâtiment municipal, dans un grand crissement des sabots de freins serrés sur le cercle de fer des roues, au milieu des cris, des risées et des lazzis.

À sa descente précipitée du carrosse, moins digne et solennelle qu'il l'aurait souhaitée, le duc de Mercœur fut accueilli aux cris de « *Vivo lou Rey !* » par une foule agitée qui le pressait de toutes parts. Dans l'état de fureur où il se trouvait, rendu impropre à la réflexion, il ne devina pas ce qu'il y avait d'ironie dans ces acclamations.

Afin d'épargner la dignité du représentant de Sa Majesté, Glandevès s'interposa entre les premiers rangs et le gouverneur pour faire reculer les plus excités.

Sous de nouvelles salves de quolibets, celui qui était venu pour dompter la superbe du gentilhomme rebelle en était réduit à accepter sa protection jusqu'à son entrée dans la salle où devait se dérouler l'élection[1]...

*

* *

Tard dans la nuit, les témoins qui avaient pu trouver place dans la salle du conseil racontèrent sans se lasser la scène à laquelle ils avaient assisté, digne d'une farce jouée par la troupe de l'Illustre Théâtre.

Réunis rue du Grand-Puits, dans les salons de l'hôtel particulier des Glandevès-Niozelles, ses plus proches partisans, tous gentilshommes d'ancienne noblesse, n'en finissaient pas de s'esbaudir du bon tour joué au représentant du roi.

1. Les faits sont authentiques.

— Le *pôvre* Mercœur a bu le calice jusqu'à la lie, disait Gaspard à un ami.

Le gentilhomme interpellé en riait encore :

— Mercœur n'avait encore jamais assisté à cette sorte de miracle marseillais. Tous les bulletins tirés au sort dans l'urne portaient le nom de nos amis : Candole, Gueydon, Cousinéry, Reynaud, aucun ne manquait à l'appel.

— Comment cela se peut-il ? ironisait un autre, jouant l'innocence.

Bionau d'Airargues en rajoutait en pouffant :

— C'est ça le sort, que voulez-vous. Personne n'en est propriétaire. Il faut se soumettre à son caprice.

Et un convive de renchérir en bouffonnant :

— Il en est fini de l'arbitraire royal qui nommait des consuls dont personne ne voulait. La providence a penché sur Marseille son visage souriant.

— Ce qui prouverait, concluait Glandevès, que nous avions raison de ne pas nous laisser imposer une volonté étrangère à la ville.

Du côté du petit peuple, une fois la nouvelle connue, on se réjouissait encore plus bruyamment.

Piero Orsini, que force libations avaient tiré de son mutisme ordinaire, colportait de taverne en taverne le récit que lui avait fait un capitaine de quartier de ses amis. Comme s'il y avait assisté en personne, il mimait la stupéfaction du gouverneur, contraint de faire contre mauvaise fortune bon cœur. Entre deux hoquets de rire, le pêcheur racontait :

— Après le tirage au sort, *Mercuro* a montré la boîte dorée et il a dit : « Tout dépend de cette machine, alors ? Eh bien ! Messieurs de Marseille, elle est bien tournée selon vos désirs aujourd'hui ! J'en suis bien aise pour vous. »

Le chapeau enfoncé jusqu'aux sourcils, le gouverneur de Provence avait quitté la salle du conseil ayant à peine salué ses hôtes.

Toujours indigné, il n'avait pas pris le temps de remercier le diligent Fortia de Piles d'avoir fait avancer pour lui son propre carrosse, jugeant qu'il en allait du prestige de la fonction de représentant du roi que Mercœur n'embarquât pas dans une voiture d'apparat qui dégageait à présent une désagréable odeur de brûlé et dont les sièges de velours avaient été transformés en éponges par l'eau employée à circonscrire l'incendie.

Toujours suivi à distance par une foule goguenarde, le duc de Mercœur s'en était allé loger – selon l'usage – rue du Palais[1], dans la maison dite « du roi » depuis que Louis XIII y avait séjourné.

Ce fut l'occasion pour Piero d'entamer sous ses fenêtres, d'une voix éraillée mais puissante, accompagné du Rousset qui ne chantait guère plus juste et de chœurs improvisés et plus ou moins avinés, les couplets composés le soir même par un chansonnier dès l'annonce des résultats du vote :

Moussu de Mercuro, sias lou benvengu
Aven fa lei consous coumo aven vougu
En despei d'aqueli que nous an vendu ![2]

1. Aujourd'hui rue de la Prison.

2. « Monsieur de Mercœur, sois le bienvenu / Nous avons choisi les consuls comme nous avons voulu / En dépit de ceux qui nous ont vendus ! »

— Mes amis, dit Gaspard de Glandevès à ceux de son camp, pour que la fête soit complète, comme il est de tradition, il nous faut offrir la sérénade à M. le gouverneur de Provence.

On fit rouler des pièces d'artillerie jusqu'à la rue du Palais, on les chargea à blanc et ce fut une canonnade de tous les diables sous les fenêtres mêmes de la chambre où le duc de Mercœur tentait de se remettre de cette folle journée. Les artificiers y mirent tant de zèle que la demeure fut ébranlée de la cave aux combles.

Si bien que Louis de Mercœur en aura été le dernier hôte. La maison du roi, qui menaçait la sécurité publique, dut être démolie quelques mois après cette mémorable soirée.

*
* *

Le gouverneur de Provence n'était pas au bout de ses peines. Dès son retour à Aix lui parvint l'incroyable nouvelle rapportée par son secrétaire : Maynier d'Oppède, Premier président du parlement, venait d'être séquestré par plusieurs de ses collègues !

Depuis des mois, à Aix aussi des camps rivaux se déchiraient parmi les magistrats, et nombre d'entre eux reprochaient à Oppède de n'avoir su s'opposer à Mazarin, qui voulait envoyer en Provence des troupes prendre leurs quartiers d'hiver. Certains y voyaient une sorte d'occupation déguisée par des troupes étrangères. Le cardinal avait beau jurer que le roi ne prenait pas cette mesure « pour chastier le pays mais par pure nécessité », personne n'avait cru la parole du « fourbe italien ». Plusieurs gentilshommes aixois avaient fait grief à Oppède de ne pas avoir fait rempart à cette décision. Les troupes royales une fois en place, qui sait à quel usage le roi les emploierait ? Et contre qui ?

Pour mettre fin à cette fronde parlementaire, Oppède avait eu la mauvaise idée de faire arrêter l'un des meneurs : Glandevès-Rosset. Il n'était autre que le cousin germain de Glandevès-Niozelles…

La réplique n'avait pas tardé.

Quand les troupes du gouverneur de Provence délivrèrent enfin le malheureux d'Oppède, Mercœur rassembla ses capitaines :

— Messieurs, cette journée ne s'achèvera point sans que les coupables soient arrêtés. Nous avons leurs noms. Je les veux jugés et condamnés à la mesure de leur forfait !

Les officiers du duc eurent beau retourner la ville entière, les oiseaux s'étaient envolés.

Pour quelle destination ? Marseille ! Où on les avait accueillis à bras ouverts. Depuis, on refusait de les « rendre », Gaspard de Glandevès ayant juré sur son honneur de gentilhomme de les soustraire aux foudres du gouverneur de Provence.

Pour la forme, le duc de Mercœur fit solennellement condamner les ravisseurs du Premier président du parlement.

Ce qui n'eut aucune incidence sur leur sort.

Les consuls marseillais, aux ordres de Glandevès,

avaient multiplié les retards de procédure, arguant même que les fugitifs étaient passés en Italie.

Au moment où, sur les murs de Marseille, on placardait l'arrêt du parlement de Provence, portant « qu'on appréhendera lesdits criminels d'Aix morts ou vifs », les séditieux baguenaudaient sur le quai de la Ville, assistaient avec ostentation aux offices du dimanche et, quand ils paradaient sur les foires et les marchés, on les fêtait comme des héros.

Mais Oppède et Mercœur n'avaient pas dit leur dernier mot. Ce qu'ils n'avaient pas atteint par la force et la loi, ils espéraient l'obtenir par la ruse...

31.

Où l'on vérifie avec Constance d'Orseul que patience et longueur de temps font plus que force ni que rage.

Il lui semblait qu'une volée de cloches battait entre ses tempes au rythme du sang qui y pulsait.

Constance d'Orseul n'avait plus conscience du jour, ni de l'heure, ni de l'endroit où elle venait de s'éveiller avec peine.

Aussitôt après son enlèvement à Marseille, on l'avait emportée bâillonnée sur de robustes épaules, tandis que des cris, des rires, des coups de feu tirés en l'air retentissaient dans les rues en folie de la ville en révolte.

Loin de la montée des Accoules, on l'avait précipitée dans une carriole couverte d'une bâche de toile épaisse où on lui avait bandé les yeux. Sous la menace d'un poignard posé sur sa gorge, on l'avait contrainte d'avaler un plein flacon d'un breuvage âcre dont seul un apothicaire eût pu dire la composition.

Aussitôt, elle avait sombré dans un lourd sommeil sans rêves. Chaque fois qu'elle avait eu l'impression de revenir à la réalité du monde, une main ferme l'avait saisie aux cheveux, avait penché sa tête en arrière et forcée à boire une nouvelle gorgée.

Elle se souvenait d'avoir ensuite longtemps séjourné dans cette voiture tirée par un cheval pour un périple dont elle n'aurait su dire combien de temps il avait duré. Toujours à demi inconsciente, les yeux bandés, les mains liées devant elle, alors que les effets de la drogue se dissipaient peu à peu, il lui avait semblé qu'on traversait une région de marais, car l'air doux était chargé d'humidité. Elle entendait des voix d'hommes parlant bas autour d'elle.

Bientôt des hennissements et des cris avaient retenti, un coup de feu, tiré à proximité, l'avait fait sursauter et elle s'était affaissée sur le sol humide. On l'avait hissée sur un cheval qui avait allongé le pas comme si on fuyait. La selle avait un pommeau et un troussequin particulièrement relevés, lui assurant une bonne assiette bien que son équilibre fût précaire.

Enfin, des mains brutales l'avaient saisie à la taille, aidée à descendre de sa monture, puis on l'avait forcée à marcher. Elle avait été guidée dans une ascension de marches qui tournaient interminablement sur elles-mêmes. L'effort imposé avait provoqué une irrépressible fatigue. Elle s'était sentie enlevée dans des bras vigoureux à l'instant même où elle perdait de nouveau conscience.

Quand elle avait repris ses esprits, elle se trouvait allongée dans le noir, sur un lit étroit à la paillasse sûrement bourrée de feuilles de maïs, car à chacun de ses mouvements elle se serait crue couchée sur un bataillon de cigales.

À présent tout à fait réveillée, tandis qu'elle se massait les poignets à l'endroit du lien qui les avait entravés si longtemps, Constance ne discernait rien encore.

Un son métallique la fit tressaillir. Une voix masculine aux intonations railleuses parlait dans la semi-obscurité de l'aube naissante.

Un homme était assis sur un fauteuil près de la tête du lit. Il portait un masque d'arlequin.

— N'ayez crainte, belle enfant. Vous êtes en lieu sûr. Tout à l'heure, quand le jour sera levé, vous constaterez que cet abri, pour être clos, n'a rien d'effrayant. Vous trouverez céans un lit, un fauteuil, ainsi qu'un réchaud à bois avec un briquet d'amadou afin que vous puissiez faire réchauffer la nourriture que je vous laisserai tantôt. Dans la resserre contiguë à la pièce, vous aurez ce qu'il convient pour un minimum de commodités. Pour l'eau, ménagez les quantités contenues dans une dame-jeanne. J'ai prévu de la lecture pour vous occuper l'esprit et tromper votre ennui. Pour votre édification, *Histoire du roi Saint-Louis* de M. de Joinville, et pour vous distraire, Théophile et Saint-Amand. Livres d'une gaillardise qui pourrait choquer votre pudeur, mais vous me pardonnerez. Celui qui vous précéda était un militaire et je n'ai pas eu loisir de faire un autre choix.

Deux yeux luisaient sous le masque.

— Je me mets en quête de quelques provisions de bouche et serai bientôt de retour. À vous revoir, chère demoiselle.

Un courant d'air frais apprit à la jeune fille que son geôlier était sorti silencieusement.

Encore étourdie, Constance demeura allongée et reprit des forces jusqu'à ce que, par une ouverture rectangulaire située très haut près du plafond, le jour naissant lui eût révélé l'agencement des lieux.

La chambre était sans porte. Il devait exister quelque part une ouverture invisible et quelque mécanisme pour faire pivoter l'un des blocs de la muraille. Sur la table étaient posés trois livres aux couvertures de cuir usagées, une cuillère, un gobelet, une assiette de fer, une cuvette d'émail ébréchée. Une provision de petit bois sec était disposée à l'angle d'un mur. Tout cela réglait l'inventaire. Et la laissait libre pour réfléchir aux moyens de sortir de cette geôle.

Poursuivant son examen, Constance observa le plafond de forme arrondie. Elle remarqua qu'il s'abaissait fortement vers la gauche et se demanda si on ne l'avait pas casée au ras du toit d'un bâtiment voûté.

Elle aurait une eau parcimonieuse mais saurait la gérer. Elle pourrait procéder à de modestes ablutions. Il lui restait une impression de souillure d'avoir été durant un temps infini soulevée, ligotée, traînée, traitée comme un ballot de linges.

Son premier soin fut de mettre de l'eau dans la cuvette. Puis elle entreprit de se dévêtir. Elle ôta en premier son tablier, qu'elle avait l'intention d'utiliser comme une serviette. Puis elle se débarrassa de ses trois jupons légers. Elle délaça le corps[1] de serge rouge, qui, fermé de rubans par devant, lui comprimait le buste, et laissa tomber sa longue chemise.

---

1. Bustier, corset.

Nue, il lui sembla retrouver une sorte de pureté originelle.

Elle fit une toilette de chat et remit sa chemise.

Dans l'aventure, elle avait perdu sa coiffe. Sa longue chevelure lui tombait aux reins. Par chance, un de ses peignes y avait été retenu et, une fois séchée, elle remit de l'ordre à ses cheveux en les tressant en une épaisse torsade, maintenue haut sur sa tête grâce à une de ses jarretières. Elle avait renoncé à remettre ses bas.

Autour de l'ouverture, qui lui donnait toujours plus de lumière au fur et à mesure que le soleil s'élevait dans le ciel, Constance distingua mieux les lieux où on la retenait et souhaita le retour de son geôlier avec les nourritures promises : elle était à jeûn depuis au moins la veille.

Le masque revint à la nuit tombante. Depuis le lit où elle était allongée, avant que l'obscurité ne fût complète, Constance eut le temps de le voir entrer par un pan de mur fait de plusieurs blocs de pierre empilés, qui venait de pivoter. Il y avait juste de quoi livrer passage à un homme.

Il portait un grand sac suspendu à l'épaule comme une biasse. Il en sortit des légumes secs, de la viande séchée, des châtaignes, un pot de miel et un gros pain de trois livres qu'il répartit sur une étagère et sur la table.

L'homme alluma une petite bougie qu'il planta droit sur une goutte de cire fondue lâchée sur l'assiette de fer. Il s'avança et se pencha sur la silhouette allongée :

— Dormez-vous, demoiselle, ou feignez-vous ?

Constance joua le réveil.

— Je vous ai apporté des provisions pour la semaine qui vient car, à mon regret, je vais devoir vous abandonner. Des vêtements aussi, car les vôtres sont bien chiffonnés.

Le visiteur tâta l'étoffe de la robe de la jeune fille posée sur le dos du fauteuil.

— Ce sont des vêtements de prix que j'apporte. Vous aurez soin de vous en parer quand je reviendrai vous chercher. C'est un ordre.

Il jeta un coup d'œil à la dame jeanne, en ôta le couvercle.

— Cette eau n'est-elle point croupie ?

Constance fit non de la tête.

L'homme vida le contenu d'une grosse gourde en peau qu'il portait en bandoulière.

— Rassurez-vous, vous quitterez bientôt ces lieux où votre beauté s'étiole. Elle mérite un autre sort. À ce propos, si nous nous entretenions un peu de votre avenir ?

Il alla s'asseoir et étira ses longues jambes.

— Savez-vous pourquoi on vous a enlevée ?

Constance ne répondit pas.

— Vous ne voulez pas savoir ?

Il la regarda en silence, comme s'il attendait une réaction. Peine perdue.

— Je vais donc vous le dire.

Il replia les jambes.

— N'imaginez pas que ce soit dans le seul espoir de tirer rançon de maître d'Orseul et de votre petit Montmirail. Ils n'auraient pas assez des économies d'une vie pour payer le prix auquel je vous estime.

Il fit une pause et sauta brusquement à une question inattendue :

— Savez-vous de quelle manière on chasse le tigre aux Indes orientales ?

Il n'attendit pas la réponse.

— On creuse sur le passage ordinaire du fauve une fosse que l'on garnit de bambous affûtés plantés au fond, avant de la recouvrir de branchages. Sur le bord de la fosse, on attache un chevreau à un piquet. Le chevreau appelle sa mère… et c'est le tigre qui arrive. Le fauve est tellement pressé de croquer l'innocent qu'il s'empale sur le piège. Il ne reste qu'à l'achever.

Tout en parlant, l'homme au masque jouait avec un long couteau espagnol appelé *navaja*. Il en faisait claquer la lame dans l'encoche du manche de corne.

Pourquoi arrivait-il un couteau à la main ?

Cela produisait un bruit sec, crispant, qui ne faisait qu'accroître la tension de Constance. La jeune fille expédia une requête à l'attention de sa sainte patronne, Constance d'Aragon – qui gouverna avec tant de bonté que Dante l'avait placée dans son paradis –, implorant sa protection.

Elle s'efforçait de respirer calmement et de ne rien laisser voir de son angoisse. Le scélérat prit son temps avant d'expliquer :

— Donc vous êtes l'agneau, si j'ose dire. Le petit Montmirail est le tigre… et je suis le chasseur !

Il parut satisfait de la distribution des rôles, au point de poursuivre son persiflage :

— Comme nous sommes en confiance, je vais vous apprendre que je peux aussi être le piège et Montmirail le tigre pour un chasseur d'un tout autre calibre que moi. Telle est ma vie !

Constance, agacée, demanda :

— Voudriez-vous que je m'apitoie sur votre sort en oubliant le mien ?

— Tiens, on ne boude plus ?

L'homme au masque émit un bref ricanement :

— Je n'ai que faire de votre pitié, demoiselle. D'autant que je n'en éprouve guère à votre endroit. La preuve : je n'ai nullement l'intention de vous restituer à votre père, pour la raison capitale que monsieur votre père n'est plus de ce monde.

Constance poussa un long cri de douleur qui ressemblait à un feulement. Son corps se tétanisa. Elle espérait ne pas avoir compris, mais le scélérat appuya de sa voix métallique :

— Maître d'Orseul vous défendait si bien que nous avons dû l'occire.

Ne pas pleurer. Surtout ne pas lui faire ce plaisir.

Le méchant la regardait à travers les trous de son masque sans une once de compassion dans les yeux.

— C'est à une autre carrière que je vous destine, dont le fruit m'assurera une rente à vie.

Constance crut comprendre avec horreur que l'homme au masque allait la livrer à la prostitution.

Il continuait à jouer avec la lame dont les claquements vrillaient les tympans de la jeune fille.

— Vous allez me vendre ? M'occire ?

L'homme au masque ricana :

— Quels vilains mots dans une si jolie bouche ! Vous tuer ? Gaspillage ! Quant à vous vendre, vous n'êtes pas, que je sache, une marchandise, mais un trésor. D'autant plus rare qu'une jeune fille de votre âge et de votre milieu est forcément… comment dire ? *Neuve.* Autrement dit, *virgo intacta*, pour parler latin.

Son ton redevint dur :

— Au besoin, nous vérifierons…

Il eut alors des propos de maquignon. Constance pensa que sous son masque il devait en avoir le regard.

— Dix-sept ans à peine, brune aux yeux d'émeraude, un teint de lys, des dents parfaites, vous pourriez, avec ces atouts, devenir marquise. Mais bagatelles que tout cela ! Je connais des gens à turban prêts à faire des folies pour l'idéal que vous représentez à leurs yeux et coutumes. Je peux faire de vous plus qu'une reine. Certes, vos déplacements seront limités, mais côté confort et avantages, je ne vous dis que ça !

Il prit un air grave pour expliquer :

— J'ai l'honneur d'être l'un des pourvoyeurs de la Sublime Porte. Le harem du sultan Soliman, troisième du nom, qui vient d'entrer dans la onzième année de son règne, a besoin de renouveler son cheptel. La sultane *valideh*, sa favorite, vient de tomber en disgrâce. La place est à prendre, et vous avez toutes les qualités pour l'occuper.

Il continua avec un petit ricanement :

— Je ne vais donc pas vous vendre, mais vous *offrir*. Comme un cadeau sans prix. Vous n'aurez pas à patienter longtemps. Depuis sept jours, un chebec bien armé et rapide, parti de Chypre, propre à semer la galère la mieux fournie en rameurs, fait voile vers nous. Il s'embossera bientôt au large de cette église. À la nuit, sur mon signal, une barque vous cueillera pour vous conduire à bord, tandis que votre cher Montmirail continuera à galoper derrière votre fantôme. Jusqu'à l'endroit que j'ai choisi et où je l'attends.

Il se leva brusquement.

— Vous savez tout. Je vous souhaite, demoiselle, la bonne nuit.

Constance, immobile, retint son souffle jusqu'à ce qu'un raclement lui indique que la muraille s'était refermée derrière l'infâme.

Une semaine ! Elle disposait d'une semaine. Le temps de s'acharner à trouver le mécanisme qui faisait se mouvoir le passage secret.

Elle était désormais seule au monde, si on excluait Guillaume. Elle n'avait plus rien à espérer, sinon d'elle.

La jeune fille décida d'attendre l'aurore pour se mettre au travail. Une nuit d'insomnie à pleurer sur la cruauté de son destin n'abattrait pas son courage. Elle serait digne de son père. Et de Guillaume, qui avait son cœur à jamais.

*

* *

Voilà des heures que Constance s'escrimait à sonder la muraille, frappant chaque bloc avec la cuillère de fer, écoutant si elle percevait des différences de sonorités lui indiquant un creux dans l'épaisseur du mur. Elle palpait chaque pierre. Rien ne bougeait. Pourtant, elle savait par la trace laissée dans la poussière du sol où se trouvait le passage dérobé et dans quel sens il pivotait.

Une semaine s'était presque écoulée, et la prisonnière commençait à désespérer, quand, se remémorant l'odieuse visite, elle revit l'homme au masque jouant avec la lame de sa *navaja.*

Et la lumière se fit dans son esprit.

Ce coutelas n'était pas seulement une arme, c'était une clé ! La lame effilée tenait le rôle du panneton qui actionne les pièces mobiles de la serrure. La *navaja* introduite entre deux blocs devait jouer sur un ressort secret dans l'épaisseur de la muraille !

Mais par quoi y suppléer ?

Constance luttait de toute son énergie pour ne pas céder au découragement. Il devait bien y avoir un moyen de…

Brusquement, elle se souvint des vêtements de prix laissés par son tourmenteur. Elle avait refusé de les endosser, préférant rester dans les siens, si chiffonnés soient-ils. On ne la déguiserait pas en courtisane ! Ces accoutrements, qu'elle avait jetés dans un coin de la cellule, voilà qu'elle s'en saisissait avec fièvre. C'étaient des parures pour des gens de qualité, avec pour dessous un corset armé de *buscs*, ces lames d'acier solides et souples, aussi minces que celle d'un couteau et longues autant qu'il faudrait.

À coups de dents et à s'arracher les ongles, la jeune fille déchira le tissu de soie et en extirpa une baleine qu'elle brandit vers le ciel. Le roi Arthur empaumant Excalibur ne devait pas avoir eu plus de fierté dans le regard.

Elle introduisit le busc dans chaque fente entre les blocs et, quand elle sentit une résistance, la jeune fille insista. Un claquement étouffé lui fit comprendre qu'elle était arrivée à ses fins.

Elle n'eut qu'à pousser : le secret éventé se livrait tout entier.

*

*   *

Constance se retrouva dans une minuscule chapelle comme suspendue entre ciel et terre. Elle reconnut les lieux : c'était l'église des Saintes-Maries. Le scélérat l'avait enfermée dans un réduit oublié de tous, caché dans l'épaisseur de la muraille. On dominait toute la nef. Elle était encombrée de dévots assistant à un office nocturne. Un prêtre prononçait une homélie les yeux au ciel en pointant un index vers la voûte. Ce que venait de montrer le prêtre était de grosses boîtes naïvement peinturlurées pendues à des cordages épais. Le doigt du prédicateur les désignait en prononçant le mot « reliques » et en égrenant des noms : « Marie Salomé, Marie Jacobée... », que l'écho des voûtes répercutait. L'orateur reprenait la vieille légende des saintes femmes de Béthanie, arrivées par miracle sur le rivage camarguais à bord d'une barque « sans voiles ni rames », guidée par le vent divin.

Constance devina, ouvrant dans le mur à sa droite, un escalier en colimaçon communiquant avec la nef. C'est par là que l'homme au masque l'avait fait grimper, achevant de l'étourdir, il y avait une éternité de cela.

Elle s'y engagea. Avec un peu de chance, elle pourrait peut-être se mêler à ceux qui assistaient à l'office et quitter le sanctuaire cachée au sein de la foule. Son busc toujours en main, elle se jeta à corps perdu dans la descente...

32.

Où, faute de piste sérieuse,
on en vient à lire l'avenir dans les cartes.

Depuis le pont de Trinquetaille, sur le grand Rhône, jusqu'à la tour de Constance à Aigues-Mortes en passant par le mouillage de Beauduc, au Levant, près de la Gacholle, Philippe d'Orseul connaissait tout le monde dans le Delta : gentilshommes de fortune ou d'infortune, boscatiers, éleveurs de *bioùs* ou de chevaux, pêcheurs de sandres ou coupeurs de sagnes. Il avait mis tous ses amis et obligés en alerte, les informant du malheur qui s'était abattu sur lui, leur demandant de surveiller tous les points de passage, les gués, les étangs, et de lui signaler tout mouvement qui leur serait apparu singulier. Des braconniers, dont la présence dans le marais était discrète, servaient de guetteurs bénévoles.

L'astronome avait recoupé toutes les informations, les hypothèses, et s'était bientôt convaincu que Constance, puisque le mauvais temps levé par le mistral empêchait les barques de sortir – ce qui ne semblait pas faire les affaires d'un gros chebec qui, depuis plusieurs jours, croisait au large, envoyant de mystérieux signaux vers la côte –, que sa fille chérie donc, morte ou vive, se trouvait encore quelque part en Camargue. Ce constat redonnait souffle à son espérance.

Mais on avait eu beau fouiller, remuer l'eau du marais, sonder les bois et les étangs, interroger les Bohémiens, la jeune fille semblait s'être volatilisée. C'était comme si Constance, mettant en pratique quelque recette de fantaisie imaginée par Cyrano de Bergerac, s'était envolée vers les États et empires de la Lune et du Soleil.

À ronger son frein, à compter les jours et les semaines, à chevaucher au hasard jusqu'à l'épuisement, Guillaume de Montmirail devenait fou. D'autant qu'ici, sous le ciel immense, tout semblait indifférent à son chagrin, figé pour l'éternité.

Il rentrait chaque soir à la Tour-du-Fournelet un peu plus désespéré, touchait à peine à la nourriture préparée par la Morette et se jetait sur sa paillasse pour une nouvelle nuit d'insomnie.

Enfin, un matin, don Marco Spaccesi descendit de sa tour pour annoncer comme par incidence :

— Hier, la vieille Moresca, celle qui lit dans les tarots aux Saintes-Maries, m'est venue faire ses adieux. Elle s'en va sous d'autres cieux conter la *bonaventura*. Elle m'a glissé dans l'oreille un secret connu d'elle seule…

— Quoi ? s'énerva d'Orseul. Auras-tu bientôt fini de nous faire mourir avec tes secrets distillés goutte à goutte ?

— *Calma, Filippo !* La vieille m'a confié… que celle que vous cherchez pourrait bien se trouver aux

Saintes, sous la protection directe de Mmes Marie Jacobée et Marie Salomé. Elle l'a lu dans ses cartes qui, assure-t-elle, ne l'ont jamais déçue.

— C'est-à-dire ?

— C'est-à-dire, à mon avis, pas très loin des reliques qu'on y vénère.

Montmirail s'emporta :

— Que ne le disiez-vous plus tôt, maudit moine !

Le chevalier sautait déjà en selle et cravachait sa monture qui, surprise, renâclait.

Don Marco, un peu vexé, le regarda s'éloigner en parlant entre ses dents :

— S'il avait attendu la fin, le jeune coquebin, j'aurais eu le temps de lui faire savoir qu'il courait au-devant d'une nouvelle déception…

Montmirail était déjà au grand galop vers le clocher crénelé de l'église forteresse.

Il ne prit pas le temps d'attacher son cheval hors de souffle et se précipita dans la pénombre de la basilique. Il bouscula le mendiant qui lui tendait l'eau bénite, fouilla sa bourse et déposa dans la paume crasseuse ce qui lui était venu sous les doigts : une pièce d'argent qui valait trois livres.

Le mendiant n'en crut pas ses yeux :

— Grand merci, monseigneur, chuinta-t-il entre ses chicots. Je prierai pour vous chaque jour !

— C'est moi qui te prie de me dire où se tient l'escalier pour atteindre le clocher.

— Par-delà la chaire. C'est simple, voyez ces gens.

Le chevalier aperçut un groupe d'hommes et de femmes dans un état d'excitation qui lui dicta de les rejoindre sans tarder. Ces gens se tenaient muets et immobiles, un air d'épouvante dans les yeux. Au milieu d'eux se trouvait un prêtre, tournant le dos à l'arrivant, penché sur quelque chose que le jeune homme ne voyait pas. Il interrogea un paroissien à l'air funèbre.

L'homme dit à mi-voix :

— Ce matin, le bedeau a trouvé au bas de l'escalier le corps d'un grand escogriffe vêtu en cavalier. Il a, planté dans l'œil, une sorte de baleine d'acier qui lui a embroché les cervelles. Mais le plus étrange est que son visage est couvert d'un masque comme en portent les comédiens ambulants venus d'Italie. Personne n'a osé le toucher, on a appelé M. le curé, qui l'a aspergé d'eau bénite au cas où le diable nous jouerait des tours. Voyez, il se baisse pour le lui ôter.

Guillaume joua des coudes pour atteindre le premier rang des badauds. Une lame d'acier était profondément enfoncée dans l'œil droit du mort, qui s'était vidé de son sang. Le chevalier dévisagea les traits avec attention. Était-il l'homme qui, à Romans, s'apprêtait à l'assassiner après lui avoir laissé croire qu'il venait à son aide ? Le cavalier noir penché à la portière du carrosse de Lucrèce d'Aiglun en Avignon ? Montmirail ne l'avait pas suffisamment dévisagé pour être certain de le remettre. Cependant, en cherchant bien, on pouvait discerner sur ces traits déformés par la souffrance comme une ressemblance dans l'allure. Frère ? Cousin ? Guillaume de Montmirail n'aurait su dire, tant il était troublé. De toute manière il était arrivé trop tard pour espérer les bonnes réponses.

33.

Où l'assassinat d'un capitaine en pleine rue met Gaspard de Glandevès en fâcheuse posture.

Charles Perret, ancien capitaine du régiment de Guise, était un homme d'habitudes. Chaque soir, il allait faire ses parties de dés, boire une pinte de vin blanc et fumer quelques pipes de Hollande en compagnie de militaires en demi-solde comme lui, à l'auberge du Chapeau rouge, faubourg Saint-Augustin-le-Vieux[1], où il avait ses habitudes.

Ce soir-là, il rentrait en flânant sur le quai de la Ville en compagnie d'un ami quand une balle en plein front, tirée d'on ne sait où, l'abattit net sur le pavé au milieu des badauds. Pour s'assurer de sa bonne mort, quatre individus surgirent d'un porche et, devant la foule stupéfaite, lardèrent la dépouille d'une douzaine de coups de poignard. L'ami de Perret n'eut pas le temps de tirer son sabre, et il ne dut son salut qu'à la vigueur de ses jarrets.

1. Dans le quartier Notre-Dame-du-Mont, près de l'actuelle rue Fongate, orthographiée alors Font-Gate, signalant la présence d'une source.

En ces temps troublés, l'affaire n'aurait peut-être pas fait plus de bruit qu'une autre si, en apprenant l'identité de la victime du guet-apens, on ne s'était pas rappelé que, quelques jours avant l'événement qui allait changer le cours de l'histoire de la Fronde marseillaise, Charles Perret, du parti de l'ex-Premier consul, Lazare de Vento-La Baume, avait fait porter à Gaspard de Glandevès un défi à l'épée.

Peu soucieux de le relever, celui-ci avait ignoré la bravade de Perret. Mais l'affaire avait fait le tour de la ville.

Le vicomte de Glandevès était devenu en quelques mois l'idole du peuple marseillais. Ceux qui n'appréciaient guère les façons de cet aristocrate que son ambition muait en porte-parole de la plèbe, dont il flattait les bas-instincts, se taisaient par crainte de représailles, mais n'en pensaient pas moins. Ces messieurs de la Loge – négociants, banquiers, armateurs – s'inquiétaient surtout de l'effet de la chienlit ambiante sur la bonne marche de leurs affaires.

Du côté des représentants du pouvoir royal en Provence, on redoutait que l'étonnante patience du roi et du cardinal envers la cité rebelle ne prît brutalement fin quand on saurait à la cour comment une poignée d'aristocrates séditieux traitaient ceux qui parlaient en leur nom. Mercœur, de Piles, Oppède et consort craignaient que le courroux royal ne finît par s'exercer à leurs dépens.

Personne ne savait encore que Louis XIV comme Mazarin, loin de se désintéresser des affaires du premier port du royaume, temporisaient. Ils avaient pour priorité la mise au point des modalités du futur mariage du roi de France avec l'infante d'Espagne – qui devait mettre fin à vingt-cinq années d'une guerre sanglante et coûteuse entre les deux nations. Le cardinal, plus prudent et retors que son royal filleul, impatient d'en découdre avec la rébellion phocéenne, craignait, en menaçant prématurément Marseille de représailles, de voir la cité rebelle ouvrir son port aux Espagnols avant que la paix ne fût conclue. Comme avait tenté jadis de le faire Charles de Cazaulx au temps du bon roi Henri, avant que l'occasion d'un assassinat politique du dictateur n'épargne cette calamité au royaume[1].

Mais après l'Espagne, le tour de Marseille viendrait…

Dans le camp des ennemis de Gaspard de Glandevès, la nouvelle de l'assassinat du capitaine Perret fut accueillie avec une satisfaction évidente. Comment ? On assassine en pleine rue, devant des centaines de témoins, dans une ville dont cet aristocrate égaré est le maître, l'homme qui auparavant l'avait défié en combat singulier ? Parmi les assassins, ne dit-on pas avoir reconnu – des témoins le jurent – le propre valet de chambre de Glandevès, qu'on avait vu passer quelques heures auparavant en compagnie de son maître sur ce même quai ?

Pour le parti de l'ancien Premier consul Vento-La

1. Durant cinq ans – 1591-1596, – le ligueur Charles de Cazaulx, Premier consul, « régna » en maître absolu sur Marseille dont il rêvait de faire une république « très chrétienne et indépendante » face au pouvoir royal incarné par Henri IV. Le roi le fit assassiner par Pierre de Libertat, qui rendit la ville au royaume.

Baume, l'assassinat de Perret représentait une aubaine inespérée : l'occasion de mettre en difficulté le maître occulte de la ville ne se présenterait pas deux fois.

Au viguier Fortia de Piles, qui l'avait fait convoquer, Gaspard de Glandevès expliqua avec son audace habituelle :

— Si on a vu Mathieu – c'était le nom de son valet – sur le quai en ma compagnie, c'est parce qu'il m'accompagnait en mon hôtel, rue du Grand-Puits, où je m'apprêtais à recevoir des miens amis. À l'heure où l'on tuait le capitaine Perret, j'étais en mon logis, avec douze convives, tous gentilshommes, dont la parole ne peut être mise en doute, qui peuvent jurer m'y avoir vu. Je suis affligé de ce triste événement, autant qu'un homme de cœur peut l'être.

Le vicomte avait ajouté avec un éclair de malice dans le regard, qui n'avait pas échappé au viguier :

— Je déplore comme vous, monsieur de Piles, cet attentat qui donne de notre ville une déplorable image et nuit à la réputation de ceux qui, comme moi-même et ceux qui président à ses destinées, soucieux de paix civile, ne pensent qu'à la sauvegarder.

Les gens du négoce, voyant la tournure que prenait l'affaire, s'affolèrent. Ce meurtre public, ajouté à l'accueil tapageur réservé aux ravisseurs aixois du président d'Oppède, ces groupes armés et masqués maîtres de la rue dès la nuit tombée, c'était plus qu'ils n'en pouvaient supporter. Ce climat délétère allait conduire à la catastrophe. Une réaction s'imposait.

Le lendemain – pour la première fois depuis des mois –, on entendit à nouveau des cris, on assista à des défilés de foules en colère, mais ils n'appartenaient plus au même parti. Une manifestation parcourait les rues de la vielle cité aux cris de : « Vive le roi ! Dehors les criminels d'Aix ! »

Aussitôt les mouchards du parlement de Provence firent remonter la nouvelle aux oreilles de son président, qui en fut ravi.

Maynier d'Oppède manda son secrétaire particulier, Jourdan de la Barrasse. Il avait sa voix de commandement et fit signe au secrétaire de prendre place à l'écritoire :

— Prenez, Jourdan ! *À l'attention particulière de monsieur le cardinal, et caetera.* Vous mettrez vous-même les formules adéquates pour marquer la déférence et la politesse, vous avez l'habitude. Faites-vous raconter les circonstances du meurtre du capitaine Perret par Berano, notre *mouche* auprès du parti de Glandevès, et vous ajouterez les phrases suivantes auxquelles je tiens : « Ces assassins disent tout haut : voilà comment on traitera tous ceux qui s'en prendront au père du peuple. »

Oppède eut un brusque accès de fureur :

— « Père du peuple » ! C'est ainsi que l'on nomme à Marseille M. de Glandevès. Pourquoi pas souverain pontife, tant qu'on y est !

Le Premier président rumina un moment des pensées où se mêlaient la colère et l'idée de vengeance. Cet assassinat ne pouvait tomber mieux, quelle que fût la main qui avait armé celles des assassins. C'était là le moyen de barrer toute ambition consulaire à Glandevès, au cas où le chaperon de Premier consul l'aurait tenté, grâce à une de ces élections truquées où il était passé maître.

— Nous allons couper les ailes à cet ambitieux, dit Oppède, achevant de penser à haute voix. Continuons, Jourdan : « Je supplie votre Éminence d'intercéder auprès de Sa Majesté le roi pour qu'Elle fasse annuler les dernières élections municipales de Marseille. Les bons marchands et bourgeois ont en aversion la violence et les désordres que provoquent les gens d'épée, gentilshommes et autres, conduits par le vicomte de Glandevès, qui bafouent l'autorité du Roi. Ils se sont si fortement persuadés d'être souverains et indépendants qu'ils ne connaissent plus aucune autorité et font tout de même que s'ils étaient républicains. »

Oppède fit une courte pause, puis dicta un ajout :

— « Si une information sur l'assassinat du capitaine Perret était ouverte et si Glandevès y était de près ou de loin mêlé, on pourrait l'exclure *ipso jure,* puisqu'il se trouverait en prévention. S'il passait outre, la rébellion deviendrait ouverte et sa cause insoutenable. Je suis, monsieur le cardinal, votre très humble et très obéissant serviteur, *et caetera.* »

Le Premier président réfléchit un instant à un éventuel oubli, mais, ne trouvant rien, il congédia son secrétaire :

— Rédigez-moi ça promptement, Jourdan, et venez me le relire afin que je le signe sans délai. Je veux un courrier dès ce soir en partance pour la cour, qui est présentement en Bourgogne sur le chemin de Lyon. Qu'il crève sous lui tous les chevaux qu'il voudra, il n'y a plus un jour à perdre, nous en avons suffisamment gaspillé par impuissance. Il est temps de mettre fin à ce désordre !

À Marseille, quand il vit les mâchoires du piège prêtes à se fermer sur lui, Gaspard de Glandevès alluma un contre-feu. Il fit placarder dans toutes les rues une affiche rédigée par ses soins, signée de ses nom et titres, où il affirmait hautement son innocence. Des crieurs publics, placés devant les affiches, en faisaient lecture aux groupes rassemblés autour des placards portant les armes de Marseille : « Nos ennemis ont mis tant de zèle à s'emparer d'une affaire qui relève non pas de la chose publique mais d'un crime privé commis par des assassins, ayant agi pour le compte d'un parti qui n'ose se découvrir, que je me demande si le meurtre du capitaine Perret n'est pas une provocation de plus de la part de ceux qui ne supportent pas l'air de liberté qui flotte sur Marseille, perpétrée avec la complicité de ceux qui ne rêvent que de l'asservir à leur ambition en prétendant servir le roi. »

À chaque fin de lecture, on entendait éclater des salves de bravos et des injures proférées à l'encontre du duc de Mercœur et de Maynier d'Oppède, clairement désignés comme les instigateurs du meurtre du capitaine Perret.

La ville bruissait des nouvelles inquiétantes que distillaient parmi le peuple comme dans les milieux du négoce des gens « bien informés », dont les intentions n'étaient pas forcément pures. Dans la salle de la Loge, cette Bourse de commerce située au rez-de-chaussée de la Maison Commune, Honoré de Savournin, l'un des plus gros négociants de Marseille, qui faisait des affaires florissantes avec les côtes de Barbarie, ne manquait pas de confier à ses collègues, banquiers, marchands, armateurs, une information qu'il tenait « de source sûre » : depuis le soir de l'attentat, Mathieu, le valet de chambre de Glandevès, avait disparu !

— Or vous savez bien, précisait Savournin, que des témoins disent avoir vu ce fieffé coquin parmi les assassins de Perret.

Il ajoutait à voix plus basse, pour susciter encore plus d'intérêt tout en se méfiant des oreilles indiscrètes :

— Glandevès, paraît-il, le ferait rechercher dans tout Marseille et jusque dans ses faubourgs. Vous y croyez, vous ?

La mine des confrères disait clairement qu'on en doutait.

Jusqu'à ce qu'un matin la question n'ait plus à être posée.

Jean-Baptiste de La Salle arriva chez son ami Glandevès avec sa tête des mauvais jours :

— Gaspard, inutile de faire rechercher Mathieu Astolfi plus longtemps. Le guet l'a ramassé rue des Mauvestis, la tête dans le ruisseau, une dague enfoncée jusqu'à la garde entre les épaules.

La nouvelle fit le tour de la ville, mais ne contribua pas à fédérer les opinions.

Pour un camp, le valet de chambre de Glandevès avait été réduit au silence par son maître, craignant qu'à force de flatteries et d'arguments sonnants et trébuchants, on ne demande au valet d'avouer sa participation à l'attentat contre Perret moyennant promesse d'une peine de principe et d'une prompte amnistie. Pour l'autre camp, il avait été proprement éliminé par ceux qui l'avaient soudoyé pour compromettre l'homme au service de qui il était.

L'alternative ne convainquit ni un parti ni l'autre, et la cause de la mort de Mathieu Astolfi demeura à jamais un mystère.

*

* *

À Aix, on n'avait pas perdu de temps. Jamais le parlement de Provence n'avait été aussi prompt à prendre un « décret d'ajournement personnel ». Pour Gaspard de Glandevès, il signifiait citation à comparaître devant cette assemblée de magistrats et de représentants du pouvoir royal qui agissait en ces circonstances comme une cour de justice.

— Vous n'allez pas vous rendre à cette convocation comme un valet sonné par son maître, s'indignaient ensemble les gentilshommes qui formaient la garde rapprochée du vicomte et veillaient en personne à sa sûreté.

— J'irai, répliquait Glandevès avec morgue, car je pourrai sans déchoir apporter les preuves de mon innocence.

— Folie ! s'exclamaient ses amis. À peine auriez-vous mis le pied dans Aix que ces messieurs vous mettraient en état d'arrestation.

À cet instant de la discussion, on perçut un bruit de

sabots percutant les pavés de la rue du Grand-Puits. Un cavalier mit pied à terre devant l'hôtel des Glandevès, où des gens du peuple se tenaient en faction permanente dans l'espoir d'apercevoir celui qu'ils adulaient. Le cavalier était un capitaine du régiment Mercœur-Infanterie, porteur d'un message du parlement au vicomte de Glandevès, sieur de Niozelles.

— Messieurs, dit le militaire après avoir salué dans les règles le groupe de gentilshommes, le parlement de Provence, sous l'autorité de son Premier président, Maynier d'Oppède, vous fait connaître que, par ordre du roi, les élections consulaires de Marseille sont annulées. En outre, qu'un décret de prise de corps à l'encontre du sieur de Glandevès-Niozelles ne saurait tarder à lui être signifié.

Le capitaine eut à peine le temps de remonter à cheval. Il repartit pour Aix sous une nuée d'injures et de projectiles divers lancés par des mains vigoureuses qui ignoraient tout de sa mission. Elles visaient seulement le représentant du pouvoir royal.

Gaspard de Glandevès était pâle, mais n'avait rien perdu de sa prestance. Il n'avait pas bronché :

— Mes amis, dit-il simplement, je crois que nous voici au pied du mur…

Le destin se joue souvent de la vie des hommes. Ce que n'avaient pas pu faire les milliers de soldats du duc de Mercœur et du président d'Oppède, un simple coup de feu venait de l'accomplir : attirer sur Marseille et sur le gentilhomme rebelle la colère du roi.

34.

Où l'on croise la route errante
d'une singulière troupe de cirque
qui recueille une enfant perdue.

Ils se nommaient eux-mêmes les Hommes du Vent[1]. Ils aimaient venir dans ce pays de Camargue pour y vénérer leur sainte patronne, Sara, qui avait été la servante des Saintes-Maries, et parce que cette terre sans limites convenait à leur goût de la liberté.

Certaines tribus s'étaient fait une réputation dans le rempaillage, l'achat de chevaux pour la revente, l'étamage des ustensiles en fer. Ceux-là étaient des baladins. La veille, ils s'étaient produits sur la place du village et pliaient bagages pour partir en direction du nord. Torribio était leur chef. Sa moustache était légendaire : elle rejoignait ses longs favoris et lui conférait une physionomie remarquée. Il avait un ventre proéminent et des jambes interminables qu'il cachait dans une large culotte bouffante sur des bottes courtes de

1. L'un des nombreux surnoms donnés au cours du temps à ceux que l'on nommera plus tard Tziganes ou Gitans.

cuir noir comme en ont les Cosaques. Sur la tête, il portait en permanence un haut chapeau noir conique sans ornements. D'où venait-il ? Lui seul le savait, et encore ! Probablement d'une de ces plaines ventées de la lointaine Hongrie où on sait ce que cheval veut dire. Et Torribio le savait, sa vocation d'écuyer datant de son enfance.

Le montant des recettes permettait à la troupe de baladins de ne pas mourir de faim, mais ne l'avait jamais autorisée à se produire à l'abri d'un chapiteau. On jouait à ciel ouvert, sous les étoiles quand il y en avait. Quand il pleuvait on s'abritait tant bien que mal sous la bâche des chariots, tirés par des juments de remonte qui ne servaient qu'à ça.

Le reste de la troupe se composait d'un jongleur, nommé Baldovino, de Milon, un cracheur de feu, de « l'orchestre » réduit à Turlupin, dont la bouche largement dimensionnée l'autorisait à jouer *en même temps* de la flûte et de la trompette, accompagnées de percussions – grosse caisse, cymbales – portées dans le dos, mues par un système de liens fixés à ses membres et de grelots cousus à son costume. Enfin, en dehors des chevaux de Torribio, trois animaux : le singe Piquillo, partenaire habituel de la chèvre Malika qui savait compter jusqu'à vingt et l'ours Pamphile, qui dansait sur la musique de Turlupin. Mettons à part Samson, l'hercule, chaînon manquant entre la bête et l'homme, doux géant que la nature, dans sa prodigalité hasardeuse, avait doté de peu de cervelle mais d'une monstrueuse musculature, qui était un spectacle en soi. Il le complétait en enfonçant à main nue – la paume protégée par un chiffon – des clous de charpentier de marine dans des madriers épais de cinq pouces[1]. La vieille Frasquita, compagne de Torribio, lisait les lignes de la main, et, le soir, passait parmi les spectateurs munie d'une corbeille d'osier pour récolter les sous.

En cours de route, la troupe avait croisé Adelina, une belle tétonnière. Elle possédait un équilibre naturel dû à la répartition égale des masses adipeuses entre sa poitrine et ses fesses. Cela assurait sa stabilité, autant que les poids d'un balancier. Une jument blanche égarée sur un chemin creux, sans rênes ni mors, avait fait de l'œil à l'écuyer. Bien manégée, la cavale, baptisée Thémis, s'était accoutumée à prendre un galop lent dans un cercle de dimension restreinte. Torribio avait mis Adelina sur Thémis et, cinglant les jambes de l'une et de l'autre, il aurait fait de l'écuyère l'étoile de la troupe, sans une rencontre singulière…

Par un de ces brûlants soleils d'été qui ne font grâce à personne, la caravane remontait la steppe désertique de Crau. La troupe accablée voyageait au pas lent des chevaux, abritée par les bâches des chariots.

On piquait droit vers le rocher des Baux. Frasquita avait exigé une halte, comme à chaque passage en ce bourg qui regarde de haut les étendues de Crau. Elle y avait une sienne cousine, femme sans âge, au visage ridé, devïneresse de son état comme toutes les filles de la lignée. On la nommait Fidalma.

Torribio, qui chevauchait en tête sur son étalon noir, nommé Diabolus, était d'humeur maussade. Les

1. Environ quinze centimètres.

yeux mi-clos, il ruminait sous son vaste chapeau de méchantes pensées à l'encontre de Frasquita.

— Une journée perdue à cause de ses lubies. Les gens des Baux, dans leurs maisons cossues, n'aiment guère les vagabonds. On ne nous laissera point donner la parade.

On approchait de la source de Servanes. Elle ne laissait plus filtrer qu'un filet d'eau. Au lieu d'aller vers elle, Diabolus se roidit sur ses quatre pieds. Le cavalier ouvrit grands les yeux et aperçut, gisant sur le bas-côté du chemin, une jeune femme aux pieds ensanglantés, dans une longue chemise, tête nue, ses noirs cheveux épars. Il la crut morte et allait passer outre lorsque Frasquita sauta de son chariot et se pencha sur le corps abandonné. Elle posa une main osseuse sur le front de la gisante.

Elle se releva et dit sur un ton de commandement :

— Elle vit ! Portez-la dans mon chariot. Une fois chez Fidalma, nous aviserons.

Milon et Turlupin accoururent pour enlever le corps inanimé et le déposer à l'ombre de la bâche dans la maison roulante que Frasquita avait regagnée.

Quand la troupe arriva au pied de la falaise où se cachait la grotte de Fidalma, les porteurs, avec délicatesse, hissèrent le corps de l'inconnue jusqu'au repaire de la devineresse.

Torribio lança au passage :

— Vous voyez bien qu'elle est morte !

Il ajouta en grognant :

— Ou c'est tout comme…

Ce que firent alors les deux sorcières, personne ne le sut, car Fidalma, de sa voix de contralto, avait interdit l'entrée de sa grotte.

Sinon, on aurait pu voir les deux femmes égrainer trois piments rouges de l'espèce la plus forte, mettre les graines à tremper dans l'eau contenue dans un gros gobelet de verre, où macéraient des écorces de noyer et de frêne, mélangées à des poudres innommables. Puis on les aurait vues apposer sur la jeune gisante trois graines de piment à son front, autant au creux de ses coudes, attendre qu'une vésication entame l'épiderme, réciter – en tournant autour du corps dans le sens inverse des aiguilles d'une montre – des incantations dans des idiomes inconnus, se signer un grand nombre de fois à toute vitesse, puis mettre, à la place des graines sur le front, le verre ayant servi au trempage et voir bientôt l'eau entrer en ébullition !

Aussitôt, Fidalma et la Frasquita, échangeant un coup d'œil entendu, avaient retiré à pleines mains le verre, sans se brûler – ce qui prouvait leur nature de succubes –, et entamé une sorte de danse sauvage en criant entre deux ricanements : « Il est parti ! Il est parti ! »

Au bout de deux grosses heures, les membres de la tribu restés au bas de la falaise avaient vu les deux sorcières se pencher vers eux et crier du bord de la grotte :

— Elle revient ! Elle a ouvert les yeux. Des yeux comme l'émeraude.

Torribio avait demandé :

— Elle a parlé ?

Avec un haussement d'épaule, Frasquita avait répondu :

— Pour l'heure, elle est muette. Ma cousine dit qu'elle ne parlera pas de sitôt. Peut-être jamais.

Elle avait précisé que, sous ses vêtements froissés, l'inconnue ne portait rien qui permît de l'identifier, sinon, autour du col, une chaînette à laquelle pendait un médaillon avec un profil de la Vierge.

Les deux femmes avaient espéré qu'il portait gravé au revers un prénom. Peine perdue. Alors, elles proposèrent à la jeune mutique tous les prénoms qui leur passaient par la tête, guettant une possible réaction. Rien. À bout d'idées, Frasquita et Fidalma avaient décidé que la rencontre s'étant faite au moment de la pleine lune, le prénom d'Isis convenait, faute de mieux.

Elles le proposèrent à l'inconnue qui ne manifesta ni approbation ni refus. La troupe l'adopta : c'était plus commode pour l'appeler ou pour parler d'elle.

Isis, donc. Cela allait bien à son teint délicat.

*

* *

Isis, en deux semaines, recouvra sa santé, sa beauté, sa grâce… mais non la parole. Sans être sourde, elle était comme une poupée de son, muette et absente, posant ses yeux verts sur les gens, les choses et les animaux avec le même adorable sourire, mais ne communiquant pas. Elle suivait les gens de la troupe comme un petit animal familier, sans s'attacher à quiconque, indifférente à tout. Sauf au petit singe Piquillo. L'agile quadrumane semblait avoir adopté Isis, et la jeune muette avait marqué pour la première fois un intérêt pour un être vivant. Comme ils ne parlaient ni l'un ni l'autre, la conversation se réduisait à quelques gestes d'affection, mais ces deux-là se comprenaient. Piquillo ne quittait plus Isis et, quand elle dormait, assis à la tête du lit comme s'il montait la garde, il montrait les dents à quiconque approchant.

Dans la troupe, chacun se désolait de voir la belle enfant dans un état qui la coupait du reste des humains. On guettait en vain le moindre signe de progrès. La faute probable à cette insolation qui lui avait fait voir de près le visage de la mort. Isis participait volontiers aux tâches matérielles imposées aux baladins par leur vie errante, montage et démontage des agrès, des filins, des trapèzes, rangement du matériel dans les chariots, fourrage donné aux chevaux de Torribio, lequel, après avoir maugréé à l'idée de devoir nourrir une bouche inutile, s'était apitoyé sur le sort de cette malheureuse enfant perdue. Sauf qu'elle ne rapportait rien, luxe inacceptable chez les saltimbanques.

*

* *

Une nuit de pleine lune, alors que Torribio ronflait comme un sonneur sur sa paillasse, Piquillo vint le trouver pour le tirer du sommeil. Le singe poussait de petits cris et lui avait saisi une main sur laquelle il tirait comme pour l'inviter à se lever et à le suivre. Le chef de troupe descendit de son chariot et ce qu'il vit le figea sur place. Il se signa comme si la dame Blanche lui était apparue. Sur la piste, encombrée de tout le matériel ayant servi à la représentation, dans sa longue chemise de nuit, Isis se tenait debout et déambulait d'une démarche lente, comme un fantôme léger, les bras tendus devant elle. Torribio s'approcha et lui fit face. Elle avait les yeux grands ouverts mais, le regard vide, elle avançait vers lui comme si elle ne le *voyait pas.* Torribio s'esquiva pour la laisser passer et la regarda poursuivre son chemin, les bras toujours tendus. Elle arrivait près de la barre de bois posée sur deux tréteaux sur laquelle, pour corser sa jonglerie, Baldovino faisait des numéros d'équilibre. Sous les yeux effarés de Torribio, loin d'éviter l'obstacle, l'étrange enfant tombée du ciel grimpa sur la barre et entreprit de parcourir sa longueur, toujours droite et hiératique. Le saltimbanque n'en revenait pas.

Il la rejoignit et la saisit aux mollets.

— Tu vas te faire mal ma belle…

Un spasme parcourut le corps de la jeune fille qui poussa un petit cri de surprise. Elle baissa le regard en même temps que les bras et Torribio aurait juré qu'elle venait de découvrir sa présence. Son regard avait repris vie. Elle lui souriait. Il l'aida à quitter la barre et accompagna Isis jusqu'à sa couche, où elle s'allongea docilement.

Torribio garda pour lui le secret de cette scène étrange, mais, en homme pratique, une idée lui vint durant la fin de nuit qu'il passa éveillé.

Le lendemain matin, il fit tendre à deux mètres du sol, sur deux piquets de bois plantés bien droits, un fil de soie d'une ligne de large[1] tressé si serré qu'il avait la résistance de l'acier – la souplesse en plus, le poids en moins. Il l'avait acheté à un colporteur qui assurait une origine

1. Deux centimètres.

chinoise à ce tressage particulier donnant à la soie son étonnante résistance. On aurait dit un ruban. Une fois tendu, on pouvait marcher dessus sans le rompre.

Prenant la main d'Isis, Torribio l'avait invitée à grimper sur un escabeau et lui avait demandé de tenter une traversée sur le fil. Comme si elle avait fait ça toute sa vie, Isis montra d'étonnantes dispositions : sans rien perdre de sa grâce, comme si ses pieds menus ne touchaient pas le fil, elle effectua l'exercice sans effort, avec un sens de l'équilibre qui laissa béat le vieux baladin. Mieux, Isis sembla y prendre un tel plaisir qu'elle effectua plusieurs allers-retours en riant. Il fallut l'empoigner pour qu'elle cesse ce qui n'était pour elle qu'un jeu.

C'était une funambule-née. Un don qu'elle devait à cette étrange affection qui dote les somnambules du pouvoir de se déplacer en équilibre parfait, insensibles au vertige, sur n'importe quel support, si ténu soit-il.

Torribio se frottait les mains d'avance. Il allait en faire l'étoile de son spectacle. Qu'Isis ne parlât point devenait presque un avantage : elle n'alimenterait pas en propos venimeux les zizanies de la troupe, pour la tranquillité de son chef. Au prétexte de la crainte que l'innocente ne s'égare lors d'un périple nocturne, il demanda à Frasquita – mise dans la confidence – de coucher désormais auprès d'elle.

Isis, en quelques semaines, devint l'attraction du cirque Torribio.

Le chef avait corsé le numéro. Pour le final, la funambule feignait de chuter et, après un saut périlleux avant, elle se posait, avec la grâce d'un pétale de rose, entre les bras musculeux du géant Samson.

Un soir, alors que les baladins parvenaient en vue d'Avignon, ils reçurent une bonne nouvelle. Le viguier autorisait les saltimbanques à se produire sur la place de l'Horloge.

Il y vint une foule considérable. Et quand Isis fit son numéro pour la première fois, ce fut comme un enchantement, laissant les spectateurs bouche bée. Il plut sur la piste autant de pièces d'or que d'argent. Ce triomphe, on le devait à cette créature aérienne qui défiait les lois de la pesanteur et semblait planer au-dessus de l'assistance, avec la grâce d'un ange.

Dès le spectacle achevé, tous les *muguets* de la ville se pressèrent pour voir de plus près cette beauté céleste et constater qu'elle était faite d'une chair si bien disposée par la nature qu'ils l'auraient volontiers contemplée dans l'intimité d'un souper fin. Le mutisme de cette Isis intriguait et l'excitation des galants n'en était que plus grande. Les invitations pleuvaient. Torribio, peu pressé de voir s'envoler cette source inespérée de recettes, transformé en gardien du sérail, devait chasser les plus importuns. Un seul avait eu gain de cause : Henri de Violès, le neveu du viguier qui avait permis au cirque Torribio de se produire. Il était délicat de s'opposer à son caprice. Le jeune fat exigeait, avec la morgue que lui donnait la fonction de son oncle et son état de gentilhomme, qu'on lui « prêtât » la jeune beauté, le temps d'un bal donné en l'hôtellerie Saint-Yves.

Henri de Violès avait donc « enlevé » Isis à Torribio, promettant de la lui rendre à l'aube au plus tard. Isis l'avait suivi sans réagir ; le gentilhomme avait fait parer la mutique beauté d'une robe appartenant à une de ses sœurs et, fier comme un coquelet, s'en était allé avec elle dans le carrosse paternel vers l'hôtellerie tout illuminée.

En arrivant devant l'établissement, il eut la malencontreuse idée de s'affubler d'un loup noir. La belle enfant docile tourna la tête vers lui alors qu'il lui murmurait quelque galanterie et elle poussa un cri déchirant. À la vue du masque noir, la poupée de son s'était muée en furie. Elle s'empara de l'épée du jeune gentilhomme et lui transperça l'épaule !

Aux cris mêlés de la jeune femme et de sa victime, on était accouru. Les gens de l'hôtellerie transportèrent le blessé à l'intérieur, tandis que les gardes du viguier se saisirent de la jeune beauté pour la traîner jusqu'à la prison toute proche, sise dans le castellet du Pont, sur laquelle veillaient les soldats du vice-légat. Isis, sa terreur dissipée, retrouva son sourire de poupée. Elle se laissa enfermer dans sa cellule comme si tout cela ne la concernait pas.

La blessure du jeune homme était sans gravité. Une fois pansé, il se remit sur ses deux jambes. Mais l'intention meurtrière était évidente.

On fit quérir sur-le-champ un juge. Devant son silence obstiné, qu'il prenait pour stratagème, le magistrat déclara Isis coupable et la condamna à la prison pour de longues années.

Au milieu des larmes des baladins, des regrets du gentilhomme blessé qui avait pardonné, de l'affliction des Avignonnais qui l'avaient tant applaudie la veille au soir, on s'apprêta donc à voir punir la pauvre Isis.

35.

Où, avec l'aide d'un singe malin,
on peut s'évader de la plus sûre des prisons.

Le lendemain matin, toute la troupe des baladins, accompagnée par le jeune Henri de Violès peu rancunier, était allée supplier le vice-légat, qui gouvernait Avignon au nom du pape, de bien vouloir gracier la malheureuse funambule, qui n'avait probablement pas toute sa raison.

Pour que le prélat puisse accorder sa grâce, il eût fallu que la condamnée lui en fît personnellement la demande, par écrit ou à voix haute. Ce qu'elle s'obstina à refuser, comme le constata l'éminence. Mgr Nobile Di Montepulciano ne pouvait donc que s'incliner devant le pouvoir judiciaire.

Personne ne paraissait admettre ce que Torribio s'acharnait à répéter en vain : Isis était incapable de s'exprimer.

La salle d'audience du vice-légat se trouvait au Petit-Palais. Le fameux palais des Papes, vaste et déserté, qui pendant près d'un siècle[1] avait été le siège de la chrétienté d'Occident, se trouvait dans un état proche de la ruine. Mgr Di Montepulciano préférait résider en bordure du Rhône, avec vue sur le pont Saint-Benézet, l'île de la Barthelasse, et, sur l'autre rive du fleuve, la tour de Philippe le Bel, les tours rondes du fort Saint-André et la chartreuse de Villeneuve.

Le vice-légat affectionnait l'endroit et le coup d'œil qu'il offrait. Aux requérants venus lui demander la grâce de la malheureuse Isis, au lieu de répondre, il s'était adressé en particulier à Henri de Violès :

— Si j'étais un gentilhomme comtadin, que ferais-je ? J'irais voir ce soir même mon ami le capitaine de la garde du vice-légat, qui se tient au castellet du Pont, avec sous chaque bras un petit tonneau de ce bon vin de Châteauneuf qui plaisait tant à Sa Sainteté Jean XXII. Le capitaine et ses gardes s'ennuient fort. Je leur proposerais une partie de dominos et leur laisserais plein usage des tonneaux. Je ferais même ce qu'il faut pour perdre au jeu.

Le prélat s'était tourné alors vers Torribio :

— Quant à vous, monsieur d'Égypte ou de Bohème, je ne sais comment vous nommer, il me semble que si je disposais d'un singe aussi habile que votre Piquillo, j'irais ce soir-même en sa compagnie me promener le long du Rhône sur le bout du rempart qui mène près du castellet du Pont.

Torribio écoutait le discours avec intérêt.

— Pensez-vous ce malicieux animal capable de porter et remettre quelque chose à quelqu'un si vous le lui demandez, en passant entre les barreaux d'une fenêtre ?

1. Le XIVe siècle.

Torribio avait fait oui de la tête.

— Une lime, peut-être, ou même un long fil ?

— Oui, avait fait la tête de Torribio.

— Pensez-vous que la personne à qui on l'apporterait saurait assujettir ledit fil d'un côté tandis qu'à la hâte vous l'iriez relier aux branches d'un arbre de la rive ?

La tête de Torribio ressemblait à celle d'un automate approbateur.

Avec un geste vers les fenêtres, le prélat avait rappelé :

— Sur l'autre rive du Rhône, les décisions du viguier d'Avignon ne sont pas pressées d'arriver. À votre place, j'en ferais profit.

Pour marquer que l'audience était terminée, Mgr Di Montepulciano s'était levé, ajoutant :

— Je n'y puis rien de plus.

Puis, s'adressant au neveu du viguier :

— Mon jeune gentilhomme, ne partez pas que je vous aie béni et souhaité bon rétablissement. Quant à vous, monsieur d'Égypte ou de Bohème, prenez cette bourse. Je paie à l'avance le spectacle dont je souhaite que vous et votre Isis me régaliez, demain, quand votre funambule vous sera rendue. Je viendrai vous rejoindre en terre de France. Vous voyez, le sort de votre jeune protégée ne tient qu'à un fil, si j'ose dire…

*

* *

À la nuit tombée, l'agile Piquillo avait grimpé en s'agrippant aux pierres de la paroi du Castellet qui domine le fleuve, une lime entre les dents. Il s'était introduit entre deux barreaux de la cellule où la jeune funambule sommeillait sur un bat-flanc. Il l'avait réveillée en se blottissant contre elle. Elle avait reconnu le petit singe familier, qui lui avait montré comment on se servait d'une lime pour entailler le fer d'un barreau. Elle l'avait d'abord imité par jeu, puis s'était produit en elle comme un déclic. Elle avait répété le geste de Piquillo et commencé à entamer le fer d'un barreau avec la lime. Piquillo avait disparu. Elle avait pensé ne le revoir jamais. Pourtant, il était revenu, traînant derrière lui un fil de soie finement tressé dont on avait attaché l'extrémité sur son dos à l'aide d'un lien qui lui entourait la taille. Le singe avait montré le fil et le barreau non scié. Isis avait compris. Il lui fallait faire son numéro de funambule, comme on le lui commandait chaque soir.

Elle avait solidement fixé le ruban de soie au barreau restant et son pied léger s'était engagé sur le fil tendu qui descendait vers un arbre. Dans une barque, tout près, le visage levé, suivant sa progression avec anxiété, elle avait reconnu Torribio, Adelina et la vieille Frasquita, qui semblaient l'attendre, tout contents de la voir.

Le reste ne fut qu'une formalité.

Une fois la barque atteinte et les embrassades échangées avec les deux femmes, les bras robustes de Torribio avaient hâlé l'embarcation au long du bac à traille[1] tendu sur les eaux et le fleuve avait été traversé sans encombre…

---

1. Barque utilisée pour traverser un cours d'eau, reliée à un câble (la traille) tendu entre deux mâts ou deux tours situés sur chaque rive.

36.

Où Guillaume de Montmirail part sur les traces d'une insaisissable funambule.

Pendant tout ce temps, Guillaume de Montmirail, parti sur les traces de son bel amour perdu, sillonnait la région en tous sens avec le fol espoir de retrouver Constance en vie malgré des semaines de vaines recherches. La description hâtive que lui avait faite un habitant des Saintes-Maries d'une jeune fille affolée et pieds nus, qu'il aurait croisée en venant vers le village alors qu'elle courait à perdre haleine en direction de Beauduc, laissait penser au jeune chevalier que la fuyarde n'était autre que Constance, qui venait d'échapper à ses ravisseurs après s'être débarrassée de son geôlier, retrouvé saigné sous son masque au pied du clocher de l'église forteresse.

Guillaume avait laissé Philippe d'Orseul au domaine de la Tour-du-Fournelet, entouré d'amis prévenants, en ce lieu stratégique où pouvaient lui parvenir toute nouvelle ou tout renseignement concernant sa fille disparue. Lui était parti comme un chevalier errant, au hasard, se fiant à sa bonne étoile qui, jusqu'à présent, était demeurée chiche en lumière.

Le jeune homme connaissait mal le pays, ne comprenait pas le jargon en usage et, maintes fois, sur des ragots ou des racontars dont il n'avait pas toujours saisi le sens, ni compris qu'on se jouait de lui, il s'était lancé dans des courses folles qui n'aboutissaient à rien, ne menaient nulle part et le laissaient ivre de fatigue et fou de désespoir. Il en venait à croire qu'il préférerait apprendre que Constance n'était plus de ce monde plutôt que de ne jamais savoir ce qu'il était advenu d'elle.

Pourquoi avait-il pris un jour la direction d'Avignon ? Il n'aurait su le dire. En chemin une rumeur l'avait rattrapé, pourtant Dieu sait s'il avait la tête ailleurs ! On parlait d'une troupe de baladins et des talents d'une funambule aux yeux verts qui enchantait les foules par son talent et sa beauté. La couleur de ces yeux lui en rappelait d'autres qui lui avaient ravi le cœur, une nuit de la Saint-Jean, aux Accoules.

Si bien que, presque sans le vouloir, il avait mis le cap sur la capitale du Comtat Venaissin.

À Barbentane, on lui avait dit que la funambule était la plus prodigieuse qu'on ait jamais vue. Au bac de la Durance, se renseignant sur l'itinéraire de fantaisie de la troupe, un cueilleur de figues lui avait confié que cette gracieuse personne avait embroché un jeune fat qui lui avait manqué de respect. Devant l'abbaye de Saint-Ruf, le propos avait changé de ton : il fallait que cette jeune personne fût une mauvaise fille, car on disait qu'elle moisissait en prison pour avoir trucidé un gentilhomme au cours d'un bal masqué. Mais arrivé à la porte Saint-Michel parvinrent au chevalier les échos des rires provoqués par le bon tour joué par la belle : on venait d'apprendre son évasion du castellet du Pont, au nez et à la barbe des soldats du viguier, retrouvés ivres morts. Quelques couche-tard, sortant éméchés d'une taverne borgne, avaient juré avoir vu le plus prodigieux des spectacles : la belle Isis, un petit singe sur l'épaule, marchant sans balancier sur un fil tendu au-dessus de la rive du Rhône, près du bac à traille !

Montmirail ne savait comment démêler le faux du vrai dans ce fatras de racontars enjolivés par l'*estrambord* [1] provençal. Qu'importe ! Il n'avait rien à perdre et piqua des deux vers Villeneuve.

Il arrivait trop tard.

La caravane des errants, à peine la funambule redescendue sur terre après son numéro, avait repris sa route dans la nuit. Nul ne pouvait dire dans quelle direction.

Parmi les récits contradictoires, il vint pourtant aux oreilles du gentilhomme que la troupe, remontant la vallée du Rhône, serait passée sur le territoire de la principauté d'Orange. On répondra par la suite aux interrogations fiévreuses du chevalier que la raison de ce retour vers la rive gauche était dû à un gentilhomme originaire de Gigondas, qui avait invité une partie de la troupe à le suivre dans son domaine du plan de Dieu, après être tombé amoureux fou de la belle Isis au premier regard.

Quand enfin, par une rumeur plus sûrement ren-

1. L'enthousiasme, l'exaltation.

seignée, Montmirail apprit le nom du gentilhomme à l'origine du changement d'itinéraire de la caravane, il ne tergiversa plus : Bernard de La Souchière ! Ils s'étaient connus à l'époque où tous deux apprenaient le métier des armes au sein de la même académie. Amis au point qu'on les appelait Castor et Pollux ! Il était Castor.

En route pour Gigondas ! Si la funambule aux yeux couleur d'émeraude y était, c'est là qu'il fallait aller. Et au triple galop !

Fût-ce pour connaître une nouvelle déconvenue…

Le plus pressé était de se pourvoir d'un cheval frais, celui de Guillaume, trop sollicité, n'en pouvant plus.

Le chevalier s'en revint donc à Avignon, sachant grâce à un forgeron serviable qu'il trouverait près du portail Matheron un marchand faisant profession de vendre et acheter des chevaux. Il proposait des bêtes de choix. On pouvait se fier à sa compétence.

Montmirail fut agréablement surpris de trouver un maquignon plus franc qu'à l'ordinaire. Comme il en faisait la remarque au marchand, celui-ci partit d'un gros rire :

— C'est que j'ai fait tout à l'heure une belle journée. Dix cavaliers, des étrangers assurément, car ils portaient des costumes de Turcs, qu'il m'a fallu équiper de pied en cap et qui ne lésinaient point. Me voilà à l'abri des soucis d'argent pour un moment. En revanche, je n'ai guère de choix à vous proposer. Je ne vois que ce lusitanien entier de neuf ans à la robe cerise. Je ne vous le proposerais point si je ne vous savais bon cavalier – dans mon métier on voit ça au premier coup d'œil –, car il est un peu ombrageux. Depuis que son maître, venant de Romans, me l'a cédé, je l'ai sur les bras. Personne n'en veut ici, on se méfie de ses foucades. Je vous le laisse contre le vôtre plus cent cinquante livres. Vous faites une affaire...

Sans discuter, Montmirail versa la somme demandée et l'échange se fit. Le chevalier fut cependant troublé : il lui sembla reconnaître dans son acquisition la monture du singulier affidé de la bande des Masques : l'homme croisé à La Guillotière, retrouvé à Romans sur le siège du cocher de la belle Lucrèce d'Aiglun et aperçu penché à la portière du carrosse de la friponne, en Avignon.

La journée étant avancée, Montmirail décida de remettre son départ au lendemain dès l'aube.

Le soleil venait de se lever quand le chevalier prit la direction de Gigondas. Ayant traversé Monteux et Sarrians, il aperçut bientôt le but de son périple.

Gigondas s'était mis à l'abri du plus fort du mistral en se cachant dans l'ombre immense du Ventoux, au pied des Dentelles qui avaient le même nom que Guillaume, derrière des remparts qui avaient tenu en respect le terrible baron des Adrets. On y vivait de la culture de la vigne, du commerce du miel. Carpentras et son marché n'étaient qu'à quelques portées d'escopette et le bourg y écoulait des productions qui faisaient sa prospérité.

Guillaume de Montmirail y arriva en début d'après-midi et il n'eut aucune peine à se faire indiquer la direction du château familial de son ami La Souchière, sur le coteau du plan de Dieu qui penche vers l'Ouvèze. La demeure, précédée d'une double allée de micocouliers, se trouvait à une lieue du bourg. C'était une jolie bâtisse sans prétention, en pierre du pays, taillée dans le calcaire local, à qui le soleil de mi-journée donnait une teinte rose chair. Tout paraissait paré comme pour une fête, des guirlandes fleuries et des arcs de feuillages jalonnant l'allée. Entre les arbres étaient accrochés des lampions. Sur un tissu tendu, une inscription naïve proclamait en provençal : *Vivo li novis !* « Vivent les mariés ! »

Mais au lieu d'entendre résonner les instruments de musique et des rires montant des basses-offices ou des salons aux fenêtres ouvertes, on percevait des cris allant jusqu'à la vocifération. Une voix d'homme proférait d'atroces injures ponctuées de blasphèmes, voix que l'arrivant crut reconnaître comme celle de son ami Pollux.

Montmirail allait de surprise en surprise : qu'est-ce que c'était donc que cette sorte de noce qu'on s'apprêtait à célébrer dans le château de La Souchière ?

37.

Où la mariée vient d'être enlevée au beau milieu de la noce.

Montmirail mit pied à terre, attacha son lusitanien à un anneau et s'avança dans l'allée de micocouliers. Il gravit quatre à quatre les marches du perron.

La porte-fenêtre était ouverte des deux battants. Le chevalier s'avança franchement dans la pièce d'entrée, la main sur le pommeau de son arme.

Ce qu'il vit, sans apaiser son inquiétude, changea l'objet de sa curiosité.

Tout prouvait qu'on s'était préparé à une noce : tréteaux, nappes blanches, bouquets, vaisselle, verres, flacons, victuailles en attestaient. Mais tout était renversé, brisé, éparpillé au sol, comme si on avait mis à sac le château.

Des bruits et des éclats de voix conduisirent l'arrivant jusqu'à la chapelle, sur l'arrière de la bâtisse. Le brouhaha survolé par des lamentations féminines enflait, entrecoupé par des voix masculines plaintives. Une les dominait toutes, ponctuée de jurons sonores.

Le tableau vivant qui se tenait au pied des marches de l'autel pouvait avec un peu d'imagination rappeler une image familière à l'iconographie religieuse : la *descente de croix.* À cela près que le rôle des saintes femmes était vaguement tenu par Frasquita et l'écuyère Adelina, celui de Joseph d'Arimathie par Torribio, Marie-Madeleine par Elsa, l'intendante du château, les disciples Jean et Nicodème par un chirurgien-barbier long et osseux et le curé officiant, un prêtre rubicond dans ses habits sacerdotaux. Cependant qu'à la place du crucifié gisait un jeune homme, le buste soutenu par ses « disciples », les bras écartés par le prêtre et le barbier. La qualité de vivant ne pouvait lui être contestée. Il se débattait comme trente-six démons aspergés d'eau bénite et jurait comme un escadron de mousquetaires gris. Il n'était pas nu, la taille ceinte d'un linge pudibond, mais vêtu d'un pourpoint rebrodé de fils d'or. Pourtant sa tenue laissait à désirer, avec sa chemise lacérée et ses boutons arrachés. Il était en nage.

— La peste soit de vous deux ! lançait-il au barbier et au prêtre. Allez-vous cesser de me contraindre ? Je ne suis point blessé, vous dis-je. Ce sang, quoi ce sang ? C'est celui de mes agresseurs. Le mien, j'en ai grand besoin. Point de saignée, vous dis-je ! Si, voulant me défendre, mon pendard de valet ne m'avait lancé sur la tête ce pot d'étain du haut de la galerie, qui m'a assommé de la belle façon, je les embrochais tous !

À ces fortes paroles répliquait l'effroi du chœur des femmes :

— Monsieur, vous vous faites du mal !

— Mais par saint Foutin[1] ! Laissez-moi donc en paix !

Le barbier et le prêtre objectaient :

— Non, monsieur, il vous faut du repos et des soins, vous avez les sangs tout échauffés.

L'impatient redoublait de colère :

— Foutredieu et Cornes-Joseph ! Hors de ma vue ! Vous, prédicateur de sornettes, et vous, morticole à face de carême !

À l'instant, Montmirail reconnaissait en ce vociférant son ami Bernard de La Souchière, et se réjouissait de le voir si vigoureux en dépit d'une bosse sur le front qui ne cessait de prendre de l'ampleur. Celui-ci reconnut le Castor dont il avait été le Pollux :

— Jarnidieu ! Mais c'est Montmirail ! Viens donc ici mon Castor !

— C'est moi, en effet, mon bon ami. Que t'est-il donc arrivé ?

— Ah, mon Guillaume, répondit le maître des lieux, tu arrives à point ! Dégaine ta lame, chasse-moi ces importuns qui veulent à tout prix me dire que je suis mort, alors que je n'ai jamais été plus vif, ni davantage en colère. Ils entendent me saigner comme un goret pour me rendre des forces qui ne m'ont jamais manqué.

Montmirail s'avança vers le groupe :

— Faites donc comme M. de La Souchière vous dit et laissez-moi seul avec lui. S'il désirait mourir, je prendrais l'affaire sous ma responsabilité. Je vous

1. Saint Foutin était en grande vénération en Provence. On lui attribuait la vertu de rendre fécondes les femmes stériles, de raviver l'ardeur des hommes et de guérir les « maladies secrètes ». On l'honorait par des ex-voto en cire à l'image de ce que l'on devine.

rends cette justice : vous me l'aurez confié guéri. Je vous donne acte de cette cure miraculeuse. Allez !

S'inclinant tous au passage, ils se retirèrent en prenant congé.

Le chirurgien précisa qu'il remettait à plus tard l'envoi de son mémoire consultatif :

— C'est cela ! C'est cela ! dit La Souchière en le congédiant de la main. Et moi je vous réglerai si je pense à le faire. Fuyez, volailles !

Il avisa Adelina et ses rondeurs si bien placées :

— Non, toi, la belle aux seins à me faire damner tant j'ai envie d'y mordre, fussions-nous en temps de carême, demeure autant que tu voudras. Et si tu veux entrer à mon service, la chose est faite. Si je ne mourais littéralement d'amour, c'est toi que j'aimerais aimer.

Sur cette déclaration qui laissa Adelina sans voix, le gentilhomme gagna un fauteuil et fit signe à son ami de prendre place face à lui. En dépit de son langage de corps de garde et ses façons de soudard, c'était un fort joli garçon si on aimait les visages poupins, les courtes barbes fournies et le teint coloré. Il salua d'une bourrade le frère d'armes retrouvé.

— J'ignore ce qui t'amène, mon Guillaume, mais tu tombes à pic. En premier lieu nous allons tordre le col à un flacon pour célébrer dignement nos retrouvailles. Et puis nous restaurer un peu, car les émotions m'ont ouvert l'appétit.

Il fit apporter des pâtés, du jambon de sanglier, des fromages et plusieurs flacons du vin rouge du domaine de La Souchière, avant de poursuivre avec plus de sérieux :

— Guillaume, je vais requérir de ton amitié l'assistance d'une épée, que tu me prêteras pour courir en ma compagnie sus aux coquins qui m'ont mis dans cet état.

— Mon épée est à toi sans restriction, répondit Montmirail, mais peut-être pourrais-tu m'expliquer ce qui s'est passé céans pour mettre ton joli château dans ce désordre. On dirait le séjour des Centaures après le passage des Lapithes !

La Souchière approuva :

— Tu ne saurais mieux dire. Des gredins, entrant chez moi comme dans un moulin, ont enlevé ma promise à l'instant où elle allait être ma femme !

Le chevalier s'étonna :

— Mais... N'es-tu pas déjà marié ?

— Plus maintenant. Ghislaine avait le caquet si effilé qu'un jour je n'ai plus pu le supporter et l'ai envoyée paître ailleurs par-devant notaire, munie de quoi ne pas mourir de faim, pourvu qu'elle ne me casse plus les oreilles.

— Donc ?

— Donc, j'étais redevenu provisoirement garçon, si j'excepte quelques occasions cueillies auprès de beautés peu farouches, façon d'entretenir le bon équilibre des humeurs, quand l'autre semaine...

Il fit une pause pour prendre le temps de couper une tartine et y étaler une belle couche d'un pâté embaumant le genièvre.

— Eh bien ? T'amuses-tu à me faire languir ? dit Montmirail.

— L'autre semaine, alors que j'accompagnais un mien métayer à la foire de Beaucaire, négocier quelques barriques de mon vin, je m'en retournai par Villeneuve quand je fus attiré par le spectacle que donnait sur une place une troupe de saltimbanques dont tu as vu tout à l'heure quelques spécimens.

Tout en mordant dans une tome de chèvre, Montmirail fit signe qu'il suivait :

— Et là, mon ami, j'ai vu une créature d'une beauté, d'une grâce ! Elle paraissait d'autant plus céleste qu'elle est fildefériste et exécute à la perfection un numéro d'équilibre comme je n'en ai jamais vu. Sur l'instant, je tombai fou amoureux de la jeune déesse. Au point que je décidai de l'enlever à cette troupe de sagouins indignes d'elle. Le chef, celui aux belles moustaches que tu vis à ton arrivée, fit quelques difficultés, arguant qu'Isis – c'est ainsi qu'ils la nommaient entre eux – était indispensable à la bonne marche de son affaire de cirque. Une bourse rebondie vint bientôt à bout des scrupules du filou. J'achetai Isis, aussitôt rebaptisée par mes soins Madeleine, en souvenir de feue ma mère, et décidai d'en faire ma femme, au grand effroi de mon notaire. En sais-tu la raison essentielle ?

— Comment le saurais-je ?

Avec un clin d'œil entendu, Bernard de La Souchière se pencha vers son ami :

— La belle est muette ! Ça me changera, me suis-je dit, du caquet incessant de la précédente.

Il vida le fond d'un verre et ajouta, riant à l'avance :

— Quand je demandai à la délicieuse enfant si elle voulait m'épouser, elle n'a rien répondu. Qui ne dit mot consent, me suis-je dit ! Et c'est pourquoi tu débarquas au milieu de la noce.

— Une noce inachevée, constata Guillaume, si j'en crois ce que je devine.

— Tu as l'esprit aiguisé, mon ami. Ces saligauts[1] sont arrivés en troupe à l'instant où nous allions donner nos consentements.

La colère lui revint :

— Aussi, tout cela est de la faute du *capelan* et de ses manières !

— C'est-à-dire ?

— Qu'il a fait des mines quand il s'est rendu compte que la mariée était muette, au prétexte que si elle ne disait pas oui, le sacrement ne serait pas valable ; ce faisant, il a donné le temps aux brigands d'arriver en trouble-fêtes. Mais mange, mon Guillaume ! Ce pâté de sanglier n'est donc point à ta convenance ?

Montmirail, la bouche pleine, fit signe que si.

— Et mon vin ? Il te plaît, mon vin ?

Pour réponse, Guillaume leva son verre vide, aussitôt rempli. La Souchière poursuivit :

— J'en ai bien percé quatre, qui achèvent en ce moment même de cracher leur âme noire dans le parc du château, où mes gens les ont transportés, mais je n'ai rien pu faire avec ceux qui s'étaient saisis de ma promise et menaçaient de lui trancher la gorge si je faisais mine d'approcher.

À ces mots, Guillaume se revit dans la calanque de Podestat, le jour de la remise de la rançon. C'étaient bien les façons des mêmes scélérats dont il croisait une fois de plus la route.

— Au fait, dit La Souchière, tu ne m'as pas encore

1. Orthographe d'époque.

dit la raison de ton arrivée inopinée. On t'aurait donc renseigné sur mes projets de noces ?

— Hélas, non, dit Montmirail. La raison de ma présence est que, moi aussi, je suis en quête de celle que j'aime et que des bandits ont ravie à mon affection.

— Par les génitoires du saint-père ! s'exclama le maître des lieux. C'est un peu fort ! Qui te l'a enlevée ?

— Si j'en crois mes soupçons, peut-être bien la même bande que pour la tienne.

— Comment serait-ce possible ?

Montmirail avait son idée là-dessus, mais n'osait encore la confier à personne, fût-il son meilleur ami.

— Il faudrait sans retard partir aux trousses de ces vauriens, avança-t-il, voyant que le temps passait et que La Souchière semblait installé à prolonger le banquet.

— Nous avons le temps, mon cher Castor, répondit celui-ci. J'ai envoyé mon valet, Fortin, sonner à la porte des châteaux alentour. Sous peu, du Barroux, de Malaucène, de Bédoin, de Caromb, de Mazan, de Beaumo, de Veisoun[1], des gentilshommes amis, vont accourir. Ce sera comme une compagnie de chevaliers qui vont prendre les gorges de la Nesque en enfilade pour en débusquer ces maudits Turcs.

À ce mot, Guillaume sursauta :

— Des Turcs, dis-tu ? Voudrais-tu dire que des *masques* déguisés en Turcs auraient enlevé ta promise ?

---

1. Beaumes de Venise, Vaison.

— Quels masques ? répliqua La Souchière. Ils n'avaient rien de *carême-prenants* de turquerie. C'étaient de vrais Turcs, attifés de rideaux noirs.

Guillaume bondit sur ses pieds.

— Et tu ne te hâtes point d'aller les châtier ?

La Souchière ne paraissait pas pressé :

— Pourquoi se hâter, puisque je sais où ils vont ?

Montmirail n'en revenait pas :

— Cela se peut-il ?

— Ils l'ont dit devant moi.

— Tu parles turc à présent ?

Le chevalier se demandait si le coup reçu sur la tête n'avait pas troublé l'esprit de son ami. Mais La Souchière n'en démordait pas :

— Ils n'étaient pas tous turcs. Parmi les deux qui les commandaient, l'un faisait le truchement[1] avec les vrais Turcs. Tandis que je ferraillais et que mes gens, armés de fourches et de bâtons, les assaillaient, j'ai entendu l'un d'eux, qui s'exprimait en français, dire à son second à l'intention des Turcs : « Dis-leur de se dépêcher si nous voulons arriver à la roche de Cire avant la nuit. »

La Souchière expliqua :

— Cela signifie qu'ils sont en train de se replier sur les gorges de la Nesque, qui est une rivière descendant du mont Ventoux, où ils doivent avoir un refuge, sous ce rocher ainsi nommé parce que les abeilles sauvages se sont établies au-dessus du porche d'entrée d'une grotte.

— Si c'est le cas, dit Montmirail, il ne sera pas

1. Traducteur.

facile de les en déloger pour délivrer ta… ton… Isis, je veux dire ta Madeleine.

La perspective n'avait pas l'air d'inquiéter son hôte :

— Nous irons cette nuit, pour les prendre au nid à l'aube, si tu veux bien.

Montmirail s'exclama :

— Si je veux ! Castor avec Pollux, la paire est invincible. Mais avant de tenter l'assaut, je te dois un aveu.

Guillaume prit une profonde inspiration.

La Souchière s'impatientait :

— Eh bien ?

— Eh bien je t'ai dit que j'étais, comme toi, en quête de la femme dont je veux faire mon épouse et que j'ai perdue.

— J'ai bien entendu. Et je te propose un donnant-donnant : tu m'aides pour la mienne, je t'aide pour la tienne.

— Non, Bernard.

— Pourquoi cela ?

— Parce que je crains fort que ce ne soit la même.

38.

Où deux groupes de cavaliers,
l'un poursuivant l'autre,
remontent les gorges de la Nesque.

Le soir tombait. Guillaume de Montmirail et Bernard de La Souchière s'avançaient vers l'entrée des gorges de la Nesque à la tête d'une troupe de gentilshommes accourus à l'appel de leur ami.

À la hauteur de Saint-Estève, un moutonnier affolé vint leur apporter une confirmation :

— Une bande de Turcs m'a dérobé tantôt un mouton !

— Mieux vaut qu'ils l'égorgent lui plutôt que toi ! répondit en riant le gentilhomme de Gigondas.

Quelques lieues plus en amont, sur le cours du torrent, un autre groupe avançait aussi. Il emportait sa prisonnière dans un lieu sûr où, retrouvant leurs comparses, ils la garderaient le temps nécessaire à d'éventuels poursuivants à perdre leur trace.

Et cette prisonnière se désespérait, demandant au

ciel ce qu'elle avait bien pu faire pour mériter un pareil sort. Depuis son enlèvement dans la maison paternelle des Accoules à Marseille, Constance d'Orseul n'avait cessé d'être traitée comme un objet : malmenée, convoitée, passant de main en main, droguée, menacée de mort, enlevée de nouveau.

Elle se tenait à l'heure présente sur un cheval, serrée à étouffer contre le cavalier habillé en Turc qui le menait. Devant elle chevauchait un autre Turc, mais qui parlait un français parfait, avec une voix qui lui rappelait quelqu'un sans qu'elle puisse retrouver qui.

Tout en se laissant aller aux secousses que le chemin montant et malaisé imposait aux montures et à leurs cavaliers, la jeune fille tentait de retrouver dans sa tête la succession d'épisodes aventureux qui l'avaient conduite – depuis son évasion du cachot où on la serrait sous les combles de l'église des Saintes-Maries – jusqu'à la situation présente.

Car elle avait retrouvé la mémoire ! Mais elle n'en avait jamais rien dit à personne. Même pas à ses amis les Bohémiens, qui avaient arraché sa jeune proie à la mort sous le soleil implacable qui torréfiait la plaine de Crau.

Quand, pour se défendre de l'homme au masque d'arlequin brusquement surgi devant elle, elle l'avait transpercé d'un coup de busc dans l'œil – geste de désespoir plus qu'assassinat délibéré –, le choc subi avait été tel qu'il lui avait ôté tout souvenir.

Cela était revenu petit à petit. Par bribes et fragments, puis par séquences plus longues, qui s'étaient peu à peu abouchées, et avaient fini par former un souvenir cohérent.

Elle n'était pas Isis, la funambule, mais la fille de maître d'Orseul, astronome et négociant de Marseille. Se pouvait-il qu'elle fût l'une et l'autre ? Par quel sortilège la nature lui avait-elle donné cette double personnalité ?

Constance revoyait comme dans un mauvais rêve cette scène de fête organisée par un gentilhomme qui avait voulu à toute force l'épouser parce qu'elle était belle et muette ! Quelle folie ! Pour gagner le temps de la réflexion, Constance avait joué les manières d'Isis et persisté dans son rôle de belle indifférente, sans mémoire et muette. Elle avait assisté dans l'angoisse aux préparatifs de la noce, tout en priant le ciel qu'un sauveur – Guillaume, de préférence – arrivât à temps pour la tirer de ce mauvais pas. En fait de sauveur, elle avait vu surgir dans la chapelle, comme des diables sortis de l'enfer, un groupe vociférant de mahométans. Ils l'avaient saisie, ligotée, aveuglée d'un sac, hissée sur un cheval et emportée au grand galop, plaquée contre le torse d'un homme qui empestait la sueur et l'ail. Ses ravisseurs venaient-ils de récupérer la « marchandise » promise au Grand Turc par l'homme au masque d'arlequin ?

La chevauchée se prolongeant, la jeune fille se plaignit d'étouffer sous son sac. Son cavalier geôlier n'étant pas en mesure de comprendre, c'est un autre qui donna l'ordre en français, de cette voix au timbre métallique qui rappelait quelqu'un à Constance. Le truchement traduisit.

Constance vit d'abord, au-dessus d'elle, planant

comme une menace, une paire de moustaches imposantes appartenant à un homme au teint bistre dont le regard brûlait d'une concupiscence affichée.

Elle détourna les yeux. Autour d'elle, cinq cavaliers lui faisaient escorte, identiquement vêtus de défroques barbaresques noires. Tous la fixaient avec une commune expression de concupiscence. Leur chef, celui qui avait donné l'ordre qu'on libérât la prisonnière, serait-il capable de réfréner les bas instincts de ces brutes ?

Le dernier espoir de la jeune fille demeurait dans les paroles prononcées par l'homme au masque d'arlequin dans le cachot des Saintes-Maries : ce qui faisait sa valeur auprès du Grand Turc était ce qu'elle voulait justement préserver pour celui qu'elle aimait…

— Pied à terre ! ordonna bientôt celui qui parlait français.

Le truchement traduisit, les cavaliers obéirent.

L'homme vint auprès de la monture où seuls Constance et son gardien étaient demeurés en selle. Il tendit les bras vers la jeune fille pour l'aider à descendre et lui fit face.

— Voilà donc celle qui a fait passer mon frère de vie à trépas, dit sa voix de métal à travers l'étoffe de la longue écharpe qui lui masquait le bas du visage.

Son teint était clair, ce n'était donc pas un Turc. Pour autant, Constance n'avait pas compris le sens des mots qu'il venait de prononcer.

— Oui, vous, demoiselle ! C'est à vous que ce discours s'adresse : vous avez proprement saigné mon frère au bas du clocher de l'église des Saintes !

Il abaissa son voile et découvrit ses traits. Constance

ne pouvait les comparer à aucun autre, mais le timbre de cette voix…

Soudain la lumière se fit. Il avait bien prononcé le mot « frère », Constance en était sûre. Il l'accusait d'avoir tué son frère… Un frère, si elle avait bien compris le sens caché de ces mots, mort au bas du clocher de l'église des Saintes ! Oui ! Ce timbre de voix… Et ce menton aux angles aigus, cette bouche aux lèvres minces et cruelles. Elle n'avait vu que le bas du visage de l'homme au masque d'arlequin, mais il y avait un air de famille avec celui-ci. Tout s'éclairait… Il avait donc un frère, tout aussi fieffé coquin que lui-même. Et pour avoir tué l'un, elle n'était pas débarrassée de l'autre !

L'homme poursuivait sur un ton faussement badin :

— Entre nous, ma chère, monsieur mon frère l'avait un peu cherché. Il était fort indélicat de sa part de vouloir vous livrer contre beaucoup d'argent à la concupiscence du Grand Turc. Le cachottier ne m'en avait rien dit. Il n'était point partageux. Déjà, quand nous étions enfants, il prenait un malin plaisir à me priver de ma part de friandises. Avec l'âge, il avait conservé ce vilain défaut puisqu'il voulait garder pour lui seul la rançon de votre pucelage. Dieu l'a puni par votre jolie main. Il n'empêche que vous voilà mal engagée, mon enfant. L'honneur familial m'ordonne de tenir la parole donnée à ces suppôts d'Allah.

L'homme glapit un nouvel ordre, relayé en langue arabe, et la troupe se mit en marche dans un paysage écrasant de grandeur. On ne voyait plus qu'une énorme entaille dans la montagne, assez large, à la vérité, mais haute au point que le ciel, là-haut, ressemblait à un ruban dont la teinte allait décroissant avec le crépuscule. Un maigre filet d'eau cascadait entre des blocs énormes.

— Deux hommes pour garder les chevaux, et détachez la fille, ordonna le chef. Elle aura besoin du balancier de ses bras pour conserver son équilibre. Les autres avec moi.

Le truchement prit le relais.

Une marche périlleuse commença, même pour des hommes habitués au roulis des navires. Grâce à son séjour chez les saltimbanques qui avaient fait d'elle Isis la funambule, Constance était la seule qui se sentît à l'aise. Pour se donner courage, elle palpait sous sa robe – une robe de mariée ! – le corset autour duquel elle avait enroulé le fil de soie qui avait remplacé celui qu'elle avait dû abandonner au barreau de sa geôle du pont d'Avignon. Depuis son évasion, elle le portait sur elle à la façon d'un talisman symbolisant sa liberté retrouvée.

Le jour tombait en même temps qu'enflait un bourdonnement qui faisait comme une basse continue au pédalier de l'orgue, percé de temps à autre d'une vibration plus aiguë qui résonnait comme un brusque accès de colère.

Constance leva les yeux. Tout là-haut, autour de la roche inaccessible, vibrionnait un nuage mordoré.

La jeune fille terrifiée murmura pour elle-même :

— Seigneur Dieu ! Des milliers et des milliers d'abeilles !

39.

Où Jupiter s'en mêle pour changer le cours de l'histoire.

La vue de l'énorme essaim qui ronflait comme une toupie géante au-dessus de sa tête venait de réveiller chez la prisonnière le sentiment de panique éprouvé pour la première fois au jour de sa prime enfance quand une guêpe, attirée par la tartine de miel qu'elle mangeait pour sa collation, avait piqué Constance au doigt. Une douleur qui lui était allée jusqu'au cœur. Les fameux onguents de Philippe d'Orseul avaient dû batailler ferme pour extirper le mal et ses effets.

Le chef de la bande se rendit compte de l'émoi de la jeune fille et en tira satisfaction à sa manière sarcastique :

— Allons ! Encore quelques gradins et vous serez à l'abri à la fois des abeilles et de l'orage qui s'annonce et les rend plus belliqueuses qu'à l'ordinaire.

Constance était trop anxieuse pour regimber quand on la poussa sans ménagements vers la bouche d'ombre qui bâillait au flanc de la falaise.

Six autres Turcs, qui semblaient attendre les arrivants, les accueillirent avec des salutations dans leur langue.

Le Français s'adressa à Constance :

— Ici vous êtes à l'abri de la pluie qui menace et de mes compagnons enturbannés, dont les regards m'en disent plus que leur étrange dialecte à quoi je n'entends goutte. Soyez rassurée, ce n'est pas d'eux que viendra le danger.

Il désigna l'homme voilé qui servait d'interprète :

— Si vous pouviez comprendre leur idiome, vous auriez entendu ce que le truchement vient de leur dire sur mes ordres. Celui qui lèverait un cil sur vous finirait parmi la garde des eunuques de son seigneur. Tous savent que cet homme connaît la question : lui-même fait partie de la confrérie. C'est la raison qui l'a fait choisir pour conduire la mission de vous ramener intacte dans le palais du Grand Turc. Soyez donc en paix. On va vous apporter de quoi vous restaurer. Vous voudrez bien excuser la frugalité des mets : à la guerre comme à la guerre. Vous aurez l'occasion, plus tard, du côté de la Corne d'Or, de vous rattraper. Demain, vous repartirez en leur seule compagnie. Et *Inch' Allah*, comme ils disent !

Comme pour ponctuer le discours un peu fat du brigand, le tonnerre roula longuement, répercuté tout au long des gorges, précédant à peine la cataracte de l'orage qui s'annonçait.

*

* *

À quelques lieues de là, en aval du torrent, un autre groupe progressait, conduit par Bernard de La Souchière, sieur de Gigondas, qui chevauchait botte à botte avec son ami Guillaume de Montmirail, suivi par le groupe de gentilshommes comtadins et leurs valets accourus à leur appel, montés sur des mulets.

En tête de la caravane, le gentilhomme de Gigondas n'avait pas cherché à suivre les traces de crottin frais laissées par les montures de ceux qui les précédaient. Au contraire, dès que cela avait été possible, La Souchière avait ordonné de quitter le lit de la Nesque pour s'engager sur la longue pente qui rejoint la piste de crête, sur la rive gauche des gorges. Depuis ces hauteurs, la faille profonde était presque invisible. À peine distinguait-on comme un accroc long et sinueux dans le tapis continu des chênes verts qui recouvrait le socle rocheux du massif.

La piste où le groupe s'était engagé devint si accidentée que décision fut prise de laisser les chevaux à la garde de quatre valets commandés par Fortin, et de continuer à pied.

L'orage éclata brusquement à la nuit tombée. Le ciel avait ouvert ses vannes. Au lieu de s'en désoler, Montmirail vit son ami au comble de la jubilation. Le chevalier mit sur le compte du caractère fantasque de Pollux les raisons de ce contentement. Il demanda simplement :

— Que faire ? tandis que la pluie s'infiltrait jusqu'à sa peau. C'était par bonheur une pluie d'automne qui avait conservé en elle une tiédeur transmise par l'été.

— Garder notre sang-froid, répondit La Souchière

en riant, car voici une eau qui tombe à point. Elle va paralyser les gardiennes vigilantes du rocher de Cire. Merci à Jupiter !

Puis il détailla son plan :

— Quand j'ai entendu nos agresseurs parler du rocher de Cire, j'ai compris que c'était là qu'ils avaient résolu de se replier une fois leur mauvais coup accompli. Pour quelle raison l'ont-ils choisi ? Sans doute y ont-ils quelque rendez-vous avec des complices dont c'est le refuge provisoire. Je savais donc que pour nous en approcher sans être repérés, il nous fallait passer par la voie des airs. C'est-à-dire en tombant sur eux depuis les hauteurs, sans provoquer la colère des gardiennes farouches qui prennent les gorges de la Nesque pour le mont Hymette, cher à notre bon Ronsard. Mais nous laisseraient-elles le temps de lancer nos cordes, et descendre telle l'araignée sur son fil sur le dos de nos ravisseurs, doublement surpris de nous voir arriver du ciel ?

— L'orage vient-il perturber tes plans, demanda Guillaume ?

— Que nenni ! Au contraire : il est notre allié providentiel ! Ces demoiselles, que le vieux Ronsard dénommait Mélissettes, ont horreur de l'eau et vont rester au sec dans leur nid douillet. Nous pourrons passer devant leur logis en leur faisant un pied de nez, aucune d'elle ne risquera le sien dehors. J'ai plus que jamais l'intention de jouer à Polichinelle mouillé au bout de son fil ! L'envie me poigne d'embrocher quelques-uns de ces mahométans, pour leur apprendre à ne pas entrer chez les gens sans y avoir été conviés. Et tu vas m'y aider.

— Tu peux compter sur moi dit fièrement Guillaume.

— Compte sur nous aussi ! s'écrièrent les gentilshommes comtadins en chœur.

— En attendant, mes amis, nous bivouaquerons ici pour la nuit. Personne – sauf nous – ne mettrait le nez dehors par un temps pareil. Nous attaquerons à l'aube.

Le groupe de gentilshommes s'installa tant bien que mal à couvert dans la chênaie, prenant patience sous l'averse qui se prolongeait.

*
* *

À l'aube, il pleuvait encore.

— Hâtons-nous, les amis, dit Bernard de La Souchière, premier levé de la troupe trempée comme une soupe. Le bon Dieu a été patient avec nous, mais il ne faudrait pas abuser de ses bontés. Les abeilles doivent être aussi impatientes de jouer de leurs dards que nous de nos lames.

Dans le jour à peine levé, à travers les gouttes, on se mit en marche en silence vers le gouffre.

À l'à-pic du rocher de Cire, les cordages furent lancés et, au signal de La Souchière, chacun s'y suspendit, faisant habilement glisser le chanvre entre ses mains gantées et le cuir de ses bottes, l'épée nue coincée dans la mâchoire comme un mors géant, prête à l'emploi dès le sol atteint.

La descente ne prit qu'une poignée de secondes. Tous, lâchant leur corde en même temps, sautèrent sur le terre-plein qui faisait comme une avancée devant l'entrée de la grotte, à l'instant où les Barbaresques, sans défiance, terminaient les restes du mouton prélevé en cours de route au troupeau de l'éleveur de Saint-Estève. La surprise fut totale. Avant même que les assaillis ne comprennent ce qui leur tombait sur la tête, la plupart avaient été transpercés sans avoir pu esquisser un geste de défense.

Bernard de La Souchière s'était chargé du truchement, qui, en dépit de la privation cruelle des attributs de sa virilité, conservait une vigueur d'autant plus dangereuse qu'il était un bretteur redoutable. Mais la fureur, la soif de revanche du gentilhomme de Gigondas privé de noces étaient telles qu'elles compensaient son infériorité technique. Après un échange particulièrement confus où tour à tour chacun semblait prendre le dessus, on vit bientôt l'eunuque, la gorge transpercée, s'abattre dans un long râle.

En combattant loyal, La Souchière se pencha sur son adversaire terrassé pour lui exprimer son regret d'avoir dû l'occire.

Leurs regards se croisèrent et le vaincu, avant d'expirer, eut le temps de murmurer d'étranges paroles :

— C'est mieux ainsi. J'avais failli à ma mission, je n'aurais jamais pu me présenter devant mon maître.

Pourquoi disait-il avoir failli ?

Cependant, tandis que les gentilshommes comtadins rengainaient en comptant les morts et les blessés, deux hommes continuaient à ferrailler. Deux duellistes s'affrontaient farouchement mais loyalement dans un combat à mort : Guillaume de Montmirail et le chef de la bande, dont le visage était dissimulé à la façon des

Barbaresques. Les deux hommes étaient sensiblement de force égale, ce qui expliquait la durée des assauts et leur élégance. Après un échange particulièrement disputé, Guillaume ne put s'empêcher de lancer comme une bravade :

— C'est plaisir, monsieur, que d'avoir à se mesurer à un adversaire de votre force. Si vous me tuez, ce sera selon les règles.

L'autre ne voulut pas être en reste :

— Croyez bien que je n'épargnerai rien pour enfin vous occire, mais j'ai déjà regret à l'idée de perdre un adversaire tel que vous.

Ayant dit, il poussa une botte qui eût mis Montmirail en grand péril s'il ne l'avait habilement parée pour mieux repartir à l'assaut.

Le chevalier trouva, sans l'avoir cherché, un allié dans la conformation du sol de la grotte, où de la terre battue pointaient des rochers. En reculant, l'homme habillé en Maure broncha au moment où Montmirail se fendait :

— Dommage pour vous, monsieur le vantard, s'exclama le chevalier, mais vous allez droit au trépas !

— Je vous crois sur parole, hoqueta l'autre. C'est au cœur que vous avez touché.

Il tomba sur les genoux en se tenant la poitrine, compressant la blessure d'où jaillissait le sang qui poissait ses doigts ! Son voile glissa alors.

Guillaume le contempla avec stupéfaction. Le visage de cet homme ! Il le connaissait ! Il semblait la copie de celui du mort des Saintes-Maries, cet inconnu trouvé au bas des marches conduisant au clocher, un fer planté dans l'œil droit !

— Monsieur, nous nous sommes déjà vus, dit le chevalier en se penchant vers le visage tordu de souffrance.

— Oui, hoqueta l'autre, qui tentait de retenir un souffle qui lui manquait déjà. C'était à Romans, durant la fête des corporations…

— Mais comment se peut-il ?

Montmirail, couché sur le mourant, approcha son oreille de la bouche qui lui disait entre deux spasmes :

— L'homme tué par… votre belle… amie, c'est… c'est mon… frè…re ca… cadet. Nous étions… trois. Reste… notre aîné. Vous avez ga…gné, Montmirail. Pour le… moment. Le meil…leur d'en…tre nous… Villemus finira par vous…

Sa tête retomba sur le côté et son regard devint vitreux.

À l'instant où Guillaume se relevait, La Souchière, enjambant les corps des morts et des agonisants, arriva l'air dépité :

— J'ai remué cette damnée grotte jusqu'au dernier caillou, fouillé jusqu'au plus petit trou : ma douce Madeleine n'est pas ici !

De surprise, Montmirail lâcha son épée.

— Isis, veux-tu dire ? C'est impossible, voyons !

— Viens voir toi-même.

— Inutile, je ne la ferai pas apparaître si tu ne l'as pas trouvée. Elle n'a pu s'envoler. En nous déployant pour l'attaque, nous barrions toute l'entrée de la grotte.

À cet instant, des gémissements ressemblant à des appels se firent entendre, provenant de l'un des corps allongés sur le sol. Si aucun des Turcs n'avait échappé à la furia des assaillants, tous n'étaient pas atteints au même degré. Un blessé appelait à l'aide. Montmirail et La Souchière se précipitèrent. Râlant, brisé, livide et mort plus qu'à moitié, l'homme, touché au ventre, dévoré de soif, réclamait quelque chose, mais personne ne comprenait son idiome. Avec sa main droite il fit le geste de porter un verre à sa lèvre.

Montmirail allait lui tendre une gourde, La Souchière le retint :

— Il aura de l'eau quand il aura répondu à nos questions.

— Tu comprends notre langue ?

Le blessé ne parut pas avoir saisi.

— Français. Tu entends le français ?

— *Italiano*, murmura le Turc.

Guillaume et Bernard se regardèrent, étonnés.

— Il parle italien ?

— Ils font du commerce avec les Génois, intervint un des gentilshommes comtadins. Il faut bien se faire comprendre…

— Qui parle italien parmi vous ? demanda La Souchière.

— Moi ! dit Émile des Grames. Monsieur mon père m'offrit l'an dernier un séjour romain pour parfaire mon éducation artistique.

— Dieu soit loué ! Demande donc à ce Mahométan ce qu'il est advenu de mon amoureuse s'il ne veut pas que je l'expédie *illico* en enfer, où les diables le mettront à la broche sur un grand feu sans qu'il meure jamais, comme chacun sait.

Des Grames se pencha sur le blessé et un échange s'ensuivit dans la langue de Dante.

À son issue, le gentilhomme rapporta des propos

qui ne firent qu'augmenter l'angoisse des amants de Constance-Isis-Madeleine.

— Il dit que nous les avons tués pour rien. La demoiselle n'était plus là depuis la veille au soir.

— Partie avec un de ces forbans ? demanda Montmirail. Aurions-nous été joués ?

— Non, toute seule. Elle leur a échappé, profitant de l'obscurité. Ils l'ont vue se précipiter dans le noir, sous l'orage. Ceux qui se sont lancés à sa poursuite jurent qu'elle s'est jetée dans le gouffre pour ne pas être reprise.

La Souchière s'exclama :

— Ah, je comprends maintenant pourquoi le truchement disait avoir failli à sa mission. Il devait imaginer son retour chez le Grand Turc et quel sort on réserve là-bas aux porteurs de mauvaises nouvelles.

Soudain, il éclata en sanglots :

— Mais ma presque épousée, ma chère amoureuse est morte noyée !

— L'infortunée ! déplora le chœur des gentilshommes comtadins.

— Traîtres de Turcs ! lança le gentilhomme de Gigondas.

— Donne-lui tout de même à boire, dit Guillaume.

Le blessé se jeta sur la gourde avec un regard de reconnaissance. Quelques minutes après il expirait.

Castor et Pollux, accablés par le sort, se dirigèrent vers la sortie de la grotte et se penchèrent pour scruter l'abîme. À leurs pieds, vingt toises plus bas, la Nesque modeste et joueuse d'hier s'était métamorphosée en torrent furieux qui grondait en submergeant le chaos des rochers. Comment la fugitive n'aurait-elle pas été déchiquetée par sa furie dévastatrice ?

Les yeux des deux amis se voilèrent de larmes.

— Je n'ai plus qu'un désir, dit Guillaume accablé : celui de la rejoindre.

— Moi aussi, répondit Bernard qui avait perdu sa faconde. Et pourtant je crève de faim !

40.

Où Lou Rousset arrache les moustaches de l'envoyé du gouverneur de Provence à Marseille.

Courbé devant le duc de Mercœur, Pierre de La Gouvernelle, lieutenant des gardes du gouverneur de Provence, avait la tête du condamné qui vient d'entendre la sentence de mort :

— Autant vaudrait que votre Seigneurie me condamnât à monter à l'assaut d'une redoute ennemie privé de mon épée, dit-il, cependant je ferai selon la volonté de votre Seigneurie.

Louis de Vendôme répliqua d'un ton cassant :

— En obéissant vous ne ferez que votre devoir d'officier et de gentilhomme, monsieur. Vous êtes un militaire, et un militaire exécute les ordres sans hésitation ni murmure. Vous remettrez donc en main propre – j'insiste – la lettre du roi que m'a fait tenir M. le cardinal. Elle fait ordre à Glandevès de se rendre sans délai à la cour.

L'officier s'inclina avec, sur le visage, l'expression

résignée et tragique de celui à qui on vient de signifier le rejet de son recours en grâce.

Le capitaine en était à sa troisième révérence et se retirait à reculons de la salle d'audience quand Mercœur l'interpella :

— Par le ciel, La Gouvernelle, agissez en présence des consuls afin qu'il y ait des témoins à la remise de la lettre.

Le lieutenant des gardes du gouverneur de Provence se hissa sur sa jument comme on monte à l'échafaud et prit la route de Marseille, avec pour seule escorte quatre gentilshommes en qui il avait toute confiance.

Il arriva devant la porte d'Arenc en début d'après-midi, se fit connaître et se dirigea sans tarder vers la Maison Commune, où il savait trouver les consuls en séance. Tout était calme en apparence. Le port bruissait du va-et-vient incessant des charrettes et des tombereaux, des cris des portefaix déchargeant les cargaisons à même le quai, où se mêlaient dans un désordre permanent marchandises comestibles, céréales en vrac, poissons, tas de charbon, tonneaux de vin et d'huile, blocs de marbre et grumes non équarries. Le capitaine et son escorte mirent leurs montures au pas et La Gouvernelle jeta un long regard vers la chapelle du fort de la Garde qui dominait au sud le plan d'eau du Lacydon, comme s'il cherchait une protection venue du ciel.

Deux gardes étaient de faction à l'entrée du bâtiment municipal : le capitaine énonça l'objet de sa mission et ils s'écartèrent pour laisser l'arrivant monter seul à l'étage, où le nouveau Premier consul, Antoine de Candolle, et ses deux adjoints, hommes liges de Glandevès, l'accueillirent avec les honneurs. La Gouvernelle avait ramené devant lui la sacoche de cuir à bandoulière contenant la lettre de convocation du roi transmise par Mazarin à Mercœur. Il l'ouvrit.

À peine le capitaine avait-il pris place face aux trois magistrats assis sur l'estrade que la porte d'entrée s'ouvrit à doubles battants. Apparut alors un gentilhomme de haute taille, habillé de moire verte, chapeau emplumé sur la tête, l'air fier et ardent, entouré d'une petite cour. La Gouvernelle n'avait encore jamais vu Gaspard de Glandevès, mais il sut aussitôt qu'il se trouvait en sa présence. Ceux de son parti entouraient leur chef comme des spadassins leur maître. Tous marchaient d'un même pas. S'y ajoutait l'un des frères Serre, un gueux à la réputation établie, mais fort populaire parmi le petit peuple.

On referma la porte de la salle derrière les arrivants. Deux gardes l'encadrèrent.

— Qu'on ne se dérange pas pour moi, lança Glandevès de sa voix de tribun, tandis qu'une partie de l'assistance applaudissait à son entrée théâtrale. Les consuls s'étaient levés comme si le duc de Mercœur en personne venait honorer la séance publique.

Le gentilhomme alla s'asseoir sur un fauteuil de velours cramoisi qui semblait lui être réservé, bien qu'il n'occupât aucune charge consulaire.

La Gouvernelle, qui s'était levé comme tout le monde à l'arrivée du cortège, avala sa salive. L'heure avait sonné de faire son devoir.

Il saisit le rouleau contenant la lettre du roi et en commença la lecture d'une voix qu'il voulait ferme, mais dont le ton mal assuré trahissait ses craintes :

— « Louis, quatorzième du nom, roi de France et de Navarre par la grâce de Dieu, sommons le Sieur de Glandevès-Niozelles d'avoir à se rendre sans délai par-devant la cour sous peine de désobéissance au premier chef. »

Un murmure d'effroi parcourut les rangs consulaires.

À peine l'ordre du roi avait-il été formulé qu'on vit Serre, debout derrière le fauteuil de Glandevès, quitter précipitamment la salle d'audience comme s'il avait une course urgente à faire.

Le vicomte se leva et répondit sobrement :

— Le roi peut compter sur mon obéissance.

Les consuls s'agitaient. Le premier d'entre eux se leva pour assurer l'envoyé du cardinal de l'absolue soumission de l'assemblée consulaire marseillaise aux volontés de Sa Majesté.

Cependant, Candolle demanda une suspension de séance afin, dit-il, « d'aller quérir l'assesseur chargé d'établir l'acte de réception de l'ordre royal par un récépissé ».

Ces manœuvres paraissaient être faites pour gagner du temps.

La Gouvernelle parcourut des yeux les rangées de magistrats en robe rouge.

L'assesseur étant arrivé, comme il saisissait sa plume d'oie pour rédiger l'accusé de réception, le capitaine s'apprêta à reprendre sa lecture.

Il la suspendit en percevant une rumeur provenant de la rue, qui enflait à chaque seconde. Des cris montaient, repris par des dizaines de poitrines. D'abord confus, ils se précisaient, tandis que La Gouvernelle tentait, sans résultat, de les couvrir en haussant le ton.

Il s'arrêta au milieu d'une phrase quand la porte d'entrée, sous une violente poussée, s'ouvrit avec fracas, livrant passage à une troupe de braillards armés de piques et de sabres d'abordage. À leur tête, Lou Rousset et Piero Orsini !

Serre avait fait diligence. Durant la suspension d'audience, il avait couru le quai et les tavernes, rameutant la foule, affirmant que les officiers arrivés d'Aix étaient venus arrêter Gaspard de Glandevès !

Malgré les protestations de pure forme du Premier consul, Antoine de Candolle, qui réclamait la garde, avant que quiconque n'ait pu intervenir, les enragés se précipitèrent sur La Gouvernelle ; Lou Rousset, arrivé en tête, lui arracha proprement les moustaches ! Le malheureux, perdant toute superbe, poussa un cri de douleur avant d'aller trouver refuge sous une table. Piero, entre-temps, s'était saisi de la lettre royale et la déchira séance tenante avant d'en jeter les morceaux à la volée.

Un frisson d'horreur parcourut l'assemblée. Le crime de lèse-majesté était établi ! Déjà, perdant la tête, certains consuls gagnaient la sortie comme on s'enfuit devant un sinistre.

Gaspard de Glandevès s'était dressé, pâle, sidéré. Tout cela était advenu en une poignée de secondes sans qu'il puisse intervenir. Tandis qu'il observait la scène, il avait conscience de la gravité de ce geste perpétré dans un moment de folie collective. Cette dernière marche franchie par la rébellion était celle de trop. Pour vouloir prendre sa défense, ses amis venaient de commettre l'irréparable. Le chef rebelle connaissait trop l'orgueil du jeune roi pour espérer un jour son pardon. La foudre allait s'abattre sur Marseille. Au-delà de son propre sort, le gentilhomme pensait à elle, à cette ville qu'il aimait entre toutes et qui allait payer pour lui.

Pour l'heure, le plus urgent était de sauver la vie du malheureux La Gouvernelle. Il n'avait fait que son devoir. Deux portefaix taillés en hercules l'avaient saisi par les bottes, tiré de dessous sa table, avaient chargé le lieutenant des gardes du duc de Mercœur sur leurs épaules et s'apprêtaient à le défenestrer. « Jetez-le dans la rue ! » hurlaient les plus enragés. Déjà, on ouvrait les portes-fenêtres donnant sur le balcon de la Maison Commune. Il y avait plus de soixante pieds[1] jusqu'aux pavés du quai.

— Arrêtez, insensés ! Il est le messager du roi. La mort de cet homme signerait la vôtre !

Gaspard de Glandevès, bras en croix, venait d'interposer sa haute taille entre les émeutiers et le vide.

À la voix de leur chef, les plus enragés se soumirent. Ils déposèrent La Gouvernelle, la bouche ensanglantée, qui tentait d'éponger avec son gant l'hémorragie qui le dotait d'une moustache rutilante.

Glandevès, l'air terrible, s'avançait vers les derniers agités :

— À partir de cet instant, cet homme est sous ma protection. Quiconque toucherait un poil de sa royale[2] approcherait de son heure dernière !

1. Vingt mètres.

2. La barbiche « à la mousquetaire », mise à la mode sous Louis XIII, portée aussi par Richelieu et Mazarin.

Tête basse, comme des enfants gourmandés, les émeutiers ne comprenaient pas pourquoi leur chef refusait qu'on le débarrassât de ses ennemis. Leurs regards étonnés suivirent le vicomte prenant La Gouvernelle par le bras et l'invitant à souper le soir-même en son hôtel de la rue du Grand-Puits.

Tard dans la nuit, le lieutenant des gardes du gouverneur de Provence, escorté jusqu'aux portes de la ville, quitta Marseille par un itinéraire détourné et reprit le chemin d'Aix.

Ce soir-là, en dépit des sollicitations de ses amis, Gaspard de Glandevès refusa de célébrer l'événement comme une victoire. Un autre combat l'attendait. La lutte allait être sans merci et il savait qu'il ne serait pas le plus fort.

*
* *

Dès le lendemain, Maynier d'Oppède convoqua le parlement en séance extraordinaire pour faire acter qu'en agressant le capitaine La Gouvernelle, le sieur de Glandevès-Niozelles « avait voulu s'affranchir de l'autorité du roi ».

En conséquence, le parlement de Provence, toutes chambres assemblées, en présence du duc de Mercœur, enjoignit les consuls de Marseille de mettre le coupable en demeure d'obéir aux ordres du roi, à défaut de le faire arrêter sur-le-champ et de le conduire à Aix…

41.

Où l'on découvre, cachée dans l'ombre,
la robe rouge du cardinal qui attend son heure.

Guillaume de Montmirail faisait assez triste figure. Pendant des jours il s'était acharné à sonder le lit de la Nesque.

Persuadé que le flot du torrent ne lui rendrait jamais le corps de sa bien-aimée, de guerre lasse il s'était laissé persuader par son ami Bernard de La Souchière de retourner à Marseille. Le gentilhomme de Gigondas s'était proposé de l'accompagner pour ne pas laisser son cher Castor seul à son chagrin. Les deux hommes firent un détour par la Tour-du-Fournelet, où Philippe d'Orseul espérait toujours des nouvelles de sa fille. Guillaume se faisait un devoir de lui apprendre la vérité.

Le jeune chevalier admira la force d'âme de l'astronome en même temps que son refus de perdre espoir :

— Si, avait-il dit d'une voix ferme, le Créateur a voulu me reprendre Constance, je ne puis que m'incliner. Cependant, je croirai à sa mort quand j'aurai vu sa dépouille. En attendant, je prie et j'espère.

D'Orseul quitta ses bons amis More en pleurs et prit à son tour le chemin de Marseille en compagnie des deux gentilshommes.

Montmirail revenait vers la ville rebelle comme on se jette dans la gueule du loup. Il souhaitait que la mort le cueille dans quelque combat de rue ou guet-apens de ses ennemis car la vie sans Constance n'avait plus ni raison ni goût. Mais comme souvent en pareil cas, c'est quand on la recherche que la Camarde fait sa coquette. La ville était calme – un calme qui, chacun le savait, précédait la tempête, et aucun de ses ennemis ne s'était manifesté. Peut-être les Masques avaient-ils d'autres soucis, ou bien leur avait-on confié des tâches plus urgentes ?

Pour tromper sa mélancolie, le jeune gentilhomme, à la grande joie du Rousset et de Piero – qui vouaient à Gaspard de Glandevès un véritable culte – s'était jeté à corps perdu dans le parti du rebelle, bien qu'il n'appréciât guère qu'un gentilhomme s'accoquine avec la canaille pour satisfaire sa seule ambition. Il le faisait par reconnaissance à l'égard de ses humbles amis le pêcheur de Saint-Jean et le corailleur corse.

Bernard de La Souchière était demeuré quelque temps avec eux, l'épée toujours prête. Mais quand il eut estimé avoir payé son tribut à la reconnaissance, le fantasque gentilhomme, sous prétexte que l'air de la mer ne lui convenait guère, s'en retourna vers Gigondas se consoler de la perte de celle qu'il avait rebaptisée Madeleine sur le sein d'Adelina, qu'elle avait généreux. Adelina, demeurée à Gigondas pour prendre soin des redevances sur les ruchers et la vente du vin et des figues, tâche qui avait changé l'écuyère en bergère d'abeilles.

À Marseille, l'orgueil de Glandevès lui interdisait de baisser la tête, mais la menace qui pesait sur elle le rendait chaque jour plus hautain, plus cassant, plus difficile à supporter, même par les plus sûrs de ses féaux.

Pour le petit peuple dont il était l'idole, il demeurait le rempart contre l'arbitraire royal. Lucide, néanmoins, en politique avisé, le rebelle cherchait en sous-main un terrain d'entente avec le roi.

Montmirail devait faire effort pour lui demeurer fidèle. Aussi accueillit-il avec soulagement la proposition qui lui fut faite, à la mi-novembre, d'accompagner les avocats et conseillers que les élus de la cité envoyaient à Lyon, où se trouvait la cour, pour y implorer le pardon et la protection du duc de Vendôme auprès de Sa Majesté et y tâter les intentions du cardinal. Façon élégante de prendre ses distances. Guillaume ne serait pas fâché de savoir – à l'occasion – si on l'avait ou non oublié dans l'entourage royal.

*

* *

La délégation marseillaise trouva à se loger dans une maison des quais de Saône. La chambre de Guillaume faisait face à la colline de la Croix-Rousse. Par la fenêtre, le chevalier, songeur, contemplait l'écoulement paisible de la rivière vers son confluent avec le grand Rhône qui l'enlevait dans la puissance de son flot comme jadis les bras de Pluton firent de Proserpine.

— Les gens de cour, songeait-il, n'ont guère de mémoire. Diane de Cabrières, mon ardente maîtresse, est sûrement mariée. J'étais trop mince personnage pour avoir marqué sa mémoire et attiré l'attention du cardinal…

Tout en tirant sur une pipe de Hollande, Montmirail s'interrogeait sur son avenir :

— M'obtiendra-t-on un brevet de capitaine dans un régiment royal ? La guerre ne dort jamais que d'un œil. Il y aura bien quelque jour un champ de bataille pour me donner l'occasion d'un glorieux trépas.

Comment le jeune homme pouvait-il imaginer qu'à l'instant même, à quelque distance de son logis, sur le quai du Rhône, un flâneur venait de penser à lui bien qu'il ait oublié son nom exact ?

Ce petit homme, ce passant indécis, vêtu de noir comme un bourgeois lyonnais, coiffé d'un chapeau à large bord, marchant à pas comptés vers la Guillotière, pouvait être un négociant prospère dans le commerce de la soie. Il était triste et sérieux comme eux. Et, comme eux, il avait le teint jaune des bilieux. La silhouette était si banale que personne n'aurait accordé d'attention à ce promeneur solitaire.

L'homme venait de marquer un arrêt devant l'échoppe d'un bouquiniste. Il feuilleta, discuta les prix, s'attarda le long des rayonnages et, quand il rejoignit le quai, un paquet sous le bras, son visage de coing rayonnait d'un mince sourire, son pas s'était fait plus vif, sa taille redressée. Aucun doute : c'était un bibliophile qui venait de dénicher une trouvaille. Et quelle ! Si on avait pu lire le titre gravé à l'or fin du livre qu'il venait d'acquérir au prix le plus juste – car c'était un négociateur hors pair – on aurait pu déchiffrer : *Le Songe de Poliphile*, dans la rare édition lyonnaise de 1546. Le volume, habillé de cuir, allait prendre une place de choix dans la bibliothèque de ce collectionneur invétéré, amateur de belles choses, qu'elles fussent écrites, peintes, sculptées, gravées. Ce roturier goûtait les plaisirs raffinés, ceux de l'esprit comme de la chair.

Comme chaque matin depuis que la cour séjournait à Lyon, il avait faussé compagnie à ses gardes et, incognito, était allé promener sur les quais du Rhône.

Il avait cinquante-sept ans, se nommait Giulio Mazarini, mais, en prenant la nationalité du roi qu'il servait tout en se servant au passage – on le surnommait, entre autres, le « voleur de Sicile[1] » –, il avait francisé son nom en Jules Mazarin depuis vingt ans qu'il était Premier ministre de Sa Majesté très chrétienne Louis le Quatorzième, après avoir servi son père. Encore qu'il lui arrivât de signer « Mazarini » des actes officiels[2].

L'homme est malade. Son teint est de cire. On dirait son propre buste de marbre. Ses jours sont comptés, il le sait mais veut l'ignorer et porte beau. Aussi va-t-il jusqu'à se teindre afin que sa moustache et sa barbiche

1. *Sic.* Il est né à Pescina dans les Abruzzes en 1602.
2. Ce fut le cas sur l'acte officiel du traité des Pyrénées – 7 novembre 1659 –, qui mit fin à la guerre entre la France et l'Espagne.

demeurent d'un noir de jais assorti à la teinte de sa perruque.

Ce matin-là, par la brume de novembre, le cardinal s'en retournait d'un pas vif vers les Terreaux. Son air était à la fois réjoui et soucieux. Les soucis, ce n'était pas ce qui manquait, avec le traité des Pyrénées à mettre en œuvre et cette rébellion marseillaise qui lui gâchait le sommeil. Le motif de sa joie était double. L'introuvable *Songe de Poliphile* y avait sa part. Mais il venait d'admirer en connaisseur, mêlé aux badauds, sur le parvis de Saint-Martin-d'Ainay, la parade d'une troupe de bateleurs. En particulier, en amateur de grâces féminines, celle de la funambule, qui avait bondi sur son fil tendu comme une créature de rêve avec sa longue chevelure brune qui lui faisait comme une traîne. Elle avait achevé son tour en chutant dans les bras d'un colosse comme un ange venu du ciel. Il se promettait de faire mander, pour le divertissement de la cour, quelques-uns au moins de ces saltimbanques. La fille en particulier. L'accueil des bourgeois lyonnais était somptueux mais austère. Sa Majesté manquait de distractions.

L'avenir du jeune monarque devenait une priorité maintenant que Mazarin sentait son rôle s'achever. Il ne serait plus très longtemps à ses côtés pour protéger Louis, l'enfant dont il avait fait un roi, duquel le fiel de ses ennemis allait jusqu'à lui attribuer la paternité…

Longtemps les rôles avaient été inversés. Le ministre régnait, le roi écoutait et demandait conseil. En grandissant, Louis avait pris la stature d'un monarque. Mazarin le savait : il était temps de s'effacer. Avant cela régler une affaire primordiale pour l'État : le mariage de Sa Majesté.

À cette paix gagée sur l'union de Louis avec l'infante d'Espagne, Mazarin avait sacrifié l'élévation de sa propre famille. Ce n'était pas trop cher payer l'effacement des Pyrénées.

C'est pourquoi, après les avoir littéralement jetées dans le lit du jeune roi, quand celui-ci s'y était trop attaché, il avait éloigné sans pitié ses nièces Mancini, casant Vittoria à Mercœur, Olimpia aux Savoie et Marie, la préférée de Louis, à l'illustre famille Colonna, à laquelle Giulio lui-même devait son ascension. Maintenant que le mariage avec l'infante d'Espagne était pratiquement résolu, le cardinal pestait de ce que le roi s'embarrassât encore d'une amourette, d'un retour de passion à l'égard de cette fille d'honneur de la reine-mère, cette Diane de Cabrières à la mine d'ange et à la cuisse légère.

L'ambassadeur de Philippe IV avait fait les gros yeux.

— Eh, quoi ? avait répliqué Mazarin, Leurs Majestés espagnoles n'ont-elles point de maîtresses ?

L'autre avait argumenté :

— Une maîtresse, oui. Plusieurs, même. Mais l'étiquette exige qu'elles fussent en puissance d'époux. Or, on n'ignore point à Madrid que le roi de France éprouve comme une passion ranimée pour une intrigante envers qui il eut naguère des faiblesses, une certaine Diane de Cabrières, qui n'est point mariée...

Le cardinal venait d'arriver devant la Maison Commune de la capitale des Gaules, que les édiles avaient transformée en résidence royale. La sentinelle le reconnut et lui rendit les honneurs. Mazarin répondit par un geste discret de la main et, tout en gravissant l'escalier, il reprit le cours de ses pensées :

— Si au moins, pensait-il, je trouvais à cette fille un mari pour sauver les apparences. Ce… comment s'appelait-il déjà, le filleul du comte d'Alais pour qui la coquine eut naguère des faiblesses ? Montcorail ? Montbercail ?…

Pourquoi le nom de Guillaume venait-il de revenir – légèrement écorché – à la mémoire de Mazarin ?

Parce que la veille, une de ses innombrables « mouches » disséminées dans le royaume lui avait rapporté que le chevalier de Montmirail accompagnait les gens de Marseille, venus en délégation solliciter la grâce du roi après qu'une clique d'aristocrates dévoyés avait bafoué son autorité.

— Montmirail !

Le vrai nom du jeune chevalier venait de s'imposer au cardinal.

— Voilà la solution. Il ne pourrait me refuser un petit arrangement, d'autant qu'il en va de la raison d'État. Pour que Sa Majesté puisse à son caprice profiter encore quelque temps de la cuisse engageante de la belle Diane, il faut trouver un mari à celle-ci. Et ce sera Montmirail, de gré ou de force. Il est de bonne maison, mais point trop. C'est un simple gentilhomme. Il obéira. Surtout si, en épousant mademoiselle de Cabrières, il comprend que sa fortune est faite.

» Quant à convaincre Sa Majesté, j'en fais mon affaire.

42.

Où le jeune roi fait savoir à son Premier ministre que « l'État, c'est [lui] ».

Cinq minutes avaient suffi à métamorphoser le noir bourgeois bibliophile en rouge cardinal ministre. Le temps pour son valet de chambre de boutonner les trente-trois boutons de la soutane, de nouer la large ceinture de soie pourpre, de coiffer la calotte et d'ajuster le double rabat de lin blanc bordé de dentelle de Malines.

Le temps pressait. On venait d'avertir Mazarin que Sa Majesté l'avait fait mander durant son absence et s'était impatientée. Louis voulait chacun à sa merci.

Le cardinal se dirigea vers les appartements du roi.

Si Louis acceptait encore les conseils politiques – pas tous ! –, il était trop enclin à revenir sur cette affaire de Marseille quand Mazarin préférait temporiser.

L'enfant-roi qui, hier encore, appelait « son oncle » le cardinal était devenu un homme. Vingt ans, la taille médiocre mais bien prise, et, déjà, cette majesté dont, au fil des ans, il serait la plus extraordinaire incarnation.

Tout dans la mode nouvelle lancée par lui et pour lui mettait en valeur son élégance : l'habit ajusté, les canons de dentelle légère épanouis au-dessous du genou, et jusqu'aux chaussures aux talons rouges rehaussés. Et puis cette jambe belle, nerveuse et fine, ce mollet galbé… Une jambe de danseur. Aussi le jeune roi portait-il plus volontiers les bas que des bottes, sauf en campagne ou à la chasse. Depuis un an, il avait perdu ses cheveux à cause d'un « venin caché[1] » qui l'avait mis aux portes de la mort durant le siège de Calais. Pour cacher cette disgrâce, il portait une ample perruque en vrais cheveux, frisée haut sur le dessus du front, pour donner plus de stature à sa modeste silhouette.

Aussitôt, le moindre courtisan s'était cru tenu d'arborer un modèle semblable. Ce qui faisait ricaner le cardinal. En contemplant cette volaille boursouflée d'importance, bossue à force de courbettes, qui le haïssait autant qu'il la méprisait, il grinçait : « Le roi fût-il né pied bot, toute la cour eût appris à boiter. »

Louis, dont la petite vérole avait criblé le visage, n'hésitait pas, pour le bal, à se mettre du blanc et un rehaut de rouge aux pommettes. Une fine moustache soulignait l'arc de sa lèvre.

Privilège du temps où Mazarin avait fait sauter le roi sur ses genoux, le cardinal était entré chez Sa Majesté

1. Probablement la typhoïde.

sans se faire annoncer. Le monarque se tenait debout devant un miroir, feignant d'abord d'ignorer l'approche du visiteur. Il contemplait son reflet, comme il l'eût fait de son portrait : debout, une jambe – la droite – légèrement en avant, l'épaule gauche effacée, le bras droit tendu avec grâce et s'appuyant avec une nonchalance étudiée sur une haute canne. Une position de danseur dans une entrée de ballet. Le manteau que sa main gauche retenait sur l'épaule amenait la touche de grandeur.

— Comment me trouvez-vous ainsi ? demanda Louis sans se retourner.

Le ministre, habitué aux façons du courtisan, se contenta de s'incliner :

— Votre Majesté est superbe…

— Cardinal, enchaîna le jeune monarque, je sais votre pensée. Pour le mariage, agissez selon les règles. Mais je n'entends point me séparer pour l'instant de la personne que vous savez. Dites à M. de Lionne, notre ambassadeur, de le faire savoir à don Luis de Haro, qui parle au nom du roi d'Espagne. Madrid devra s'en accommoder. D'autant que si j'en crois ce qu'on me rapporte, l'infante serait fort laide. Et si j'écoute les plus cruels, grasse comme une oie que l'on gave à Noël !

Mazarin se garda d'entrer dans le jeu provocateur :

— Sire, les traits de Son Altesse royale l'infante d'Espagne ont cette majesté naturelle qui lui vient de son sang. Ses portraits ne la flattent point. Au vrai, son teint reflète la fraîcheur de son âme et on la dit aimable de caractère…

— Les gens qui nous informent ne sont point de

cet avis, objecta Louis. Cette ennuyeuse, conseillée par les confesseurs dans les robes noires de qui elle se réfugie, se plaindrait de ce que je mène une vie scandaleuse… Ne peut-elle comprendre que la solitude effraie une âme de vingt ans ?

Mazarin savait ce qu'il faut penser des courtisans :

— Méfiez-vous, Sire, de ceux qui ont intérêt à ce que cette union ne se fasse pas et…

— Cardinal, je n'y reviendrai pas : vous m'avez déjà privé de la chère présence de vos nièces, je tiens encore un peu à la petite Diane.

Mazarin insista :

— Sa charmante personne auprès de vous est un obstacle plus difficile à franchir que les Pyrénées, Sire.

— En ce cas, cher parrain, supprimons les Pyrénées. Marions-la.

Le cardinal allait encore argumenter. Le jeune roi, agacé, tapant du talon, interrompit son ministre :

— Il suffit ! Puisque ces ennuyants Espagnols prétendent nous donner des leçons sur le chapitre de l'étiquette, trouvez vite un mari à Mlle de Cabrières, je le ferai comte et chacun y trouvera le sien.

Mazarin jugea de bon ton de s'esclaffer pour marquer qu'il goûtait le royal jeu de mots, imité par le roi, pas peu fier de la finesse de son esprit.

— J'avais déjà songé à quelqu'un pour Mlle de Cabrières, dit-il sur un ton dégagé. S'il vous agrée, Sire.

— Ah, bah ? Et c'est ?

— Le petit Montmirail, Sire.

La mémoire revenait au jeune monarque :

— Le petit Mont… Diane n'avait-elle pas eu quelque… inclinaison pour ce…

— Si fait, Sire.

— Je le croyais mort.

— Il vit, Sire, je puis vous l'assurer. Mais sans la protection de Votre Majesté, ses jours sont comptés.

— Et pourquoi donc ?

— Le jeune sot s'est pris de querelle en public avec le comte de Villemus.

— Et puis ?

— Sire, vous connaissez Villemus. Il ne sera en paix qu'après avoir lavé l'affront. Il le fait rechercher partout.

— Où est-il, votre Montmirail, à présent ?

— Votre Majesté ne va pas le croire. Il est dans la délégation de messieurs de Marseille, venus implorer votre pardon pour s'être si mal conduits envers Votre Majesté. Ils précèdent l'arrivée de ce Glandevès, que vous n'aimez pas et que vous avez fait quérir pour le plier.

Louis ouvrait de grands yeux.

— Non ! Montmirail est ici même ? Dans notre ville de Lyon ?

— Si fait, Sire.

— Que fait-il au milieu de ces gibiers de potence ?

— Il aurait pris leur parti, Sire.

— Eh bien, voilà qui le rendra conciliant. Pour le mariage, veux-je dire… Quant à cette malheureuse affaire de Marseille – vous vouliez m'en parler n'est-ce pas, cardinal ?

Mazarin se contenta d'opiner. Le roi poursuivit :

— Je sais ce que vous pensez : du moment où ces

marchands rapportent de l'argent à nos finances, nous n'avons qu'à les laisser se chamailler comme il leur plaît, nous contentant de les tenir en laisse pour les ramener à raison quand ils exagèrent. Tel n'est point notre avis… Nous voulons…

Le roi disait non plus « je veux » mais « nous voulons »…

— Nous voulons, insistait Louis, qu'un repentir complet précède un châtiment exemplaire, les ressources de l'État dussent-elles en pâtir ; elles ne valent pas que nous nous laissions imposer une volonté qui n'émane pas de Nous-Même…

Louis avait laissé choir le grand manteau qu'il essayait devant la glace à l'entrée du cardinal. Il gisait sur le plancher comme la chrysalide d'un papillon qui venait de s'envoler.

La foudre était tombée aux pieds de Mazarin. Sa mission s'achevait. Il était temps de songer à une retraite parmi ses livres et les œuvres d'art dont il avait empli son hôtel de la rue des Petits-Champs. La royale marionnette avait rompu ses fils. Elle se serait grandie en accordant son pardon et en faisant de la cité rebelle une place essentielle dans le négoce en Méditerranée : blés et épices d'Orient, laines et huiles de Barbarie, pastels et indigos qui, par le canal de Craponne, seraient livrés au pied des moulins de Toulouse. La paix signée avec l'Espagne – don Luis de Haro avait déjà paraphé le traité au nom de Philippe IV –, Mazarin imaginait même une alliance avec Barcelone, qui battrait en brèche Gènes et Venise… Un simulacre d'autonomie, quelques privilèges maintenus, serait-ce payer trop cher ce beau rêve impérial ?

Hélas, le jeune monarque, pour une question d'affront à sa royale personne, préférait manier le fouet du châtiment. Il voulait punir, il exigeait la tête de l'ambitieux Glandevès. Il avait parlé en roi.

Pour la forme, Mazarin marmonna des mots où il était question de mansuétude, qui grandit celui qui l'accorde…

Louis n'écoutait plus.

— Vous les recevrez, cardinal, je ne veux pas les voir !

— S'ils sont mal accueillis, je connais leur orgueil, ils s'en vont repartir…

— Que nous importe !

— Mais, Sire, Montmirail s'en ira avec eux… Où donc l'aimable Diane de Cabrières trouvera-t-elle le lieu et le moment de se raccommoder avec son ancien amant ? Sire, il vous faut temporiser… D'en être retardée, votre vengeance n'en sera que plus éclatante. Il est des moments où la raison d'État s'incline devant les raisons du cœur…

— Voilà un instant, dit le roi avec malice, vous me prêchiez le contraire à propos de l'Espagne.

— Il faut y réfléchir, Majesté…

— C'est tout réfléchi. Nous n'admettrons ces gens en Notre présence que pour leur faire savoir Notre volonté.

Appuyant son coup d'œil, le roi ajouta :

— Je compte sur vous, mon cher parrain…

Sur une pirouette, Louis abandonna son ministre perplexe.

43.

Où l'on retrouve à Lyon, devant la cour, une funambule que l'on croyait noyée dans la Nesque...

Sur la place d'Ainay, où Mazarin, incognito dans ses habits bourgeois, les avait admirés durant leur parade, les bateleurs pliaient bagage.

Noël approchait, il faisait froid. Le brouillard couvrait Lyon et on venait de leur proposer, sur le flanc de la Croix-Rousse, un vaste hangar où les canuts, les tisserands en soie, se réunissaient pour se donner, avec des marionnettes, le spectacle de la Nativité de Notre Seigneur, entrecoupé de scènes satiriques, où l'on brocardait les patrons avides, les échevins et le guet. Une critique hardie, en ce temps où le roi et sa cour résidaient dans la métropole des Gaules, avait fait interdire le spectacle. Prudent, le marionnettiste avait filé vers le royaume de Piémont avec ses poupées. Le hangar était vide et les occasions de se distraire des rudesses du travail réduites à néant. Or, les canuts de la Croix-Rousse étaient friands de spectacles. Ils s'en voyaient privés par les gens du roi et pensaient que l'hiver sans distractions risquait d'être bien long. C'est pourquoi ils envoyèrent en porte-parole l'un d'entre eux, René Barone, cordonnier de son état, qu'on appelait pour cette raison Le Gnafre, proposer au chef des saltimbanques le hangar déserté par le marionnettiste pour y passer l'hiver au chaud moyennant le gîte et le couvert. Pour la première fois, le cirque Torribio aurait un toit pour quelques mois. Un vrai toit en dur, sous lequel donner la représentation même les jours de pluie !

Le chef de la troupe des saltimbanques n'avait guère hésité. Ces bonnes gens lui offraient sinon beaucoup d'argent, du moins la promesse de nourritures savoureuses.

À peine avaient-ils pris possession des lieux où ils allaient passer pour la première fois de leur vie errante un hiver de nantis, ils reçurent la visite d'un valet obséquieux, qui, s'entourant de mystère, avait murmuré ceci :

— Un très grand seigneur, qui est mon maître, a pris plaisir hier matin à vos pitreries sur la place d'Ainay. Il en veut offrir le divertissement à d'autres personnes de très haut rang dont je ne peux rien dire. Ayez donc à vous rendre sur son ordre dans…

— Mon ami, l'avait interrompu une douce voix féminine, nous sommes d'honnêtes baladins qui vivons de notre métier. En conséquence, si votre maître veut de notre art, au lieu de nous mander impérativement, il convient qu'on nous montre d'abord la couleur de son argent…

Celle qui avait parlé était la belle funambule de la

troupe, dont la grâce avait ravi le cardinal au point qu'il voulait en offrir le spectacle à son roi, si sensible à la beauté des femmes, afin de le distraire pour un soir des soucis de l'heure.

L'habile Torribio aurait-il eu la chance insolente de trouver la copie conforme de l'incomparable Isis, l'acrobate sans rivale qui avait fait la renommée de son cirque ? Et renouveler avec sa nouvelle recrue les prodiges d'équilibre de cette artiste inégalable ? Comment aurait-il pu donner une remplaçante à celle qui était à jamais irremplaçable ?

Constance d'Orseul avait survécu à bien des mésaventures, mais Constance d'Orseul avait péri noyée dans les eaux en furie de la Nesque, sous les yeux même de ses ravisseurs.

Cette jeune beauté ne pouvait pas être Constance d'Orseul. Ou cela tenait de la magie.

Et pourtant…

Il n'existait pas deux paires d'yeux de cette couleur rare où se mêlaient le vert et le bleu de si subtile façon. Il n'y avait pas sur terre deux jeunes femmes qui eussent cette grâce naturelle, ce port de tête, cette ligne de cou, ces jambes de nymphe, ces… ces…

Constance-Isis aurait-elle une fois de plus échappé à la mort ?

Cela était.

Aurait-on oublié que, depuis son évasion du castellet du pont d'Avignon, Constance conservait comme un talisman, enroulé sous sa robe, le nouveau ruban de soie donné par Torribio ?

Dans la grotte où ils l'avaient emmenée, au pied

du rocher de Cire, au plus profond des gorges de la Nesque, ses ravisseurs turcs ne s'étaient pas souciés d'elle, trop occupés à préparer un feu de braise, à égorger – en le tournant vers La Mecque – leur mouton, puis à l'écorcher avant de le rôtir. Ils pensaient ainsi fêter l'heureuse issue de l'expédition.

La captive, croyaient-ils, ne risquait pas de s'échapper, maintenant que le flot grossi par l'orage battait le pied de la grotte.

Fatale erreur de jugement !

Ayant recouvré ses esprits, rassurée par l'orage qui tenait prisonnières « les avettes dans leurs logettes » (aurait écrit Ronsard), Constance avait d'abord calculé que, si elle pouvait se jeter dans les eaux, en laissant traîner derrière elle le fil déployé et lesté d'une grosse branche, ce poids la freinerait, agissant à la façon de ce que les pêcheurs de Saint-Jean nomment une « ancre de traîne ». Ainsi, au lieu d'être roulée au hasard, pourrait-elle peut-être se diriger jusqu'à un rivage plus hospitalier. Mais l'idée était trop périlleuse. Mieux valait amarrer son fil à un arbuste de la rive. Ils sont fermement accrochés aux rochers que leurs racines enlacent. Comment y parvenir ?

Il fallait trouver un prétexte pour gagner le bord de la Nesque. Elle opta pour le plus logique : satisfaire une nécessité naturelle. Celui qui menait la troupe accéda à la demande et – se voulant gentilhomme en dépit de la noirceur de son âme –, il ordonna que chacun se tournât vers le fond de la grotte. Constance n'en espérait pas tant.

Tapie derrière un buisson, la jeune fille avait ôté sa robe, ne conservant que sa chemise de dessous, avait déroulé le ruban de soie tressée qui l'enserrait jusque sous les seins, en avait assujetti une extrémité au tronc d'un arbuste de la rive et, se laissant glisser, elle s'était confiée à la fureur du courant.

La providence était venue à son secours. Le corps de Constance, agrippée à l'extrémité du fil, passa non pas entre les deux gros rochers qui barraient le lit du torrent en son milieu, où elle se fût à coup sûr fracassée, mais se déporta vers l'autre rive par le rebond des eaux sur les obstacles qui encombraient leur flot. Et notamment vers le tronc d'un arbre récemment arraché de la berge qui s'était mis en travers et faisait comme un pont naturel. Constance s'était hissée sur lui pour sauter sur la rive opposée, où se trouvait une étroite marche de roche. À peine l'avait-elle quitté que le pont éphémère, sous les coups de butoir du flot, repartait à la dérive dans le courant.

À la force des bras, la jeune fille avait commencé une lente ascension de la falaise. Son métier de funambule l'avait endurcie à ne pas craindre le vertige et à garder équilibre sur le moindre appui.

Dans la grotte, personne n'avait rien vu et, quand les gardiens impatientés s'étaient retournés, il était trop tard. Elle les avait vus s'agiter en tous sens, tels des possédés que le grondement de la Nesque rendait muets. Tous couraient partout, se penchaient sur la rive, sondaient les flots d'un regard terrible à la recherche d'un indice. Aucun n'avait eu l'idée de lever la tête vers la falaise opposée. Ils auraient pu voir une gracieuse créature à demi nue grimper lentement vers sa liberté.

Comme son cher père, qui – croyait-elle – devait

veiller sur elle du haut du ciel, Constance perdait rarement son sang-froid.

Elle avait ri toute seule du bon tour joué. Elle imaginait le retour penaud des Barbaresques vers leur chebec et le résultat de leur fiasco sur leur avenir commun…

Au moment où l'aube se levait, Constance avait atteint le plateau dominant la rive droite sans jamais se douter que Guillaume avait remonté sa piste et se trouvait alors exactement en face d'elle, sur la rive gauche, à l'abri d'un chêne, prêt à fondre sur ses tourmenteurs.

Avec mille précautions, la jeune fille avait atteint un chemin menant vers des champs plantés d'oliviers. Elle avait aperçu la silhouette de gens identifiés comme des paysans. Sous le soleil revenu, ils s'occupaient auprès de ruchers dont ils semblaient maîtriser l'industrieuse population, car ils extrayaient des cadres de bois sur lesquel on voyait luire les rayons remplis de miel. Malgré son appréhension, Constance s'était dirigée vers eux.

Telle qu'elle était, encore humide de sa baignade forcée, vêtue d'une chemise en lambeaux, elle pouvait passer pour une innocente égarée. Par précaution elle avait renouvelé la ruse qui lui avait si bien réussi en d'autres circonstances : elle était redevenue muette. Cela avait évité les explications. Ces paysans, quand ils avaient aperçu la jeune fille approchant, avaient suspendu leurs travaux. Constance leur avait fait comprendre par gestes qu'elle ne pouvait leur parler et ce qu'elle avait entendu de la bouche des hommes à propos de sa tenue l'avait confortée dans l'idée de jouer la faiblesse d'esprit. Qui sait quel sort on lui aurait réservé sans la présence de deux vieilles femmes dont l'une – la plus âgée – avait l'air d'avoir autorité sur le groupe ? Les regards des hommes la glaçaient. La vieille avait couvert Constance d'un manteau et, ne sachant que faire de leur trouvaille, ils l'avaient emmenée avec eux le travail fini.

La jeune fille les avait quittés au bout d'une semaine après avoir appris de leur bouche qu'une foire se tenait dans un mois à Beaucroissant, en Dauphiné. Il y avait quelque chance que, dans le grand rassemblement de la plus ancienne foire de France, elle croisât la route de forains qui pourraient lui donner des nouvelles du cirque Torribio.

En fait, elle fit mieux que s'informer sur le sort de ses amis : ils étaient là ! Sauf Adelina, restée à Gigondas, mais Torribio avait trouvé une nouvelle écuyère venue d'Italie, Filomena. Elle avait un caractère de cochon, mais une adresse certaine. La troupe réunie autour de la revenante s'était extasiée et tous l'avaient reprise sous leurs ailes, tendant un nouveau ruban de soie entre deux mâts où elle renouvela des prodiges. C'est Samson qui était content de la recevoir chaque soir dans ses bras ! Il en grognait de plaisir.

Voilà comment le cardinal de Mazarin avait pu admirer Isis à Lyon au point de vouloir la montrer aussitôt à son roi.

Quand l'émissaire revint, il portait la tenue d'officier des gardes du cardinal et c'est avec courtoisie mais de la façon la plus ferme que, tendant à Torribio une bourse lourde de cent écus, il lui intima l'ordre d'avoir le lendemain, à une heure qu'il fixa précisément, à se rendre en la Maison Commune de Lyon, où la troupe se produirait pour agrémenter de ses tours le souper de Sa Majesté.

Ce qui fut fait. On tendit le fil parallèlement à la table du repas, aussi haut que cela se pouvait compte tenu des lambris.

Entourée de la reine-mère et du cardinal, avec, en face de lui, Monsieur, son frère, le roi prit place, puis les services succédèrent aux services. Comme entremets, Leurs Majestés eurent droit d'abord aux jongleries, puis au cracheur de feu, puis aux tours du singe Piquillo, qui – vêtu d'une soutane rouge à sa taille –, imita le cardinal, ce dont celui-ci s'amusa plus que personne. Torribio vint en son jargon s'excuser de n'avoir pas ici l'espace pour présenter son étalon noir Diabolus et le numéro de l'écuyère Filomena. Mais on vit la chèvre mathématicienne Malika, puis l'ours dansant Pamphile… Enfin parut dans son manteau blanc, masquée de satin blanc, la belle Isis… Elle dédia un gracieux baiser au roi, qui le lui rendit d'une inclinaison de tête, avant de s'élancer sur le fil. Sa danse était une telle hardiesse qu'on frémissait à chaque instant. Il y eut un ho ! d'effroi de toute la cour lorsqu'on crut qu'elle perdait l'équilibre…

44.

Où l'on découvre le danger qu'il y a à écouter aux portes et à voir ce qu'il ne fallait pas.

Depuis le tremplin, la funambule s'était lancée dans un saut périlleux avant. Il impressionna fort Sa Majesté. Le roi, subjugué, ne la quittait pas des yeux, portant un mouchoir de baptiste devant sa bouche. Le cardinal avait rentré sa tête dans ses épaules.

Ce n'était qu'une feinte : une chute calculée entre les bras de Samson, dont la musculature monstrueuse avait si fort excité les dames présentes, reine-mère incluse, et provoqué les bravos sur un signe du roi ravi.

Louis daigna incliner la tête avec un sourire d'approbation. La jeune beauté lui fit une révérence profonde…

— Vous êtes, madame, dit-il, aussi habile que belle.

Constance avait rougi.

Les saltimbanques revinrent saluer puis s'éloignèrent. Des valets les conduisirent dans une salle où ils purent changer d'habits avant de se jeter sur le médianoche préparé à leur intention.

Torribio apprécia les compliments, mais plus encore le poids de la nouvelle bourse que le cardinal venait de lui faire remettre. Les frais engagés pour fournir à chacun des saltimbanques une tenue digne du grand honneur qui était fait à cette troupe de gueux seraient largement remboursés.

Par moment, un courtisan, une dame de la cour, passait, comme par inadvertance, dans la salle où les baladins banquetaient, curieux en fait de voir de près ces gens étrangers que l'on disait égyptiens… mais surtout celle qui avait fait si grande impression sur le roi. Certains seigneurs poudrés ne cachaient pas leur désir d'entretenir de plus près, dans la discrétion, cette jeune femme dont la beauté et le talent avaient valu un compliment royal. On les disait en général peu farouches chez cette race d'errants…

Constance savait quels dangers couraient les jeunes étourdies quand elles n'avaient que l'ambition en tête et ne voulaient pas, comme elle, se réserver au seul homme qu'elles avaient jamais aimé.

Un des courtisans, le comte de Villemus, sûr de son emprise sur cette roturière, la serra d'un peu près, lui proposa de quitter la salle où ses compagnons faisaient ribote pour l'accompagner dans les salons dorés où la cour s'était répandue en pépiant. Le regard glacé du gentilhomme avait donné le frisson à la funambule. Elle ne savait comment se défaire de l'importun sans le froisser :

— Dans cette tenue, monsieur, vous n'y pensez pas.

— C'est vrai ! dit une jeune voix de femme derrière elle. Vous ne pouvez demeurer dans ces habits de comédie. Venez, je vous prêterai une de mes robes.

L'inconnue avait pris Constance par le bras et déjà l'entraînait dans les galeries.

Celle qui venait de tirer la jeune fille d'un mauvais pas était à peu près de sa taille, aussi blonde qu'elle était brune et de son âge, même si la somptueuse robe de brocart rouge qu'elle portait la rendait plus mature qu'Isis dans sa tenue de funambule.

Sans façons, elle entraîna celle qu'elle prenait pour une saltimbanque jusqu'à sa chambre, une petite pièce sans confort, sous les toits de la Maison Commune, les édiles lyonnais ayant eu le plus grand mal à loger la cour innombrable qui suivait le roi dans son périple à travers le royaume.

— Je suis Diane de Cabrières, dit la jeune femme, qui s'empara d'une robe en satin doré et demanda à Constance de la passer tandis qu'avec simplicité elle s'agenouillait pour jouer à la dame d'atours.

Diane se redressa et recula le buste pour juger de l'effet que faisait sa robe sur une autre.

— Ravissante. Elle te convient à merveille. Tu la garderas.

— Mais, madame…

— Ne proteste donc pas. Elle ne me coûte rien, on me l'a offerte.

Diane embrassa Constance avec chaleur :

— Si ce soir tu sais t'y prendre, ta fortune est assurée.

Constance fut choquée de cette effronterie :

— C'est que… mon cœur est pris ailleurs.

— Comme cela est touchant ! s'exclama Diane dans le regard de qui on lisait l'étonnement sans bornes.

Avec de pareils atouts, cette sotte n'en profiterait donc

pas pour assurer son avenir dans la couche de quelque amant fortuné ? Comment cela était-il possible ?

La coquine regardait la jeune fille avec plus d'étonnement que lorsqu'elle assistait tout à l'heure à ses prouesses d'équilibre.

— Comment te nommes-tu ? Isis n'est pas un nom de chrétienne !

— On m'appelle Constance, répondit Isis...

— Constance comment ? Tu as bien un nom ?

— Constance… Torribio.

Diane de Cabrières n'en revenait pas. Cette beauté pleine de grâce, fille de ce rustre aux moustaches de Turc ? Comment pareille filiation contre nature pouvait-elle advenir ? Ces gens-là nous surprendraient toujours.

Diane allait demander des détails. Donner quelques conseils, sans doute. Quelqu'un l'appela. C'était une dame d'atours de la reine-mère. Longuement elle chuchota quelque chose à l'oreille de la blonde enfant. Diane inclina la tête à plusieurs reprises, fronçant le sourcil, puis, soucieuse, elle s'éloigna, oubliant de prendre congé de celle qu'elle avait l'instant d'avant traitée comme une amie.

Étourdie par ce qu'elle venait de vivre, Constance se retrouva seule.

Elle jeta un regard à son image dans le miroir et son cœur se serra.

Si Guillaume pouvait la voir !

*

* *

Montmirail ne verrait point sa bien-aimée dans les atours d'une dame d'honneur de la cour. Pourtant, il n'était pas loin. D'humeur sombre, on le trouvait reclus dans sa chambre qui dominait le ruban argenté de la Saône. Il ignorait – il ignorera longtemps encore – que celle dont il déplorait la mort venait de charmer le roi lui-même et de mettre ses courtisans en transes amoureuses.

Le roi qui avait dit à son Premier ministre :

— Faites savoir à messieurs de Marseille que l'audience est ajournée à lundi. Demain, vendredi, nous allons chasser, le soir il y aura fête, samedi nous nous lèverons tardivement, dimanche nous assistons à la grand-messe en la cathédrale Saint-Jean. Qu'ils attendent lundi notre bon vouloir.

Seule nouvelle de réconfort : Glandevès venait d'envoyer un messager à ses « ambassadeurs » marseillais. Il était à Valence. Dimanche, il serait à Lyon. Un renfort d'importance. D'autant que ces messieurs de Marseille espéraient *in petto* que la présence de leur chef détournerait sur lui seul la foudre royale, les épargnant, eux, du même coup.

*

* *

Dans cette Maison Commune changée provisoirement en palais royal, Constance, abandonnée à son sort par Diane de Cabrières, venait de s'égarer. Ayant entendu hennir, elle avait, à l'oreille, gagné ce qu'elle croyait être les écuries où l'on avait prévu une voiture pour reconduire les bateliers à la Croix-Rousse. Par des couloirs obscurs et sans fin, elle avait débouché au hasard sur une galerie de bois dominant une grande salle rectangulaire. Les deux tiers avaient été aménagés en écuries provisoires. Une trentaine de stalles abritaient autant de chevaux.

Entre les stalles et un porche s'ouvrant sur une rue flanquant le bâtiment municipal, on avait séparé l'espace en deux : d'un côté tout ce qui touchait à la sellerie, de l'autre une vaste remise à carrosses. Certains portaient des armoiries, d'autres en étaient dépourvus. L'un de ceux-ci était tout équipé, une armée de palefreniers et de valets s'agitent en bavardant à astiquer les portières, battre les coussins et vérifier sangles et guides des quatre chevaux déjà attelés.

Constance, espionne malgré elle, demeurait fascinée par ce ballet. Survinrent deux cochers en livrée et quatre laquais. À leur ton de commandement, la jeune fille comprit que les nouveaux venus n'avaient rien de domestiques. Des gentilshommes, sans doute, des officiers peut-être, triés sur le volet.

Constance aurait voulu s'arracher à ce spectacle insolite. Elle savait qu'il n'est pas convenable – ni prudent – d'être mêlée aux secrets des grands, mais sa curiosité l'emporta. Et la scène à laquelle elle assista alors l'étonna plus fort encore.

Par la porte basse qui avait livré passage aux cochers apparut un personnage vêtu avec simplicité d'un habit de soie sombre, dépourvu de croix, de rubans des divers ordres, d'insignes ou d'écharpes, mais dont elle reconnut aussitôt la démarche et l'allure : le roi !

Le roi en personne, qui s'adressa à l'un des cochers s'avançant, saluant bien bas.

— Êtes-vous prêt, monsieur d'Artagnan ?

— Prêt, Sire, dit le glorieux mousquetaire qui, pour le service de son roi, jouait le rôle de cocher et de complice. Je n'attends plus que le bon vouloir de Votre Majesté.

L'illustre cocher sauta sur son siège, aussi souple que vingt ans auparavant quand il courait les routes au service de Sa Majesté la reine-mère.

— Monsieur d'Artagnan, dit le roi, j'attends une personne qui ne saurait tarder. J'aurai avec elle un entretien en mon particulier. Veuillez vous éloigner un moment. Vous reviendrez quand vous m'entendrez claquer la portière du carrosse.

À la cour, c'était là un secret de Polichinelle que Marie Mancini, premier amour sincère du jeune monarque – dans le lit duquel elle avait succédé à sa sœur Olimpia –, exilée de la couche royale sur ordre de son oncle Mazarin pour raison d'État, ne se hâtait pas de rejoindre à Rome l'époux qu'on lui avait choisi. Sur la route de l'Italie, elle était encore à Villefranche. Depuis Lyon, souvent Louis allait la rejoindre.

Celle qui vint au roi, c'était Diane de Cabrières, le regard un peu fiévreux. Le roi la salua comme s'il ne l'avait pas rencontrée quelques instants plus tôt.

Avec une profonde révérence, Diane lui rendit ce salut et demeura inclinée. Louis lui tendit la main.

— Relevez-vous, madame…

Le jeune monarque conservait un ton froid, comme distant :

— Eh bien, madame, dit-il avec une majestueuse lenteur, avez-vous réfléchi à ce qu'on vous a dit ?

Abaissant la tête, Diane balbutia :

— Oui, Sire, et j'en suis d'accord.

— Vous savez combien votre présence auprès de nous nous est chère.

— J'en suis reconnaissante à Votre Majesté.

— Mais vous savez aussi à quelle condition. Acceptez-vous le mariage que nous vous proposons ?

La belle fit une nouvelle révérence :

— Puisque tel est le bon vouloir de Votre Majesté.

— Fort bien. Ce jeune homme, ce Guillaume de Montmirail que je vais faire comte, saura bientôt notre décision. Répondez-vous de lui ?

La rouée, qui savait y faire en matière d'aplomb, n'hésita pas :

— Oh, Sire, j'en réponds comme de moi-même. Votre Majesté sait qu'il est follement épris de moi et que j'en ferai ce que je voudrai... Ou plutôt ce que voudra Votre Majesté. Je saurai faire admettre à M. de Montmirail où se trouve son intérêt.

Le roi sourit à sa favorite :

— Fort bien, madame. Nous vous ferons donc mari et femme au plus tôt.

D'un élan Louis monta dans le carrosse et fit battre la portière. À ce signal, les faux laquais sortirent de l'ombre. D'Artagnan remonta sur le siège du cocher et fit claquer le fouet. Les chevaux s'élancèrent. Le carrosse s'engagea sous le porche avec un bruit de tonnerre.

En larmes, pétrifiée, Constance dut serrer les dents pour ne pas crier...

45.

Où le chevalier de Montmirail se voit menacé d'être marié de force.

L'aube se levait avec peine dans la brume. Guillaume entendit frapper à la porte de son logis sur les hauteurs de la Saône langoureuse, où il attendait, comme toute la délégation venue de Marseille, le bon vouloir du roi d'être reçu pour obtenir sa clémence. Le jour était fixé à ce lundi, ne restait qu'à savoir l'heure de l'audience.

Ce pouvait être au petit lever de Sa Majesté, cérémonie durant laquelle le roi était habillé par les gentilshommes de sa chambre, en présence de quelques privilégiés qui se disputaient l'honneur d'être présents au moment où Louis quittait sa couche pour aller s'asseoir sur sa chaise d'aisance, ou bien au grand lever, sorte d'audience publique que le roi accordait au sortir de ses appartements. Entre les deux se tenait le conseil privé, de durée variable, durant lequel on devait – là encore – se tenir prêt et attendre autant qu'il faudrait.

Montmirail ouvrit sa porte et se trouva face à un

capitaine des gardes du Premier ministre accompagné de deux de ses hommes.

— D'ordre de M. le cardinal, veuillez nous suivre, dit l'officier en saluant.

Un carrosse entouré de sergents à cheval attendait en bas.

— Sa Majesté fait-elle mander la délégation de messieurs de Marseille pour son petit lever ? demanda le chevalier en s'installant sur le siège de velours noir.

— Sa Majesté fait mander qui Elle veut, à l'heure choisie par Elle, et ne m'en tient pas informé, monsieur, répondit l'officier. Mes ordres me font devoir de vous conduire en un lieu particulier. J'obéis à M. le cardinal.

De tout le trajet, le capitaine n'ouvrit plus la bouche et Guillaume garda pour lui ses interrogations.

Le carrosse passa sous le porche d'un grand bâtiment que Montmirail reconnut comme celui de la Maison Commune de Lyon, où l'équipage pénétra par une entrée latérale.

Il fut conduit au premier étage, où l'officier lui demanda de bien vouloir pénétrer dans une pièce de modestes dimensions, aux murs couverts de tapisseries à motifs fleuris, meublée d'une table de style Henri-III et de sièges à haut dossier. Un canapé occupait le mur du fond.

— Veuillez attendre ici qu'on vienne vous quérir, dit l'officier avant de se retirer.

Par la porte ouverte à son passage, Guillaume vit qu'on avait disposé deux gardes pour l'encadrer.

Un long moment se passa dans le silence. Le chevalier marchait de long en large pour calmer l'état de nerfs dans lequel le mettaient les questions qui le tourmentaient. Il entendit la porte s'ouvrir et ce qu'il vit le figea sur place.

La superbe créature qui venait d'entrer dans une robe bleu nuit, avec un sourire à damner tous les saints du paradis, Guillaume la connaissait bien. Elle lui avait naguère ravi le cœur jusqu'à ce qu'il se rende compte de l'obligation de partager son lit avec d'autres amants… dont le roi lui-même, et le comte de Villemus !

Diane de Cabrières : la première de ses conquêtes rencontrée chez Mme de Rambouillet.

Montmirail avait planté sa belle maîtresse sans même un adieu le soir où il avait fait scandale dans les salons de la marquise. Mais il gardait aux lèvres le goût de ses baisers, sous ses doigts le velours d'une peau dont le teint devait tout à une belle santé d'amoureuse, et puis au cœur le souvenir ému de l'aventure si bien entamée et si mal achevée. La preuve : il s'était mis à battre plus vite et plus fort en la revoyant.

Il se maîtrisa, avant de s'incliner devant Diane qui lui rendit son salut. Les yeux de la jeune femme brillaient :

— Décidément, chevalier, dit-elle, il était écrit quelque part que nos routes se croiseraient à nouveau. J'en suis fort aise. Mais savez-vous que je suis toujours fâchée contre vous de m'avoir si cavalièrement abandonnée sur un caprice d'enfant le soir où vous défiâtes le comte de Villemus ?

— Mon honneur, madame…, dit Guillaume pour toute excuse.

Diane émit un rire cristallin et prit le ton d'une nourrice grondant un enfant :

— Oh chevalier, vous êtes incorrigible ! Si vous ne portiez pas votre honneur en bandoulière comme votre épée, nous serions dès longtemps mariés, j'en serais fort satisfaite et le roi, en vous donnant le titre de comte et le commandement d'un de ses régiments au grade de colonel, aurait fait votre fortune. Savez-vous que bien des gentilshommes paieraient cher pour subir un tel déshonneur ?

Elle avait dit cela avec une moue adorable.

Guillaume ne s'y laissa pas prendre :

— Madame, il y avait trop de monde dans votre alcôve. Et pas toujours du meilleur.

La belle prit sur elle de ne pas s'offenser pour ménager ses intérêts :

— Allez, chevalier ! Ne vous emportez pas ! Faisons la paix.

— Dans quel dessein ?

Diane s'approcha et glissa à son oreille :

— Parce que je t'aime encore, ingrat, et n'ai point oublié l'amant délicat qui me faisait si tendrement mourir de plaisir entre ses bras.

Le rappel aussi direct de leurs brèves amours fit rougir le jeune homme. Une bouffée de désir monta. Il regardait, fasciné, cette gorge offerte par l'impudeur d'un décolleté à la mode qui en mettait en valeur ses formes rebondies. Des fragrances de musc s'en échappaient, ajoutant à son trouble.

Montmirail reprit contenance, mais il n'échappa

point à Diane que la voix du gentilhomme vibrait un peu quand il lui parla :

— Je garde de ces heures un souvenir ébloui, c'est certain, dit-il la bouche sèche.

— Il ne tient qu'à toi de les reprendre où nous les avons laissées, dit-elle avec un air gourmand. Tu sais bien que de tous, il n'y a que toi que j'aime d'amour.

Il sembla à Diane que Guillaume hésitait. Elle attaqua sans détour. La bouche humide et l'œil allumé, elle joua sa version d'une fameuse scène biblique où elle était Ève et lui Adam :

— J'ai la promesse du cardinal. Pour que je demeure la maîtresse officielle du roi, il me faut un époux. Je pourrais choisir n'importe lequel de ces courtisans prêts à tuer père et mère pour entrer dans la faveur royale. Je claquerais des doigts, ils accourraient tous comme des chiens que l'on siffle. Villemus en tête. Mais pourquoi ne pas allier l'utile à l'agréable en prenant pour époux un homme que j'aime vraiment et qui me ferait l'amour aussi bien, sinon mieux que Sa Majesté ?

Diane poussait son avantage comme un bretteur achève son assaut. Elle ajouta, un éclair d'avidité dans l'œil :

— Allez ! Dis oui et notre fortune est faite !

— Cette fortune-là par ce moyen-là, je n'en veux point, répliqua le jeune homme, offensé.

Diane tapa du talon comme une petite fille à qui on ne refuse rien :

— Allez, monsieur ! Je ne vous laisserai pas avant que vous n'ayez répondu à ma proposition. Vous n'êtes pas obligé de m'aimer, c'est un service que j'attends de vous. Seriez-vous donc un goujat ?

La voix de Diane de Cabrières avait changé de registre : ce n'était plus le timbre de la tentatrice, mais celui d'une femme ambitieuse qui abattait son jeu sans pudeur.

Cette voix-là ramena le jeune homme aux réalités. L'attendrissement venait de faire place au mépris :

— Madame, qu'il soit bien entendu que je ne jouerai jamais Amphitryon pour ce Jupin à rubans ! Je n'ai nulle vocation à être le cocu le plus célèbre du royaume.

Comme Diane feignait de ne pas comprendre, il ajouta l'air mauvais :

— Ni l'époux de la première catin de France ! Il ne me convient point d'épouser une *Porte royale.*

Expression triviale qu'il avait ramenée de Provence, par laquelle on désignait les prétendantes ou les préposées à la couche du roi.

La jeune femme, les traits déformés de colère, levait la main pour souffleter l'impudent.

À cet instant, la porte s'ouvrit, livrant passage à l'officier des gardes du cardinal et à deux de ses hommes.

Diane de Cabrières éclata d'un rire mauvais.

— Trop tard, cher Montmirail ! On vient nous chercher pour nous conduire à nos noces !

Comme pour donner réponse à l'interrogation muette qui se lisait sur le visage sidéré de Guillaume, l'officier dit, sur le ton d'un texte appris par cœur :

— Par ordre de M. le cardinal, j'ai mission de vous

conduire sans délai, ainsi que mademoiselle, au château de Pierre-Scize, en la chapelle où vous attend le prêtre qui doit vous marier, le notaire qui lira votre contrat, ainsi que les témoins qui signeront le registre.

Mazarin avait préparé l'affaire dans ses moindres détails. Le « château » de Pierre-Scize était une forteresse où avaient séjourné Cinq-Mars et de Thou pour y méditer – avant exécution – sur le danger qu'il y a à défier le pouvoir royal. Ce qui assurait à la « cérémonie » de mariage toute sa discrétion. La noce célébrée, la mariée serait ramenée à Lyon tandis que le marié, sous bonne escorte, rejoindrait sans retard son régiment cantonné près de Toul. En guise de douaire, le fief de Montmirail serait érigé en comté, le porteur du titre pensionné sur la cassette royale et élevé au grade de colonel-mestre de camp.

— Mais je ne veux point être marié de force ! hurla Montmirail. Le roi m'attend avec ceux de Marseille !

— Eh bien, monsieur, vous le ferez savoir à Sa Majesté, répliqua posément l'officier, tandis que les deux gardes, qui s'étaient saisis de lui, poussaient le chevalier hors de la pièce.

46.

Où une apparition inattendue permet au chevalier d'échapper à un mariage forcé

Au trot lent de ses quatre chevaux, le carrosse s'engagea sur la rive droite de la Saône, conduisant à Pierre-Scize. On était encore à deux lieux de la forteresse dominant une boucle de la rivière. Ses créneaux se distinguaient à peine de la grisaille humide de cette matinée d'hiver. Guillaume de Montmirail, acagnardé sur la banquette avant contre le montant gauche de la caisse, allait à reculons avec la mine du condamné montant vers l'échafaud.

La belle Diane de Cabrières occupait la place en diagonale sur la banquette arrière.

Le capitaine chargé du convoiement des futurs époux chevauchait devant l'attelage. Deux sergents à cheval encadraient la berline à hauteur des portières.

De temps à autre, Diane jetait un coup d'œil vers Guillaume, qui boudait ostensiblement, le chapeau rabattu sur les yeux.

— Chevalier, vous m'en voulez encore…

Pas de réponse.

— Dites-vous que je ne suis, comme vous, qu'une marionnette dont les fils sont mus par les mains habiles du cardinal. Il ordonne, j'obéis. Ne me jugez point. Je ne suis pas une mauvaise fille…

C'en était trop pour Montmirail. Il s'était juré de ne plus ouvrir la bouche, fût-ce pour dire non au prêtre qui allait recueillir le consentement et bénir la farce de leurs prétendues épousailles, mais il se parjura :

— Vous n'êtes point une mauvaise fille, en effet, mademoiselle de Cabrières, mais une fille tout court. Une dévergondée. Avide de profits, dépourvue du moindre sens moral. Prête à se vendre à qui paiera le mieux.

— Oh, Guillaume, vous êtes cruel !

— Pensez-vous ? Et que faites-vous donc sinon vous comporter comme une marchandise ? Ah, je veux bien concéder qu'il s'agit d'une marchandise de prix pour laquelle j'en connais de nombreux prêts à se ruiner. Mais je ne suis pas de ceux-là.

— J'entends bien, chevalier, cependant ne me jugez pas, je ne…

Faisant litière de son habituelle courtoisie, le jeune homme lui coupa la parole :

— N'ayez crainte, je ne suis point professeur de morale. Ce qui m'est difficile à pardonner, madame, c'est que vous fassiez de moi la caution d'une vie de débauchée.

Diane se rebiffa :

— Je ne vous ai point choisi, monsieur. On vous a choisi pour moi.

— Je n'en crois rien, répliqua Montmirail. Vous me faites payer cher de vous avoir abandonnée un jour, quand j'ai ouvert les yeux sur votre vraie nature. Mais qu'importe ! Ce que je sais est que vous allez briser ma vie. J'aime ailleurs, mademoiselle. J'aime d'amour vrai et sincère, au point que je n'en veux point d'autre. Aimer… Un verbe dont vous n'avez pas l'usage. J'avais juré fidélité à une autre et voilà que vous ruinez sans remords mes espoirs. Et que…

Guillaume se mordit la langue et se demanda ce qui lui avait pris d'aller se confier à cette gourgandine. Elle allait se moquer de sa naïveté avec son rire de cristal qui l'avait si fort charmé naguère. Avec ses pauvres arguments, il n'aurait jamais pensé émouvoir le cœur de pierre de cette arriviste qui ne battait qu'au son des écus.

Il se trompait.

À n'en pas croire ses oreilles, il entendit la voix ensorceleuse, aux sirènes de qui il eût succombé en d'autres circonstances, lui dire, émue :

— Vous aimez, chevalier ? Comme cela est charmant !

Leurs regards se croisèrent. Guillaume lut dans les yeux clairs de Diane à la fois l'intérêt et la stupeur. Ce qui doit cohabiter dans l'œil de l'entomologiste à l'instant où il découvre une espèce vivante jusqu'alors inconnue. Un jeune gentilhomme d'à peine plus de vingt années lui disait : « J'aime ailleurs et suffisamment fort pour ne pas trahir ma foi. » Un poète adepte de l'amour courtois, cela existait donc encore en ce siècle où l'immoralité, l'absence de scrupules régnaient en maîtresses, conduisant chacun à une quête effrénée du pouvoir, du plaisir, du profit ?

Et pourtant… La franchise, la loyauté, l'aveu spontané d'un amour sincère et pur, pour lequel le jeune gentilhomme était prêt à sacrifier l'intérêt que lui aurait valu une simple entorse à son honneur, venaient de toucher la belle intrigante au cœur.

Elle le lui dit. Avec simplicité et franchise. Et l'humeur de Guillaume s'en trouva radoucie.

Elle insista :

— Vous aimez donc à ce point ?

— À ce point, fût-ce sans espoir.

— Pourquoi donc, sans espoir ? On ne vous aime pas ?

— On m'a aimé, sans nul doute. Il y a des regards qui ne trompent pas. Mais l'objet de ma flamme n'est plus. Je l'ai perdu, hélas !

De cet aveu, Diane ne vit d'abord que le côté pratique :

— Vous êtes donc libre ! Qui vous empêche de penser à vous…

D'un geste Montmirail l'arrêta :

— N'allez pas plus loin, madame. La mort de ma bien-aimée ne m'a pas libéré de mon devoir de fidélité. Au contraire, il s'en trouve renforcé. Je ne puis plus aimer ailleurs. Quant à un mariage de convention, ce serait la trahir deux fois.

Qu'il était donc touchant le jeune homme ! Un peu désuet peut-être dans ses manières, mais touchant, assurément.

— Mais enfin, chevalier, si ce sentiment vous

honore, comptez-vous donc finir vos jours dans quelque désert, tel un ermite ?

Elle le regardait à la façon pratique dont les éleveurs de pur-sang évaluent l'allure d'un étalon. Avec pourtant dans l'œil comme un voile de tristesse à la pensée que ce bel animal ne profiterait plus à personne.

Montmirail leva la tête et dit calmement, en regardant Diane droit dans les yeux :

— Ce ne sont pas les champs de bataille qui manquent pour aller, dans l'honneur, en finir avec une existence qui n'a plus de goût pour moi.

Les filles sont toujours prêtes à accueillir les confidences amoureuses. Elles excellent à les provoquer. Chez la plus effrontée sommeille le cœur d'une mère consolatrice, prompte à réconforter un homme dans l'affliction. L'intrigante qui hier encore riait du bon tour joué et se réjouissait de voir tomber sur sa couche une proie de choix pour mieux servir son ambition n'était plus, malgré ses atours et son insolente beauté, qu'une sœur de charité touchée par la détresse de celui qu'elle considérait, à peine quelques instants auparavant, comme un objet de plaisir dont elle saurait faire son jouet.

Diane était touchée au cœur. Choc d'autant plus sensible qu'il advenait sans doute pour la première fois, par un sentiment qui lui était inconnu : la compassion. Elle voulait savoir. Comment un tel amour pouvait-il faire renoncer à toute ambition ?

Elle le supplia et Montmirail parla.

Il n'avait jamais pu confier sa peine à quiconque et voilà qu'il le faisait avec celle qui aurait dû être la moins apte à recevoir ses confidences. Comme la vie est étrange ! Il le fit par loyauté, pour fournir à celle qui était cause de la situation sans issue où il se trouvait les bonnes, les vraies raisons de sa conduite. Il ne la méprisait pas, ne la jugeait pas, il se justifiait. Il raconta la disparition brutale de Constance d'Orseul, sa poursuite éperdue sur des traces mouvantes de la jeune fille enlevée et prête à être vendue comme une esclave par des aigrefins sans scrupules, son fol espoir quand il avait supposé que Constance, sans mémoire, pouvait être cette funambule de cirque dont chacun vantait la grâce et la beauté, enfin sa brutale disparition dans les eaux en furie de la Nesque au moment où il pensait l'avoir enfin retrouvée.

Diane écoutait en silence. Tout en elle trahissait une émotion grandissante. La triste destinée de la petite Marseillaise les fit pleurer tous les deux.

Quand elle eut retrouvé un peu de son calme, la jeune femme demanda si Guillaume connaissait le nom de la funambule.

— Isis, m'a-t-on dit.

Diane sursauta :

— Isis ? Mais son nom de chrétienne, quel est-il ?

— Constance. Constance d'Orseul.

Diane défaillait :

— Constance, avez-vous dit ? Mais alors ce serait…

Elle porta ses mains devant ses yeux comme si elle avait un éblouissement. Enfin, elle articula avec peine :

— Guillaume !… Elle est en vie !

Il crut qu'elle se gaussait :

— En vie ? Quelle folie dites-vous là ?

— Je l'ai vue hier soir même chez le roi.

Le chevalier était comme égaré :

— Constance, chez le roi ? Ne vous moquez pas, Diane. Vous m'avez fait suffisamment de mal.

— Mais je ne joue pas, Guillaume ! J'ai vu cette jeune femme hier soir, à la fête donnée en la Maison Commune où une troupe de saltimbanques était venue distraire Sa Majesté à la demande du cardinal. Il y avait parmi eux une funambule pleine d'une grâce inouïe dénommée Isis qui nous a enchantés par ses tours. Je l'ai retrouvée après la représentation pour lui proposer une de mes robes afin qu'elle pût se joindre à la fête dans une tenue qui n'offensât point l'étiquette de la cour. Cette jeune femme m'a dit se prénommer Constance : elle est brune, avec… avec des yeux comme je n'en avais jamais vu : des émeraudes en place de pupille. Serait-il possible que par une coïncidence incroyable, dame nature ait créé deux êtres aussi semblables, qu'une autre Constance possédât à ce point les mêmes caractères que votre bien-aimée ? Les prénoms, le regard, le métier de funambule… Qui inventerait pareille fable ?

Montmirail, qui écoutait sans oser interrompre ce discours, fut soudain saisi d'une sorte de transe. Il refusait d'entendre plus loin sa raison. Il s'écria :

— Elle vit, dites-vous ? Mais alors ! Mais alors…

Il ne put aller plus loin. Déjà, sa main se posait sur la poignée de la porte du carrosse.

Diane comprit où il voulait en venir. Elle se dressa et vint s'asseoir tout contre lui pour lui saisir le bras.

— Arrêtez, malheureux ! Vous n'iriez pas loin.

Vous oubliez sans doute que vous comme moi sommes les prisonniers du cardinal.

— Mais que faire donc ? s'écria Montmirail. Constance vit ! Que l'espérance vive ! Je resterais là comme un animal qui va à l'abattoir ? Jamais ! Jamais !

Avec fougue, Diane se jeta sur lui, comme dans une joute amoureuse. Le sergent qui chevauchait tout près de la portière ne perdait pas une miette de la scène et regardait le couple avec une curiosité amusée.

— Laissez-moi faire, Guillaume, dit la jeune femme avec un regard où on lisait qu'au moment où elle allait le perdre, elle était attendrie par le sort de ce garçon et qu'elle ferait tout pour se racheter.

En un clin d'œil, Diane de Cabrières se composa un visage souffreteux. Elle agita les bras en tous sens, se tordit les mains, les porta à sa gorge, puis elle entrouvrit la glace de la portière qui se manœuvrait verticalement à l'aide d'une courroie de cuir. Une bouffée d'air glacé entra dans l'habitacle. Elle cria au sergent :

— Dites au capitaine de s'arrêter ! J'étouffe, je me meurs !

Elle se rejeta en arrière sur la banquette comme en proie à des convulsions. Montmirail, pris au piège par la qualité de la comédie, s'inquiétait réellement d'un possible malaise. Il avait saisi la main de la jeune femme tout en lui maintenant le buste comme s'il voulait l'empêcher de choir sur le plancher du carrosse.

Le sergent poussa son cheval vers l'avant pour rejoindre son capitaine.

On entendit l'ordre lancé au cocher, le grincement

des patins de fer sur le cercle des roues, et le lourd véhicule s'immobilisa. Aussitôt, on vit l'officier approcher sa monture et se pencher vers la glace entrouverte.

— Mlle de Cabrières se sent mal, cria Montmirail. Il lui faut respirer un peu d'air frais.

Il ouvrit lui-même la portière en grand.

Les deux sergents avaient mis pied à terre, abaissé le marchepied et, soutenant la jeune femme en l'encadrant, ils l'aidèrent à descendre sur la chaussée. Diane continuait à gémir.

— Je ne peux plus respirer. Aidez-moi s'il vous plaît à desserrer mon corselet.

Tandis que l'un des gardes soutenait Diane aux aisselles, l'autre, de ses gros doigts gourds, ayant délié la ganse du lacet, tentait de le relâcher en délaçant les deux pans du vêtement.

— Ah ! j'étouffe encore..., haleta la belle rouée.

Elle saisit des deux mains le haut du corselet et le tira en avant.

Alors, sous les yeux extasiés des trois militaires et du cocher jaillit du corsage détendu la paire de seins la plus follement séduisante que ces hommes frustes eussent vue de leur vie. La vision fut de l'ordre de l'apparition. Ces rustauds en furent, au sens propre, enchantés. Cela se lisait sur leurs faciès sidérés. L'officier lui-même, qui aurait dû pourtant ramener ses hommes aux réalités, ne pouvait détacher ses yeux de la grisante vision des aréoles roses où pointaient fièrement deux tétons que la fraîcheur de l'air faisait saillir avec effronterie.

C'est quand il entendit grincer les gonds de la portière opposée, puis le tambour d'une cavalcade effrénée, que l'officier comprit combien son avancement dans le métier des armes venait d'être compromis. Perché sur sa selle, par-dessus le toit du carrosse, il apercevait Guillaume de Montmirail grimpant à grandes enjambées le coteau boisé de l'éperon rocheux dominé par la citadelle et se perdre à sa vue. Les deux gardes et le cocher, toujours en extase devant un double anticlinal de chair rose et ferme qui ne semblait pas pressé de réintégrer sa douce prison parfumée, ne perçurent la réalité de la situation qu'après avoir entendu leur officier aboyer :

— Jarnibleu ! Il s'enfuit ! Holà, vous autres ! Qu'attendez-vous pour lui courir aux chausses ?

Le souhait était sans espoir. Le fugitif était déjà loin, trop pour être rattrapé par deux soldats empêtrés dans leurs armes, dont l'un, à demi étranglé, venait d'être arrêté net dans sa course par le canon de son fusil, porté dans le dos par sa bretelle en bandoulière, coincé entre deux branches.

Les cris de rage succédaient aux jurons, tandis qu'on entendait, entre deux hoquets de rire, le timbre clair de Diane de Cabrières prodiguer ses encouragements à la silhouette bondissante qui rapetissait à vue d'œil dans le bois :

— Cours, Montmirail ! Et ne sois point en souci pour moi, j'en trouverai un autre !

47.

Où « messieurs de Marseille » défient le Roi-Soleil en majesté.

— Sa Majesté refuse pour l'instant de vous recevoir.

— Pourquoi donc nous avoir fait quérir depuis Marseille avec une telle insistance si c'est pour nous laisser en antichambre comme de simples courtisans ?

La voix de bronze de Gaspard de Glandevès frémissait d'indignation.

— Il semblerait que le roi ait à se plaindre de vous, répliqua Saintôt, le maître de cérémonie de Louis XIV. L'esprit de révolte qui anime une ville bien ingrate et fâcheusement insensible aux bienfaits de Sa Majesté l'aura profondément irritée.

Le vicomte ne se laissait pas impressionner par le regard hautain de ce laquais aux façons de gentilhomme :

— Sont-ce les atteintes à la liberté et la suppression de privilèges millénaires que vous désignez comme des bienfaits ?

Saintôt ne répondit pas et jeta un œil méprisant sur la délégation marseillaise, avant de se retirer de son pas de cigogne.

Quatre journées de cheval avaient été nécessaires à Glandevès pour rejoindre à Lyon ses compagnons qui attendaient, depuis des jours, au confluent de la Saône et du Rhône, le bon vouloir du roi.

L'arrivée en trombe à Lyon de leur propre chef, toujours aussi bouillant, avait réconforté la délégation, qui craignait que cette convocation royale ne fût le prélude à une prise de corps.

— Je ne vois pas Montmirail parmi vous ? s'était inquiété Glandevès à peine arrivé.

— Un messager du cardinal est venu le quérir tôt hier matin, avait expliqué son frère, le commandeur de Cuges. Nous ne l'avons pas revu.

C'était bien ce qui les inquiétait. N'était-ce pas le prélude à une série d'arrestations ?

— Quelque belle, plaisanta le commandeur sans trop y croire, lui aura envoyé un billet auquel notre blondin n'aura point résisté. Il a vécu à la cour, il doit lui en rester quelques relations. Nous le retrouverons tantôt en la Maison Commune, puisqu'on nous fait l'honneur de nous convier au petit lever.

— Pour autant, dit Glandevès pour réveiller l'ardeur de ses partisans, il ne s'agit pas d'y aller la corde au cou avec des airs de coupables. C'est l'honneur de Marseille que nous défendons.

Persuadée que l'apparente faveur royale d'assister au petit lever augurait bien de la suite, la délégation fut surprise de se voir conduite, à peine arrivée, jusqu'à une pièce semi-obscure devant laquelle on plaça deux gardes après l'avoir fermée sur elle. Glandevès s'assit devant l'âtre, qu'on avait – peut-être par intention – négligé d'allumer. Le temps passait. L'humeur du vicomte tournait à l'orage :

— Pourquoi donc nous avoir convoqués pour le petit lever s'il nous faut attendre le grand ?

— Calmez-vous, mon frère, conseillait le commandeur de Cuges. Il serait dommage que l'indignation vous conduisît à prononcer des paroles que vous regretteriez. Le sort de notre chère ville vaut bien que vous étouffiez votre caractère sous le boisseau.

Glandevès grognait :

— C'est bien pour elle que j'accepte d'être traité moins qu'un valet.

Mais la nature fougueuse du vicomte avait repris le dessus. Il tempêta si fort que Saintôt en personne vint lui demander de se calmer.

— Pour l'instant, Sa Majesté est à ce point fâchée contre vous-mêmes et votre ville que, dans votre intérêt, le mieux serait d'être patients.

En fait, cette attente faisait partie du jeu pervers du cardinal. Il voulait persuader les rebelles qu'ici ils ne feraient pas la loi. Il les traitait donc en domestiques pour leur apprendre à plier l'échine.

La demie de 11 heures avait sonné quand enfin la porte s'ouvrit et Saintôt lança, de sa voix de cérémonie :

— Messieurs de Marseille, Sa Majesté le roi consent à vous recevoir. Veuillez me suivre.

À grand renfort de soies précieuses et de draperies, les tapissiers avaient usé de tous leurs talents pour transformer la grande galerie du conseil municipal en une façon de salle du trône. Tout au long, rangés contre les murs, se tenaient dames et courtisans. Cela formait comme une allée humaine, qui conduisait jusqu'à une estrade dissimulée sous les soieries et des tapis précieux, où on avait installé un trône.

Tout était fait pour impressionner les arrivants qui venaient de s'engouffrer dans la salle sur les talons de Gaspard de Glandevès.

Les gentilshommes marseillais constatèrent avec dépit qu'ils n'étaient pas les seuls à être reçus. D'autres délégations attendaient leur tour, l'échine courbée par réflexe.

Le maître des cérémonies s'adressa à l'assistance en rappelant les règles de l'étiquette :

— Seuls les députés du clergé et de la noblesse auront le privilège de parler debout devant Sa Majesté. Tous les autres mettront genou en terre.

— Je ne m'agenouille que devant Dieu, tonna une voix.

Emporté par sa fougue, Gaspard de Glandevès venait de laisser parler son tempérament.

L'apostrophe avait vibré dans l'air surchauffé de la salle. Un murmure offusqué parcourut l'assistance.

Saintôt avait pâli comme s'il avait pris l'offense à son compte. Le vicomte n'en démordait pas :

— En qualité de gentilshommes, nous nous croyons dispensés de prendre une posture de suppliants.

Il allait ajouter autre chose quand la voix de Saintôt lui coupa la parole en glapissant :

— Le roi !

Tous les regards se tournèrent vers une tenture dont deux mousquetaires venaient d'écarter les pans. Louis gagna le trône – en fait le plus grand et le plus lourd fauteuil en bois doré et siège de velours rouge qu'on ait pu dénicher dans Lyon – sur lequel il paraissait avoir la taille d'un enfant. Le roi de France ne se départait pas pour autant d'une attitude hautaine.

Avait-il entendu les protestations de Glandevès ? Feignait-il de les ignorer ? Il s'assit sans un mot, sans regarder quiconque.

À ses côtés s'installèrent la reine-mère et le cardinal, puis, sur un gradin moins élevé, les princes du sang, dont le frère du roi, au premier rang.

L'assemblée tout entière s'était agenouillée. Seules émergeaient les silhouettes dressées de la délégation marseillaise. Le comte de Brienne s'en mêla :

— Messieurs de Marseille, tous à genoux, le roi l'entend ainsi !

Qui le premier céda ? L'un après l'autre, les Marseillais plièrent. Seuls demeuraient, droits comme des statues parmi la foule des suppliants, Glandevès et son frère, soutenant le regard courroucé du roi.

Chacun s'attendait à voir la foudre s'abattre dans le silence qui s'était installé. Il n'en fut rien.

L'avocat d'Ortigues, avec l'habileté d'un familier du prétoire, en profita pour faire diversion. Toujours à genoux, il porta la parole à son souverain, le suppliant de « croire à l'inviolable fidélité des Marseillais » et acheva son adresse :

— Il n'est aucun de nous, Sire, qui n'aimât mieux perdre la vie que de déplaire à Votre Majesté.

Le roi jeta sur le groupe des rebelles des yeux d'orage et répondit d'un ton glaçant, comme s'il parlait à d'autres :

— Messieurs de Marseille nous ont donné trop de marques de mécontentement pour nous persuader de l'attachement des Marseillais à notre personne.

Il fit une pause, et, sans doute conseillé par Mazarin, conclut en adoucissant le propos pesé avec soin pour souffler le froid et le chaud :

— Néanmoins, nous prenons acte de cette volonté d'obéissance, et s'ils persistent dans la soumission, nous pourrions leur rendre notre confiance dont ils se sont montrés indignes et leur donner des marques de notre affection. Nous aviserons.

Ces deux derniers mots avaient été prononcés en fixant précisément Gaspard de Glandevès et son frère, toujours debout.

Ce coup d'œil valait condamnation.

*

* *

Sur l'instant, la délégation avait poussé un grand soupir de soulagement. Tous n'avaient d'autre hâte que de s'en retourner chez eux. Le roi n'avait pas abattu sur eux sa main redoutable, mais il n'engageait en rien l'avenir. Si les Marseillais s'en tiraient à bon compte, cela relevait du provisoire. Glandevès savait que le roi l'avait épargné momentanément pour calmer les esprits échauffés des gens de Marseille, mais aucune garantie ni absolution n'avaient été données. Louis avait offert à chacun un spectacle : celui de la puissance du pouvoir royal. Si décision avait été prise, il n'avait pas jugé le lieu et l'heure opportuns pour la faire connaître.

Pour sa protection, le vicomte ne pouvait plus compter que sur l'amour du populaire qui l'avait désigné comme son chef. Et cela le laissait songeur…

Sur le chemin du retour vers Marseille, il s'était fait précéder par deux messagers. Ils avaient pour mission de rapporter au peuple de Marseille l'audience royale de Lyon « à la façon des Glandevès ».

La mesure fut efficace. Le coup d'audace du vicomte refusant de plier le genou devant le roi valut au chef de la rébellion un surcroît inouï de popularité. Le peuple prévenu s'était porté en masse à la rencontre des ambassadeurs de la ville. Sur les bords du Lacydon, personne ne doutait de la pleine réussite de leur mission.

Plusieurs centaines de jeunes gens à cheval, alignés en escadrons, enseignes déployées, formaient une mouvante haie d'honneur aux héros du jour qu'on avait juchés sur les chevaux richement harnachés, offerts « Au nom de Marseille reconnaissante ».

Glandevès et le commandeur de Cuges passèrent sous la porte Réale comme des triomphateurs. Ils répondaient aux vivats avec de grands sourires et des gestes du bras, saluant de tous côtés les Marseillaises et Marseillais qui leur criaient leur amour. Chaque maison sur le passage du cortège était ornée d'oriflammes et de guirlandes.

Lou Rousset, au premier rang des admirateurs, avait saisi la bride du cheval du vicomte et le conduisait d'une main ferme au sein de la foule, dont les cris affolaient la bête pourtant docile. Piero Orsini en faisait de même avec la monture du commandeur.

Mais au milieu de ce triomphe à la romaine, Gaspard de Glandevès n'était plus dupe de son pouvoir. Il lui restait assez de cette culture classique acquise chez les oratoriens pour savoir que le Capitole est tout proche de la Roche tarpéienne.

Tandis qu'éclataient les vivats, ponctués de coups de mousquets tirés en l'air, et que se formaient des farandoles endiablées sur le quai de la Ville, deux messagers royaux venaient d'arriver à Aix chez le duc de Mercœur, gouverneur de Provence. Ils étaient porteurs d'un décret de prise de corps signé par Mazarin à l'encontre de « M. de Glandevès, sieur de Niozelles, tribun séditieux dont il convient de courber au plus tôt la tête arrogante ». L'autre décret donnait au gouverneur les ordres de Sa Majesté quant à la conduite à tenir envers la cité rebelle.

Le regard du jeune monarque offensé n'avait laissé aucun doute sur les suites de l'entrevue de Lyon.

48.

Où Constance, le cœur brisé, fait ses adieux à ses amis saltimbanques.

Torribio était occupé à travailler un entier lusitanien nommé Eusebio, qui lui donnait bien des satisfactions. Il était d'autant plus ravi de son acquisition qu'il l'avait eu pour 1 600 livres[1], au tiers de sa valeur, d'un vieil aristocrate d'Ambérieu qui venait de se ruiner au jeu et payait sa dette en bradant ses biens au premier offrant. L'écuyer suivait du regard le trot élégant du splendide animal tenu au bout de sa chambrière quand son œil croisa ce qu'il crut être une vision. Il demeura bouche bée en reconnaissant dans la belle dame qui venait d'apparaître, Isis, *son* Isis. Il l'avait vue la veille partir au bras d'une jeune fille blonde de la suite du roi vers on ne savait quel destin, et la croyait une nouvelle fois perdue pour la troupe du cirque qu'il dirigeait avec sa bougonne autorité. La belle portait une robe de princesse. On n'en avait jamais vu de pareille autour du rond de sable où les

1. 1 livre = 9,42 euros.

saltimbanques répétaient leur nouveau spectacle dans ce hangar de la Croix-Rousse, à Lyon, où ils passaient l'hiver grâce à l'hospitalité des canuts.

Quand, à son tour, l'hercule Samson aperçut la belle, d'étonnement, il lâcha un haltère sur ses orteils, et le jongleur Baldovino rata trois des six balles qu'il venait de lancer en l'air. Quant au singe Piquillo, le seul qui, guidé par son instinct, avait reconnu d'emblée l'arrivante, il venait de se jeter dans les bras de la jeune fille et lui témoignait à la manière de son espèce, par de petits cris répétés et des gestes câlins, son plaisir de la revoir.

Tous, fascinés par la parure de brocart doré orné de dessins brochés en fils d'or et d'argent qui rendait encore plus gracieuse l'apparition de Constance d'Orseul, mirent un instant à s'apercevoir que la jeune fille pleurait comme une madeleine.

Torribio, en homme d'expérience, en avait conclu que la trop belle Isis, écoutant les sirènes des courtisans qui se pressaient autour de la funambule après ses prodiges, avait « sauté le pas » sur des promesses non tenues. Et que l'imprudente venait de comprendre – une fois « consommée » et congédiée comme une domestique – que sa belle robe ne l'avait pas protégée du déshonneur.

En quoi il se trompait.

Le chagrin de Constance avait bien d'autres raisons plus graves. Elle n'avait pas vendu son honneur pour une robe de prix. La cause de sa peine profonde était d'avoir compris un peu tard que l'homme qu'elle aimait était prêt à la trahir pour une aventurière dont il partagerait bientôt les charmes avec le roi !

Ce Guillaume de Montmirail, si doux, si prévenant, ce faux prince charmant, comme il cachait bien son jeu ! Comme il s'était joué d'elle ! Qui aurait dit, quand il la regardait avec ces yeux pleins de tendresse, quand il lui parlait de son timbre de velours, qu'il cachait une âme si noire ?

Les baladins navrés avaient entouré Constance en pleurs, cherchant par quel moyen la consoler. Eux qui l'avaient toujours connue joyeuse, pour ne pas dire insouciante, n'osaient la questionner par respect pour son affliction, ni l'obliger à se dévoiler si l'envie lui en manquait. On lisait sur les visages rudes de ces gens simples, habitués à encaisser les mauvais coups de la vie, une sincère compassion pour cet intarissable chagrin dont ils ne comprenaient pas la cause.

Torribio était allé chercher le tabouret qui permettait à Isis de se hisser jusqu'à la plateforme où on amarrait le fil de soie pour son numéro et l'avait posé aux pieds de la belle.

Toute la troupe vint en silence l'entourer, chacun s'asseyant à même le rond de sable où l'instant d'avant Eusebio caracolait dans sa belle robe blanche et soyeuse. L'étalon, que l'écuyer avait arrêté dans sa course, contemplait la scène l'encolure inclinée et paraissait s'y associer. Il s'ébrouait discrètement de temps à autre, pointant ses oreilles dressées comme pour mieux entendre la voix qui venait de s'élever entre deux sanglots.

— Mes amis, je suis venue vous faire mes adieux, commença-t-elle. Jamais je n'oublierai ce que vous avez fait pour moi, comment vous m'avez sauvée d'une horrible agonie et comment je suis revenue lentement à la vie après le choc affreux qui m'avait rendue muette et retranchée du monde des vivants. La chaleur de votre accueil, l'affection dont vous m'avez entourée, votre générosité sans calcul m'ont permis de retrouver peu à peu – la mémoire me revenant – qui j'étais et d'où je venais, et de rassembler les débris de ma mémoire éparpillée. Vous étiez devenus comme ma famille.

Les têtes approuvaient silencieusement.

— De ce qui m'était advenu avant notre rencontre sur une route de Crau où je me mourais, avait poursuivi Constance, je ne vous avais jamais rien dit. Longtemps, je me suis contentée de jouer le rôle que Torribio m'avait attribué après avoir décelé en moi des dons que j'ignorais et avoir fabriqué de son art et de ses mains la funambule Isis. Si j'ai accepté d'entrer dans ce jeu, c'est par façon de reconnaissance envers votre générosité. Je payais ainsi mon tribut à votre bonté, à tout ce que vous m'aviez apporté sans jamais exiger de compensations. Si j'ai pu assurer la renommée du cirque Torribio, j'en suis heureuse et j'ai ainsi comblé une part de ma dette.

À ce stade, Constance n'était plus la seule à larmoyer. On entendait renifler, se moucher parmi les saltimbanques, et même les traits rudes de Samson, le colosse, en étaient bouleversés. Son front charnu tout plissé attestait des efforts accomplis pour suivre un discours dont le propos le dépassait.

Constance en venait à son aveu :

— Aujourd'hui, mes amis, il faut que je vous explique la raison de ma peine, qui est aussi celle de la décision que j'ai prise de vous quitter.

On entendit monter un long et unanime soupir de regret.

— Ne me prenez pas pour une ingrate, poursuivait la jeune fille. Désormais, plus rien ne me retient ici ; je vous dirai pourquoi, puis je m'en retournerai à Marseille, où je suis née.

Alors commença le récit des aventures et mésaventures de la jeune Marseillaise, advenues avant sa rencontre avec la troupe du cirque Torribio, et pourquoi ils l'avaient retrouvée à demi morte d'insolation tandis qu'elle fuyait droit devant elle, privée de mémoire et de parole.

Enfin, Constance leur fit l'aveu qui lui coûtait le plus : son amour pour un jeune gentilhomme nommé Guillaume de Montmirail, à qui elle avait juré sa foi et donné son cœur. De qui elle attendait une délivrance qui n'était jamais venue, et puis la découverte, par le plus grand des hasards, de sa duplicité, de sa trahison.

Un lourd silence entrecoupé de soupirs à fendre l'âme s'était abattu sur la troupe attendrie.

Comme ils étaient loin les soirs de joie où, accompagné par les éclats cuivrés et les percussions dont Turlupin, l'homme-orchestre, avait le secret, chacun, son numéro achevé, venait tour à tour, dans la lueur des torches, recueillir les bravos d'un public ravi !

Ce soir-là, on aurait cru à une veillée funèbre.

Torribio, dont les moustaches en accent circonflexe attestaient la compassion, avait été le premier à sortir de la torpeur où ce récit avait plongé les saltimbanques. Sous ses dehors brusques, il était assez subtil pour ne pas s'opposer à la décision de Constance, bien que, en chef de troupe au raisonnement pratique, il mesurât la perte sèche que représentait la suppression du numéro le plus fameux de son programme. Il avait seulement objecté :

— Les routes ne sont pas sûres, ma belle, tu ne peux partir seule. Tu n'irais pas loin avant que d'être à nouveau violée[1].

La jeune fille l'avait regardé tristement :

— Ma décision est irrévocable, Torribio.

— J'entends bien, mais tu ne vas pas t'en aller en mendiant ton pain !

— Je vendrai cette robe.

Torribio avait fait entendre son gros rire :

— Un fripier te tromperait, tu es trop tendre ! Il te donnerait à peine de quoi atteindre Pierre-Bénite !

Constance n'en démordait pas :

— J'ai un petit pécule, économisé sou à sou sur ce que tu m'as donné. Je prendrai le coche d'eau sur le Rhône jusqu'à Avignon. Une fois sur place, j'aviserai.

— Qu'irais-tu faire à Marseille, si tu n'as plus personne ?

— J'ai encore une tante du côté de mon père, dame Renée Bonneau. Elle habite le village de Casteù-Goumbert[2], près de Marseille. Elle ne refusera pas de m'accueillir en apprenant mon infortune.

Les moustaches de Torribio, qui, à la manière des insectes, lui servaient aussi d'antennes quand il fallait décider où se diriger, lui inspirèrent une solution.

— Puisque tu ne veux pas rester avec nous, c'est nous qui allons t'accompagner. Nous gagnerons par

---

1. Rappelons encore qu'au XVIIe siècle le mot viol signifie aussi enlèvement.

2. Aujourd'hui Château-Gombert, dans le XIIIe arrondissement de Marseille.

petites étapes le Midi du royaume et te déposerons aux portes de Marseille.

Il prit ses compagnons à témoins :

— Qu'en dites-vous ?

Une clameur monta de la troupe. Le nombre était réduit mais les voix étaient fortes :

— Nous y allons !

De la tête, Constance disait son embarras :

— Je ne veux pas vous voir dévier de votre route par ma faute.

— Bah ! répliquait Torribio, ici ou ailleurs, nous autres errants sommes partout chez nous. L'hiver se fait mordant. Retournons au Midi réchauffer mes vieux os.

— C'est ma faute, disait Constance, vous m'en voyez toute contrite.

— Mais non ! avait objecté Torribio, qui déjà voyait le côté positif de l'aventure. Chaque soir tu te transformeras en Isis et le public viendra en nombre t'admirer, pour le plus grand profit du cirque Torribio. Ce sera ta façon de participer aux frais du voyage !

On ne serait pas allé jusqu'à dire qu'un sourire venait d'apparaître sur les traits bouleversés de Constance, mais elle semblait à la fois rassurée et revigorée.

— Tope là ! s'écria Torribio de sa voix d'ogre en lui tendant sa large main ouverte.

Cela valait contrat.

Turlupin le ponctua d'un formidable coup de ses cymbales.

— Quand partons-nous ? demanda le musicien.

— Demain, dès l'aube, à l'heure où blanchit la campagne, répliqua Torribio qui n'avait pas l'air mécontent de sa formule.

49.

Où, de retour à Marseille,
Guillaume devance de peu
l'armée du Roi-Soleil.

Dès qu'il s'était senti en sécurité dans les bois autour de Pierre-Scize, Montmirail avait arrêté sa course folle et, récupérant le souffle qui lui faisait défaut, avait réfléchi à la suite à donner.

La première chose à faire était d'aller se renseigner sur ces gens de cirque parmi lesquels Diane de Cabrières l'avait assuré que se trouvait ce sosie de Constance d'Orseul.

De gônes en canuts, à force d'interroger le passant tout en surveillant ses arrières, le chevalier apprit que le cirque Torribio était logé dans un ancien hangar de la Croix-Rousse qui lui servait de havre pour la mauvaise saison.

Il finit par le dénicher dans une ruelle perdue, mais la porte était barrée.

Un maréchal-ferrant, qui s'était occupé de curer les pieds de l'étalon noir que montait le chef de troupe, vint voir ce que désirait ce gentilhomme aux habits griffés comme s'il avait couru parmi les ronciers. Il avait l'air inquiet à un âge où l'on est volontiers insouciant. À la demande pressante du jeune homme d'apprendre où se trouvaient les saltimbanques, le maréchal répondit « qu'on ne pouvait savoir avec ces gens-là. Ils vont où bon leur plaît et ne laissent jamais d'adresse ».

En tout cas, avait conclu le bonhomme avant de retourner à sa forge, « si c'était pour les voir, c'est bien tard, ils ont levé le camp sans même dire au revoir à personne ».

Pour montrer son bon vouloir, l'homme avait vaguement montré la direction du sud, mais il aurait tout aussi bien désigné les trois autres points cardinaux.

Montmirail, le cœur lourd, quitta Lyon à pied, se faisant le plus discret possible, se disant que les limiers du cardinal chercheraient de préférence un cavalier.

Ainsi Guillaume, toujours marchant, atteignit-il Bourgoin-Jallieu, au sud-est de Lyon, où il trouva refuge dans une auberge aux portes du village. Son premier soin, le lendemain, assuré de n'être plus poursuivi, fut de changer d'apparence. Il troqua ses habits de gentilhomme pour une tenue bourgeoise acquise chez un fripier, avec une culotte bouffante sur des bas gris et une longue veste d'un bleu fané qui le couvrait jusqu'à mi-cuisses. Il portait un large chapeau dépourvu d'ornements et une chemise sans col qui lui donnaient l'air commun d'un paisible marchand. Pour compléter son équipement, il avait acquis pour une bouchée de pain une petite berline attelée d'une jument de remonte qui ne payait guère de mine. Personne n'aurait reconnu sous le déguisement d'un vendeur de draps le fringant chevalier qui avait eu l'audace de désobéir à la volonté royale. Sa cargaison dissimulait des vêtements plus conformes au rang d'un aristocrate, ainsi que la bonne lame dont il ne se séparait jamais, qu'on n'aurait pas admise au côté d'un marchand. Il avait aussi fait l'acquisition de deux pistolets chargés dissimulés dans un lot de dentelles.

C'est dans cet appareil qu'il prit la direction du Sud. Son projet était de rejoindre Marseille et de retrouver Philippe d'Orseul. Le père de Constance aurait-il eu enfin des nouvelles sûres du sort de sa fille bien-aimée ? Pouvait-on se fier à Diane de Cabrières quand elle avait décrit la funambule Isis comme une sœur jumelle de Constance ? Ou bien un sort cruel persistait-il à torturer sans fin le jeune gentilhomme ?

Une intuition poussait Montmirail à croire que c'était en allant à Marseille qu'il trouverait les réponses à ses interrogations.

Mais, rendu prudent par la mésaventure lyonnaise et redoutant la réaction vengeresse du cardinal, il avait jugé plus sûr, quitte à perdre du temps, d'éviter la grand-route, celle qui suivait la rive gauche du Rhône, et d'emprunter les chemins vicinaux moins fréquentés et surtout moins surveillés.

C'est ainsi que bourgs et villages, de Saint-Marcellin à Auberives, de Crest à Vaison, virent passer, au trot poussif de sa jument à la robe mitée, l'équipage de cet étrange marchand de draps qui ne vendait rien à personne et poursuivait sa route en évitant les postes d'octroi. Les aubergistes le voyaient arriver tard et repartir à l'aube, mais il payait bien en bonne monnaie et il n'y avait rien à redire sur sa conduite, sauf qu'il était peu causant.

Un qui fut ravi de le revoir, c'est Bernard de La Souchière, qui accueillit son grand ami arrivé à l'improviste au domaine du plan de Dieu à grand renfort de manifestations exubérantes et le gava pendant deux jours. Le seigneur de Gigondas avait un peu forci, son teint prenait la couleur du grenache qu'il mettait dans ses bouteilles et Adelina, qu'il avait épousée par une de ses lubies aussi fréquentes qu'inattendues chez un garçon au tempérament expansif et fantasque, était enceinte.

La nouvelle marquise de Gigondas avait gardé de sa vie première chez les *Égyptiens* du cirque Torribio le goût de lire l'avenir dans les tarots. Elle fut formelle en assurant à Guillaume, sur la vie de son futur enfant, que Constance était vivante et que le chevalier allait la retrouver « un jour ». Elle ne put aller au-delà dans la précision.

Montmirail se serait volontiers attardé, mais la nouvelle le poussait à se remettre en route sans retard. Il lui fallut promettre d'être le parrain du nouveau-né pour qu'Adelina et Bernard de La Souchière acceptassent de le laisser partir.

Abandonnant berline et jument, le « marchand de drap » reprit ses habits de gentilhomme, remit son épée au côté, ses pistolets dans les fontes, et partit vers Marseille, monté sur une superbe jument alezane offerte par son ami le châtelain de Gigondas.

Ainsi, durant des semaines, Constance et Guillaume, tous deux en route vers Marseille, l'une faisant étape avec ses amis saltimbanques tout au long du Rhône, l'autre cheminant en parallèle plus à l'est de village en village, auront-ils sans le savoir marché de conserve vers leur destin.

*
* *

Depuis que Montmirail s'était enfui de Lyon, plus de deux mois s'étaient écoulés, et la Provence se parait d'un printemps précoce. Guillaume avait évité Aix en passant par Vernègues et Éguilles. C'est là, dans une auberge à l'entrée de Calas, qu'il apprit par des propos de voyageurs que le roi, la reine-mère, Mazarin et toute la cour avaient quitté Lyon, et s'étaient – eux aussi ! – mis en marche en direction du Sud. Ils devaient passer quelques jours à Aix, avant de reprendre la route des Pyrénées où le mariage de Sa Majesté avec l'infante d'Espagne allait être célébré. On prêtait au monarque la ferme intention de régler au passage le sort des Marseillais une fois pour toutes.

Il n'y avait plus un jour à perdre.

Montmirail retrouva la grand-route à hauteur du village des Milles. La chaussée lui parut défoncée, piétinée par des milliers de sabots comme après le passage d'une armée tirant des affuts de canons et de lourds chariots.

Au hameau Notre-Dame, appelé Notre-Dame-Limite en raison d'une chapelle qui marquait la frontière entre la juridiction de l'archevêque d'Aix et l'évêque de Marseille, un bélître[1], contre une pièce, renseigna le voyageur. Des troupes innombrables étaient passées. On les disait à Marseille, où une partie de la population avait fui pour trouver refuge dans le terroir. Les familles craignaient pour leurs filles, car les soudards faisaient la loi. Les boutiques fermaient l'une après l'autre. L'activité du port était réduite à rien. Lui-même, mendiant tutélaire de Saint-Laurent, gagnait par petites étapes la ville d'Aix, où, disait-on, « il y a des riches généreux ».

Sans plus attendre, Montmirail piqua des deux et arriva bientôt à la porte Réale, qui ressemblait à un chantier de démolition. On avait jeté à bas l'inscription où Marseille revendiquait ses libertés, jugée injurieuse pour le pouvoir royal, et des sapeurs abattaient le rempart pierre à pierre de chaque côté de l'entrée principale de Marseille.

Guillaume se hâta d'aller cogner à l'huis chez l'astronome des Accoules, mais il apprit par la bonne Mme Peyric, la voisine, que celui-ci était présentement en Camargue. Il ne tarderait pas de revenir, avait-elle assuré, une de ses naves en provenance de Gènes étant annoncée.

À cette heure avancée de la matinée, il ne restait plus au gentilhomme qu'à tenter de retrouver Lou Rousset… s'il était encore de ce monde.

1. Gueux qui préfère mendier que travailler.

50.

Où, dans une ville en état de siège, Montmirail retrouve ses amis du premier jour.

Il était là, au soleil, dans sa barque, *La Mère de Dieu*, qui dodelinait contre le quai de Saint-Jean, occupé à ramender un filet tendu adroitement par son gros orteil passé entre les mailles.

Partout le long du quai de la Ville, Guillaume de Montmirail avait rencontré des soldats marchant en troupe et des mousquetaires caracolant qui les croisaient dans un va-et-vient incessant. Cela faisait un vacarme infernal. Marseille ressemblait à une ville en état de siège. Le port, à l'ordinaire si animé, où l'on voyait flotter les pavillons de navires venus du bout du monde, semblait frappé de quelque mal sournois qui le figeait. Nul cri, nul rire ne retentissait plus, les rues étaient vides d'êtres vivants autres que revêtus d'uniformes et équipés d'armes blanches ou à feu.

Tête baissée sur son ouvrage, Lou Rousset n'avait pas vu ni entendu le cavalier approcher.

— La pêche fut bonne, matelot ?

Il aurait fallu pouvoir décrire ce qui se passa à cet instant sur les traits rudes du pêcheur. Il ne savait plus s'il fallait rire ou pleurer. Les mots refusaient de sortir de sa large bouche éclairée par un sourire. Il avait bondi sur ses pieds et allait comme un animal en cage d'une extrémité à l'autre de sa barque à la recherche de ses sabots, tout en s'exclamant :

— Coquin de sort ! *Moussu* le chev... *Moussu* de Mont... Ça alors ! Je vous croyais...

— Mort ?

— N... non, pas mort, mais pour ainsi dire. Depuis le temps !

Puis il revenait à ses tentatives :

— *Moussu* le-eu-eu-eu...

Montmirail, touché et amusé, avait fini par lancer :

— Je m'appelle Guillaume.

— Ça, j'oserai jamais, avait répliqué le pêcheur après avoir récupéré ses sabots. Il avait sauté sur le quai tandis que le chevalier mettait pied à terre.

Sans plus de façons, les deux hommes étaient tombés dans les bras l'un de l'autre.

— Rousset, mon bon Rousset ! Quel plaisir de te revoir !

— Et moi donc, *moussu* leu-eu... !

Il avait pris les mains de Guillaume dans la tenaille de ses doigts épais et, reculant le buste pour juger de l'effet, il examinait le jeune homme de pied en cap comme s'il avait voulu vérifier qu'il était entier.

— D'où arrivez-vous ?

— Je te raconterai, c'est toute une aventure.

— Quand je ne vous ai pas vu de retour avec les

autres gentilshommes partis à Lyon, je me suis pensé : il lui est arrivé malheur.

— Je n'en suis pas passé loin. Avant tout, dis-moi : as-tu des nouvelles de Constance ?

— Non, hélas ! Et vous ?

— Non plus… J'ai cru être sur sa piste, mais je ne l'ai pas retrouvée.

— Vous croyez qu'elle est vivante ?

Montmirail avait frémi :

— On m'a dit que oui, mais je n'en ai pas la preuve. Maître d'Orseul aurait-il appris quelque chose ?

Le pêcheur avait secoué la tête tristement :

— Pas que je sache. Si vous le voyiez, le *pôvre*, il fait pitié. Il revient tantôt de son domaine de Camargue où il est allé se changer de sa mélancolie. Il devrait être de retour aujourd'hui même, s'il fait comme il m'a dit en partant. On pourrait aller le trouver ensemble.

— Volontiers, dit Montmirail. Il me tarde de revoir cet homme de cœur et de lui dire ma compassion en partageant notre chagrin.

Le chevalier regarda passer un escadron de mousquetaires qui faisaient tinter les fers de leurs montures sur les pavés du quai et regardaient de haut les gens de la rue avec la mine d'explorateurs découvrant une peuplade inconnue.

— Dis-moi, Rousset, sais-tu pourquoi on a ruiné la porte Réale ? Je viens de voir près de quarante sapeurs occupés à percer une brèche dans le rempart d'au moins trois toises de large[1].

1. Six mètres.

Le visage du pêcheur se rembrunit :

— Ah, vous ne savez pas ?

— Que devrais-je savoir ? J'arrive à l'instant de Lyon après un détour par le Dauphiné.

Sur le ton d'un prophète annonçant la prochaine fin du monde, Lou Rousset dit :

— Le roi arrive en personne avec toute sa cour.

— Est-ce une raison pour démolir votre rempart ?

Le pêcheur se récria :

— C'est pas nous ! C'est lui qui l'a ordonné !

— Ordonné !

— Eh oui ! Il lui a pris la folie de vouloir passer par là pour entrer chez nous. La porte ne lui suffit pas.

— Que me racontes-tu là, Rousset ? C'est insensé.

— C'est comme je vous dis, *moussu* le chevalier. Il veut entrer dans Marseille non pas en passant par la porte, comme tout le monde le ferait dans une ville libre, mais en traversant une brèche du rempart ainsi qu'on le fait d'une cité conquise, pour lui montrer qui est le plus fort.

Montmirail observa les traits bouleversés du pêcheur et comprit qu'il ne plaisantait pas.

Lou Rousset baissait la tête.

— Tu m'expliqueras ?

— Voui, *moussu* le chevalier, mais sans vous offenser n'auriez-vous pas une pointe de faim ?

— Si fait ! Le voyage m'a creusé, moi aussi. Je t'invite à la table de ton choix. Nous attendrons ensemble le retour de maître d'Orseul et tu me raconteras un peu ce qu'il advient à Marseille.

— La table que vous dites n'est pas bien loin, dit Lou Rousset en tendant le bras vers la droite.

Il désigna la Taverne de La Rascasse toute proche.

*

* *

— Une dorade pour moi ! commanda Guillaume à peine attablé devant un pichet de vin blanc de Cassis.

— Pour moi aussi, avec du chou et des cardes, dit Lou Rousset. Il ajouta en baissant le ton : « Si j'avais su, je les aurais gardées pour nous. »

— Quoi donc ?

— Les dorades. C'est moi qui les ai livrées ce matin ! J'aurais pu vous éviter la dépense, nous les aurions fait griller au bord du quai.

La réflexion fit sourire Montmirail :

— J'aurais eu scrupule à t'offrir un repas à ton compte !

Le premier verre de ce vin frais à goût de pierre à fusil, à qui le sol cédait à la fois sa minéralité et un parfum floral, détendit le jeune homme, toujours curieux de savoir ce qu'il était arrivé dans la ville depuis son absence.

— Ah ! *moussu* le chevalier, gémit le pêcheur. Vous aurez mesuré l'étendue de nos malheurs quand je vous aurai dit – tandis que vous étiez partis à Lyon avec les amis du parti de *moussu* de Glandevès – que huit mille hommes de Mercœur sont arrivés et que, depuis, ils campent dans Marseille ou sont logés de force, sur l'ordre du gouverneur de Provence, chez l'habitant. Ils font régner la terreur parmi tous les braves gens dont ils pillent les biens et violentent les femmes. C'est une abomination ! Nous sommes assiégés par les troupes royales comme si nous étions une ville étrangère au royaume. Les gens des Flandres n'ont pas été plus maltraités que nous !

— Comment se peut-il ? demanda Montmirail interloqué.

— Je n'en sais rien. Tout ce que je sais, c'est que cela se peut ! On n'est plus à Marseille, on est chez le roi de France.

— Tu dis qu'il est en Aix ?

— C'est ce qu'on raconte. Moi, ça ne me gênerait pas si Mercœur n'avait pas annoncé que le roi venait aussi chez nous. Tout ça me dépasse, *Mestre* d'Orseul saura mieux vous expliquer.

Après avoir conclu leur frugal repas par de belles oranges fraîchement débarquées d'une balancelle de Majorque que l'on voyait encore amarrée au quai de la Ville, Guillaume de Montmirail et Lou Rousset reprirent à pas lents le chemin de l'église des Accoules, là-même – autour de la Maison Commune – où, voilà sept mois à peine, ils participaient aux combats qui devaient – en principe – rendre à Marseille sa belle indépendance. Les patrouilles de soldats en armes, de hallebardiers et de mousquetaires à pied armés de mousquets, leur disaient mieux que tous les discours la fin des illusions.

Quand ils atteignirent le pied du clocher octogonal planté sur la nef gothique des Accoules comme un point d'exclamation, Philippe d'Orseul, descendu du coche d'Arles, arrivait à l'instant de sa chère Camargue. Il serra chaleureusement les mains de Guillaume. Son visage faisait peine à voir, ravagé par des mois d'angoisse et de chagrin. Montmirail s'abstint de lui demander s'il avait des nouvelles de sa fille : la réponse se lisait sur les rides profondes que les larmes avaient ravinées comme la pluie fait de l'argile. Il se contenta de dire à l'astronome le mince espoir qu'il conservait – contre toute preuve évidente – de la survie de sa fille, au cas où Constance serait bien cette Isis rencontrée incidemment à Lyon par Diane de Cabrières, parmi les artistes d'une troupe de baladins.

— Bien que la raison admette difficilement une telle hypothèse, avait dit Philippe d'Orseul, faisons confiance à la Providence. Nous sommes tous dans la main de Dieu. S'il Lui plaît de me rendre Constance, Il le fera au moment choisi par Lui. Peut-être veut-Il éprouver notre foi ? Nous devons accepter l'épreuve et nous soumettre à Sa volonté ; malgré l'évidence, je refuse de céder au désespoir. Je suis comme vous, mon cher chevalier. Les astres que j'ai consultés avec mon vieil ami don Marco Spaccesi ne sont pas contre nous. Ils nous disent de ne pas perdre confiance. Que nos routes finiront un jour par se croiser. L'espérance, si ténue soit-elle, doit continuer à réchauffer nos cœurs.

Tandis qu'un valet défaisait et rangeait le bagage de l'astronome des Accoules, celui-ci, à la demande de Montmirail, voulut bien faire pour lui le récit des événements qui avaient frappé la ville durant son absence.

— Mercœur a exploité les circonstances pour abattre sa main de fer sur nous, commença-t-il. Les meneurs étant absents, galopant en votre compagnie vers Lyon où les avaient attirés Mazarin et le roi, le gouverneur de Provence en a profité pour révoquer les consuls.

— Les Marseillais n'ont rien dit ? s'étonna Guillaume.

— Privé de ses chefs, le peuple n'a pas bougé, expliqua d'Orseul. Sur ce constat encourageant, Paul Fortia de Piles, notre viguier, agissant au nom du roi, a convoqué l'assemblée des Trois-Cents et a lu en séance plénière l'arrêt du Conseil royal qui lui confère toute l'autorité consulaire en l'absence des premiers magistrats de la cité. La pièce était jouée. Vous connaissez l'abbé Antoine de Félix, dont l'esprit de conciliation avait évité le pire lors de la première attaque de la Maison Commune ?

Montmirail acquiesça d'un signe de tête.

— L'abbé a pris la parole pour promettre au viguier que l'assemblée, par sa bouche, se soumettait à l'arrêt, à condition que cette obéissance ne nuise en aucun cas aux privilèges municipaux de Marseille. Fortia de Piles s'est empressé de le rassurer sur ce point, la promesse ne lui coûtant rien. Vous connaissez l'adage : les promesses n'engagent que ceux qui y croient.

Le chevalier approuva. L'astronome poursuivit :

— Une longue ovation a accueilli les paroles apaisantes du prélat, mais peu en étaient dupes. En fait, je pense que tous étaient las d'années de luttes fratricides et de troubles mortifères.

— D'autant, intervint Lou Rousset, que venaient d'arriver dans la plaine d'Arenc les huit mille hommes de Mercœur, qui avait établi là son quartier général, manière de se venger.

— Pourquoi dis-tu cela ? demanda Guillaume qui cherchait la raison de ce choix.

— C'est là, à Arenc, que Mercœur s'est fait chasser par les canons de *moussu* de Glandevès la première fois qu'il y est venu. Vous ne vous souvenez pas ?

La péripétie revenait en mémoire du chevalier. Tant de choses s'étaient passées, depuis !

— La preuve que le choix d'Arenc n'avait rien de fortuit, renchérit l'astronome, est que Mercœur s'y est fait apporter les clés de la ville ! Et a fait défense aux Marseillais de tirer au canon sous peine de représailles. Il assouvissait bien une rancœur personnelle. L'après-midi même, le gouverneur de Provence est entré dans la ville à la tête de ses troupes, mèches allumées et tambour battant, tandis que les trompettes de cavalerie sonnaient comme lorsqu'on part à l'assaut d'une place forte.

Lou Rousset intervint :

— Si vous aviez vu la tête des pauvres Marseillais, monsieur le chevalier ! Personne ne disait mot. Ils assistaient au défilé comme à leur propre enterrement. Mercœur a mis des corps de garde à lui aux portes, aux tours et aux moulins du port, à la Loge, et il a refusé de recevoir les notables venus lui faire compliment. Comme des ennemis, il nous traite, je vous dis !

— Cela est vrai, approuva Philippe d'Orseul. D'ailleurs, en la salle du conseil, où Fortia de Piles prenait le pouvoir, le duc de Mercœur a dit, de l'air de celui qui tient sa revanche : « Messieurs, je vous crois plus malheureux que coupables, mais vous êtes tombés dans la disgrâce du roi. »

— Cela sous-entend ? demanda Guillaume.

— Que Sa Majesté est résolue à changer les formes du gouvernement de la ville et M. de Piles y règne en maître absolu, en attendant que le roi – ou le cardinal – en ait réglé les détails. Mais Mercœur n'a pas attendu son maître pour commencer à sévir.

— Ce qui veut dire ?

— Il s'est fait remettre le chaperon de velours cramoisi des consuls, signe de leur charge, à la façon dont on dégrade un soldat qui a failli, et les a fait porter au roi comme une prise de guerre. Il a confié la police à un de ses officiers, nommé commandant de la place Royale, qui a maintenant autorité sur les capitaines de quartier.

Le pêcheur s'en mêla de nouveau :

— On a fait dresser des potences à la porte Réale, à la place Neuve, sur les places Saint-Jean et Saint-Sauveur, et jusqu'à la Tourette, au bout desquelles se sont déjà balancés nombre de Marseillais. Mais ils nous le paieront un jour !

— Calme-toi, Jean-Baptiste, conseilla d'Orseul. Cela ne servirait à rien de te rebeller, sinon à aller rejoindre tes malheureux amis.

— Je ne leur pardonnerai jamais ce qu'ils nous ont fait, *Mestre*, dit le pêcheur les poings serrés. Vous ne savez pas, *moussu* le chevalier ? Ils ont demandé à tous les Marseillais de remettre leurs armes dans les trois jours aux commissaires royaux en la tour Saint-Jean. Sous peine de mort ! Est-ce qu'on traite les gens de la sorte ? On a même enlevé les canons des remparts pour les scier avant de les expédier à l'arsenal de Toulon. Quelle misère ! Des canons qui avaient fait reculer le Connétable de Bourbon[1] ! C'est *Mestre* d'Orseul qui me l'a dit !

1. Charles III, dit le Connétable de Bourbon, passé au service de Charles Quint, vint mettre le siège devant Marseille en 1524 et dut renoncer face à la résistance de la ville, où s'illustrèrent les femmes, en se portant aux brèches pour consolider les remparts, ce qui permit de repousser l'ultime assaut du 24 septembre. Le boulevard des Dames, qui va de La Joliette à Saint-Charles, rappelle ce fait d'armes.

51.

Où l'on rend une tardive visite à la prieure du couvent des sœurs capucines.

Des coups violents venaient d'être frappés à la porte du bas. L'aube se levait à peine. Guillaume de Montmirail, encore couché, reconnut la voix sonore du Rousset.

— *Moussu* le chevalier, descendez vite ! Ils arrêtent tout le monde !

Le jeune homme sauta du lit, s'habilla en hâte, boucla la ceinture de son épée, y passa un pistolet et se rua dans l'escalier. La Barbière, sa logeuse, elle aussi éveillée en sursaut, passa un œil par sa porte entrouverte et s'inquiéta :

— Ne vous montrez pas et barrez la porte derrière moi, madame Bréhaut, cria le chevalier qui atteignait la rue.

Il trouva le pêcheur dans un grand état d'excitation. Son visage était bouleversé.

— Ils viennent d'arrêter Piero, monsieur.

Montmirail eut un haut-le-corps.

— Que chantes-tu là ? Piero Orsini ? Qui a fait ça ?

Lou Rousset était au bord des larmes.

— C'est la vérité, *moussu* le chevalier. Tout à l'heure, alors que nous rentrions de la pêche avec tout juste de quoi ne pas mourir de faim, une patrouille d'exempts est arrivée. Ils ont fouillé la barque comme si nous étions des brigands. Ils n'ont rien trouvé d'autre que du poisson. Un des soldats a voulu prendre un couffin de baudroies et l'emporter. Vous connaissez Piero. Il a le sang vif des Corses. Il n'a pas accepté d'être bousculé, il s'est mis en colère, il a sorti son coutelas… et ça a mal fini. Nous étions deux, ils étaient quinze, pour le moins. Ils ont saisi Piero, l'ont traîné vers la place Saint-Jean. Rébellion, ils ont dit. Pauvre Piero… Que vont-ils lui faire ?

— Et toi ? s'inquiéta Guillaume.

— Moi ? J'ai eu juste le temps de rosser quelques échines avec ma trique, mais j'ai dû battre en retraite pour ne pas subir le sort de mon ami… et me voici. Mais ne restons pas là.

— Monte donc en mon logis.

Le pêcheur secoua sa crinière rousse.

— Mieux vaut pas, *moussu* le chevalier. Nobles et manants, tout le monde est traqué. Les troupes royales fouillent les maisons et on m'a vu tenant la bride du cheval de *moussu* de Glandevès à son retour de Lyon. Ce jour-là, toute la ville était derrière lui. Aujourd'hui, le vent a tourné, beaucoup cherchent à se faire bien voir des nouveaux maîtres. Si je puis me permettre, vous feriez bien de vous méfier. On vous a vu aux côtés de Glandevès lors de l'assaut contre les consuls. Marseille est farcie de mouches du cardinal et de dénonciateurs. Ceux qui criaient plus fort que les autres « *fuero sordats*[1] *!* » aux gens de Mercœur vendraient aujourd'hui père et mère pour le faire oublier.

— Où aller ? s'interrogea Montmirail.

— N'ayez crainte, il me reste assez d'amis pour espérer un refuge sûr. Mais il nous faudrait sortir de Marseille. Je pense au Mont-Redon, d'où l'on pourrait fuir par mer ou par terre. C'est ce hameau où j'ai des amis pêcheurs. Ceux qui nous avaient accompagnés avec le pauvre Piero à la calanque de Podestat quand nous espérions rosser les brigands de la bande des Masques qui avaient enlevé ma chère Constance.

En soupirant, Montmirail rectifia machinalement :

— *Notre* chère Constance.

— Partons sans tarder, dit Lou Rousset. Si ma barque n'est pas gardée, nous nous jetons dedans, et à dix heures nous serons à l'abri au Mont-Redon. Mais il nous faudra revenir à Marseille.

— Et pourquoi donc ?

— Parce que d'ici peu un de nos amis aura grand besoin de notre aide.

— Un ami ?

Le pêcheur s'approcha de Guillaume et lui souffla à l'oreille :

— *Moussu* de Glandevès.

— Il aura donc pu s'échapper ?

Lou Rousset acquiesça :

— Rassurez-vous, il est en lieu sûr, bien que la pendaison soit promise à ceux qui lui donneraient

---

1. « Dehors, les soldats ! »

refuge et que 6 000 livres[1] soient proposées à ceux qui le livreraient.

Un air de fierté se peignit sur le visage douloureux du pêcheur.

— Personne n'a encore eu l'âme assez basse pour le trahir !

Montmirail hocha la tête :

— Nous ne sommes pas à l'abri de vocations tardives.

Il prit Lou Rousset à l'épaule :

— Ami, me ferais-tu assez confiance pour me dire le lieu de sa retraite ?

Le pêcheur regarda à droite et à gauche et, baissant la voix à la limite de l'audible, glissa :

— Couvent des capucines.

— Qui se tient ?

— Sur la rive neuve du port, voisin de l'arsenal. Je vous y conduirai de nuit si vous le désirez. Mais il nous faudra changer d'apparence : un pêcheur en sabots et un gentilhomme botté marchant de conserve, cela nous rendrait suspects à une mouche borgne.

*

* *

Le quai de la Ville, depuis la porte Réale jusqu'à la tour Saint-Jean, fourmillait de troupes et de patrouilles du guet. Vouloir s'embarquer sur *La Mère de Dieu* eût été une folie. Par des ruelles détournées, dont Lou Rousset connaissait comme sa poche le maillage com-

1. 56 000 euros environ.

pliqué, évitant les lieux publics et les échoppes, le chevalier et le pêcheur parvinrent à gagner le faubourg de Sainte-Claire-la-Vieille[1], où la présence des soldats du duc de Mercœur se faisait plus discrète.

Ils restèrent cachés jusqu'à la tombée du jour dans l'atelier de Laurent Seumichel, un artisan-potier, ami du pêcheur.

Sur tous les murs de la ville étaient placardés des avis reproduisant l'ordonnance royale annonçant l'exil des gens du parti des rebelles, tous accusés d'avoir trempé dans le complot contre l'autorité du roi.

Quant à Gaspard de Glandevès et ses plus fidèles lieutenants, ils faisaient l'objet d'un traitement particulier, confié à un tribunal constitué pour l'occasion de magistrats aixois choisis par le gouverneur de Provence. Il siégeait dans la tour Saint-Jean, sous la présidence d'Elzéar de Coriolis et de Forbin-Laroque, entourés de dix autres conseillers, dont le zèle rassurait le duc de Mercœur. Déjà, le bruit courait en ville que des condamnations à mort allaient tomber.

*

* *

Le soir même, deux ombres furtives marchaient par les rues du faubourg des Roubauds[2] en rasant les maisons, évitant les alentours des auberges, nombreuses dans ce quartier d'implantation récente « hors le rempart », où on trouvait en permanence des oreilles à la

1. Sur le périmètre actuel des rues d'Aix, Bernard-du-Bois et des Récollettes.

2. Sur le tracé actuel du cours Belsunce.

traîne, à l'affût d'une possible récompense sur dénonciation.

Il aurait été bien malin celui qui aurait démasqué sous les vêtements d'un honnête marchand de draps et de son valet Flouret le fringant chevalier de Montmirail et le bouillant Jean-Baptiste Amourdedieu, pêcheur du quartier Saint-Jean. En un tournemain, le tailleur d'habits Jean Courdouan, voisin et ami du potier où les deux proscrits avaient trouvé refuge, avait opéré la métamorphose.

Après maints détours destinés à débusquer d'éventuels suiveurs, Montmirail et Lou Rousset guidèrent leurs pas du côté de la porte Réale, dont l'état de délabrement serrait le cœur quand on songeait que c'était par là que François Ier, Charles IX et Louis XIII étaient entrés dans Marseille après avoir juré de respecter les franchises et libertés publiques du grand port.

Les deux ombres piquèrent ensuite carrément vers la gauche pour contourner l'enceinte du chantier naval qui occupait une partie du fond de port. De là, par le plan Fourmiguier, ils arrivèrent devant la porte du couvent des sœurs capucines, où, malgré l'heure tardive, le pêcheur n'hésita pas à manier le heurtoir de bronze selon un code convenu : deux coups brefs et rapides, suivi d'un silence et d'un coup isolé.

Le judas grillé s'entrouvrit à hauteur de visage sur le mufle moustachu de la sœur tourière. D'un œil expert, à la lueur d'une lanterne sourde, elle identifia – malgré sa vêture inhabituelle – Lou Rousset, qu'elle connaissait comme un fournisseur du couvent. La sœur ouvrit une porte découpée dans le grand vantail, dimensionnée pour laisser passer un seul visiteur à la fois. Les deux hommes s'y engouffrèrent à la suite comme deux matous passant par la chatière.

— Nous venons voir Mère Marie.

La sœur tourière leur fit signe de la suivre.

Sans échanger un mot, le trio enfila plusieurs couloirs pour atteindre une pièce nue, meublée de deux prie-Dieu sous un immense crucifix portant un christ d'un réalisme terrifiant sous la clarté des cierges, avec sa plaie sanglante au côté gauche et ses grands clous traversant mains et pieds. La face torturée du supplicié ajoutait à l'effet de terreur sur l'arrivant.

Debout au pied de la croix comme une *mater dolorosa* se tenait une nonne imposante, les avant-bras passés dans les larges manches de sa robe noire. Son visage sévère, cerné de blanc par la coiffe portée sous le voile noir, s'éclaira d'un sourire de bonté lorsque, avec une déférence et une soumission à laquelle sa vie rude ne donnait pas l'occasion de se manifester, Lou Rousset ploya un genou devant la religieuse, penchant son visage jusqu'à terre pour baiser le crucifix de bois à l'extrémité du long chapelet qui ceinturait la religieuse à la taille avant de descendre au bas de sa robe. C'était Mère Marie de la Miséricorde du Christ, la prieure, ci-devant Pierrette de Cathala. Elle avait succédé à Marthe d'Oraison, baronne d'Allemagne, qui avait fondé le couvent en 1626.

— Relève-toi, mon bon Jean-Baptiste, dit la nonne d'une voix dont le timbre léger contrastait avec son allure impressionnante. Tes merlans d'hier étaient d'une telle fraîcheur que c'était péché que de s'en régaler.

— Ma Mère, dit Lou Rousset intimidé, je vous présente *moussu* le chevalier de Montmirail.

Guillaume s'inclina.

— Comment se porte *moussu* de Glandevès ? demanda le pêcheur.

— Il se porte sur ses deux jambes, répondit la prieure, dont la fonction d'autorité n'ôtait pas le sens de l'humour. Il ne fait pourtant aucun doute que le manque d'exercice imposé à cet homme d'action affecte sensiblement son caractère. Plus d'une fois, les deux sœurs qui assurent à tour de rôle le service de M. de Glandevès ont fait les frais de son bouillant tempérament. Si bien que plus aucune ne voulait l'assurer. J'ai dû leur expliquer qu'elles devaient considérer l'épreuve comme un exercice de mortification à offrir au Seigneur en expiation de leurs péchés !

La prieure convia ses visiteurs à la suivre :

— Je vais vous conduire auprès de lui. Ne vous étonnez de rien.

Alors que tous trois, après avoir traversé le jardin du couvent, arrivaient devant une porte de bois, Guillaume et Lou Rousset crurent entendre comme des caquètements.

Mère Marie ouvrit, entra la première et les deux hommes qui la suivaient se trouvèrent dans un poulailler !

52.

Où l'on rencontre dans le poulailler du couvent des capucines un coq de belle taille.

Lou Rousset ne put s'empêcher de sourire à la vue de toutes ces poules ensommeillées alignées sur leurs perchoirs, que la lanterne de la prieure des capucines venait de réveiller. Elles dévisageaient les intrus de leur œil rond comme offusquées d'être dérangées si tard.

— Par la barbe de Moïse, ma Mère, dit le pêcheur à la religieuse, ne me dites pas que vous avez déguisé *moussu* de Glandevès en coq, encore que la réputation de cet animal, son tempérament batailleur et sa voix de stentor aient quelques points de ressemblance avec le vicomte. Mais, sauf son chapeau, je ne l'ai jamais vu orné de plumes. Sur quel perchoir l'avez-vous placé ?

Le pêcheur fit semblant de chercher parmi les poules qui gloussaient d'irritation.

La prieure feignit de se fâcher :

— Par respect pour ces lieux de foi et de prière, épargne-nous tes douteuses plaisanteries. Sache donc que les soldats du cardinal n'ont pas respecté le caractère sacré de notre couvent, où il nous est fait devoir de charité d'accueillir celui qui est dans le tourment. Ils sont venus traquer M. de Glandevès jusque dans nos cellules. Si nous avons dû le musser céans, c'est parce que nous sommes sûres qu'on ne viendra pas l'y chercher. Le bon Dieu, j'en suis certaine, nous pardonnera de braver la loi des hommes sans la permission de Monseigneur. Nous ne pouvons oublier celui qui nous vint si généreusement en aide de ses deniers quand le toit de la chapelle menaçait de nous tomber sur la tête et qu'il l'a fait remplacer par du chêne capable de résister au chambardement de l'Apocalypse. Il était de notre devoir de l'aider aujourd'hui, alors que sa vie même est en danger, dussions-nous pour cela faire halte au purgatoire avant d'être autorisées à entrer au paradis.

Tout en parlant, la prieure, à l'aide d'un râteau qu'elle était allée décrocher du mur du poulailler, avait dégagé de toute la paille qui s'y trouvait la surface d'un carré sur le plancher de bois. Bientôt apparut un anneau de fer.

Mère Marie se tourna vers ses hôtes. Un doigt sur la bouche, elle dit :

— Nous sommes peu à connaître ce que vous allez découvrir. Les sœurs préposées au service et moi-même. Le reste de la communauté l'ignore. Nous serons deux de plus à présent ; jurez sur votre vie éternelle de ne point révéler ce que vous allez voir.

Non sans étonnement, les deux hommes levèrent la main droite.

— Bien. Jean-Baptiste, ouvre cette trappe, je te prie.

Lou Rousset prit dans sa grosse main l'anneau de fer et le tira vers lui. Une ouverture se découpa dans le plancher.

— Monsieur de Glandevès, dit la prieure à mi-voix en se penchant sur l'accès au sous-sol, vous pouvez vous montrer, ce sont des amis.

« Agencement judicieux, pensa Montmirail en voyant surgir le reclus que tout Marseille recherchait. La volaille peut, le cas échéant, jouer le même rôle que les oies du Capitole. »

On entendit remuer au sous-sol, puis un pas se fit entendre sur un escalier de bois. Enfin, comme une apparition sortant d'un tombeau émergea l'interminable silhouette de Gaspard de Glandevès, qui parut encore plus grand qu'à l'accoutumée. Il portait un haut-de-chausses très ample, resserré sous le genou sur des bas de coton épais, et avait enfilé des pantoufles de feutre. Sa chemise blanche était ajustée au cou par une cravate de même couleur, formant jabot. Par-dessus tout ça, une longue veste d'intérieur à ramages qui paraissait fort épaisse. Elle n'était pas de reste dans cette cave humide impossible à chauffer. Enfin, le plus étonnant de la silhouette du gentilhomme était ce gros bonnet de laine bleue qu'il portait enfoncé jusqu'aux yeux.

« Malgré cet accoutrement, il n'a rien perdu de sa superbe », se dit Montmirail.

Le regard de flamme du vicomte effaçait le côté bourgeois de sa tenue hétéroclite.

— Montmirail ! Rousset ! s'exclama le proscrit en remettant les visages de ses visiteurs. C'est fort aimable à vous de visiter le fugitif le plus convoité de Marseille !

Il examina la vêture des visiteurs :

— Vous voilà donc aussi contraints par les sbires du cardinal de vous déguiser !

Puis, se tournant vers Mère Marie comme un garnement pris en faute, il salua la prieure en s'excusant de sa désinvolture :

— Pardon ma Mère, ma vie de cénobite me fait manquer à tous mes devoirs de courtoisie, j'aurais dû vous saluer en premier. Je suis certain de devoir à votre bonté d'âme mon pardon.

Glandevès inclina sa grande carcasse, tout en ôtant son bonnet de ramoneur. Malgré sa tenue et les circonstances, il ne se départait pas de son allure aristocratique. Montmirail crut voir, dans la faible clarté de la lanterne que la religieuse tenait devant elle, que Mère Marie rosissait.

— Mes amis, dit le vicomte en se tournant à nouveau vers les deux hommes, vous êtes d'autant mieux les bienvenus que les visites sont rares et les horaires stricts.

Il jeta un coup d'œil vers la prieure.

— Mère Marie craint pour ma vie au point qu'elle n'a même pas confiance dans ses petites sœurs. Sans doute redoute-t-elle de découvrir cachée sous une cornette la moustache d'un sergent de Mercœur !

Au grand effroi de la religieuse, Gaspard de Glandevès éclata de son grand rire sonore. Il provoqua une réprobation générale parmi les poules qui tentaient de retrouver le sommeil.

— Monsieur, dit Mère Marie, au nom du ciel, plus bas, je vous en supplie !

— Que vous disais-je, poursuivit Glandevès avec un clin d'œil complice. Je me demande s'il n'y a pas parmi ces gélines quelque espionne à la solde du cardinal !

Cette fois, la religieuse elle-même daigna sourire.

— Je ne vous invite pas à visiter ma cave, dit le gentilhomme, trop heureux de partager un moment l'air que vous respirez et que Mère Marie me mesure si chichement. Savez-vous que, tel Jean le Baptiste au fond de la citerne d'Hérode, on ne me sort de mon cachot que quelques minutes par jour, le soir, quand tout dort dans les cellules où les vierges qui font leur salut rêvent du paradis ? Je ne fais rien de tout le jour, sinon manger et lire. Je lis et relis *Obros et rimos provenssalos,* du bon Bellaud de La Bellaudière, parce qu'il est le seul livre profane à ma disposition. J'ai dû quitter la rue du Grand-Puits dans la précipitation. Cet ouvrage m'est d'autant plus cher qu'il fut le premier livre imprimé à Marseille[1]. Mais je trouve que pour parler d'amour, le gentil Bellaud ne vaut pas Boccace ou Ovide.

Il joua la confusion :

— Oh, pardon ma mère ! Pour obtenir votre absolution j'ai commencé à lire *Hieremiae prophetae lamentationes*[2], que vous me fîtes porter hier. Je

1. En 1595, chez le libraire Mascaron.

2. Les lamentations du prophète Jérémie sur la destruction de Jérusalem.

trouve à ce texte millénaire une surprenante actualité. Il suffit de remplacer Jérusalem par Marseille. Il cita de mémoire :

— *Le Seigneur, dans sa fureur, a démoli les forteresses de la ville de Juda, il les a jetées à terre, il a profané la royauté avec ses princes. Mes yeux sont ravagés par les larmes, mes entrailles frémissent, mon cœur défaille à cause du désastre de la ville de mon peuple. À quoi te comparer, Jérusalem ? Ton désastre est infini comme la mer : qui donc pourrait te guérir ?*

» Étonnant, n'est-ce pas ?

Un ton plus bas, il ajouta à l'intention du Rousset :

— J'ai beau vivre entouré de femmes, je me fais l'effet d'un eunuque dans un harem.

Le pêcheur s'esclaffa bruyamment. Par charité chrétienne, Mère Marie feignit de n'avoir pas entendu.

— Quelles nouvelles, Montmirail ? interrogea le vicomte.

— Hélas, rien qui puisse vous réconforter, monsieur, répliqua le chevalier.

Il lui communiqua une autre *lamentation* : la liste des noms amis bannis à tout jamais de Marseille, tels qu'il les avait lus sur les placards qui ornaient les places et carrefours.

— Savez-vous quel sort on me réserve ? questionna Glandevès.

— Je pense qu'il n'est point fixé encore, répondit Montmirail.

— Vous vous trompez ! Car j'ai également mes informateurs. Ces messieurs ont mis leurs espions à mes basques, mais moi aussi je les espionne. Et par ma foi, il me reste suffisamment d'amis bien placés dans

Marseille pour me renseigner sur le sort qui m'attend si je mets le bec hors de mon poulailler.

Redevenu grave, le vicomte prit dans la poche de son haut-de-chausses un feuillet qu'il déplia :

— Ceci va être proclamé dès demain matin par les rues de Marseille.

Dans l'attitude d'un crieur public, il commença de sa voix bien timbrée :

— « Arrêt prononcé par la chambre de justice jugeant à Marseille et présidée par MM. de Coriolis et Forbin-la-Roque. »

Devant l'air surpris du Rousset, Glandevès ajouta en souriant :

— Tu vois si je suis bien renseigné. « Le Sieur de Glandevès-Niozelles est condamné à être pendu jusqu'à ce que mort s'ensuive. Sa tête tranchée par l'exécuteur des hautes œuvres sera placée sur une bigue devant la Maison Commune pour y être exposée. La chambre de justice a prononcé la confiscation des biens du sieur de Glandevès-Niozelles, qui aura été auparavant dégradé de ses titres nobiliaires. Le bourreau brisera ses armes en place publique et une pyramide d'infamie sera édifiée en lieu et place de sa maison sise rue du Grand-Puits. »

Les larmes aux yeux, Lou Rousset s'agenouilla devant le gentilhomme et prit le bas de sa robe de chambre comme il l'avait fait de la robe de la prieure, pour la baiser. D'une voix que l'émotion brisait, l'homme rude dit dans un sanglot :

— Nous ne laisserons pas commettre une telle infamie, *moussu*. Je vous aiderai à fuir, dussé-je ramer jusqu'aux côtes de Barbarie !

— Brave cœur ! dit Glandevès. Avec des fidèles de ta trempe, je me sens de défier la terre entière. Allons, relève-toi, Jean-Baptiste Amourdedieu. Nous allons nous battre encore et j'ai besoin de tout ton courage. Crois-tu que je vais attendre jusqu'au Jugement Dernier qu'on vienne ici m'enfumer comme un renard dans sa tanière ?

53.

Où le peuple de Marseille assiste aux premières exécutions publiques des rebelles.

Les tambours battaient sourdement. Sur l'estrade surmontée de trois potences, les bourreaux en cagoule rouge s'affairaient. Un mistral vif, fouettant les mollets et s'engouffrant sous les lourdes jupes des Marseillaises, semblait s'être mis à l'unisson de la cérémonie lugubre qui se préparait en cette aigrelette matinée de janvier 1660. La place Neuve, où voilà quelques mois à peine Glandevès dirigeait l'assaut qui allait lui livrer le siège du pouvoir municipal, était noire d'une foule muette et anxieuse. Debout face à une estrade dressée pour une représentation qui n'aurait pas de suite, elle attendait le début de la lecture des sentences, suivies aussitôt par les exécutions. Hommes et femmes du peuple se glissaient à l'oreille les noms des condamnés : le notaire Jean-Esprit Aubert, l'apothicaire Capefigue, surnommé Coupe-Figues, suspecté d'avoir participé à l'assassinat en pleine rue du capitaine Charles Perret, Pierre de Montolieu, que l'on surnommait Le Bâtard, Fautrier de Cuges, Henri Serre, Henri Espagnet dit Le Boiteux, l'écuyer Pierre Raymondin, dont les noms s'étalaient en listes d'infamie sur les murs de la ville.

L'un après l'autre, les malheureux furent dénudés du torse, couchés sur une roue à laquelle les aides-bourreaux les lièrent solidement, et un des exécuteurs leur brisa méticuleusement les membres à l'aide d'une barre de fer. Les plus chanceux perdaient connaissance après les premiers coups. Ceux qui n'avaient pas cette grâce hurlaient leur souffrance comme des bêtes à l'abattoir avant d'agoniser lentement. Leurs corps étaient jetés à même le sol derrière l'estrade comme des carcasses d'animaux avant qu'un autre bourreau ne leur tranche le cou. S'il n'était pas trop maladroit, il ne s'y reprenait qu'à deux ou trois reprises. Il arrivait qu'il ait besoin d'une dizaine de coups pour détacher la tête du tronc…

Quand l'atroce boucherie fut achevée, un aide s'en alla placer les têtes sur un poteau devant chacune des portes de la ville.

Cela signifiait on ne peut plus clairement à ceux qui voudraient encore relever le front : à bon entendeur, salut !

Puis on procéda aux exécutions par contumace, qui, par bonheur, concernaient la plupart des mutins ayant eu le temps de mettre entre leurs juges et eux assez de distance pour n'être pas contraints par corps.

Gaspard de Glandevès était de ceux-là. Des mannequins grossièrement confectionnés à leur effigie, revêtus d'habits saisis dans leurs garde-robes, qui ressemblaient plus à des épouvantails à corbeaux qu'à des gentilshommes et des négociants, étaient censés les représenter. Ils furent aussi méticuleusement roués, décapités et exposés que s'ils eussent été présents en chair et os.

Ces parodies d'exécutions, où la dignité de Thémis tournait à la farce, furent pourtant conduites jusqu'à leur terme avec un sérieux papal et une méticulosité ridicule.

Malgré la présence de nombreux soldats mêlés à la foule et de cordons de miliciens municipaux postés pour la cerner, des cris fusaient et des insultes couvrant le bruit des hachoirs de bourreaux.

Puis vint le tour des condamnés à des peines d'un caractère moins capital. Aller *faucher le grand pré*[1] pour le roi de France, c'était « seulement » être exposé à une mort lente.

Au premier rang de la foule, méconnaissables – Guillaume de Montmirail avait rasé sa royale et Lou Rousset en arborait une qui devait tout au talent de posticheur de La Barbière –, le chevalier et le pêcheur craignaient pour la vie du corailleur. Piero s'était rendu coupable d'un crime de lèse-majesté en déchirant publiquement l'ordonnance royale convoquant Gaspard de Glandevès à la cour. Aussi est-ce avec soulagement qu'ils entendirent l'annonce d'une condamnation aux galères perpétuelles. C'était – pour l'instant – préférable au tranchoir des exécuteurs.

— Il devait y avoir un Corse parmi les juges, s'exclama le pêcheur. Il aura eu pitié d'un compatriote !

Du haut de son estrade, le regard noir du corailleur parcourait la foule à la recherche de visages connus.

1. Ainsi désignait-on une condamnation aux galères.

Quand il repéra Montmirail et Lou Rousset, il ne s'attarda pas sur eux mais cligna trois fois des yeux comme si quelque chose le gênait. Le message fut reçu. Piero se contenta de crier à la cantonade, comme s'il s'adressait à tous :

— Je reviendrai. J'ai un cousin de Pruprià argousin à la chiourme !

Une houle de rires secoua la foule. Des cris fusèrent et des vivats. Montmirail et le pêcheur n'étaient pas les derniers à manifester leur joie.

— Je suis certain qu'il dit vrai, s'esclaffait Lou Rousset. Nous le reverrons bientôt.

Piero Orsini regarda les bourreaux d'un air de défi et descendit avec superbe les marches de bois conduisant à une charrette. Il prit la direction des quais vers l'arsenal, en compagnie d'un autre condamné aux galères perpétuelles : Jean Caillou, maréchal-ferrant, fut de ceux-là pour avoir proféré des insultes sur le passage du carrosse du viguier Fortia de Piles. Une poissonnière forte de hanches et de gueule, Rose Cottonier, à qui on reprochait d'avoir proprement rossé un sergent qu'elle avait laissé pour mort, prit la direction de la prison des Présentines, proche de la porte d'Aix, réservée aux femmes.

Enfin, on amena le dernier supplicié. Par on ne sait quel caprice des juges, celui-ci avait été condamné à la pendaison. Il se nommait Jean Léon, dit Le Gavot car il était originaire de Baret-le-Bas. Avant que son corps aux vertèbres brisées n'aille gigoter au bout de la corde dans une insoutenable agonie, il fut appliqué au malheureux, selon l'usage, et bien qu'il ait avoué tout ce qu'on voulait qu'il avouât, la question ordinaire et extraordinaire, au cours de laquelle, avec une conscience professionnelle qui faisait honneur à leur corporation, les bourreaux lui brisèrent minutieusement les jambes, en enfonçant des coins dans des brodequins liés autour des tibias. C'est une loque pantelante qu'ils accrochèrent ensuite par le col à la corde de chanvre, sans nœud coulant, ce qui rendait l'effet de strangulation encore plus lent.

Une victime surnuméraire fut également frappée en cette fin de fraîche matinée de janvier 1660 : la Ville de Marseille, condamnée à payer les frais de voyage et de séjour de la chambre de justice venue d'Aix. Les Marseillais bénéficiant du privilège de *non extrahendo*[1], qu'on avait respecté, il avait fallu les juger sur place. Le temps était venu de régler la note. Si l'on ajoute divers frais d'instruction judiciaire, la dépense s'éleva à 18 445 livres.

Pour sa part, le duc de Mercœur, gouverneur de Provence, poursuivait avec zèle son œuvre de vengeance. Suivant les ordres royaux, il faisait préparer un chantier gigantesque à l'extrémité de la rive neuve du port, à proximité de l'abbaye de Saint-Victor. Bientôt allaient s'élever sur la colline qui domine la passe les murailles cyclopéennes de la citadelle Saint-Nicolas.

Le lendemain, le chevalier et le pêcheur ne manquèrent pas de faire un rapport circonstancié à Gaspard de Glandevès, toujours caché sous le poulailler du couvent des capucines.

1. Les Marseillais ne pouvaient être jugés qu'à Marseille et par des juges de la place.

— Drôle d'endroit, remarqua Montmirail à propos de l'emplacement choisi pour la citadelle : un fort qui tourne le dos à la mer, à quoi pourra-t-il servir si une escadre ennemie se présente ?

— Par Dieu, chevalier, répondit le vicomte, votre remarque est judicieuse. Mais mettons-nous un instant – ne vous déplaise – à la place de ce bon M. de Mercœur. Regardez bien l'orientation du fort avec les yeux du gouverneur de Provence : ce n'est pas la passe du port qu'il prendra sous le feu des canons de ses remparts. C'est la ville tout entière et ses habitants. Ce n'est pas pour nous garder que Mercœur, sur l'ordre du roi, fait bâtir de la sorte sa citadelle : c'est pour se garder de nous !

Comme pour confirmer l'opinion du chef rebelle, on posa bientôt la première pierre du fort, sur laquelle on grava en latin une inscription rappelant que Louis XIV, sur les conseils du cardinal Jules Mazarin, avait ordonné sa construction « de peur que la fidèle Marseille, trop souvent en proie aux criminelles agitations de quelques séditieux, ne perdît enfin la ville et le royaume, ou par la fougue des plus hardis, ou par une trop grande passion de la liberté ». Le roi des Français « voulait pourvoir par cette citadelle à la sûreté des grands et du peuple ».

Quand ils quittèrent le couvent des capucines, Guillaume et Lou Rousset ne mirent pas longtemps à percevoir la rumeur qui courait par les rues de la ville : l'arrivée de Sa Majesté à Marseille ne saurait tarder !

Cela était proféré sur le ton qu'on aurait pris pour annoncer : la peste noire est sur nos quais !

54.

Où Guillaume et Lou Rousset racontent son « supplice » et sa « mort » à Gaspard de Glandevès.

— Mes amis, dit Gaspard de Glandevès en taillant une belle tranche de pâté de sanglier, j'ai rarement observé le carême de pareille façon, mais je déclare avec force que c'est la plus agréable ! Par ma foi, si nous devions être damnés, que ce soit le ventre plein !

Il prit son gobelet, le vida d'un trait :

— À ma première mort !

Ses convives, à leur tour, firent tinter les verres :

— Et que ce soit la dernière ! ajouta Lou Rousset, que le vin avait rendu facétieux.

Dans le sous-sol du poulailler du couvent des capucines régnait une atmosphère de taverne. N'y manquaient que quelques ribaudes. Mère Marie de la Miséricorde du Christ en ignorait tout.

Au terme d'une journée à la fois terrifiante et grotesque, où la justice du roi avait joué une tragi-comédie ridicule en pendant et décapitant à tour de bras des mannequins dont les têtes étaient emmanchées sur des piques ou posées sur des bigues aux portes de Marseille, les trois hommes célébraient l'« exécution » de Gaspard de Glandevès en sa compagnie.

Bafouant les rites du carême, rien ne manquait pour ce balthazar, ni les pâtés, ni les poulardes, ni les flacons de ce grand vin rouge de Gigondas que Montmirail avait rapporté de chez son ami Bernard de La Souchière.

Au dessert, composé de tartelettes amandines, Lou Rousset, était allé chercher un panier rangé à l'écart. Il venait de le poser sur la table encombrée des reliefs d'un repas si abondant que Glandevès avait dégrafé son habit pour digérer plus à l'aise, tout en fumant une pipe de kaolin bourrée d'un odorant tabac de Hollande « tombé » d'une nave marchande, que le pêcheur avait « ramassé » sur le quai de la Ville. Sur le panier, le pêcheur avait disposé un large torchon à carreaux qui en masquait le contenu.

Avec des mines de conspirateur, il se planta devant le vicomte et, mimant le sérieux le plus solennel, déclara :

— *Moussu* de Glandevès, en ce grand jour où vous êtes officiellement mort et le roi vengé, nous avons pensé, *moussu* de Montmirail et moi, qu'un petit cadeau vous ferait prendre patience avant d'affronter l'éternité, qui, si nous en croyons son éminence le cardinal de Mazarin, grand connaisseur de la question, et ses enfants de chœur, Vendôme, Mercœur et Maynier d'Oppède, a toute raison de se dérouler pour vous en enfer. Aussi avons-nous tenu à vous fournir de la compagnie, afin que vous ne vous ennuyiez pas trop.

Sur ces paroles sibyllines, avec un geste de magicien, le pêcheur dévoila le panier. Il renfermait une tête d'homme coupée !

Le temps de se rendre compte de ce qu'il voyait, Glandevès, amusé à contempler la trogne hilare du Rousset, demanda :

— Qu'est-ce donc ?

Il s'agissait d'une sorte de tête de marionnette grandeur nature, grossièrement fabriquée, maculée, poussiéreuse, qui perdait le son dont on l'avait bourrée, ce qui lui donnait une expression toujours plus désolée au fur et à mesure qu'elle se vidait.

Montmirail intervint :

— Vicomte, ne vous reconnaissez-vous donc pas ? C'est vous-même, vu par les sbires de Sa Majesté !

Glandevès hésitait à croire ce qu'il voyait.

— Moi ? dit-il incrédule, où avez-vous pris ça ?

Lou Rousset expliqua :

— Sur la bigue où elle trônait, devant la Maison Commune ! Je n'allais pas laisser traîner une pareille relique dans les rues de Marseille, la nuit, au risque qu'on ne la dérobe pour l'exposer dans l'église Saint-Ferréol afin de remplacer les vertèbres volées de saint Louis d'Anjou[1].

---

1. Petit-neveu de saint Louis, roi de France, saint Louis d'Anjou était vénéré à Marseille depuis 1297 au couvent des frères mineurs. Ses reliques – des vertèbres – furent dérobées une première fois en 1423 par les troupes aragonaises, restituées... en 1956, et placées dans l'église Saint-Ferréol-Les Augustins, où elles ont été volées de nouveau en 1996.

Le vicomte fit retentir son grand rire :

— Tu l'auras donc dérobée ?

— À la barbe des gardes-suisses ! s'exclama le pêcheur. Je n'ai dû mon salut qu'à la vigueur de mes jarrets. C'est qu'ils avaient l'air d'y tenir, à leur Polichinelle ! Mais je connais les rues de Marseille comme le fond de ma bourse, qui est vide. À cette heure, ils doivent me chercher encore !

Gaspard de Glandevès, s'emparant de son effigie, joua avec comme avec une balle de jeu de paume, jusqu'à ce que la poupée ait perdu son dernier grain de son.

Un nouveau flacon paya de sa vie sa bonne humeur.

En dépit de l'euphorie, Glandevès et Montmirail revinrent à des réflexions plus sérieuses.

— Mes chers amis, dit le vicomte, je n'ai pas l'intention d'attendre ici le *Dies irae*. Les trompettes que fait sonner Mercœur à tout propos dans une ville plus truffée de soldats que ce pâté de pistaches sonnent faux et me cassent les oreilles. Je crains fort que l'air de Marseille ne devienne malsain pour moi. Résister, en raison de la disproportion des forces, serait un suicide. Comme, d'autre part, je n'ai nulle envie de voir M. de Mercœur jongler avec ma vraie tête, il me faut me résoudre à l'exil.

— Mais si vous sortez d'ici, monsieur, dit Montmirail, vous n'aurez pas fait quatre pas sans qu'on vous arraisonne comme un chebec de pirates barbaresques.

— Sans doute, répliqua Glandevès, mais je sais par des gens à moi que ma cachette est à présent connue de trop de monde pour qu'elle demeure sûre. Il suffirait d'une indiscrétion pour que le renard soit pris dans sa tanière.

— Que faire, si vous montrer signifie l'échafaud pour vous ? demanda le chevalier.

Avant de répondre, le vicomte allongea ses longues jambes et tira une bouffée du tabac batave qui embaumait l'aspérule odorante. Il n'avait pas l'air inquiet :

— Je ne suis pas aussi certain que vous, mon cher Montmirail, que l'on souhaite ma mort. On m'a informé que *sua eminenza*, Giulio Mazarini, n'était pas disposé à faire de moi un martyr de la cause marseillaise. Il est conscient que tant que les Marseillais me sauront parmi eux, même caché et proscrit, ils garderont l'esprit de fronde. En bon Italien, il serait plutôt favorable à *una combinazione* avec moi. Il lui suffirait que je vide les lieux de mon importune présence, et il ne me poursuivrait pas de sa vengeance. Sa patience jusqu'ici n'était due qu'à un calcul politique. Le cardinal m'a fait parvenir, par des moyens tortueux dont vous me ferez grâce du cheminement, un message où il se dit prêt à « m'oublier » pourvu que j'aille au diable. Plus loin je serai, plus il sera indulgent pour mes péchés. Tout est réglé du côté du mariage du roi avec l'infante Marie-Thérèse d'Espagne, pays dans les bras de qui il craignait que Marseille ne se jette. Maintenant que le voilà rassuré de ce côté-là, il va lâcher ses chiens. Entendez qu'il va une bonne fois pour toutes régler le sort de notre ville. Alors, m'a-t-il fait comprendre, il vaudra mieux que je ne me trouve pas sur sa route. Pour la survie de Marseille et de son peuple, il me faut donc partir.

— Mais comment ? demanda Lou Rousset.

— Par la mer, nuitamment, discrètement, répondit Glandevès. N'attendons tout de même pas que Mazarini nous fournisse le moyen.

— *La Mère de Dieu* est à votre disposition, dit le pêcheur, mais je la crains de taille bien trop modeste, hélas.

— C'est pourquoi, dit le vicomte en saisissant une bourse dans un coffre, tu vas acheter une autre barque avec ce sac de pistoles. Il n'y a pas là de quoi acquérir une caravelle, mais prends du solide. Une belle barque provençale, sûre à la mer. Et garde le reste, c'est pour toi. Je partirai dès que tu seras prêt.

— Je crois savoir trouver ce qu'il *nous* faut, dit Lou Rousset, indiquant par là qu'il comptait bien être du voyage.

— À l'avenir ! dit Gaspard de Glandevès.

— Et à celui de Marseille ! reprirent ensemble Montmirail et le pêcheur en choquant leurs verres.

55.

Où le roi pénètre dans Marseille par une brèche du rempart comme dans une place forte ennemie.

La rumeur enflait dans les rues de Marseille comme une bourrasque de mistral :

— Le roi arrive ! Le roi arrive !

La vieille cité avait dû connaître semblable état d'excitation quand les guetteurs de La Garde avaient sonné l'alarme le 24 novembre 1423, à l'arrivée des troupes d'Alphonse d'Aragon. Les bruits les plus fantaisistes circulaient, alimentant toutes les suppositions. Chacun avait son avis sur cette visite du souverain. Peu osaient parier sur le pardon.

L'état de tension était tel que, tout au long de la journée de ce 2 mars 1660, les guetteurs, du haut des créneaux, trompés par les nuages de poussière soulevés par l'un ou l'autre charroi de marchands, avaient à plusieurs reprises signalé l'arrivée imminente du cortège royal.

Tout avait été calculé afin de produire sur la population le plus grand effet. Il convenait de frapper les esprits de terreur. Ce n'était pas le roi de France qui arrivait dans une ville du royaume, c'était Jupiter tonnant venu châtier la révolte des Titans.

L'attente interminable de l'arrivée du roi – installé à Aix depuis des semaines – avait été minutieusement programmée. Des séides parcouraient les rues et hantaient les tavernes pour faire courir les bruits les plus alarmants. La mobilisation fébrile des soldats du duc de Mercœur, quadrillant la ville et manœuvrant ostensiblement afin d'affirmer leur présence dans tous les quartiers et aux portes de la cité, ne faisait qu'augmenter une angoisse qui devenait palpable. C'était la première fois de sa longue histoire que, bafouant ouvertement des privilèges séculaires, des troupes stationnaient *à l'intérieur* des remparts de Marseille et s'installaient de force chez l'habitant. Une lettre du roi avait ordonné expressément de « recevoir et loger toutes les troupes, tant d'infanterie que de cavalerie, que le gouverneur de Provence y ferait venir à son vouloir ».

La lettre avait beau préciser que « le nécessaire fourni serait payé de gré à gré afin que lesdites troupes ne soient pas à la charge des particuliers et se contentent du simple couvert et du lit », bien des officiers et des mercenaires se comportaient en vainqueurs, considérant leurs hôtes comme leurs valets et leurs biens comme un butin. De nombreuses plaintes affluaient chez Paul de Fortia, maître par intérim de la cité. Les familles bourgeoises avaient exilé femmes et filles dans les bastides du terroir marseillais, hors de portée des soudards.

Le roi et la cour avaient quitté Aix de façon à arriver devant les murs de Marseille sur les 5 heures du soir, c'est-à-dire, à cette époque de l'année, pratiquement à la nuit tombante. Le cardinal, la reine-mère, Anne d'Autriche, Monsieur, duc d'Anjou, frère du roi, sa cousine, Mlle de Montpensier, étaient du voyage ainsi qu'une cohorte de courtisans accompagnés de leurs familiers et domestiques, tous à bord d'une centaine de carrosses. Ils traversèrent en une interminable file, dans le bruit de tonnerre de leurs grandes roues cerclées de fer, l'esplanade flanquée d'un ouvrage de défense que l'on nommait la Plate-Forme. Ici, depuis vingt siècles au moins, la muraille faisait un angle droit à proximité de la porte Réale[1]. D'un côté le rempart s'en allait en pente douce vers la mer jusqu'au rivage de La Joliette, bordé de calanques, et de l'autre, il piquait droit au sud avant de bifurquer à main droite vers le Lacydon. C'est sur cette esplanade que l'on accueillait les hôtes de marque, les consuls allant en cortège au-devant de l'arrivant pour lui présenter les clés de la ville.

Rien de tel en ce 2 mars 1660. Le cortège passa sous l'aqueduc qui traversait l'esplanade amenant les eaux du fleuve la Vaune[2] vers les citernes alimentant les fontaines et les lavoirs publics, et s'arrêta enfin au débouché de la rue Sous-les-Arcs. La porte Réale était en ruines et, dans les flancs de la muraille, les sapeurs du duc de Mercœur avaient ouvert une plaie béante et livraient la ville sans défense à son maître.

---

1. Aujourd'hui place et porte d'Aix.
2. Orthographié de nos jours l'Huveaune.

Les consuls, destitués depuis un mois, n'étaient pas là dans leur robe rouge pour accueillir le roi avec leur habituelle solennité. Les officiers et capitaines de quartiers et leurs troupes, qui auraient dû se trouver juchés sur les créneaux pour lancer des vivats, avaient été priés de se montrer discrets. Seuls quelques gens du peuple s'étaient enhardis à sortir de la ville pour assister à ce spectacle impressionnant, mais ils étaient repoussés à distance par les soldats. Le roi arrivait chez lui. Marseille était tenue à l'écart.

Paul Fortia de Piles, viguier et commandeur des îles, investi de tous les pouvoirs depuis la destitution des consuls, s'avança au moment où le roi mettait pied à terre. Il tenait sur un plat d'argent les deux clés d'or que, selon l'usage – et pour 661 livres[1] –, on avait fait fondre tout spécialement. Avec une profonde inclinaison du buste, de Piles les présenta au roi. Louis les regarda, l'air hautain, et refusa de les prendre en main.

— Gardez-les, Piles, dit le monarque avec une moue de mépris. Vous les tenez fort bien. Je vous les donne.

Ces clés, les consuls eux-mêmes les avaient préparées et conservées depuis deux mois, espérant pouvoir les offrir un jour au roi comme un gage de paix. Et voilà que par son refus Louis XIV en faisait le symbole de leur déchéance et celle de la ville qu'ils représentaient.

Après ce bref coup d'éclat destiné à marquer les esprits, le roi monta dans la chaise[2] qu'on lui avançait.

1. Près de 6 500 euros.

2. Il ne s'agit pas ici d'une chaise à porteurs, mais d'un petit

Il passa lentement entre deux haies de troupes et se dirigea vers la brèche, qu'il traversa l'air sévère mais visiblement satisfait.

Cachés non loin de là, à l'angle du rempart, Montmirail et Lou Rousset éprouvèrent cet acte inutilement cruel comme une agression. Lou Rousset en avait les larmes aux yeux.

— Cette fois, dit-il à Guillaume, c'en est bien fini de notre liberté.

À peine venait-il de prononcer ces paroles amères qu'un incident éclatait dans le cortège même. Alors que la chaise du roi et celle de ses proches venaient de passer, on vit le fiacre du viguier, Paul de Fortia de Piles, revenir en arrière, et le commandeur des îles de Marseille s'en prendre à un officier de gardes-suisses qui semblait lui tenir tête et lui répliquer vertement. Les deux compagnies que commandait le capitaine Waltrich, arrivées le matin même d'Aubagne sur ordre du duc de Mercœur pour servir d'escorte, venaient de mettre arme au pied sur ordre de leur chef et refusaient d'aller plus loin. Profitant de la confusion, Montmirail et Lou Rousset s'approchèrent pour entendre la fin de l'éclat qui opposait le viguier et l'officier.

— Je suis navré de déplaire à votre excellence, disait Waltrich, mais mon honneur d'officier et de Suisse m'interdit de pénétrer dans une ville par une brèche qui n'a pas été faite à coups de canons ! Cette cité n'a pas été soumise par la seule force des armes, j'entrerai donc par la porte !

---

carrosse, plus adapté aux rues étroites de Marseille que le carrosse royal à six chevaux.

— Voilà qui donne leçon à l'orgueil puéril d'un roi qui triomphe sans combattre, dit Montmirail au pêcheur ravi.

Campé sur ses étriers, donnant ordre à ses deux compagnies de reprendre leur marche, Waltrich, à leur tête, passa fièrement sur l'emplacement de ce qui avait été la porte Royale, en dépit des menaces du viguier qui, ivre de fureur de recevoir une rebuffade sous les yeux de toute la cour, promettait au capitaine suisse de s'occuper personnellement de son avancement dès que la cérémonie serait terminée…

Sans plus s'arrêter, le cortège, comme une chenille monstrueuse, traversa la cité de part en part pour se rendre à la cathédrale de La Major en suivant le quai de la Ville. Volontairement, le roi donnait à son entrée dans Marseille une allure de cortège funèbre. De temps à autre, des groupes clairsemés de Marseillaises et Marseillais qui croisaient les voitures criaient timidement des *« Vivo lou Rey »* sans conviction et plutôt par habitude. Chaque chaise était saluée à part égale, car aucun de ces braves gens ne savait dans laquelle se trouvait le roi. Plus d'un courtisan, regagnant dans la soirée le logement qui lui avait été affecté, put se prendre un instant pour Louis XIV et rire de la bêtise de ces gueux qui ne savaient pas reconnaître leur souverain.

Arrivée à La Major, la cour entendit un *Te deum* qui, pour nombre d'oreilles marseillaises, avait des accents de *requiem.* Puis le roi, sans plus s'attarder, gagna la demeure mise à sa disposition : c'était la plus belle de la ville, celle de Thomas de Riqueti de Mirabeau, gentilhomme banni. Elle donnait sur la place

Saint-Thomé[1]. La reine-mère fut accueillie chez Léon de Valbelle, à Montfuron, dans la maison dite « des Quatre-Tours » ; Monsieur, frère du roi, fut hébergé chez M. de Mazenod, qui venait d'être condamné à l'exil, et le cardinal de Mazarin, chez Barthélemy Cipriani, seigneur de Cabriès.

1. Place de Lenche.

56.

Où nos héros s'apprêtent à quitter Marseille dont l'air est devenu irrespirable pour eux.

Guillaume de Montmirail et Lou Rousset passèrent encore quelques jours à Marseille, dans l'angoisse de voir une escouade de gens d'armes fondre sur eux au petit matin blême pour les cueillir au logis. Ils en changeaient le plus souvent possible, ne couchant jamais deux nuits consécutives dans la même maison. Par chance, beaucoup avaient été abandonnées par leurs habitants, qui avaient préféré attendre chez quelque parent installé sur le vaste terroir entourant la ville que celle-ci fut débarrassée de la soldatesque qui y faisait régner la terreur. L'heure était à la délation. Pour se mettre bien avec l'occupant et faire oublier leur conduite passée, des Marseillais dénonçaient avec zèle leurs anciens camarades de combat.

Montmirail n'était plus retourné chez sa logeuse, Lou Rousset n'était pas reparu dans son grenier de Saint-Jean. D'autant que l'absence de Piero ne lui donnait aucune raison d'aller se jeter dans la gueule du loup.

À propos de Piero, ce diable de Corse avait réussi, on ne sait comment, à donner de ses nouvelles au-delà des grilles de l'arsenal, où on le tenait enfermé, les galères étant remisées puisque la campagne annuelle de chasse aux Barbaresques ne commençait qu'à la belle saison. En montant dans la charrette qui l'emportait après sa condamnation, Orsini avait lancé comme par bravade, « je reviendrai ! ». Ce n'étaient pas des paroles en l'air. Lou Rousset avait reçu, par l'intermédiaire d'un enfant boiteux et famélique, messager pour quelques sols, un billet d'une écriture maladroite où il était dit, à mots à peine couverts, que le Corse préparait son évasion. Sitôt arrivé dans les geôles de l'arsenal des galères, il avait contacté son fameux cousin, argousin de la chiourme, avec l'aide duquel il comptait mettre entre lui-même et les rames des galères du roi la plus grande distance possible.

Le gentilhomme et le pêcheur se rendirent une ultime fois montée des Accoules, pour s'informer auprès de la voisine de l'astronome, la bonne Colette Peyric, si Philippe d'Orseul et surtout sa fille Constance avaient donné signe de vie.

La voisine ne savait rien.

En retrouvant ces lieux où la jeune fille avait été si sauvagement enlevée par la bande des Masques, Guillaume eut le cœur serré. C'était là qu'était né leur amour.

Philippe d'Orseul n'était pas revenu chez lui. Avait-il retrouvé sa fille ? Son absence signifiait-elle qu'Isis n'était pas Constance ? Fallait-il courir le risque de se rendre en Camargue à la Tour-du-Fournelet pour aller prendre d'éventuelles nouvelles ?

À toutes ces interrogations il n'y avait pas de réponses et Montmirail en était désespéré.

Tout en devisant comme deux paisibles promeneurs, dans les habits communs qu'ils avaient adoptés afin de ne pas attirer sur eux l'attention des patrouilles qui sillonnaient Marseille, ils prirent la direction du port. Ils étaient résignés à devoir se séparer. Lou Rousset avait dit sa décision d'aider Gaspard de Glandevès dans son évasion. Guillaume devait se résoudre à prendre le chemin du retour vers sa Champagne natale, en attendant de décider ou non de poursuivre une carrière dans les armes, dont les événements auxquels il avait été mêlé l'avaient détourné.

En dépit du fossé qui séparait la condition d'un gentilhomme de celle d'un pauvre pêcheur de Saint-Jean, une réelle amitié, teintée d'estime réciproque, s'était établie entre les deux jeunes gens et Guillaume éprouvait de la peine à l'idée de devoir se séparer de cette créature fruste dont la générosité et la franchise, sans parler du courage, valaient bien celles dont se paraient les gens dits « de qualité ».

— *Moussu* le chevalier, que comptez-vous faire ? hasarda Lou Rousset.

— Retrouver d'ici peu mes terres, trop longtemps délaissées, répondit Montmirail.

Puis, avec un soupir :

— J'eusse tellement aimé les faire découvrir à Constance…

Il se reprit, soucieux de ne pas montrer sa faiblesse :

— Je n'ai plus guère de raison de demeurer dans cette ville, même si je m'y suis attaché à un point que je n'aurais imaginé au soir où les scélérats à la solde des Masques m'assaillirent. En peu de temps, cette cité, qu'on dit remplie de l'écume des peuples et qui semble avoir poussé comme herbe folle, m'a séduit à l'égal d'une femme. Je me suis retrouvé les armes à la main pour la défendre, moi *l'estrangié*, comme vous dites dans votre langage si particulier, au même titre que si j'y étais né.

— Ah ! *Moussu* le chevalier, dit le pêcheur, laissez-les dire, ceux qui la dénigrent, notre Marseille. Ce sont des ignorants qui ne veulent pas la connaître, des aveugles qui ne veulent pas la voir. Les temps troublés que nous vivons ne s'y prêtent guère, mais si nous avions eu occasion, je vous l'aurais montrée comme peu de monde la connaît. C'est un paradis que le bon Dieu a mis sur terre.

— J'ai bien peur, dit Montmirail, qu'il nous faille remettre notre visite à plus tard, mon bon Rousset. Le temps n'est plus à la flânerie. Vois-tu ces soldats-là, à l'angle de la rue ? Ces bruits de bottes sonnent comme le glas des libertés marseillaises.

— Eh bien, nous irons sur la mer ! répliqua Lou Rousset, philosophe. Tout puissant qu'il soit, votre roi de France, il ne réduira jamais les vagues et le mistral à sa merci. Et *La Mère de Dieu* me mettra à l'abri de sa colère.

Tout en parlant, les deux hommes s'étaient rapprochés de la rue du Grand-Puits, par laquelle ils comptaient gagner le faubourg où ils avaient trouvé un provisoire refuge chez un ami. Leurs regards furent attirés par un groupe d'ouvriers occupés avec pics et engins de terrassement à la démolition d'une maison.

Lou Rousset devint pâle comme la mort.

— Mais, mais… c'est la maison de *moussu* de Glandevès qu'on jette à bas ! Ah, les maudits ! Je m'en vais les…

Montmirail le retint par le bras :

— Tais-toi malheureux ! Tiens-tu à aller ramer jusqu'à la fin des temps sur les galères du roi ?

Le gentilhomme réussit à faire tourner le coin de la rue au pêcheur et à le calmer.

— Quelle misère ! dit Lou Rousset. Se dire si grand et s'abaisser à une si pauvre vengeance…

Le pêcheur serrait les poings. Montmirail l'entraîna, sans remarquer qu'un gamin sale et dépenaillé les suivait à distance et semblait vouloir leur parler.

L'enfant s'approcha des deux hommes et, avant de s'enfuir, jeta aux pieds de Guillaume un billet plié en quatre.

Montmirail le ramassa et put lire à mi-voix :

— « Si le sort de M. de Glandevès-Niozelles vous touche, soyez demain à 4 heures de relevée sur l'esplanade de la porte Réale. Un ami vous contactera. »

Le chevalier était surpris. « Le sort de M. de Glandevès ? » Mais je le connais. Enfin, pour le moment. Que signifie ?…

Lou Rousset s'anima :

— N'y allez pas, *moussu* le chevalier ! Je sens la traîtrise.

— Ah ça ! répliqua Guillaume, me prendrais-tu pour un capon ? J'irai, sois-en sûr !

— Dans ce cas, j'irai avec vous, répliqua le pêcheur.

— Nenni, mon ami. Ta mission est de trouver une barque capable d'emporter le vicomte le plus loin possible…

Il regarda le pêcheur droit dans les yeux et le prit aux épaules :

— Nos routes se séparent, Jean-Baptiste Amourdedieu. Comme nos destinées.

C'était la seconde fois que le gentilhomme lui donnait son nom de baptême.

Dans un même élan sans calcul, les deux hommes, toute convention abattue, s'étreignirent.

Ils n'ajoutèrent rien mais leurs yeux brillaient plus qu'à l'accoutumée.

57.

Où l'on part pour un pique-nique au château d'If avec Louis XIV et la cour.

— Mademoiselle de Montpensier, nous ferez-vous la grâce de goûter à la chair de ce petit monstre épineux que M. le viguier nous dit s'appeler une rascasse. C'est bien ainsi que l'on dit, mon cher Piles ?

Paul de Fortia, qui venait d'être élevé à la fonction inédite de « viguier à vie », rosit de bonheur.

— Sire, je ne sais comment remercier Votre Majesté. Quel honneur pour ma lignée, je…

Le roi l'interrompit :

— Mais répondez-nous donc, Piles, est-ce bien cela qu'on nomme chez vous une rascasse ?

— Si fait, Votre Majesté, et, à côté, ce poisson à la robe rayée comme la livrée d'un laquais, nous l'appelons une vive.

Le roi était d'humeur badine en cette belle fin de matinée du 3 mars 1660. La traversée jusqu'au château d'If sous un soleil radieux l'avait mis dans d'excellentes dispositions. L'escapade marine changeait le souverain des soucis de l'heure. Il émoustillait sa belle cousine Montpensier après avoir piqué le poisson désigné par le viguier au bout d'une fourchette en or qui avait la forme d'un trident miniature.

— Nous voulons vous voir goûter à la vive. Allons, ne jouez point à la mijaurée.

Louis en aurait oublié la raison de sa présence à Marseille. Paul de Fortia avait organisé une partie de campagne aux îles de Marseille et toute la cour dégustait un *bouï-abaisso*[1] dans la tradition.

Le départ du cortège naval ne s'était pas fait dans la discrétion. Le roi, la reine-mère, Mazarin, Monsieur, Mlle de Montpensier et toute la cour, après avoir ouï la messe en l'église des religieux de l'Observance, s'étaient embarqués à bord d'une galère pavoisée et garnie d'oriflammes de la coque au mat, peinte en doré et équipée tout exprès de chambres pimpantes, en compagnie de gardes et de mousquetaires et suivie de deux cents barques de pêche où avaient pris place les courtisans.

À l'embarquement, Mlle de Montpensier était tout excitée à l'idée de cette promenade en mer, mais sa sensibilité avait été choquée de la promiscuité imposée par la chiourme. On eut beau lui expliquer qu'il fallait bien quelqu'un pour faire se mouvoir la machine si on voulait partir en croisière, la cousine du roi ne s'en était pas remise.

Le soir même, elle écrira à des amies restées à la cour : « De voir cette quantité d'hommes nus, sans chemise, hors une espèce de caleçon, rasés, noirs du

1. En provençal, le mot est masculin.

soleil, cela est affreux ; enchaînés, cela donne une idée de l'enfer ; on a horreur et pitié. Puis, quand on fait réflexion que ce sont de méchantes gens, on en a moins. »

Allons, tout est en ordre en ce siècle de progrès et en ce royaume de grandeur. Chacun à sa place. Celle d'une princesse de sang royal n'est décidément pas sur un bateau, fût-il joliment peint. À peine la passe du port franchie, une *largade* facétieuse avait pris la galère par le travers et l'avait un peu chahutée. Si bien que cinq minutes après, tout le cortège penché par-dessus bord donnait à manger aux poissons. Ceux qui ne vomissaient pas étaient « en faiblesse », comme l'on dit entre gens de qualité. Le cardinal de Mazarin était encore plus jaune qu'à l'accoutumée. Seul Louis semblait épargné. Sans doute la condition royale vous place-t-elle au-dessus de ces maux qui frappent le commun de l'humanité.

En arrivant à proximité de l'île où se dresse le fort massif construit sur ordre du roi François, il fallut passer dans des bateaux plus petits. Le seul point d'accès à l'îlot est mal commode, exposé à tous les vents de la rade. La galère royale où se tenaient le roi et ses proches ne pouvait aborder, en raison des modestes dimensions du débarcadère. Elles tanguaient, ces barques, à vous arracher l'âme en même temps que les tripes ! Mlle de Montpensier avait cru sa dernière heure arrivée. D'autant qu'au moment d'aborder une vague plus forte que les autres était passée par-dessus le bordé et avait trempé tout le monde ! Il fallut sauter sur les rochers au moment où un marin vous en donnait le signal. Par bonheur, un mousquetaire fort vigoureux était là pour prendre dans ses bras la princesse royale et sauter avec elle sous les vivats et les rires du roi et de ses suivants.

Comme si cela ne suffisait pas, Louis s'était mis en tête de faire goûter à sa cousine un de ces horribles poissons épineux que l'on pêche par ici. Elle en avait le cœur soulevé d'avance.

Et pourtant le roi ordonnait...

— Nenni Sire, avait répondu Mlle de Montpensier, je ne saurais en manger, je ne les connais point pour n'en avoir jamais vu de semblables dans la mer océane.

— La belle affaire, avait répliqué le roi, nous ne les connaissons point non plus, ce qui ne nous empêche pas de les trouver fort savoureux. Allez ! Goûtez, belle cousine, sous peine de faire affront à M. de Piles !

La fourchette s'agitait sous le nez de la princesse avec son morceau de chair blanche tremblotant...

Les courtisans riaient sous cape, guettant la façon dont la belle allait se sortir de ce traquenard :

— Sire, ne prenez pas en mauvaise part mon refus, finit-elle par dire. Je suis tout autant que Votre Majesté persuadée que ce poisson est succulent. À tel point que c'est un péché de gourmandise que de le manger. Et je rappelle à Votre Majesté que nous sommes en temps de carême...

Chacun avait admiré la ruse pleine d'esprit, et les courtisans qui, tout à l'heure, guettaient la faute, applaudirent avec complaisance comme à une réplique de comédie.

Le roi, beau joueur, avait cessé de mettre sa cousine à la torture.

*
* *

Le voyage de retour fut à nouveau un cortège de triomphe que les pauvres pêcheurs de Saint-Jean ou d'ailleurs suivaient de loin depuis leurs modestes barques, avec au cœur une crainte mortelle. Ce n'était pas à eux que le spectacle, accompagné de sonneries de trompettes et de coups de canon, était destiné. La cour se le donnait à elle-même.

À peine retourné à terre, le roi revenait aux graves sujets de l'heure.

Pas un seul instant d'un séjour qui allait s'achever le 7 mars Sa Majesté n'accepta de se rendre ou d'être reçu à la Maison Commune, lieu proscrit où l'on avait défié la personne même du roi, où Glandevès et ses amis à la tête d'une troupe de gueux s'étaient dressés face à son autorité.

Il fallait marquer à jamais cet outrage dans la chair même de la ville.

La maison des Quatre-Tours de la place Saint-Thomé était devenue une annexe provisoire du palais du Louvre et du château de Saint-Germain[1]. Le roi y avait appelé ses ministres.

C'est sur cette place, qui avait été l'agora des Grecs

1. Louis XIV, jusqu'en 1660, n'allait à Versailles que pour chasser. Le « petit château » était celui construit par Louis XIII.

fondateurs de Massalia, que venaient d'être rédigées les lettres patentes et les ordres qui réorganisaient la vie politique de Marseille. À charge de Fortia de Piles de les rendre effectifs.

— Nous supprimons la charge de consul, ainsi que les titres de gouverneur, protecteur et défenseur des franchises et libertés de la ville qui y étaient attachés.

Ce furent les premiers mots du roi quand s'ouvrit la réunion à laquelle avaient été conviés le gouverneur de Provence et le viguier, entourés de tous les responsables civils et militaires de la cité.

— Désormais, avait poursuivi Louis d'une voix où passait toute son autorité, trois échevins présideront un conseil de soixante membres. Le premier échevin sera choisi parmi les gens de la Loge, banquiers et négociants, le deuxième parmi les bourgeois et les marchands. Le troisième, l'assesseur, comme à l'habitude, sera un avocat. Ainsi en avons-nous décidé.

Le roi porta sur l'assemblée son regard dominateur. Toutes les têtes étaient courbées. Il en vint donc à la question des élections :

— Elles seront désormais soumises au contrôle strict de M. le gouverneur de la province – Mercœur se rengorgea –, de M. le Premier président du parlement – ce fut au tour de Maynier d'Oppède de redresser le buste –, et, localement, de M. le viguier – Fortia de Piles était fier comme un paon.

Louis avait ajouté en aparté à un de ses ministres :

— Ainsi, au cas où des émules du vicomte de Glandevès se mettraient en tête de soulever la population contre nous, ils trouveraient en face d'eux une nouvelle race de politiques dont les intérêts personnels coïncideraient avec ceux de la cité.

Il avait ajouté à haute voix pour mieux se faire comprendre :

— Il n'y aura pas meilleurs garants de la paix publique ! Il faut assurer désormais le commerce de ce port qui nous est cher par un calme qui ne puisse jamais être altéré.

Dès le lendemain, ces paroles résonnaient comme un chant de grâce aux oreilles des marchands qui n'avaient jamais apprécié ce Glandevès, dont l'ambition prétentieuse avait attiré la foudre sur la ville. Pour manifester leur zèle tout neuf, les nouveaux échevins votèrent un « don gratuit pour la ceinture de reine future ».

Une « gratuité » qui avait coûté 50 000 livres[1] aux Marseillais grâce à une taxe sur la farine et les biens immobiliers.

*

* *

Avant de quitter Marseille, le roi s'en alla honorer de sa présence le chantier de la future citadelle Saint-Nicolas, commencé depuis près d'un mois, qui déjà marquait ce lieu sauvage et isolé, perdu à l'extrémité de la rive neuve du port. On voyait se dessiner l'empreinte future des quatre bastions.

1. Environ 471 000 euros.

Le chevalier de Clerville[1], commissaire général des fortifications du royaume, venu expressément de Lorraine sur ordre du roi pour superviser les travaux, se porta au-devant de son souverain. En apprenant la décision royale, le maréchal de La Ferté, commandant Nancy, avait eu ce mot cruel : « Il faut que Marseille soit en pitoyable état pour qu'on y appelle le bourreau. »

Louis-Nicolas de Clerville marqua ostensiblement sa déférence, mais le roi lui voyait sa tête des mauvais jours. Il en savait la raison et s'en moquait comme d'une guigne. Si le sujet de Sa Majesté s'inclinait devant les décisions de son maître, l'homme de l'art regimbait : le choix de la butte Saint-Nicolas allait à l'encontre de sa conception du génie militaire. Quel rôle défensif jouerait un fort dominé à sa gauche par une autre butte, dite de la Tête-de-More, qui lui masquerait la vue sur l'horizon marin ?

Les réticences et les remarques de l'architecte étaient remontées jusqu'à la cour, mais Clerville avait été fermement prié de les garder pour lui. Le choix de ce site était politique.

C'était *sur la ville* qu'il fallait garder un œil ouvert en permanence. Et non sur la mer. Pour ce rôle-là, le fort projeté à partir de la bonne vieille tour du Roi-René, sur l'autre rive, suffirait amplement. Surtout si on le dotait d'une tour-fanal capable de voir au grand large.

L'important était que Marseille gardât en permanence l'image concrète de la main de fer du roi étran-

1. Il fut le prédécesseur de Vauban.

glant la passe de son port. Le face-à-face des deux forts, comme les branches d'une tenaille, en serait l'illustration frappante pour les siècles à venir.

— Alors, Clerville ? Votre affaire avance-t-elle selon vos désirs ?

— Selon les vôtres, Sire, répondit le chevalier en s'inclinant. Le temps n'est plus en cette ville orgueilleuse où l'on faisait jurer les rois entre deux guichets. Les ornements de la porte Réale vont désormais parer les portes de notre future citadelle.

Le roi montra son contentement :

— Fort bien, Clerville. Nous sommes satisfaits de l'état d'avancement. Continuez ainsi et bientôt nous aurons aussi notre bastide. Ici même, à l'embouchure de ce grand port et face à cette grande et belle ville. À l'image de celles que les habitants de Marseille ont dans le territoire.

Le roi était très satisfait de son trait d'esprit. D'autant qu'il venait d'être fort applaudi par la cohorte de courtisans qui ne le quittaient pas et déjà colporté à travers la cité.

Sachant qu'il ne serait pas le plus fort à ce jeu, le peuple avait choisi l'ironie. Déjà on entendait par les tavernes et les ruelles monter des airs frondeurs en forme de pied de nez, dans une langue que, fort heureusement pour les auteurs, la cour ni le roi n'entendaient :

À vougu basti citadello
E nautre d'abord
Sian esta d'accord

Per forço !
Seren seis sordats, faren sentinello,
Li seren fidelo
Jusqu'au toumbeù
Per forço[1] *!...*

1. *Il a voulu bâtir une citadelle / Et nous autres, d'abord / Avons été d'accord / Par force ! / Nous serons ses soldats, nous monterons la garde / Nous lui serons fidèles / Jusqu'au tombeau / Par force !...*

58.

Où notre héros apprend de la bouche même du cardinal le fin mot de sa propre histoire au cours d'un mystérieux rendez-vous.

La voiture, arrêtée près de la porte Réale sur la vaste esplanade, plus légère qu'un carrosse, se nommait une chaise, attelée de deux chevaux. Montmirail n'y accorda qu'un coup d'œil. Il contemplait l'énorme blessure qui défigurait le rempart et se désolait de voir les carriers de l'architecte Clerville emporter les plus belles pièces de la porte monumentale vers le chantier de la citadelle Saint-Nicolas. Le chevalier était soucieux. Ses amis étaient en fuite ou emprisonnés. L'omniprésence de l'armée royale était pesante. Seul avantage relatif : les rues en devenaient plus sûres et il avait moins à se garder de ses ennemis. Cependant, Montmirail craignait qu'on ne le laissât plus très longtemps en liberté. Il avait tout à craindre de la part de Sa Majesté : la jalousie de l'homme dont il avait été le rival d'alcôve autant que l'autorité bafouée du monarque.

Ce rendez-vous mystérieux ne lui disait rien de bon. Mais il n'entendait pourtant pas s'y soustraire.

Alors qu'il regardait la manœuvre d'une escouade de grenadiers sous le commandement d'un bas-officier, un sac lui couvrit la tête avant qu'il eût fait un geste. Il se sentit poussé, hissé, jeté, dans ce qui était assurément la chaise aperçue l'instant d'avant. Le temps de se dégager, celle-ci était partie au galop. Il comprit qu'on l'enlevait. On ne l'avait pas attaché : occultées par des panneaux de cuir, les portières étaient closes de l'extérieur.

Deux choses étaient sûres. Ses jours n'étaient pas en danger – on l'aurait assassiné d'un coup de pistolet en pleine rue –, et ce n'était pas un coup des Masques – les gredins n'auraient pas pris tant d'égards. Un poignard surgi d'un coin de porte aurait suffi.

Il se résigna. Après une demi-heure, au changement d'allure, il devina que le véhicule roulait dans le terroir. On n'entendait que le pas des chevaux et le crissement des roues sur la terre d'un chemin. La chaise s'immobilisa dans une cour. La portière s'ouvrit. Montmirail vit une belle bastide au centre d'un domaine. À l'horizon, il lui sembla apercevoir le village perché de Cabriès, sur la route d'Aix.

Deux gardes armés l'accueillirent sobrement mais avec courtoisie :

— Veuillez nous suivre, monsieur le chevalier.

On ne lui avait pas demandé son épée. C'était assez lui signifier que toutes les précautions étaient prises. Montmirail suivit les deux hommes à l'intérieur. Au passage, il apprécia en connaisseur le luxe de l'ameublement et de la décoration.

Un capitaine s'avança et s'inclinant dit simplement :

— M. le cardinal vous reçoit dans l'instant.

Montmirail était donc chez Barthélemy de Cipriani, seigneur de Cabriès, où le ministre était logé durant le séjour royal à Marseille.

« Je vais avoir droit à un sermon de carême, pensa-t-il. Son éminence n'a pas renoncé à faire de moi le mari de paille de la belle Diane, maîtresse du roi, et va me demander obéissance ! Plutôt le château d'If ! »

Ouvrant une porte aux moulures dorées, son guide s'effaça.

— Entrez donc, chevalier ! dit une voix fatiguée, à l'accent italien.

L'expression du jeune homme ne sut dissimuler qu'il trouvait le ministre en piètre état, la peau parcheminée d'une pâleur de cire, la barbiche emmêlée et, sans la perruque, sa calvitie bien apparente. Il fallait que quelque mal le rongeât.

Le cardinal sourit cependant, et son visage en fut aussitôt rajeuni.

— Sans doute vous demandez-vous pourquoi vous êtes libre et pourquoi vous vous trouvez ici ? Je vais vous le dire. C'est à cause de votre ami Glandevès.

— Le vicomte n'est point mon ami, éminence. Je déplore son absence de scrupules et la façon dont il se joue du peuple au profit de sa folle ambition. Nombre de gens ont payé de leur vie le fait d'être de son parti, sans qu'il en soit affecté.

— N'essayez pas de feindre, Montmirail. Je sais que vous le voyez secrètement presque chaque nuit. Je n'ignore pas que vous préparez sa fuite vers l'Italie pour demain soir.

Comment cc diable ensoutané de rouge savait-il tout cela ?

— Mais. Éminence, je…

— Taisez-vous et écoutez ! Le temps nous est compté. Le roi veut la mort de Glandevès. Les juges ont devancé son ressentiment. Louis est un grand monarque. Il lui reste à devenir un grand politique. Et admettre que mieux vaut laisser un crime impuni que transformer un criminel en martyr. Qu'on le décapite en effigie, qu'on rase sa maison, qu'à la place on érige un monument d'infamie… Cela devrait nous suffire. Mais surtout que la tête sanglante de Glandevès ne vienne pas rouler comme une provocation aux pieds de ses concitoyens. Tout serait à recommencer. Faute de se donner au roi d'Espagne, désormais notre allié, Marseille irait s'ouvrir au Grand Turc ! Vous êtes bien de cet avis, chevalier ?

— Votre éminence raisonne justement, mais que puis-je…

— Vous vous demandez ce que vous venez faire là-dedans ? C'est pourtant simple. Je veux que Glandevès s'échappe. Je ne veux pas que le roi le sache. J'ai des adversaires, les pires sont ceux qui profiteraient de l'occasion pour irriter Sa Majesté contre moi. Ce sont des sots qui n'ont aucun sens politique. Ils s'imaginent qu'une sentence doit toujours être exécutée, fût-elle inopportune. Ils cherchent Glandevès partout. À leur tête, un grand seigneur dévoyé qui complote contre moi depuis longtemps pour me perdre dans la faveur du roi. Savez-vous qui est Charles-Henri de Villemus ?

— De fort loin, mentit Montmirail. Je le sais

personnage d'importance à la cour et de lignée fort ancienne.

— Cela est vrai, dit Mazarin, mais fort décadente sur tous les plans : qu'il s'agisse de possessions terriennes, de finances, sans parler de morale. Ce n'est pas par les exploits guerriers ou ses revenus fonciers que Villemus maintient son rang : c'est par l'intrigue, la politique, l'influence, les alliances douteuses. Pire : par le vol, la rançon, le pillage…

Le cardinal fit une pause avant de lancer :

— Le crime, au besoin !

Guillaume frémit. Mazarin s'en rendit compte. Il poursuivit comme si de rien n'était.

— Pour redorer sur le plan matériel son prestige, il est prêt à tous les expédients : joueur, viveur, criblé de dettes, il n'hésite pas à recourir aux méthodes les plus basses, les plus infâmes pour se procurer les moyens qui lui font défaut. Me voyez-vous venir, Montmirail ?

Guillaume craignait de s'enferrer en se dévoilant.

— Euh… toujours pas, votre éminence.

— Eh bien, je vais vous rafraîchir la mémoire, chevalier. Vous connaissez Villemus au point de l'avoir publiquement défié chez la marquise de Rambouillet en lui rappelant un petit garçon de dix qui l'avait, à tous les sens du terme, *démasqué* comme l'assassin de mon homme de confiance, l'avocat Gueidon, dans l'auberge de La Mule noire, lors des troubles d'Aix.

Montmirail baissa la tête. Inutile de tergiverser : ce diable rouge savait tout !

— C'est lui qui tua Gueidon ?

— Les assassins étaient plusieurs. Parmi eux, Charles-Henri, qui dirigeait la manœuvre, sur ordre d'un parti qui voulait ma chute. Votre témoignage aurait pu le confondre, c'est la raison pour laquelle il voulut vous supprimer. Et qui l'a décidé à tout tenter pour vous faire assassiner tout au long de votre périple vers Marseille. Vous redeveniez un grand danger.

Montmirail, sidéré, se disait que cet homme n'ignorait rien de lui :

— Villemus serait donc aussi... le maître des Masques ?

— Voilà ! s'écria le cardinal. Vous entendez bien.

Il expliqua :

— Les Villemus étaient trois. L'aîné, Charles-Henri, et deux bâtards plus jeunes. Il s'est servi d'eux comme de spadassins, volant, pillant, assassinant au profit de la misérable lignée. Vous avez occis Étienne de Volx, déguisé en Turc, du côté des gorges de la Nesque – le dernier, Bertrand de Montlaux, a été trouvé mort au pied du clocher de l'église des Saintes-Maries, une lame d'acier dans l'œil, tué on ne sait par qui, on ne sait comment. Ces scélérats, à la tête de plusieurs bandes de reîtres ramassés dans la fange de l'espèce humaine, ont multiplié les exactions, les attentats, les rapines, les meurtres, mettant leur déshonneur au service des causes les plus basses, au profit des entreprises les plus infâmes pour redorer le blason terni des Villemus et assurer le train de la lignée. Reste l'aîné. C'est Charles-Henri, que vous aviez ravisé en hôtel de Mme de Rambouillet, quand il papillonnait autour de la petite Cabrières. Et vous êtes allé le défier, petit présomptueux ! Vous avez signé votre arrêt de mort. C'est Villemus qui a mis Étienne sur votre route à

Romans, avec la complicité de sa favorite, Lucrèce d'Aiglun, puis sur vos talons à Marseille.

Après cette avalanche de révélations, Montmirail cherchait à remettre son esprit dans le bon sens :

— Villemus est-il bien en cour, éminence ?

— Cela est vrai, dit Mazarin. Il a l'oreille du roi, ayant fait alliance avec des gens dont je me suis longtemps servi mais qui m'échappent. Aujourd'hui, pour se faire bien voir de Sa Majesté et en tirer le profit que vous devinez, Villemus veut la tête de Glandevès et ne laisser à personne d'autre l'honneur de l'apporter sur un plateau au roi. De même veut-il la vôtre, parce qu'il redoute que – faute d'un duel loyal auquel son âme noire se refuse – vous ne portiez l'affaire devant la justice du roi. Vous êtes, vous-même et Glandevès, en grand danger ! Entendez-vous ?

— J'entends, éminence…

— J'achève, Montmirail. Villemus a chez moi ses mouches comme j'ai les miennes chez lui. Il sait où se trouve Glandevès. Il est au courant de ce qui se prépare. Demain soir, il va précéder ceux qui organisent la fuite de Glandevès au couvent des capucines. Il a rameuté pour cela des gens dont il est sûr. Ils rapporteront le rebelle pieds et poings liés à Sa Majesté. Il faut que vous m'aidiez dans la discrétion à empêcher Villemus d'arriver à ses fins.

— Je ne sais pas si j'ai…

Le cardinal, voyant le jeune chevalier douter de ses capacités, lâcha l'argument suprême qu'il cachait encore dans la manche de sa soutane écarlate :

— Je vais vous donner la meilleure raison de mettre

Villemus hors d'état de nuire. Savez-vous comment est mort votre frère aîné Henri ?

— Lors d'un duel, m'a-t-on dit.

— Le nom de son adversaire ?

— Je l'ai toujours ignoré, ma feue mère et mon frère Antoine ne m'ont jamais...

Mazarin ne lâchait plus Guillaume des yeux.

— Henri de Montmirail est mort dans le duel qui l'opposait à Charles-Henri de Villemus. Votre grand frère était venu lui demander des comptes après la tentative d'assassinat dont vous fûtes victime en Aix. C'est le moment d'aller le venger, chevalier !

Le cardinal s'était levé avec peine.

— Chevalier, je ne vous donne pas ma bénédiction. Je ne suis ni prêtre ni évêque, ce serait imposture... Mais je prie la Providence de vous assister dans la mission que je vous confie. Aidez Glandevès à fuir. Et ne tombez pas dans les rets de l'infâme Villemus. La voiture vous attend dans la cour. Vous réfléchirez, chemin faisant, au moyen d'arriver au couvent des capucines au bon moment et de faire diversion... Allez !

D'une inclinaison de tête, Guillaume prit congé.

Le cardinal le rappela :

— Chevalier... Tâchez donc de ne pas y laisser votre vie. Je sais trop les folies auxquelles la fougue juvénile entraîne les jeunes gens. Évitez de vous faire embrocher. Gardez votre cœur en bon état car il peut sans doute encore servir. Où ? À qui ? Ce n'est pas à moi de vous le dire. Ne m'en demandez pas davantage et hâtez-vous !

59.

Ce qui s'est vraiment passé dans le poulailler du couvent des capucines dans la nuit du 25 avril 1660.

Si le comte Charles-Henri de Villemus avait été animé par d'autres sentiments que la soif du mal et l'idée de vengeance, il aurait pris la précaution de mettre le couvent des capucines sous surveillance active de ses mouches depuis longtemps.

Il aurait alors appris que, sur le coup de 4 heures de relevée, un cortège funèbre avait quitté le couvent, au vu et au su de tous, par la grande porte. Un catafalque drapé de noir, portant la dépouille d'un défunt, partait en lente procession, accompagné d'une compagnie de pénitents blancs, tous semblables dans leur longue aube immaculée – *le sac* –, la taille ceinte d'une corde, le visage dissimulé sous une haute cagoule conique qui assurait leur anonymat. Ils psalmodiaient inlassablement un *Dies irae* tout en avançant au même pas, tandis que les sœurs capucines se signaient au passage du cortège qui prit la direction de la chapelle Saint-Nicolas au bout de la rive neuve du port.

À moins d'être voyants, les espions de M. de Villemus n'auraient pas deviné que, sous les défroques de ces charitables personnes accompagnant le défunt à sa dernière demeure, se cachaient autant de pêcheurs du quartier de Saint-Jean. À moins de dons surnaturels, ils n'auraient pas décelé non plus que le *de cujus* respirait comme le commun des mortels sous son drap funèbre et qu'il se nommait Gaspard de Glandevès, sieur de Niozelles, puisqu'ils le croyaient encore mussé sous le poulailler dudit couvent dont le gentilhomme s'enfuyait pourtant, sous leur nez.

Mais le comte de Villemus était au-dessus de ces considérations subalternes. Il était assuré de son affaire. Il savait de source sûre que l'enlèvement du vicomte de Glandevès était prévu pour le soir même à 10 heures, et c'est à cette heure seulement qu'il frapperait. Il apporterait au roi la tête de Glandevès. Ensuite, il réglerait à jamais le sort de ce freluquet de Montmirail – averti qu'il était par un espion qui faisait jeu double auprès du cardinal. Le jeune présomptueux ne s'était-il pas mis en tête d'aider ce soir même le rebelle à échapper à la justice royale en facilitant sa fuite ?

D'avance, les yeux cruels et froids de Charles-Henri de Villemus brillaient de l'éclat qu'on aperçoit dans la prunelle du tigre au moment où il va bondir sur sa proie.

*

* *

À la cloche un peu fêlée des Accoules, neuf coups venaient de tinter. Connaissant ses fantaisies, Montmirail estima qu'il pouvait être la demie de 8 heures comme le quart de 9. Les Marseillais y étaient accoutumés, et, faute d'autre, cette mesure incertaine du temps faisait foi pour les rendez-vous.

Le jeune gentilhomme s'engagea à l'angle de l'enclos du couvent des Grands-Augustins, sur la placette triangulaire qui donnait à l'extrémité du port, qu'on appelait le Cul-de-Bœuf.

En cet instant précis, une barque pontée venait de quitter le quai de Saint-Jean pour gagner l'extrémité de la rive neuve. Six hommes étaient aux avirons. Ils accostèrent au quai de la Pierre-de-Marbre.

Bientôt, deux ombres rejoignirent la barque et montèrent à bord. Si la nuit n'avait pas été aussi noire, on aurait pu reconnaître Gaspard de Glandevès, en compagnie du Rousset, pêcheur de Saint-Jean.

*

* *

Montmirail entra dans le couvent en escaladant le mur de clôture qui donnait sur les arrières au moment où les religieuses capucines étaient à la chapelle, chantant l'office de complies.

Le jeune gentilhomme sauta dans le jardin, où se trouvait le poulailler, proche de l'écurie où somnolaient un âne et une mule. Il se cacha dans l'ombre d'un figuier pour attendre la suite. De sa cachette, le chevalier voyait le mur de l'hôpital des forçats, mitoyen du monastère, et le potager où le sieur Duchon cultivait ses légumes pour la communauté et pour lui-même : il était maraîcher. Duchon entrait librement dans ledit jardin en compagnie de son aide, le jeune Doris, par une petite porte de bois dont il avait la clé, donnant sur la rue Sainte-Catherine, à l'arrière du couvent.

Donc, dans la nuit du 25 au 26 avril 1660, s'il s'est bien passé quelque chose dans le poulailler des capucines, ce n'est pas du tout ce que prétendront plus tard la plupart des historiens. À 9 h 30 de relevée, Doris, aide-jardinier du sieur Duchon, plutôt joli garçon, avait fixé rendez-vous à Jeaneton, la petite servante du sieur Hiéronymus Garcin, chauffournier[1] de la rue Saint-Roch, au pied du mur du couvent, devant la petite porte en bois de la rue Sainte-Catherine. Comme la mignonne n'y avait pas manqué, Doris lui avait ouvert la petite porte, l'entraînant *illico* jusqu'à l'écurie du couvent.

Montmirail, sans se laisser voir, avait observé que le jardinier amoureux, en hâte d'entraîner sa belle dans l'idée qu'il avait de s'occuper d'elle, avait négligé de refermer la porte. Il s'en réjouit.

Dans le même moment, il se rendit compte que, dans l'ombre, un homme suspendu à une corde descendait le long du mur mitoyen de l'hôpital des forçats. C'était un galérien qui s'échappait !

L'homme ne fut pas plus tôt au sol que le chevalier reconnut cette silhouette familière et la héla discrètement :

— Eh ! Piero, par ici !

Le plus surpris des deux ne fut pas celui qu'on peut

1. Fabricant ou marchand de chaux.

croire. Le Corse fut mis en deux mots au courant de l'affaire, et quand il apprit qu'une seule porte ouverte le séparait de la liberté, il demeura au côté de Montmirail. Il s'inquiéta seulement de cette lueur qui brillait doucement dans l'écurie du couvent.

L'amoureux jardinier, pour rassurer sa conquête, avait allumé une lanterne.

Au même moment, sur la rive neuve, un gentilhomme vêtu de noir, au regard gris acier, entouré d'une douzaine de soldats armés jusqu'aux dents, frappait à la porte d'entrée du couvent.

La sœur tourière ouvrit son guichet.

— Comte de Villemus, s'annonça l'arrivant. Ouvrez ! D'ordre de Sa Majesté, ouvrez sur-le-champ !

La sœur referma son guichet après avoir assuré qu'elle faisait prévenir la prieure.

Quand la grande porte cochère tourna sur ses gonds, on ne sut pas qui avait l'air le plus farouche et le plus sûr de son droit : M. de Villemus ou Mère Marie de la Miséricorde du Christ. Face au gentilhomme vêtu de noir qui se dressait de toute sa morgue, épée en main, Mère Marie se tenait droite et sévère comme une allégorie de la Justice.

Sans même saluer la religieuse, Villemus fit un pas en avant.

— Ma mère, vous donnez asile à un condamné qui tente de se soustraire à la justice du roi. Livrez-le-moi sans tarder et je plaiderai auprès de Sa Majesté afin d'obtenir le pardon de l'offense majeure que vous lui faites par cette conduite. Je vous ordonne de m'obéir.

— Monsieur, dit la voix d'autorité de la prieure,

bien différente de celle qu'elle prenait quand elle s'adressait à « ses filles », je n'obéis qu'à Dieu et à monseigneur qui est son représentant en cette ville. J'ignore de quoi, de qui vous me parlez, et vous prie de ne pas aller plus avant, ni de troubler la paix qui règne en ce saint lieu.

Villemus monta d'un ton :

— Vous mentez, ma mère ! Oseriez-vous soutenir que M. de Glandevès n'est pas ici, en ce couvent que votre conduite déshonore ? Alors que tout Marseille bruit du fait que vous cachez ce séditieux dans votre poulailler !

Mère Marie foudroya le mufle d'un regard de mépris :

— Quoique je n'aie aucun compte à vous rendre, monsieur, je soutiens que M. de Glandevès n'est point ici…

In petto, la religieuse demanda son pardon au Très-Haut pour avoir omis de compléter ainsi sa phrase : « … n'est point ici depuis 4 heures de relevée. » Cela devait ressortir de la catégorie des péchés véniels et n'entamerait pas longtemps sa part de paradis. Elle se promettait de demander au plus tôt à un casuiste comment se nomme cette technique subtile qui vous fait échapper au péché tout en mentant effrontément.

Villemus ne se tenait pas pour battu :

— Si vous n'avez rien à vous reprocher, ma mère, vous accepterez donc que nous nous assurions par nous-mêmes de la véracité de vos dires.

Il se tourna vers les deux officiers et les soldats qui l'entouraient.

— Venez, vous autres !

Mère Marie se dressa de toute sa hauteur et, les bras en croix, barra le passage à la troupe :

— Tout beau, messieurs ! Je ne laisserai pas une bande de soudards profaner les lieux et troubler les âmes dont j'ai la charge.

La fermeté de l'attitude de la religieuse décontenança Villemus, peu habitué qu'on lui résiste.

— Ma mère, vous aggravez votre cas…

— Et vous le vôtre, monsieur !

Les deux adversaires se défiaient du regard.

Le tête-à-tête menaçait de se prolonger. Un silence pesant s'était abattu sur le porche d'entrée.

Finalement, sur un tout autre ton, Villemus composa :

— Voici ma dernière offre : j'entre seul, accompagné de deux sergents. Les autres attendent dehors.

Après un silence calculé, Mère Marie parut céder :

— Rien ne m'y oblige, mais ne serait-ce que pour vous prouver votre erreur et me débarrasser de votre importune présence… Je vais vous faire visiter notre poulailler, puisque vous avez l'air d'y tenir si fort.

Elle s'écarta.

Villemus s'avança, une lueur méchante dans l'œil. Au passage la prieure lui décocha une ultime flèche :

— Si vous cherchez M. de Glandevès, à quoi bon vous y mettre à trois ? Le craignez-vous à ce point ?

Villemus la regarda sans répondre. La porte se referma sur la troupe demeurée dehors et la religieuse conduisit les trois hommes vers le jardin à l'arrière du couvent.

Le gentilhomme n'avait pas fait plus de deux pas

qu'une ombre – qui surprit tout le monde – jaillissait de sous un figuier en hurlant :

— Holà, vite ! Je le vois… C'est Glandevès ! Il y a de la lumière dans l'écurie…

Sans plus réfléchir, les militaires se précipitèrent, se bousculant, et franchirent l'étroite ouverture.

D'abord, ils ne virent rien. Posée à l'entrée, la lanterne faisait paraître plus obscure encore cette salle aux contours incertains. Ils hésitèrent. Si c'était un piège ?

Un des hommes s'avança avec méfiance.

Ce qu'il discerna enfin le stupéfia.

C'était, au ras du sol, quelque chose de clair et de sphérique qui s'agitait dans le foin, se soulevant et s'abaissant à un rythme qui ne cessait de s'accélérer. On eût cru deux personnes qui se battaient. On entendait comme un râle oppressé.

Le sergent cria à tout hasard :

— Courage ! Tiens-le bien, nous arrivons…

Il n'avait pas eu le loisir de dégainer. Deux espèces de démons jaillissant lui filaient sous le nez.

Quelqu'un, plus tard, a raconté avoir vu, cette nuit-là, le jeune Doris qui courait cul nu, ses chausses à la main, tout le long de la rue Sainte-Catherine, suivi d'un fantôme clair, la dame Blanche assurément. C'était la Jeaneton lancée à perdre haleine aux trousses de son amoureux. Derrière, le chauffournier Garcin galopait, brandissant sa pelle. Il glapissait :

— La gueuse ! Si je l'attrape, je la fais enfermer au Refuge[1] !

---

1. Ce couvent était la prison où on enfermait les filles de mauvaise vie.

Et, derrière encore, se prenant les éperons dans leur manteau sombre, deux militaires les poursuivaient, en criant : « À la garde ! C'est Glandevès qui s'échappe ! »

Piero avait semé une belle discorde dans les esprits et dans les corps avec la bourle[1] qu'il venait de jouer, d'un toupet et d'une maîtrise qui avaient pris tout le monde de court.

Le seul à n'avoir pas perdu la tête dans cette scène de folie, c'était Villemus. Droit et pâle comme un cierge au milieu du jardin, il se tournait vers la prieure pour lui dire de sa voix de glace :

— Vous ne m'avez toujours pas montré votre poulailler, ma mère…

— Le voici, monsieur, dit la religieuse en montrant la cabane de bois d'où provenait le caquet de la volaille une fois de plus dérangée.

Villemus regarda le bâtiment, puis la religieuse :

— Vos poules craindraient-elles à ce point l'obscurité que vous maintenez une lampe allumée ?

— Elle luit pour que vous y voyiez clair, répondit la religieuse en ouvrant la porte.

L'épée à la main le gentilhomme s'avança. Il n'avait pas plus tôt franchi le seuil qu'un guichet claquait dans son dos. Surgi de l'ombre, Piero s'était mis devant la porte et montait la garde, coutelas en main, au cas où les deux sergents, las de courir sus aux amoureux, auraient la mauvaise idée de revenir.

— Ne restez pas là, ma mère, dit le Corse à la

1. Farce.

religieuse. Je vois quelques-unes de vos petites sœurs pointer le nez à la fenêtre, ce qui va se passer ici risque de troubler leurs âmes innocentes. Allez donc leur dire de vous rejoindre à la chapelle, et vous en profiterez pour demander à Dieu miséricorde pour nos péchés.

— Qui êtes-vous, monsieur ? demanda Mère Marie.

Piero eut une réponse sibylline :

— Pour quelques instants encore, un ange gardien, ma mère.

Le temps d'habituer ses yeux à la pénombre, Villemus entendit un froissement venant du coin où étaient les perchoirs.

Il se tourna vivement et fit face. Glandevès était fait.

Une ombre parla :

— Eh bien, monsieur de Villemus, nous voici de nouveau face à face. Mais à armes égales, et visage découvert, cette fois. En garde, monsieur le tueur d'enfant… Devant ma lame, serez-vous aussi faraud qu'avec un pistolet braqué sur un écolier sans défense ?

60.

Où l'on assiste à la triste fin du coq des capucines, qui en évita une tout aussi funeste à notre héros.

Si faible que fût la lumière diffusée par la chandelle vacillante, à travers la paroi vitrée de la lanterne, elle était suffisante pour que Montmirail retrouve ces traits qu'il n'avait jamais oubliés depuis bientôt onze ans, quand il avait entendu cet homme au regard froid penché sur lui devant l'hôtellerie de La Mule noire, à Aix, prononcer sa sentence de mort. L'ombre accentuait la finesse du bas du visage, marquant encore plus la ressemblance de Villemus avec ses frères plus jeunes.

Son père, qui avait rêvé d'être duc sans y parvenir, avait légué à Charles-Henri l'amertume de l'échec, qui, chez lui et ses frères illégitimes, s'était aigrie en une méchanceté profonde, comme une incurable maladie qui les rendait possédés du génie du mal.

Formé par les meilleurs maîtres, le comte de Villemus était un excellent bretteur.

Sans hâte, il avait laissé tomber son manteau. Il

était gaucher. Avantage que Montmirail ne craignait pas trop. Son maître d'armes, Jacques Virbel, l'un de ses premiers à l'académie, tirait de la main gauche.

— Êtes-vous prêt ? demanda sèchement Villemus, déjà en garde de tierce et en position de croiser le fer.

— Prêt, riposta Montmirail.

Les épées se tâtèrent. Aussitôt le comte attaqua, d'une fente longue. Guillaume l'esquiva de pied ferme, par retrait du corps. Il enchaîna sur une feinte basse, oubliant un instant que l'autre était gaucher et neutraliserait la fente, qui s'ensuivit d'une prise de fer. Le jeune homme s'en dégagea.

Il y eut une longue suite d'échanges sans résultat. Ils n'étaient sûrement pas tout à fait d'égale force. Montmirail ne possédait pas l'expérience de Villemus, ni surtout cette rage de l'emporter qui le poussait. Le jeune chevalier ne perdait cependant pas l'espoir. Il avait deux avantages et commençait à s'en rendre compte : la jeunesse et la vigueur. En dépit d'une force musculaire et d'un poids supérieurs, Villemus payait le tribut de dix ou douze années de plus et de ses excès : il s'essoufflait vite. Ses bottes devenaient moins précises.

Ainsi, petit à petit, le chevalier gagnait du terrain, poussant l'adversaire en direction des perchoirs aux volailles devant qui béait la trappe grand ouverte… Devinant la ruse, le bretteur se fendait tandis que Montmirail, d'un revers, essayait d'esquiver une pointe au corps qui, déchirant son pourpoint par le travers, lui entailla l'épaule gauche.

— Touché ! dit calmement Villemus, comme s'ils se fussent livrés à un assaut en salle d'armes.

— J'en conviens, répondit Montmirail, qui – comme l'autre tentait de renforcer son avantage par un coup bas – l'arrêta en ligne haute, lui marquant l'oreille.

Furieux, Villemus repartit à l'assaut de plus belle. Montmirail rompait, esquivant de justesse.

Les deux hommes auraient-ils été moins résolus, ce combat aurait présenté quelque chose de risible car il se déroulait au milieu d'envols de volailles affolées, cependant qu'attirées par le vacarme, les religieuses, qui avaient abandonné l'office, se pressaient aux fenêtres en criant : « Miséricorde ! »

La cloche de la chapelle s'ébranla. Mère Marie rappelait ses ouailles à l'ordre.

Le premier tintement étonna Montmirail et faillit lui être fatal, car Villemus, attentif à la moindre défaillance, se fendit.

Mais cette fente, que Guillaume n'avait pas eu le temps de parer, amena l'issue rapide du combat.

Le pied gauche de Villemus venait de heurter du plat de sa botte le coq du couvent, un gros coq rouge de près de douze livres. Le volatile, s'élevant, s'embrocha sur la lame. Son poids déséquilibra le bretteur suffisamment pour qu'il fît un pas en avant, si mal venu pour lui qu'il alla s'empaler tout seul sur l'épée de Montmirail.

Le blessé voulut se relever. Il titubait. Mauvais jusqu'à sa fin qu'il sentait proche, il cracha un dernier jet de fiel :

— À cause de vous, Glandevès m'échappe. C'était pourtant un coup d'éclat dont j'avais besoin pour déconfire le cardinal et garder mon rang auprès de Sa Majesté…

Il vacilla comme son adversaire retirait son arme.

— Navré, dit Guillaume, mais je crois bien que vous êtes mort.

— C'est ce maudit coq, hoqueta Villemus.

Il décocha un furieux coup de botte au volatile et, tombant en arrière, disparut dans la trappe.

61.

Où il est prouvé que le marin propose et que Neptune dispose.

À perdre haleine, Montmirail et Piero couraient à présent dans la rue Sainte-Catherine pour rejoindre la grosse barque qui allait emporter Glandevès et ses compagnons.

Ils eurent le temps de sauter dedans depuis le quai, car il était plus que l'heure de mettre la mer entre eux et la vengeance du Roi-Soleil.

Avant le jour, ils seraient traqués de toutes parts.

Lou Rousset, déjà à la manœuvre de la *Sainte-Madeleine*, accueillit Guillaume avec son enthousiasme habituel :

— Montez vite, *moussu* le chevalier, nous allons voir du gros temps…

— Je m'en moque, répondit Montmirail, puisque tu es à la barre.

Les deux jeunes gens, oubliant l'abîme qui séparait leurs conditions respectives, s'étaient jetés sans plus de façons dans les bras l'un de l'autre, s'administrant réciproquement de grandes claques dans le dos. On eût dit deux chiens fous.

— Et dire, s'exclamait Lou Rousset, qu'hier encore je vous imaginais pourrissant pour toujours dans une geôle comme les affectionne Mazarini.

— Tu calomniais ce cher homme, Jean-Baptiste. Il a simplement voulu me voir de plus près.

— Non ? Sérieux ? demandait Lou Rousset qui commençait à y croire.

— Non, *moun béù*, répliquait Montmirail, tentant d'imiter l'accent du cru, ce n'était pas un petit chevalier qui l'intéressait, mais un grand vicomte.

— *Moussu* de Glandevès ?

— Je ne te le fais point dire.

Tout à leurs retrouvailles, Guillaume et Jean-Baptiste en avaient presque oublié les autres protagonistes de la scène. Lou Rousset se rendit compte tout à coup de l'insolite présence de Piero Orsini aux côtés du chevalier.

— Toi, je savais bien que tu n'allais pas traîner au banc de nage. Mais comme pour vous, *moussu* le chevalier, je ne m'attendais pas à revoir mon Piero quelques jours seulement après l'avoir vu s'éloigner dans la charrette des condamnés…

Orsini regarda Lou Rousset de son œil noir et dit sobrement :

— Un Corse tient toujours parole.

Une voix sonore interrompit leur dialogue.

Sortant de l'abri à l'arrière de la barque, Glandevès apparut, dépliant sa haute taille.

— Chevalier ! s'écria-t-il en tendant les bras à l'arrivant. Sans votre entregent, sans la complicité de cette chère Mère Marie, j'étais pris comme un renard dans une trappe. Mais d'ici l'Italie, vous aurez tout le temps de nous raconter de quelle manière l'affaire s'acheva pour vous.

— De la belle manière : par la mort du méchant.

Le vicomte paraissait impatient :

— Rousset, vieux capitaine, levons l'ancre, il est temps…

Cette hâte ne semblait pas faire l'affaire du pêcheur. Il désigna de l'index le ciel chargé :

— Partons puisqu'il le faut, soupira-t-il, mais voyez, le temps menace. Il risque de s'élever un méchant coup de *labé*…

Glandevès l'approuva gravement :

— Je t'entends bien, Rousset, mais l'on est sur nos traces… Tant pis : ce sera fortune de mer.

— De vrai, *moussu*, répondit le pêcheur, la coque est solide, les voiles et le gréement sont neufs, et de mes garçons je suis sûr comme de moi-même… Mais je ne réponds pas d'où nous irons.

En quoi il n'avait pas tort, car tout se passa ainsi qu'il l'avait annoncé. La traversée de la rade de Marseille jusqu'à Callelongue, et même Cassis, se fit sans trop d'encombre, quoique déjà dans un chahut de vagues à vous décrocher l'estomac. Mais dès que la *Sainte-Madeleine* prétendit passer le bout de son *mourre*[1] du côté du cap Canaille, on aurait dit que Jupiter et Neptune, pour une fois ligués, l'attendaient au tournant. Ce fut un beau charivari comme on n'en avait pas vu depuis longtemps. On ne dira rien de l'énormité des

1. Le museau, pour la proue.

vagues, ni de toutes les charpentes du bordé qui gémissaient sous les coups de boutoir des flots en furie.

Il n'était plus question de gréements ni de voiles, tout avait fini par être arraché et jeté à la mer, et prétendre manœuvrer à la rame – dont trois avaient cassé – par un temps pareil aurait réclamé l'embauche d'Hercule et de cinq de ses frères. Le mieux qu'on pouvait était de maintenir la barque en faisant face, prenant bien garde de ne pas recevoir les lames par le travers.

Piero en était à se demander s'il avait bien fait d'abandonner prématurément ses compagnons de galère ; Montmirail, qui n'avait jamais navigué que sur le Petit Morin – il passait, paresseux, au pied du château familial –, n'avait plus rien à donner aux poissons, et si Glandevès ne disait plus un mot, persistant à garder un air aussi bravache face à la tempête que devant le Roi-Soleil, il était aussi vert de peau que son habit.

Lou Rousset, arrimé à la barre comme Charon sur le Styx, avait fait des merveilles pour éviter le naufrage, mais quand après douze heures la tempête se fut calmée, la *Sainte-Madeleine* avait fortement dérivé vers le couchant, passant dans la nuit au large de Marseille en étant sûre de n'y croiser personne.

Au courant, à la couleur jaunâtre de l'eau, le pilote comprit qu'il venait de franchir l'embouchure du Rhône et, en effet, on ne tarda pas à entrevoir, très loin sur l'horizon, le clocher trapu des Saintes-Maries.

Glandevès observait avec anxiété le rivage qui se rapprochait.

— Que faisons-nous ? demanda Lou Rousset. Je me vois mal remonter la côte avec un bateau dans cet état. Il faudrait passer près de Marseille, et ces messieurs de la Royale[1] se feraient un plaisir de nous intercepter.

— Qu'as-tu donc à nous proposer, mon ami ? demanda le vicomte.

— D'abord, *moussu,* gagner cette plage déserte. Nous avons grand besoin de réparer les dégâts.

Glandevès hésitait :

— Ce n'est pas, reconnut-il enfin, la traversée qui m'effraie. Mais j'eusse préféré l'Italie. Je me serais senti plus en sûreté sous la protection de Gênes qu'en Espagne, à présent que la paix règne entre cette nation et la nôtre… Sans m'accorder plus d'importance que j'en mérite, on pourrait me livrer comme un cadeau de plus dans la corbeille de noces…

Jusqu'alors, Montmirail se taisait. Il intervint :

— Il ne me semble pas, monsieur, que vous couriez grand risque de ce côté-là. Certes, le roi ne vous aime guère et verrait volontiers votre tête séparée de votre tronc. Quant au cardinal Mazarin, je ne pense pas qu'il vous aime davantage, mais lui, tout au contraire, pense que ce serait une très mauvaise chose que de vous ôter la vie. Il me l'a dit…

L'étonnement de Glandevès n'était pas feint.

— Il vous l'a dit ? Quand donc ?

— La veille même de votre évasion. Sachez donc que si vous êtes libre, si j'ai pu risquer la diversion qui vous a ouvert la voie, nous le devons, vous et moi, à

1. La marine de guerre.

ce diable rouge ! Mazarin préfère un proscrit vivant à un martyr mort. Je suis persuadé que, loin de vous réclamer aux Espagnols, il ne leur demandera qu'une chose : vous garder.

— J'en accepte l'augure, répondit Glandevès. J'irai donc en Espagne.

Lou Rousset n'avait pas tout compris… sinon qu'il ne comprendrait jamais rien à la raison d'État. C'est pourquoi il était pêcheur et non cardinal.

Le vicomte s'inquiéta du sort de ses compagnons :

— Mais vous, mes amis, que ferez-vous ?

— Pour moi, dit Lou Rousset, après vous avoir déposé à Valence, j'irai, comme je l'avais prévu, rejoindre la flottille qui pêche présentement le thon au large des côtes barbaresques. Un bon temps d'éloignement de ma chère Marseille m'y fera oublier de ceux qui voudraient me voir gigoter au bout d'une corde.

— En ce qui me concerne, enchaîna Piero, j'ai sauvé dans mes aventures le firman du Grand Seigneur[1] qui m'autorise à pêcher le corail. Lou Rousset me déposera à Béjaïa[2], où j'irai me refaire au service de la compagnie.

Montmirail se taisait.

— Eh bien, demanda Glandevès avec insistance, qu'allez-vous donc faire, vous, chevalier ?

Il y eut un long silence.

— Tout dépendra du sens que je pourrais donner à ma vie, répondit Guillaume. Pour des raisons que vous ne savez pas je n'ai plus guère goût à rien…

1. Un firman est un ordre écrit émanant d'un souverain oriental, ici du sultan de Constantinople.

2. Qui fut Bougie durant la présence française.

62.

Où l'on aborde le rivage de Camargue dans une barque sans voile, à la façon des saints de Béthanie.

Ambroise Mourgues habitait les Saintes-Maries et pêchait les tellines, minuscule coquillage bivalve gris-rose propre au rivage de Méditerranée qu'il faut aller chercher dans le sable à l'aide d'un petit râteau équipé d'un filet. Il était sec, noir comme un pruneau, à l'exception des mollets qu'il avait blancs, car cet homme, âgé d'environ quarante ans, avait toujours vécu les pieds nus dans l'onde amère.

Mourgues était l'ami du More, le *bayle* de la Tour-du-Fournelet. En rencontrant un coupeur de *sagnes* qui s'employait du côté du Sambuc, il apprit qu'un homme de Marseille venait de quitter Arles en compagnie d'un seul serviteur et suivi de deux mulets de bât. Quand on lui eut dit que ce voyageur s'appelait *Mestre* d'Orseul, le pêcheur de tellines en fit tenir la nouvelle à la Tour-du-Fournelet, au More d'abord, puis à don Marco Spaccesi, le moine-astronome.

Père infortuné, Philippe d'Orseul s'était résigné à quitter pour toujours son logis de la montée des Accoules parce qu'il lui rappelait à tout instant sa fille chérie. De quelque stoïcisme qu'il eût fait parade à l'égard de Montmirail, d'Orseul s'était convaincu que Constance avait disparu à tout jamais. Il voulait essayer de trouver un remède à sa douleur en reprenant auprès du franciscain des travaux d'observation des corps célestes, trop longtemps négligés depuis le malheur qui s'était abattu sur lui.

Son étonnement fut donc grand quand, arrivant, croyait-il, à l'improviste à la Tour-du-Fournelet, il s'aperçut qu'il était attendu. La Morette avait mis les petits plats dans les grands. Il y eut des accolades humides de larmes et l'on déboucha maintes bouteilles, parce que le sang de la vigne est d'une grande consolation pour les cœurs affligés. Et l'amitié vraie aussi.

— Ne perds donc pas espoir, Filippo ! disait le moine à d'Orseul.

Il faut dire que don Marco, comme beaucoup de ceux qui ont fait avancer la cause des sciences exactes, n'en était pas moins un adepte de l'astrologie. Il établissait un thème avec autant de scrupules qu'il observait les phases de Vénus.

— Si bizarre et si contradictoires que m'apparaissent les indications des planètes, ajoutait-il à l'attention de son Filippo, il paraît certain que ta fille continue à vivre. Ce que je ne parviens pas à concilier dans la vision que j'en ai, c'est qu'elle semble marcher sans toucher terre. Je ne saisis pas non plus quelle relation s'établit entre sa trajectoire et celle de certains

Bohémiens que nous avons connus naguère, donnant leur spectacle sur la place des Saintes-Maries.

D'Orseul mettait ces considérations sur le compte du caractère fantasque du religieux et se gardait de les commenter, encore moins de les cautionner.

*

* *

Jugeant la marche propice à la réflexion, Philippe d'Orseul et le moine étaient partis se promener sur le rivage. Mourgues survint, son râteau sur l'épaule.

— Je viens d'apprendre que les Bohémiens sont de retour, dit-il. Le Torribio a établi son camp en Arles, à Trinquetaille.

— Ah, fit le moine songeur en se tournant vers son ami. Que te disais-je, Filippo ? Les fils du vent sont de retour. Comme me l'ont dit les astres. Cependant, ils faisaient aussi allusion à un vaisseau…

— Quelque chose, coupa Mourgues en montrant l'horizon, qui ressemblerait à ceci ?…

Tous se retournèrent, regardant la direction qu'indiquait la main tendue du pêcheur de tellines.

— Eh, fit le moine, où vois-tu quelque chose à l'horizon ? Je n'aperçois ni voile ni mât.

— Pour ce qui me concerne, dit Mourgues, il s'agit d'une barque ! Et même d'une grosse barque provençale.

À mesure qu'il parlait, le point qu'il avait été le premier à distinguer grossissait, prenait forme.

Du rivage, on ne pouvait pas encore deviner qu'à

bord de cette grosse barque se trouvaient trois hommes auxquels maître d'Orseul portait infiniment d'amitié.

Tandis que l'esquif se rapprochait insensiblement du rivage, à bord, chacun continuait de raconter ses aventures personnelles durant le temps de leur séparation.

— Je n'arrive pas tout à fait à y croire, disait le vicomte de Glandevès, parlant du cardinal à Guillaume. Cet homme en robe rouge est le diable en personne. Non seulement il savait où je me trouvais, ce qui, après tout n'est pas chose impossible – à Marseille l'on bavarde beaucoup et l'on parle fort – mais encore s'est-il servi de vous comme d'un pion qu'il poussait sur l'échiquier. Quand on songe qu'il a fait cela avec la charge des affaires du royaume sur les épaules, on ne peut que s'incliner devant pareilles capacités.

Le chevalier acquiesçait.

— Dans toute cette histoire, mon cher vicomte, nous n'aurons été finalement que des pantins dont plus malin et plus puissant que nous maniait les fils.

Montmirail était resté un instant silencieux. Glandevès en avait profité pour lui demander :

— Iriez-vous jusqu'à penser qu'il soit pour quelque chose dans l'enlèvement de Mlle d'Orseul ?

Guillaume avait secoué la tête :

— À parler franc, je ne crois pas. Villemus et ses frères suffisaient bien à la tâche. Il ne s'agissait pas de politique ici, mais de vilénie, de cruauté pure.

Le chevalier ne put dire un mot de plus tant sa gorge était serrée. Malheureuse Constance ! Quel sort cruel avait été le sien !

Glandevès rêva un moment, le regard vers la grève où s'agitaient trois personnages.

— Je vois, observa-t-il, des gens qui se parlent sur la plage.

— Amis ou ennemis, dit le barreur, toujours attentif à la dérive, nous allons le savoir bientôt, car nous n'avons plus le choix. Sans d'indispensables réparations, la *Sainte-Madeleine* n'obéit plus à son capitaine. Il nous faut donc nous résigner à aborder.

63.

Où chacun retrouve la voie
que lui avait tracée le destin.

Gardant la barre, Lou Rousset maintint le cap sur le clocher qu'on apercevait au-delà des dunes. Les matelots le secondaient comme ils pouvaient avec des morceaux de rames brisées.

Bientôt, poursuivant sur son erre, la grosse barque se posa doucement sur la grève. Impatient, Piero sauta et courut vers ceux qui semblaient les attendre.

— C'est donc toi, mon ami ! s'écria Philippe d'Orseul en reconnaissant le Corse.

— Pour vous servir, *Mestre* ! Le reste suit.

L'un après l'autre, de l'eau jusqu'aux genoux, arrivaient Montmirail, puis Gaspard de Glandevès, et enfin Lou Rousset, quand il fut assuré que ses gens pouvaient achever la manœuvre sans lui. Il y eut des embrassades. On se présenta, on raconta les avaries. D'Orseul proposa que, puisqu'on était aussi près de la Tour-du-Fournelet, on y attendrait le temps des réparations.

Un peu plus tard, tout le monde se retrouvait autour de la table de La Morette qui avait fricassé des bécasses.

Quand le repas fut terminé, Gaspard de Glandevès s'adressa en particulier à Montmirail :

— Mon cher, dit-il, vous m'avez rendu assez de services pour que je ne vous demande pas de partager plus longtemps ma disgrâce. Vous avez retrouvé vos amis, ne les quittez plus. Quand partons-nous, Rousset ?

— Dans trois jours, monsieur... Il n'en faut pas davantage !

Trois jours plus tard, en effet, la *Sainte-Madeleine* quittait la plage, emportant le vicomte Gaspard de Glandevès vers une destinée qui devait s'achever bien des années plus tard.

Seul à la Tour-du-Fournelet, en compagnie des deux astronomes et des More, Guillaume de Montmirail tournait à la mélancolie. Flanqué du bayle, il visitait les pâtures, dénombrait les moutons au milieu du *coussous*[1], les vaches et les taureaux noirs dans la *sansouire*[2]. Au marais, il débusquait les juments blanches qui, Dieu sait pourquoi, cachent hors de vue leurs poulains bondissants à la robe encore noire. Sans enthousiasme, il chassait le soir, à la passée, et avait repris des habitudes d'enfant qui tendait des lacets pour prendre les canards sauvages au bord du Morin.

1. Steppe à moutons.
2. Zone humide à forte salinité.

Guillaume tuait le temps.

Il pensa voyager, répondit à une lettre de son ami La Souchière, de Gigondas. Celui-ci, sans cesse épris davantage des appas de son Adelina, coulait des jours heureux parmi ses ruches et ses vignes. Il l'invitait. Montmirail prépara son bagage. Il s'apprêtait à laisser ses amis quand, le cheveu en broussaille, survint dans la brume matinale le pêcheur de tellines.

— Les Bohémiens se rapprochent, annonça celui-ci. J'ai croisé leur caravane hier, sur le chemin après Albaron.

Montmirail haussa les épaules. Quelques mois auparavant, il se serait précipité à la rencontre de ces nomades. Désormais, il n'avait plus d'espoir que sa bien-aimée se trouvât parmi eux. Le sort s'était trop souvent cruellement moqué de lui. Il ne se laisserait pas berner une fois encore.

Le chevalier ferma un instant les yeux en une grimace douloureuse et retourna à ses préparatifs avec dans la tête l'image de Constance telle qu'il l'avait vue pour la dernière fois à Marseille, montée des Accoules.

Sur le soir, cependant, l'un des fils More s'en vint tout joyeux lui annoncer :

— Ça y est, monsieur le chevalier, Torribio est aux Rièges avec ses baladins. Demain ils seront aux Saintes-Maries. Dommage qu'il n'y ait plus cette fille qui…

Guillaume avait sursauté :

— Quelle fille ?

Le jeune homme, arrondissant les mains en coupe en avant du thorax, simulait les généreux appas d'Adelina. En d'autres temps, Montmirail aurait ri. À peine esquissa-t-il un triste sourire.

Pourtant, le lendemain, au réveil, il monta au sommet de la tour, où il pensait trouver Philippe d'Orseul avec le moine. Don Marco était seul, l'œil rivé à l'oculaire de sa lunette.

— Si vous venez pour Messer Filippo, dit-il sans changer d'attitude, c'est un peu tard. Tout à l'heure, il regardait le bois des Rièges avec cette lunette. Soudain, il a poussé une exclamation, et, sans rien m'expliquer, dévalant l'escalier, il m'a planté là. Regardez ! En ce moment, il franchit le marais à cheval. Il va prendre pied sur les Rièges…

Don Marco n'en dit pas plus. Voyant qu'à son tour Montmirail, qui avait collé son œil à l'œilleton, lui faussait compagnie, il haussa les épaules et s'en retourna à son observation.

Le chevalier s'était précipité vers l'enclos, et, sans même la seller, avait enfourché à cru une jument. La poussant au galop, il disparut bientôt de la vue de La Morette éberluée.

Comme le moine pointait le nez entre deux merlons, au sommet de la tour, la bonne femme lui demanda :

— Mais qu'est-ce qu'il lui prend ? Est-ce une mauvaise mouche qui les a piqués, *Mestre* Philippe et lui ?

— Ils auront, ricana don Marco, découvert quelque astre nouveau… Peut-être une étoile filante !

Une étoile filante en plein jour ? La petite femme haussa les épaules. Décidément, ce frère d'Ombrie se moquait d'elle. La Morette le savait bien : la seule étoile qu'on pût voir dans le ciel encore clair, c'était *Jean de Milan,* que les savantasses nomment Vénus.

Cependant, avec un bruit de succion, la blanche jument du chevalier s'arrachait à sa gangue vaseuse. D'un effort des reins, elle se hissait sur la rive. Guillaume déboucha près de la clairière. Il vit qu'au milieu du cercle formé par leurs carrioles aux bâches ocrées, les baladins avaient tendu un long fil entre deux chevalets. Très haut. Il passait au-dessus de la tête crépue des genévriers de Phénicie.

Debout à côté de Torribio, les yeux levés, maître d'Orseul regardait :

— Elle ne prend donc pas de balancier ?

— Elle ? répondait le Bohémien. Vous voulez rire ! C'est un ange. Pour un peu elle n'aurait pas besoin du fil !

Accroupie sur une litière de roseaux, la vieille Frasquita frappait en cadence sur son tambourin et Turlupin jouait sur sa flûte une lente mélopée.

Guillaume, en extase, voyait passer entre ciel et terre une créature de rêve qui semblait marcher dans la nue, sans point d'appui.

— Vous allez voir, disait Torribio à d'Orseul. Au terme de son acrobatie, elle feint de chuter et se reçoit avec grâce dans les bras musculeux de Samson.

Le géant, un regard extasié levé vers la funambule, était à son poste.

Dans sa robe immaculée, piquetée de paillettes miroitantes, l'apparition semblait voler. Sur ses épaules, les longs cheveux de jais s'épandaient en cascade soyeuse.

— Constance ! cria le chevalier.

Il bouscula Samson qui, la tête en l'air, ne l'avait pas vu débouler.

L'ange abaissa son regard, vacilla, puis bascula dans le vide.

— Mon bel amour ! dit tendrement Montmirail en la recevant dans ses bras.

64.

Épilogue

(Cinquante-quatre ans plus tard)

Le 14 octobre 1714, un carrosse s'arrête à l'angle de la Grand-Rue et de la rue Pavé-d'Amour. Un gentilhomme de grand âge en descend, vêtu de noir, sanglé dans un habit qui le fait paraître encore plus majestueux, suivi d'un autre plus jeune. En dépit du poids des ans, le vieillard se tient droit et son visage porte des traits dont les années n'ont altéré ni la noblesse ni la fierté.

Le vieux gentilhomme se retourne vers celui qui se trouve à ses côtés dans le carrosse. Tendant le bras vers la rue de la Pyramide, il dit simplement :

— C'était là !

Tous deux se dirigent vers une équipe d'ouvriers occupés à la démolition d'un monument en forme de pyramide auquel la rue doit son nom. Elle se nommait jadis rue du Grand-Puits.

Le premier gentilhomme se tourne vers le second, qui lui ressemble étonnamment. Il sourit.

Montrant les ouvriers au travail, le vieil aristocrate dit :

— Voyez, mon cher fils, le roi a tenu sa promesse.

Cinquante-quatre ans après les événements tragiques qui avaient opposé Marseille au roi de France et lui avaient valu condamnation à mort et exil, le vicomte Gaspard de Glandevès, sieur de Niozelles, a tenu à revoir les lieux où, du temps de sa jeunesse folle, il avait osé regarder le Roi-Soleil dans les yeux.

L'homme qui l'accompagne, bien qu'il ait largement dépassé la soixantaine, est son fils, Jean-Joseph Antoine. Il a honorablement servi à Malte, sous son oncle paternel, le commandeur de Cuges.

Gaspard de Glandevès-Niozelles vient de fêter son quatre-vingt-quatorzième anniversaire.

Par un heureux privilège de la nature, il possède encore dans leur plénitude les forces de l'âme et du corps. On dit même qu'il monte à cheval chaque jour.

Le temps a effacé les blessures d'amour propre. Le roi a pardonné au vieux rebelle. On a souvent rapporté à Sa Majesté combien la conduite du vicomte avait été exemplaire durant l'exil espagnol. Sollicité d'entrer au service du roi d'Espagne, Glandevès s'y était toujours refusé. Un capitaine de cavalerie du nom de don Thomas Cazuerès, se croyant autorisé à manquer de respect à Louis XIV en présence du vicomte, avait été provoqué en duel par celui-ci et balafré au visage. Ce coup d'éclat avait valu au gentilhomme marseillais la protection et l'estime du marquis de Villars, ambassadeur de France à Madrid, qui avait demandé sa grâce au roi.

Louis XIV a fini par accepter le retour de Glandevès en France, à condition de ne paraître ni à Aix, ni à Marseille. Le roi a fait restituer à la mère du rebelle, la dame de Félix, les biens de son fils confisqués par le parlement d'Aix. Cette mesure de grâce a permis au vicomte de se retirer dans le fief familial de Niozelles, proche de Forcalquier, puis, peu de temps après, d'être investi de la charge de lieutenant en la sénéchaussée de Sisteron.

Plus personne, parmi les artisans et les gens du peuple que les deux gentilshommes croisent dans leur marche, au long de cette rue grouillant de vie où les marchandes vantent de leur voix sonore la fraîcheur de leur produits, ne connaît ces deux nobles silhouettes qui détaillent chaque maison, chaque fontaine, et font halte un instant auprès du grand puits qui barre la Grand-Rue dans sa lente montée vers le clocher hexagonal de l'église des Accoules. Il ne reste plus aucune trace des troubles sanglants qui avaient marqué, voici un demi-siècle, ce que les historiens nommeront un jour la « Fronde des Marseillais ».

En ces premières années du XVIIIe siècle, une nouvelle génération, façonnée à l'obéissance sous le long règne d'un monarque absolu, a oublié ses anciennes révoltes. Il lui arrive, de temps à autre, de prendre feu contre ces « affameurs » d'échevins, qui bâtissent des fortunes avec la sueur des pauvres gens. Ce sont alors de brèves et violentes émeutes de la faim. Mais plus jamais Marseille n'aura vraiment relevé la tête pour affronter le pouvoir royal.

La ville est désormais aux mains des marchands.

Il faut le calme de la paix civile pour entendre le bruit des écus tombant dans les bourses. Le temps est révolu des révoltes lyriques à la Gaspard de Glandevès. Colbert a accordé à Marseille des franchises commerciales comme on jette, pour le calmer, un os à un chien qui gronde.

Le vieux vicomte et son fils sont parvenus, par la rue de la Guirlande, jusqu'à la nouvelle Maison Commune. Ils promènent des regards étonnés sur le magnifique bâtiment municipal qui dresse fièrement sa façade classique sur le quai de la Ville. Il ne reste plus rien de l'ancienne bâtisse, construction sans grâce sur laquelle le rebelle avait pointé ses canons un jour de juillet 1659, avant de la prendre d'assaut. Au-dessus du balcon, comme pour marquer un bien propre, un médaillon à l'effigie du Roi-Soleil, entouré de faisceaux et de drapeaux, rappelle à qui l'oublierait qui est le maître, ici comme ailleurs.

Gaspard de Glandevès regarde vers la passe du port, au bout du Lacydon, aujourd'hui enserrée entre les murailles cyclopéennes de la citadelle Saint-Nicolas et du fort Saint-Jean, construit à partir de la tour du Roi-René. On croirait les mâchoires d'un étau.

Mais ce qui impressionne le plus le vieux gentilhomme et son chevalier de fils, c'est l'alignement superbe des quarante galères royales qui, depuis un demi-siècle, ont Marseille pour port d'attache et témoignent jusque sur les côtes de Barbarie de la puissance et de la volonté du Roi-Soleil de faire de la Méditerranée un lac français. Ces machines de guerre, mues par un moteur humain, dévorent, tel le

Moloch, leur poids de chair chaque année. Ils sont plus de dix-mille à Marseille, condamnés à « faucher le grand pré » toute leur vie pour le roi. Gaspard de Glandevès ne peut s'empêcher de frémir en voyant les dimensions prises par l'arsenal, qui occulte à présent tout le fond du port et la cité des galères, qui occupe une bonne partie de la rive neuve, desservie par un véritable bras de mer en forme de U[1].

À pas lents, le père et le fils longent à présent les baraques de bois alignées tout au bord du quai, devant les poupes énormes des galères, où les forçats en casaque rouge, avec leur drôle de coiffure au crâne rasé ne laissant qu'une sorte de queue-de-cheval au sommet de la tête, sont autorisés à vendre aux passant les produits de leur artisanat – des tricots, le plus souvent – ou de leurs trafics…

Gaspard de Glandevès a acheté à un de ces malheureux une statuette de bois patiemment sculptée au couteau. Elle représente avec un étonnant réalisme un *sanjanen,* un pêcheur du quartier Saint-Jean, avec son espèce de bonnet phrygien rouge sur le crâne, son droguet de laine sur un tricot rayé et sa culotte serrée aux genoux, sur des mollets nus. Il a aux pieds de gros sabots de bois équipés de guêtres. Tout est détaillé avec minutie.

À son fils, qui lui demande les raisons de cet achat, le vicomte de Glandevès répond simplement :

— Il me rappelle quelqu'un pour qui j'eus jadis grande estime. C'était un homme du peuple, mais il

1. C'est l'actuel cours d'Estienne d'Orves.

avait la noblesse du cœur et me fut fidèle jusqu'au bout. Il avait en lui toutes les qualités qui font les Marseillais. Fort en gueule, mais loyal et fidèle. Et il aimait Marseille par-dessus tout. Son nom ? Jean-Baptiste Amourdedieu. Nous l'appelions Lou Rousset par la raison de sa tignasse rutilante.

Le vieil aristocrate a un sourire attendri :

— Ce souvenir modeste me rend ma jeunesse.

Le vicomte se tait un instant, détaillant la statuette qu'il tourne entre ses doigts.

— Ensemble, nous avons tout donné de nous à cette ville.

Le vieillard embrasse du regard une dernière fois le site du Lacydon et ajoute, presque pour lui-même :

— Allons ! Je ne me serai pas souvent ennuyé dans ma vie…

Du même auteur :

Romans

Les Nouveaux Mystères de Marseille :

L'Affaire de la Soubeyranne, Lattès, 2015.

Rendez-vous au moulin du diable, Lattès, 2014.

La Somnambule de la Villa aux Loups, Lattès, 2011.

L'Inconnu du Grand Hôtel, Lattès, 2010.

Le Vampire de la rue des Pistoles, Lattès, 2009.

Le Guet-Apens de Piscatoris, Lattès, 2008.

Les Diaboliques de Maldormé, Lattès, 2007.

Le Spectre de la rue Saint-Jacques, Lattès, 2006, Le Livre de Poche, prix des Marseillais 2006 au Carré des Écrivains.

Double crime dans la rue Bleue, Lattès, 2005, Le Livre de Poche, prix RomPol 2005 du site Le Rayon du Polar.

Le Secret du docteur Danglars, Lattès, 2004, Le Livre de Poche.

La Faute de l'abbé Richaud, Lattès, 2003, Le Livre de Poche, prix Jean-Toussaint Samat du roman policier décerné par l'Académie de Marseille.

L'Énigme de la Blancarde, Lattès, 2002, Le Livre de Poche, prix Paul-Féval 2003 de littérature populaire décerné par la Société des Gens de Lettres de France.

La Cathédrale engloutie, Grasset, 1992.

Un jour tu verras, Belfond, 1987, L'Archipel, 2009.

Comme un cheval fourbu, Belfond, 1984, Le Grand Livre du Mois, réédition L'Écailler du Sud, 2007.

La Poisse, Nouvelles Éditions Baudinière, 1981, adapté pour la télévision (France 2) sous le titre *Pris au piège*, Grand Prix international au festival du film policier de Cognac, 1992, réédité sous le titre *Pris au piège*, Autres Temps, 2002.

Biographies

Dominique Piazza, un destin marseillais, HC éditions, 2009.

Emma Calvé, la diva du siècle, Albin Michel, 1989, Le Livre de Poche.

Albums

Marseille culture[s], avec Gilles Rof, HC Éditions, 2012, lauréat 2012 de l'Académie de Marseille.

Marseille, la ville bleue, sur des photos de Camille Moirenc, éditions Jeanne Laffitte, 2010.

Côtes méditerranéennes vues du ciel, sur des photos de Yann Arthus-Bertrand, Le Chêne, 1997.

Histoire

Histoire de Marseille illustrée, Le Pérégrinateur, 2007.

Marseille, 2 600 ans d'Histoire, avec Roger Duchêne, Fayard, 1999.

Et Marseille fut libérée..., Autres Temps, 1994.

Nouvelles

Suite provençale, La Table Ronde, 1996, prix Louis Brauquier 1996 de l'Académie de Marseille.

Chroniques

Ça s'est passé à Marseille, 5 volumes, Autres Temps, 1992, Grand Prix littéraire de Provence 1998.

Jeunesse

Parle-moi de Marseille, Autres Temps, 1999.

PAPIER À BASE DE
FIBRES CERTIFIÉES

Le Livre de Poche s'engage pour
l'environnement en réduisant
l'empreinte carbone de ses livres.
Celle de cet exemplaire est de :
500 g éq. CO_2
Rendez-vous sur
www.livredepoche-durable.fr

Composition réalisée par NORD COMPO

Achevé d'imprimer en mai 2015 en France par
CPI BRODARD ET TAUPIN
La Flèche (Sarthe)
N° d'impression : 3011362
Dépôt légal 1re publication : juin 2015
LIBRAIRIE GÉNÉRALE FRANÇAISE
31, rue de Fleurus – 75278 Paris Cedex 06

31/7896/9